Fe

VANESSA MONTFORT

Femei care cumpără flori

Traducere din limba spaniolă de
ELENA-ANCA COMAN

UNIVERS

Redactare Diana Crupenschi
Tehnoredactare Constantin Niță
Corectură Adrian Crețu
Imagine copertă ©Hajna Nemeth / Trevillion Images

Descrierea CIP a Bibliotecii Naționale a României
MONTFORT, VANESSA
Femei care cumpără flori / Vanessa Montfort ;
trad. de Elena-Anca Coman. - București : Univers, 2020
ISBN 978-973-34-1214-4

I. Coman, Elena-Anca (trad.)

821.134.2

VANESSA MONTFORT
MUJERES QUE COMPRAN FLORES

www.editurauniverse.ro

ISBN 978-973-34-1214-4

Pentru Isa Borasteros,
zâna noastră

Având libertate, flori, cărţi şi luna de pe cer, cine n-ar fi pe deplin fericit?

Oscar Wilde

Femei care cumpără flori

Într-un cartier mic din centrul Madridului, locuit de actori, de tot felul de oameni moderni, cupluri fără copii, deputaţi ambidextri care împart un vermut între şedinţe; în acea micro-lume cu propriul Hristos miraculos, cu propria sectă distructivă, cu muzele sale, cu teatrele şi micile sale galerii, cu manifestaţiile sale zilnice, cu frazele unor scriitori celebri peste care calcă turiştii, bătrânii locuitori, cicliştii militanţi, muzicienii de jazz şi arheologii care caută conştiincioşi rămăşiţele lui Cervantes... în acel cartier există şi cinci femei care cumpără flori.

La început, niciuna nu o face pentru sine: una cumpără flori pentru iubirea ei secretă, alta pentru biroul ei, a treia pentru a le picta, alta pentru clientele sale, iar ultima... pentru un mort. Aceea sunt eu şi aceasta, presupun, este povestea mea.

Olivia e nume de înger

Nimeni din cartier nu ştia prea bine de cât timp era acolo. I-am întrebat pe chelnerii de la cârciuma La Dolores şi m-au asigurat că de foarte puţin timp, dar cei de la Casa Alberto aveau certitudinea că era acolo de când lumea. Toţi erau însă de acord că, de cel puţin două secole, Grădina Îngerului era o florărie şi se numea astfel poate pentru că întotdeauna locuise cineva în ea şi pur şi simplu preda ştafeta altcuiva. Când Olivia avea să plece, alt înger cu altă misiune avea să o succeadă. Asta era clar. Indiferent pe cine întrebai, pentru vecinii din cartier era ca şi cum Olivia ar fi fost dintotdeauna acolo, iar acel grilaj şi florile sale ar fi ţâşnit în jurul ei la un moment dat în secolul XX.

Era greu de aflat cine sau ce fusese Olivia înainte. Nimeni nu ştia. Sau cei care ştiau îi respectau intimitatea şi-i păstrau secretul. Nimănui nu îi era clar dacă florăria era a ei sau închiriată. Unii şuşoteau că fusese o moştenitoare bogată şi excentrică. Alţii credeau că a fost amanta unui bărbat celebru sau, poate, o actriţă faimoasă în alte ţări. Şi, ce-i drept, în vocea ei se simţeau accente din alte meleaguri, suna ca a unei persoane care vorbeşte mai multe limbi: s-urile fluierau printre dinţii ei mai mult decât era normal, vocalele erau ca sunetele de flaut, precum în ţările galice, dar pronunţia ei era perfectă şi vocea sa, gravă şi senină ca a plantelor.

Am văzut-o pentru prima dată la trei zile după ce am sosit în cartier. De când descoperisem Grădina Îngerului, treceam pe lângă poarta florăriei de mai multe ori pe zi, dar nu mă hotăram să intru. Simţeam că mă sufoc în micul meu apartament, pe care-l închiriasem de curând. Căldura era insuportabilă şi făcea ca mirosul de vopsea să fie şi mai intens. Încă nu aveam aer condiţionat, iar valizele pline şi nedesfăcute îmi foloseau drept masă, scaun sau pentru a mă urca pe ele când nu ajungeam să deschid robinetul de gaz de la bucătărie. Aşa că plimbările şi vederea acelei oaze mă ajutau să-mi iau porţia zilnică de oxigen.

În seara aceea am ieşit pe stradă cu aceleaşi haine cu care făcusem curăţenie în casă: nişte blugi ponosiţi, un maiou cu bretele şi mai ponosit şi aceiaşi papuci cu care ieşeam de la duş. Când m-am văzut în oglinda din lift mi s-a părut că eram palidă toată. Pe piept mi se vedeau oasele prin piele. Aveam părul negru şi lins strangulat într-o coadă. Chipul alb fără machiaj. Ochii umflaţi de praf.

Când am urcat, târându-mi picioarele, până în piaţă, m-a mirat să găsesc florăria încă deschisă. Era iluminată de becuri colorate şi de felinare mici din hârtie, care atârnau de copaci. Asta şi un greier care părea să se fi instalat în măslinul enorm pentru a ţine un recital ofereau o atmosferă de serbare populară.

Şi măslinul robust şi centenar. Ocupa mijlocul grădinii, iar de crengile lui atârna un leagăn rudimentar. Am trecut dincolo de grilaj cu oarecare teamă, urmând o potecă de dale din piatră, cu iluzia că ar fi galbene şi cu speranţa secretă, acum ştiu, că la capătul acelui drum m-ar aştepta Vrăjitorul din Oz. Mirosea a pământ umed. Printre umbrele frunzelor şi sub un cort alb am reuşit să văd o mică masă din fier forjat, pe care se odihneau un pahar de vin neterminat şi o carte deschisă. Uşa serei era larg deschisă.

Atunci a fost prima dată când am văzut-o.

Fiindcă deja totul de acolo era Olivia.

În interior, un jazz din anii patruzeci mângâia frunzele plantelor, legăna ghivecele cu flori atârnătoare, fugea împins de aburii aspersoarelor. Ici-colo, fluturi coloraţi din celofan decorau pereţii din sticlă, acuarele cu motive florale şi luminoase erau expuse pretutindeni, precum şi recipiente reciclate din alte vieţi cu buchete de flori pe care în momentul acela nu le puteam denumi. În capăt, în spatele unui perete din sticlă, o fântână arteziană mare din piatră veche, lipită de peretele din cărămidă decorativă, în care capul unui leu ciudat scuipa apa într-un bazin plin cu nuferi. În orice breşă, cu orice pretext, viaţa izvora sub formă de plantă. Din acoperişul în două ape atârnau decoraţiuni din sticlă suflată, ghirlande împletite din ramuri, flori şi conuri de pin uscate, mesaje vesele pictate pe bucăţi de lemn şi o tejghea pe care erau expuse cărţi poştale vechi: cartierul în secolul al XIX-lea, la începutul secolului XX, vechi jurnale de modă, tablouri ale muzeelor din împrejurimi, afişe vechi ale Teatrului Spaniol şi ale celui de Comedie. În mijloc, un registru de vizite pentru clienţi deschis la un mesaj în japoneză înconjurat de inimi. Și alt registru căptușit cu catifea roșie, pe a cărui copertă apărea gravat un titlu: „Caiet de notiţe".

N-am putut să mă abţin.

N-am mai făcut niciodată aşa ceva, de aceea ştiu că nu m-am putut abţine. L-am deschis acolo unde se ivea semnul de carte din satin.

Cu litere stilizate şi trasate cu condeiul, un mic text scris de mână, care se intitula „Cicatrice".

— Întotdeauna mi-au plăcut persoanele cu cicatrice, precum copacii, a zis în spatele meu o voce care m-a făcut să închid brusc caietul. De fapt, n-am încredere în persoanele trecute de patruzeci de ani care n-au niciuna.

M-am întors încet și mută, cu aceeași privire pe care o avea motanul Căpitan după ce tocmai își ascuțise ghearele în covor.

Înapoia tejghelei, dând la o parte o perdea mică din mărgele colorate ce comunica cu încăperea din spate a florăriei, se afla ea, ca și cum tocmai ar fi ieșit pe scenă.

Olivia era de o frumusețe ieșită din tipare: își transformase în eleganță slăbiciunea ce nu era voită, nu era fardată, ci avea doar o nuanță simplă de roșu pe buze, iar rochiile ei din materiale uzate păreau de *haute-couture* pe trupul său. Un stil ca al acelor femei care ieșeau din fabrici în timpul marilor războaie. Ca oricărei doamne, nu-i puteai ghici vârsta, cu toate că părea a fi undeva între patruzeci și șaizeci de ani. O Katharine Hepburn într-un film tehnicolor: subțire și înaltă, cu o talie în jurul căreia se strângea o rochie din mătase cu imprimeu cu frunze verzi și având în picioare niște sandale spartane cu brățară la gleznă. Purta părul strâns într-un coc înalt și foarte puțin aranjat, de culoarea mandarinei, care o făcea să pară ieșită dintr-o veche fotogramă colorată.

— Mă așteptam să fii mai tânără, a continuat cu vocea ei perfectă, domoală. Nu este neapărat o condiție, pur și simplu așa mi te imaginasem.

— Îmi pare rău, am încercat să mă justific.

Dar de unde-mi știa vârsta femeia aceea?

Atunci și-a pus un deget pe buzele ei fine, roșii și cam ridate, indicând tăcere.

S-a apropiat de mine.

Niște ochi turcoaz, scânteietori au căutat ceva în ai mei și apoi mi-a făcut semn să ascult. Greierul din grădină părea să se afle acum în încăpere, iar cântecul lui strident făcea să vibreze geamurile. A zâmbit.

— Draga mea, stai liniştită, viaţa-i grea, dar nu urâtă, dimpotrivă, a urmat în şoaptă în timp ce mă lua de braţ. De fapt, mă bucur că nu eşti o fetişcană. Ultima mea asistentă m-a lăsat baltă pentru un englezaş înflăcărat care venise cu bursă Erasmus.

A luat o stropitoare roşie enormă şi grea, din fier, plină cu apă. Am păşit ghidate de acel cântec strident, în timp ce uda ghivecele şi se oprea des, ca şi cum ar fi auscultat locul în care se ascundea insecta.

— Uite, a continuat, înfăşurând între degete o şuviţă de păr portocaliu, proba pe care ţi-o voi da este foarte uşoară.

— O probă? m-am alarmat.

Mi-a indicat din nou, cu degetul osos, să păstrez tăcerea. Se vedea după faţa ei că se concentra.

— E o singură întrebare. Şi voi şti dacă tu eşti persoana potrivită.

A făcut o pauză teatrală.

— Pe la această florărie trec bărbaţi şi femei care au nevoie să transmită o emoţie sau să trimită un mesaj pentru care nu-şi găsesc cuvintele: respect, mulţumire, admiraţie, dezamăgire, pierdere, iubire, sărbătorire... Unii cumpără flori pentru o naştere, iar alţii pentru un deces. Unii le comandă pentru a atenua sobrietatea din birourile lor, alţii pentru a-şi însufleţi casele. Unii le preferă vii, de-abia scoase din pământ, alţii, moarte sau disecate. În unele cazuri le preferă cu boboci ce urmează să se deschidă, ca să dureze mai mult. În schimb, altora le plac pieritoare precum margaretele, cărora încep imediat să le cadă frunzele.

Privirea ei a trecut prin geamul serei, acolo unde trecătorii se deplasau prinşi într-o fâşie strălucitoare de fotograme.

— Una câte una sau câte o sută... uneori ajung în cabina de la Teatrul Spaniol, alteori alcătuiesc coroane în biserica San

Sebastián, le cumpără mame pentru mamele lor, bărbaţi infideli pentru nevestele lor, amanţi pentru amantele lor, Hotel Palace pentru toaletele sale, bătrânele pentru balcoanele lor... Teoria mea este că fiecărei persoane îi corespunde o floare. Şi, de asemenea, fiecărei etape a vieţii sale. Există femei care cumpără flori şi altele care nu cumpără flori. Asta-i tot.

Am privit-o fix şi deja în clipa aceea, fără să ştiu de ce, voiam mai mult decât orice pe lume să aparţin acelei categorii.

— Şi cum sunt acele femei?

Mi-a eliberat braţul precum cineva care deschide un lacăt şi s-a întors spre mine, ridicând o sprânceană fină şi roşcată, cu străluciri de argint.

— Spune-mi, ce floare ai cumpăra azi din toate acestea?

Nici măcar nu m-am uitat în jur. Am simţit aceleaşi crampe în stomac ca atunci când eram scoasă la tablă.

— N-am cumpărat niciodată flori, am spus cu ezitare.

— Aha... şi când ai primit, care ţi-au plăcut?

— Nici n-am primit vreodată.

Am lăsat bărbia în jos.

Femeia şi-a muşcat limba.

— Dar acum? Nu vezi niciuna care să-ţi placă? Haide...

Nu vedeam decât pete de culoare. Din cauza agitaţiei şi a căldurii, mi se părea că amândouă făceam parte dintr-un tablou de Monet. După o tăcere foarte lungă, am răspuns:

— Care sunt cele mai potrivite pentru un mort?

Ochii deschişi la culoare şi mici ai Oliviei m-au observat fără a clipi, cu o privire de struţ.

— Sinceră să fiu, nu ştiu. Nu cunosc gusturile morţilor.

Apoi m-a atins uşor pe bărbie.

— Nu, fără îndoială, n-am avut niciuna din specia ta în grădina mea, a zis şi a zâmbit mulţumită. Aşadar, vii mâine? Cu valul ăsta de căldură, am nevoie să începi cât mai repede, altfel mi se vor duce toate plantele pe Apa Sâmbetei într-o singură zi.

— Vrei să fiu asistenta ta?

— Îmi închipui că, dacă te afli aici şi, mai ales, după mesajul tău, înseamnă că ţi se par bune condiţiile din anunţ.

Mi-am înclinat capul. Mi-am ascuns mâinile în buzunarele blugilor.

— Pot să-ţi răspund mâine? a fost tot ce am reuşit să spun.

Atunci ea s-a încruntat de parcă nu mi-ar fi înţeles limba şi şi-a şters transpiraţia de pe gâtul lung cu o batistă subţire din mătase galbenă.

— Draga mea, viaţa este o sarcină urgentă... Deja e foarte târziu. Prin urmare, mâine va fi extrem de târziu. Dacă accepţi, o faci acum.

Nu ştiu de ce nu i-am clarificat Oliviei situaţia în momentul acela. De fapt, ştiu. Fiindcă era prima dată când se mişca ceva în viaţa mea după un an de încremenire.

A terminat de golit stropitoarea într-un ghiveci şi greierul a încetat să mai cânte. A îngenuncheat lângă plantă şi a aşteptat. Pământul a început să se mişte şi insecta a ieşit năucită din ascunzătoarea sa, a găsit unul dintre degetele Oliviei şi s-a urcat pe el ca şi cum ar fi fost un lift.

— Aici erai, micuţule intrus... a zis în timp ce îl însoţea protocolar la ieşire.

Apoi s-a întors spre mine:

— Dacă nu te deranjează, închide uşa după ce pleci.

Însă ceva m-a împiedicat să mă mişc. „Trebuie să începi să trăieşti şi să nu te mai gândeşti la cum să faci asta." Cu această frază se încheia fiecare şedinţă cu psihoterapeuta mea.

— Accept, am spus, urmând-o până în grădină. Chiar dacă nu ştiu nimic despre flori.

Ea s-a întors cu faţa spre mine, şi-a scuturat puţin fusta din mătase şi şi-a încrucişat braţele.

— Știu. Dar ai multe alte lucruri care mă interesează.

Și-a șters cu delicatețe sudoarea de pe frunte.

— Acum știu că ești cinstită și că nu știi să spui „nu", fiindcă nu m-ai contrazis nicio clipă. Știu că ți-e greu să iei propriile decizii și să-ți exprimi gusturile. Mai știu că tocmai ai sosit în cartier, deoarece colțul acesta este un loc strategic și te-am văzut trecând timp de mai multe zile cu sacoșe de cumpărături, ceea ce înseamnă că nu ai scos lucrurile din cutii, pentru că te-ai îmbrăcat mai multe zile cu aceleași haine.

M-a scanat curioasă de sus în jos.

— Nu te aranjezi pentru nimeni, nici măcar pentru tine... Știu că locuiești singură și că nu ești obișnuită cu asta fiindcă nu stai pe acasă, știu că ai tensiunea mică după felul cum îți târăști picioarele pe stradă în jos și că ceea ce tocmai ai făcut aici, cu mine, este o schimbare. Prin urmare, da, mi-am dat seama și că nu știi nimic despre flori.

A pășit din nou spre interiorul serei.

— Vino mâine și vom vedea ce putem face în privința asta.

Pentru a încheia acordul nostru, eu am încuviințat din cap, iar ea mi-a făcut semn cu unul din ochii săi albaștri. În loc de un contract, Olivia a ales pentru mine niște violete africane într-un ghiveci mic și apoi m-a rugat să nu le înec, trebuiau să trăiască atât timp cât avea să dureze munca mea la Grădina Îngerului. „Și cât va fi asta?", am întrebat-o. Iar ea a răspuns râzând: „Dar, draga mea... de unde să știu?" Apoi a dispărut printre plante, camuflată de rochia ei vegetală.

În timp ce mergeam în jos pe stradă, evitându-i pe măturătorii care stropeau strada Huertas și întrebându-mă ce mi se întâmplase cu câteva minute în urmă, mi-am dat seama pentru prima dată că, până atunci, nu improvizasem niciodată în toată viața mea. Din cine știe ce motiv, întotdeauna am crezut că spontaneitatea mea ar fi periculoasă, iar intuiția mea, ratată.

Dar pe atunci ştiam deja că viaţa e un spectacol fără repetiţii. O premieră pe nepregătite. Îmi dovedise asta plecarea ta. Şi mă conving pe deplin după această vară care mi-a schimbat viaţa.

Ieşi pe scenă nefardat şi fără să-ţi ştii rolul. Iar eu am avut întotdeauna trac. Poate că de aceea n-am luat multe decizii în viaţa mea. De aceea preferam să le iei tu, iar eu să te urmez. Presupun că mi-ar fi plăcut să fiu sigură că ştiu rolul înainte de a înfrunta publicul, să fiu sigură de aplauzele de la sfârşit. Era mult mai uşor să-i ofer altuia rolul de protagonist al vieţii mele. Ca să nu atrag prea mult atenţia, în caz că greşeam una dintre replici; ca să trec neobservată în faţa criticii; ca să nu fie nevoie să mă scoată din încurcătură cel care avea un rol principal. Deja nu mai aveam rol de co-protagonistă, ci unul secundar în desfăşurarea propriei vieţi.

Când am ajuns la apartament am avut senzaţia că intru într-un cuptor. M-am tot învârtit, întrebându-mă care era locul potrivit pentru a-mi aşeza violetele. Oare aveau nevoie de lumină, apă, umiditate, răcoare, căldură? N-aveam să fiu în stare să le fac să supravieţuiască nici măcar o săptămână, de asta eram sigură. În cele din urmă, le-am lăsat cu grijă pe pervazul dormitorului meu. Căldura uscată, sufocantă şi cântul insistent al unui greier nu m-au lăsat să pun geană pe geană toată noaptea.

Metabolismul oazelor

Cine eram în urmă cu trei luni?

Răspunsul este simplu. Cea din ultimii douăzeci de ani. Exact jumătate din viaţa mea.

Vreau să notez aici că-mi este îngrozitor de greu să vorbesc despre mine, am mai spus-o. Şi, cu atât mai mult, să mă erijez în protagonista vreunei poveşti. Dar am promis să fac un efort. Să mă situez în centrul vieţii mele şi al poveştii mele. Să reluăm.

Cine eram în urmă cu trei luni?

Femeia aceea de patruzeci de ani care merge năucă pe trotuarele prea înguste din centrul Madridului, în vara despre care se spune că este cea mai călduroasă din acest secol. O femeie care, cu ani în urmă, n-ar fi ieşit din casă nemachiată, nu din cochetărie, ci pentru că, în fond, nu i-a plăcut niciodată faţa ei, şi care acum nu-şi aminteşte ultima oară când şi-a spălat părul. Cea care-şi târăşte picioarele pe culoarele unui supermarket nou, care i se pare un labirint imposibil, fiindcă lactatele nu se află lângă casa de marcat, iar fructele şi legumele nu au formele obişnuite, ci sunt tăiate, curăţate şi puse în cutiuţe, de parcă ar fi bomboane.

Intrasem în supermarket cu ultima valiză care mai rămăsese în fosta mea casă, urmând instrucţiuni, ca întotdeauna, şi grăbindu-mă să mă simt în siguranţă în noul meu mediu: un supermarket, o spălătorie, o farmacie şi o sală de gimnastică. Acelea erau, potrivit prietenei mele Lorena, cele patru puncte cardinale care aveau să mă ajute pentru a mă orienta în noua mea viață. Fiindcă niciodată nu locuisem singură și avea să-mi fie greu. Fiindcă trecuse deja un an de când Óscar murise și trebuia să încep să depășesc durerea. Fiindcă doliile n-aveau voie să dureze mai mult de un an. Și punct.

Mă numesc Marina. Iar dintre toate certitudinile Lorenei, una este de la sine înțeleasă: *n-am fost* niciodată singură. Întotdeauna *am fost* cu cineva. Întotdeauna *am fost* cu el. Sau aproape. Acum, că m-am decis să scriu această poveste, prefer să spun „cu tine".

Nu există o singură fotografie în care să apar singură. Mereu apăream cu tine. Sau mă priveai din cealaltă parte. Sau apărea umbra ta. Sau o parte din degetul tău acoperind obiectivul. Chiar dacă eu eram în fotografie, privirea ta asupra mea era imortalizată. Nu eram doar eu. Eram acea *eu* care era cu tine.

Și, dintr-odată, mi-era foarte greu să trăiesc.

Mă refer la lucrurile de bază. Acelea care înainte erau automatisme provocau acum în interiorul meu o dispută crâncenă.

De exemplu, să aleg ce să mănânc. Mi-am dat seama de asta în timp ce țineam o cutie cu ouă ecologice, pe al cărei capac se indica faptul că erau din „găini libere". Asta deja m-a neliniștit. În fostul meu cartier ouăle erau ouă și nu se specifica niciodată starea civilă a găinilor. M-am simțit solidară față de ele. Nici eu nu voiam să se specifice undeva starea mea civilă.

Celibatară?

Liberă?

Singură?

Nu, nu eram pregătită. Chestia e că mi-am dat seama în momentul acela că n-aș putea să fac un ou. M-aș întrista. Fiindcă mereu am făcut două. Și nu l-aș putea fierbe, căci le mâncam fierte seara. Și întotdeauna erau două. Niciodată nu a fost unul. Să excludem ouăle, mi-am zis. Și sfeclele. Fiindcă înainte nu ne plăceau, nu, dar au început să ne placă de când eram împreună. Am învățat să le gătim împreună în timpul excursiei la acea casă rurală din Guadalajara. Am exclus și sfeclele.

Și umblam așa de o oră, rătăcită într-un loc care, conform teoriilor prietenei mele, ar fi trebuit să mă ajute să mă orientez, încercând să găsesc ceva să-i pot da stomacului fără să-l vomite creierul sub formă de amintiri usturătoare, căci doar exact asta erau: amintiri.

Dar această întâmplare nu este cea care marchează începutul poveștii mele. Am ieșit din supermarketul cu temperatură de morgă, fără să cumpăr ceva, și am fost lovită de o căldură inadmisibilă la ora zece dimineața, în mijlocul cartierului Literelor.

Noul meu cămin.

Cămin?

Am citit: strada Moratín, 8. Am urcat pe strada del Prado, rușinată de zdrăngănitul valizei mele, căutându-mi noul apartament, fără să bănuiesc că mergeam în sens invers. N-am stat niciodată bine cu orientarea și-l văzusem doar o dată. Apoi am luat-o pe strada del León, până am ajuns pe strada Huertas, unde am cotit-o, am trecut de cafeneaua Populart, care anunța cu cretă pe o tăbliță concertul de jazz din acea seară, am evitat un bărbat bărbos cu o armonică la care, cu timpul, aveam să-mi dau seama că interpreta în mod obsesiv aceleași două melodii, am călcat pe frazele celebre ale scriitorilor și mai celebri, cu care Primăria avusese fericita idee să împodobească străzile, până când, în dreptul citatului din Pérez Galdós și, mai exact, stând în picioare pe semnătura lui, m-am oprit. Exact la colț cu Piața Îngerului.

Mi s-a părut o oază în centrul orașului. Era o florărie ciudată, o grădină urbană cu o seră, în spatele unui grilaj vechi din fier. În interiorul grădinii, ici-colo bănci, havuzuri din piatră și leagăne care atârnau de copaci. În mijloc, un măslin milenar care, probabil, i-a cunoscut pe toți foștii locuitori ai cartierului. Lângă el, un șevalet cu un tablou colorat pe jumătate pictat și pe jos o cârpă pătată. Sub coviltirul alb al pergolei am întrezărit silueta unui bărbat blond stând cu spatele și citind. Am reușit să văd doar fragmente: mâinile care țineau cu seninătate o carte, spatele sprijinit de un scaun uzat din fier, picioarele încrucișate și servieta lui pe jos. Pe ușă, un afiș cu litere pline de mișcare: NU ÎNCETA SĂ VISEZI. „Ar trebui să încep să fac asta", m-am gândit. În dimineața aceea n-am îndrăznit să trec de grilaj, dar mirosul proaspăt al pământului de curând udat m-a făcut să respir pentru prima oară în multe luni.

Asta nu i-a trecut niciodată prin minte Lorenei. Că, pentru a se reinventa, orice ființă umană are nevoie să-și găsească propria oază. Un loc unde să existe pacea râvnită, în care să fii înconjurat de acele lucruri ce te fac fericit, ca să te izolezi cu ele când simți nevoia. O vizuină în care să hibernezi chiar și pe timpul verii. O seră cu microclima perfectă pentru a crește, a te transforma și a deveni din nou puternic. A mea urma să fie o florărie și se numea Grădina Îngerului.

Ziua 1
Destinul ciudat al valurilor

Aceasta este singura întrebare la care n-ai putut să-mi răspunzi niciodată, o întrebare referitoare la o mare despre care știai totul. „Încotro se duc valurile?", te-am întrebat. Iar tu ai păstrat tăcerea pentru prima oară în douăzeci de ani. Ceea ce deja spune multe.

Acum, că vântul mi-a dat un răgaz și sunt singură pe această ambarcațiune în mijlocul apei, am profitat pentru a începe să aștern pe hârtie tot ce mi s-a întâmplat în ultimele trei luni, până când marea o să mă sâcâie iar și se va lăsa noaptea.

Înștiințarea meteorologică din port nu părea foarte dramatică, dar Mediterana este cea mai parșivă mare din câte există. N-o vezi când vine peste tine. Spuneau deja asta grecii. Și tu.

Navighez deja la cinci noduri și o suprafață care pare mercur se întinde în fața mea. Rămân în urmă munții aprinși de soarele roșu ca sângele, precum și povestea mea. Mai puțin protagonista ei.

Eu.

Acesta a fost un mod prea îngâmfat de a începe. Nenatural. Nu vorbesc și nici nu gândesc așa, n-are rost să mă mint. Pare chiar un roman. Și nu este. N-aș ști niciodată cum să scriu unul.

Olivia mi-a spus să scriu tot ce mi s-a întâmplat în aceste ultime trei luni de când ne-am cunoscut, ca să nu țin în mine.

Însă trebuie să încerc să fac asta ca şi cum n-ar citi nimeni. Cu libertate, spune ea. Mor de râs. De parcă n-ar şti că acum acesta e cel mai rău lucru pe care mi-l poate cere.

N-am ştiut niciodată să-mi ofer libertate.

Despre asta-i vorba.

Iar aceste rânduri ar trebui să semene cu un jurnal de bord al propriei vieţi, destinat singurei persoane de pe pământ pentru care nu sunt obişnuită să fac nimic: din nou eu.

Acum începe să se mişte din nou. Coca se izbeşte de apă şi simt cum îmi tresaltă stomacul. Tu spuneai asta: cel care iese la plimbare are întotdeauna vântul în faţă pentru că îl caută. Dar eu nu. De aceea am vântul în spate. Fiindcă trebuie să ajung într-un anume loc. Am o misiune. Ce norocoasă sunt!

Dar ce relatează această poveste? Tocmai asta. Relatează cum Marina, o femeie pe care întotdeauna a înspăimântat-o marea, decide, contrar tuturor aşteptărilor, să traverseze strâmtoarea într-o călătorie pe mare de opt zile. Nici mai mult, nici mai puţin. Singură. Şi pe o ambarcaţiune pe care nu ştiu să o conduc. Totul foarte coerent.

Este o sinucigaşă?

În principiu, nu. O face pentru a îndeplini o promisiune. Şi din cauza unei întâlniri din urmă cu trei luni. Pe uscat. Într-un oraş fără mare, Madrid, dar într-un cartier păzit de Neptun. Deşi doar de statuia lui. Motivul real pentru care Marina face această nebunie îl va descoperi pe durata călătoriei sale şi în timp ce scrie. Sau, cel puţin, aşa mi s-a spus. O odisee în toată regula. O odisee care are ca protagonistă o femeie.

Cu libertate.

Fără teamă.

O nimica toată. Această incertitudine stârneşte groaza într-o persoană ca mine, care întotdeauna a cerut să-i fie scrisă următoarea scenă din viață și care a trebuit să se limiteze la a o interpreta.

Citesc iar și iar durata totală a călătoriei: opt zile, pornind din Cartagena și ajungând în Tanger. Trebuie să navighez douăsprezece ore pe zi pentru a-mi atinge obiectivul. Simplul gând mă face să mor de frică și de epuizare. Victoria, care nu se înșală niciodată când vine vorba de cifre, mi-a făcut calculul pentru patru noduri, cu mai bine de o oră de amarare sau de ancorare la punct fix, ceea ce însumează încă douăzeci de ore. În total, mă așteaptă o sută de ore pe barca asta și nu pot să ratez calculele, fiindcă voi rămâne fără combustibil. Și fără provizii. Și fără apă. Și am cheltuit pentru nebunia asta tot ce-am câștigat în aceste trei luni la Grădina Îngerului.

Deocamdată, așa cum spuneam și mai înainte, știu doar că încep această călătorie pe mare fără permis, căci n-am permis nici măcar de conducere a propriei vieți.

Acesta este adevărul.

Întotdeauna am călătorit pe scaunul copilotului.

Poate că de aceea m-am dezobișnuit să iau hotărâri sau poate că n-am știut niciodată cum să decid în ce direcție să o apuc. Fiindcă deja tu hotărai direcția. Iar eu eram rucsacul tău. Și acum tu nu mai ești, iar această ambarcațiune nu are căpitan, la fel ca mine.

Aceasta e altă întrebare: și-o fi dat seama *Peter Pan* că n-are căpitan?

Cred că încă nu, pentru că momentan înaintează, încet, princiar, deși încă n-am îndrăznit să întind pânzele, nu cred că merită la cât de liniștit adie vântul; în plus, să nu ne amăgim, nici nu îndrăznesc să opresc motorul. Între timp, profit de generozitatea mării, care, pentru început, a hotărât să-mi înlesnească situația. Dar dacă am învățat ceva de când ai plecat, acesta este faptul că și eternitatea expiră. Și că timpul este o iluzie mentală.

De aceea totul s-a petrecut atât de încet de când m-ai abandonat, în urmă cu un an, și atât de repede în ultimele trei luni: să închid casa; să mă mut în centru; să mă decid să scot din port corabia *Peter Pan*; să îndeplinesc această promisiune.

Ce ciudat este timpul!

Și cât de puțin științific.

Doar trei luni au trecut de când o cunosc pe Olivia? Dar pe celelalte?

Și am intrat în încurcătura asta pentru cineva care a apărut de curând în viața mea? Serios?

Trec în revistă în minte proviziile pe care le am la mine: șase cutii de fasole verde, douăsprezece de ton, paste, lapte praf, patru de pâine prăjită, cafea, șase tablete de ciocolată, opt plicuri de supă instant... dar mai ales apa. Rezervorul cu apă. Și combustibilul. Sunt în continuare obsedată de calculele în ceea ce privește motorina și apa.

Trebuie să încetez să tot repet această listă, altfel o să înnebunesc. Trebuie să fiu atentă, dar și să-mi stăpânesc frica, altfel o să fiu epuizată înainte de a începe călătoria.

„Încotro se duc valurile?", te-am întrebat în acea după-amiază când încă aveai putere să te așezi la cârmă, cu mantaua ta de ploaie și șapca albă, cu batista albastră înnodată strâmb la gât. Ce semn rău, Óscar. Foarte rău. Nu mi-ai ținut un discurs, așa cum ar fi fost firesc.

Ai păstrat tăcerea. O mică mostră a tăcerii pe care, în scurt timp, urma să o păstrezi pentru totdeauna.

Aceeași pe care o păstrezi acum.

Nici după ce ai plecat n-ai încetat să-mi dai instrucțiuni. Ai câștigat. Într-acolo mă îndrept. Trebuie să te avertizez însă că n-am respectat pe deplin acordul nostru: n-o să-ți vină să crezi, dar n-am căutat pe nimeni să mă ducă.

Sunt singură. Ți-am zis deja asta?

Crezi că sunt nebună?

Măcar de-aș fi!

Haide, spune ceea ce-mi stârnește teamă. Spune că nu voi fi în stare. Dar, pentru prima oară, dacă n-ai nimic împotrivă, n-o să stau pe gânduri.

Deocamdată, ca să știi, am reușit să-l duc în largul mării pe *Peter Pan*, având împotrivă vântul, marea, chiar și amintirea ta. Ce-i drept, era să am un accident imediat ce am ieșit din portul La Duquesa și m-am întrebat de ce aș asculta-o pe o roșcată țicnită care a apărut recent în viața mea, și nu pe tine, care, la urma urmei, mă cunoști de când eram copilă. Adevărul e că, uneori, persoanele care ne cunosc la vârsta adultă sunt singurele în stare să ne vadă așa cum suntem, și nu cum am fost. S-ar putea ca Marina pe care ai cunoscut-o să nu fi fost în stare să pornească în această aventură singură, iar cea pe care a cunoscut-o Olivia, da. Asta vreau să cred. Și asta voi descoperi în următoarele opt zile.

De asemenea, îmi repet întruna tot ce am învățat în toți acești ani navigând cu tine. Liste de recomandări luate din natură când navigam împreună sau din manualul căpitanului de iaht, pe care l-am studiat cu Casandra în vara asta, ce tocmai se sfârșește. Lucruri mărunte. Lucruri simple. Lucruri care pe uscat n-ar avea importanță, dar care pe mare îți pot salva viața: parâmele se înfășoară întotdeauna în sensul acelor de ceasornic. Și întotdeauna trebuie strânse bine. Niciodată să nu te arunci în apă fără să lansezi mai întâi colacul de salvare și doar coborând pe scăriță... ca nu cumva să nu mai poți urca din nou, ca în filmul acela înfricoșător. Cum se numea?... Nu contează.

În orice caz, deja mă aflu aici și nu mă poți proteja: stau pe coverta ambarcațiunii tale în miez de noapte și în mijlocul apei.

O idioată care tremură de frig sub o manta de ploaie cu o violetă minunată brodată pe spate, aceeaşi pe care a desenat-o Aurora pe vela mare şi pe care încă n-am văzut-o, o femeie care se întreabă de ce-i este atât de frig dacă de-abia e sfârşitul lui august. Cine ştie, poate din cauza fricii de viaţă.

Dar ce destin ciudat au valurile, nu ţi se pare? Le observ de ceva vreme. Acele valuri feminine care aleargă pe o mare masculină[1]: unele se nasc şi se năpustesc spre moarte în siguranţa ţărmului, dar altele alunecă în sens invers şi dispar în ocean, până se topesc în el. Presupun că am făcut parte din prima categorie, iar acum îmi e teamă să aparţin celei de-a doua.

De aceea călătoresc singură.

Pentru prima oară.

Fără permisiune.

Fără a ta şi fără a autorităţilor portuare. Ştiu că nu sunt stăpâna ambarcaţiunii tale şi nici a alteia. Cum nu am fost nici a vieţii noastre.

Şi sunt îngrozită. Am mai spus-o. Fiindcă nu mi-am permis niciodată să fac ceva nepermis. Dar şi tu ai plecat fără permisiune, Óscar. Sau m-ai consultat oare? Iar persoanele ca tine n-ar trebui să aibă dreptul de a disparea aşa, nitam-nisam. Nu-ţi dai seama? M-ai lăsat, luând cu tine hărţile, rutele, cârma, motorul şi direcţia.

Nu, n-aveai dreptul să faci asta.

Şi cu atât mai puţin să vii apoi cu exigenţe.

Acum pare că vântul începe să bată dinspre sud. Un vânt cald şi dens, care-mi trezeşte atât de multe amintiri… *Peter Pan* se leagănă ridicând bărbia cu oarecare îndrăzneală, aşa cum făceai tu când înclinai prova după vânt. Poate că şi-a dat

[1] În spaniolă, genul substantivului *mar* este masculin (n. tr.).

deja seama că nu ești cu noi, poate că ambarcațiunea asta răzbunătoare încearcă să mă saboteze. Nu ne-am înțeles niciodată bine, pentru că întotdeauna s-a interpus între noi doi. Dar să-ți spun ceva: dacă tot mă aflu aici, voi încerca din răsputeri să ajung până în Africa și să îndeplinesc această promisiune stupidă. O să mă intersectez cu o ambarcațiune pe care o văd la tribord. Asta deja mă neliniștește. Nu pot pretinde ca marea să fie pustie până la strâmtoare. Doar pentru mine. Respect foarte mult strâmtoarea. Știai asta.

Atenție, ambarcațiunea pe care o văd în depărtare este un vas de pescuit. Dacă trec prea aproape de el, s-ar putea să i se încâlcească plasele în elicea lui *Peter Pan* și s-ar termina totul înainte de a începe. Doamne Dumnezeule, cum, unde și când voi dormi în aceste opt zile?

Se pare că vântul este leneș. Dar să-ți spun ce o să fac dacă începe să bată mai tare: o să trag cu putere de parâmă, o să întind vela cea mare – oare o să fiu în stare să o întind singură? – și o să opresc motorul. O să fac asta cu oarecare teamă, ce-i drept, dar o s-o fac, până când o să simt zgomotul acela specific în apă. Nu trebuie să irosesc combustibil. Tu mi-ai spune să navighez folosindu-mă de velă cât pot, mărginind coasta. Aș putea face asta dacă aș opri motorul. Chiar dacă ar însemna să parcurg mai multe mile, aș profita de vânt. Dar nu, încă nu îndrăznesc să-l opresc. Și n-am ieșit la plimbare, așa că nu-mi rămâne decât să înfrunt vântul. Mi-ar plăcea să pot întinde vela, ce-i drept, și să văd violeta aceea mare pe care a desenat-o în mijloc Aurora.

Ce dor îmi e de ele!

Am profitat de acest moment de liniște și pentru a suna la Madrid. În ciuda problemelor cu Wi-Fi-ul de pe navă, am reușit ca Skype-ul să funcționeze decent. Fetele au strigat la unison când m-au văzut: Casandra și Victoria în prim-plan, luptându-se să manevreze calculatorul, Gala aranjându-și nestingherită părul în timp ce se uita la imaginea ei pe ecran și Aurora ștergându-și ochii cu un șervețel. Aveau paharele pregătite să toasteze și păreau cam amețite. „Am reușit să scot barca!", am strigat. Iar asta a stârnit o adevărată bucurie. În spatele lor se ghiceau geamurile serei, ghivecele cu flori agățătoare și, dintr-odată, am simțit o înțepătură de nostalgie. Cum pot simți acum mai multă nostalgie pentru un loc găsit de curând decât pentru toată viața noastră petrecută împreună?

Ce ciudată este și dragostea!

Și, bineînțeles, ce puțin științifică.

Am întrebat de Olivia, dar n-a putut sau n-a vrut să se arate. După cum o cunosc, presupun că vrea să-mi fie clar că n-o să mă mai țină de mână de-acum înainte. Știe că, dacă am îndrăznit să fac nebunia asta, încă nu știu să spun dacă a fost datorită sau din cauza ei. Poate că deja regretă. Așa că, de data asta, a trebuit să apelez la memorie pentru a extrage una dintre acele fraze înțelepte care m-au ajutat în aceste luni să suport încă o noapte de absență:

„Știi, draga mea, este ca o lovitură de săgeată apașă. Dacă nu te-a omorât, cu fiecare minut vei fi mai vindecată", mi-a spus într-o zi când m-a prins plângând în baie.

Când am încheiat convorbirea, strigătele de emoție ale celor pe care deja le consider prietenele mele au plutit în continuare ca niște comete duse de vânt.

Apoi am apucat cârma pe care încă nu simt că-mi e permis să o ating.

Amețesc.

Am navigat cu tine douăzeci de ani și stomacul meu încă nu știe să se miște în ritmul valurilor. Va trebui să mai iau o biodramină. Am atât de multe cutii încât, dacă m-ar opri cineva, ar crede că sunt narcotraficant. Le voi lăsa la îndemână în compartimentul de sub masă, sigilate bine într-o pungă ca să nu se ude. Câte cutii am? Dar de antibiotice? Să trecem şi asta în revistă: două cutii de antiinflamatoare, două de anxiolitice, antihistaminice, adrenalină, melatonină... totul din partea Victoriei. După cum ea însăşi spune, este mamă şi se vede. Şi apoi toate drajeurile din plante pe care mi le-a dat Casandra: echinaceea pentru sistemul imunitar, gheara-pisicii pentru curăţarea vaselor de sânge, afine pentru evitarea infecţiilor urinare, potasiu pentru cârcei, vitamina C pentru vitalitate... Dar dacă marea se agită, nimic din toate astea nu mă va ajuta. Asta-i realitatea.

Sunt singură timp de opt zile.

Singură în mijlocul mării.

Însă era indispensabil. Este absolut necesar să verificăm cine suntem fără restul lumii. Cine suntem în esenţă. Şi să nu fim nevoiţi să învăţăm asta forţat, când suntem lăsaţi cu adevărat singuri. Îmi repet asta ca pe o mantră. Dar este şi o cugetare a Oliviei.

Şi acum mă gândesc... ştii la ce mă gândesc? Că măcar de-aş fi descoperit cine sunt când noi doi încă eram împreună.

Dar tu? Cine erai?

Poate că *eu*, cea reală, şi *tu*, cel adevărat, n-ar fi continuat împreună.

Mai am opt zile de călătorie pentru a afla.

Dar de ce? Fiindcă, atât dacă dau ortul popii în timpul acestei călătorii, cât şi dacă mor într-un azil la o sută de ani, ar fi bine să descopăr înainte să părăsesc această lume cine naiba am fost în realitate şi să pot spune: „Marina: încântată că te-am cunoscut". Asta mi-a spus şi Olivia, cred că în seara în care observam procesul larvar al unui fluture.

Acum știu, simt că acesta este sfârșitul unui proces început cu trei luni în urmă, departe de mare și de femeia care sunt în prezent, cea care înfruntă o aventură în care-și riscă viața. Sau, cel puțin, modul de a și-o trăi.

Acum, că scriu asta, pare pentru prima oară real.

Chiar fac asta?

Trebuie să fi trecut două ore de când m-am îndepărtat de coastă și valurile sunt în continuare binevoitoare.

Dar totul e trecător. Tu știai asta mai bine decât mine: marea nu se oprește niciodată. Este întotdeauna în mișcare, la fel ca viața. Și trebuie să reacționăm în continuare la ea. Mereu în alertă. Mereu în mișcare.

A spus-o Olivia citând pe nu știu cine în ziua în care le-am povestit despre provocarea mea acelor femei pe care de-abia le cunoșteam.

Pesimistul se plânge de vânt.

Optimistul așteaptă să i se schimbe direcția.

Realistul ajustează velele.

Iar eu asta voi face. Voi ajusta velele.

Este diferența dintre a continua să trăiești și a te îneca.

Pisică într-un apartament gol

Nu lași să moară o pisică.
Căci ce poate face o pisică într-un apartament gol.
Se poate urca pe pereți.
Se poate freca de mobile...

Îmi amintesc că acesta era un poem de Wisława Szymborska, care-mi plăcea pe vremea studenției. Pe atunci nimeni nu știa cine era ea și, chiar și după ce a câștigat Premiul Nobel pentru Literatură, erau oameni care nici măcar nu puteau să-i pronunțe bine numele. Presupun că-mi plăcea acest poem pentru că tu încă n-aveai pisică și nici apartamentul nostru nu era gol. Nu mi-am mai adus aminte de poem până în dimineața în care m-am dus să închid casa noastră.

Am intrat în vârfurile picioarelor, de parcă m-aș fi temut să nu trezesc cu tocurile mele durerea și pe tine din siesta eternă în care ai decis să te cufunzi. Și atunci am auzit sunetul lăbuțelor lui pe podea și, la scurt timp, restul trupșorului grăsan și obosit a apărut în capătul holului, în lumina portocalie revărsată de soarele care strălucea dincolo de obloanele întredeschise. S-a așezat și a căscat. M-am bucurat oarecum că-și îndeplinea toate obiceiurile pisicești.

Se pare că nimic nu s-a schimbat
și totuși s-a schimbat.

Că nimic nu s-a mişcat,
dar este dezordonat.
Şi noaptea lampa nu se mai aprinde.

„Bună, Căpitan", am zis şi m-am aşezat pe vine, „vino-ncoace, grăsanule". El m-a observat cu o indolenţă de felină, şi-a întins spinarea alb cu negru şi s-a lăsat să cadă într-o parte, într-o manieră prea puţin elegantă. Nici vorbă să alerge la uşă sau să miaune. Nici nu mă aşteptam la aşa ceva. Doar m-a observat, cu masca neagră de carnaval care-i acoperea ochii transparenţi, vrând să-mi transmită clar că întotdeauna a fost motanul tău, iar eu soţia ta, pe lângă care nu trebuia să se dea bine de fiecare dată când în castronaş exista mâncare pentru motani castraţi.

Când m-am ridicat am simţit că mi-a scăzut tensiunea, iar când am închis uşa m-am simţit ca într-o saună. M-am îndreptat spre el şi, când am ajuns în salon, i-am înţeles atitudinea. Stătea acolo, tolănit unde fusese mereu covorul. Înconjurat de fantomele tablourilor care acum erau doar umbre înnegrite pe pereţi. În locul fotoliului pe care citeai exista doar o încâlceală de cabluri fără lampă. Rafturile goale. Becurile atârnând de tavan şi un miros insuportabil de urină, ce făcea aerul şi mai irespirabil. Singurul lucru care continua să fie la locul lui era coşuleţul lui Căpitan, în faţa radiatorului stins.

Există aici ceva ce nu începe
la ora obişnuită.
Există ceva ce nu se întâmplă
aşa cum ar trebui.
Aici exista cineva care era întruna prezent,
care a plecat dintr-odată
şi în mod insistent nu mai este.

M-a privit obosit. S-a ridicat. Și-a arcuit din nou spinarea și a făcut gestul de a-și ascuți ghearele într-un covor imaginar. L-am dojenit puțin, pentru a-i deveni complice la încercarea de normalitate, ceea ce l-a făcut să alerge neastâmpărat prin salon timp de câteva secunde. Apoi m-am apropiat de el și l-am mângâiat în spatele urechilor moi și păroase. S-a frecat de picioarele mele. Adevărul este că întotdeauna ne-am înțeles destul de bine. Chiar dacă nu m-a întâmpinat cu aceeași atitudine ceremonioasă. „În curând vor veni să te ia", i-am șoptit în timp ce luam în brațe cele șase kilograme moi de păr și de grăsime ale sale și-l simțeam cum torcea liniștit lângă gâtul meu. Atunci m-am gândit că poate n-ar fi trebuit să iau atât de repede decizia de a i-l da soacrei mele. „Mi-ar plăcea să-l păstrez, a fost precum copilul lui", m-a implorat. Și a zis copilul tău, nu al nostru, iar eu am acceptat această rugăminte cu tentă de dramă. Iar acum, dintr-odată, nu mă puteam dezlipi de acel trupșor, fiindcă era tot ce mai palpita din viața mea anterioară.

Când am reușit să-i dau drumul, a căzut în picioare, după cum spune legenda, și m-a urmat până în bucătărie, mergând încet, așa cum făcea mereu. M-am asigurat că avea suficientă mâncare. Apoi am lăsat să curgă apa de la robinet o veșnicie, până s-a limpezit puțin, i-am clătit farfuria, iar când am pus-o jos m-a privit, și-a cufundat în ea boticul de catifea albă și a băut mișcându-și repede limba mică. Activitatea asta cotidiană, pe care o făcusem amândoi în atâtea dimineți, m-a sfâșiat definitiv. „O să vadă el când se va întoarce", i-am zis cu voce tare, recitând cum am putut finalul acelui poem pe care, brusc, începeam să-l urăsc, „o să vadă el când va apărea... O să afle că așa ceva nu i se face unei pisici..." Și am rămas amândoi acolo mult timp, privindu-ne fără să pricepem ceva, în timp ce eu exercitam în locul lui acea ciudată capacitate umană de a plânge.

Independence Day

„INDEPENDENȚĂ."

Acesta este cuvântul pe care l-am citit pe telefonul meu mobil, scris cu majuscule, când m-am trezit leoarcă de transpirație într-un fotoliu pe care nu-l recunoșteam.

„Să ai un loc de muncă îți va conferi INDEPENDENȚĂ."

Era răspunsul Lorenei la mesajul meu de seara trecută, în care îi aduceam la cunoștință, fără să-i dau detalii, angajarea mea iminentă. Lorena este singura prietenă care mi-a rămas după ce l-am pierdut pe Óscar. Sau, mai bine zis, singura care nu era o prietenă obișnuită. Una dintre acele persoane care recurgea la majuscule ca să-ți rămână întipărit în minte un mesaj.

INDEPENDENȚĂ: ce însemna? Cine ești fiind „independentă" de alții? m-am întrebat în timp ce mă spălam pe dinți în reflexia ferestrei.

Cine sunt eu? Independentă... mi-am repetat în timp ce făceam un duș rece și părul meu pubian îmi amintea că nu eram obișnuită să notez lamele de ras pe lista de cumpărături.

Câte cuvinte din dicționarul nostru nu rostisem deloc în toată viața mea?

În dimineața aceea, în timp ce udam violetele mestecând o felie de pâine prăjită, hotărâtă să le înec – pe ele și pe locatarul lor enervant; în timp ce frecam cu o furculiță o cafea instant cu lapte praf; în timp ce-mi dădeam seama că încă nu inaugurasem patul şi continuam să dorm pe canapea şi în timp ce realizam că la cei patruzeci de ani ai mei aveam un loc de muncă nou, la fel de precar ca oricare altul pe care îl avusesem mai înainte, m-am neliniştit dintr-odată că nu voi fi în stare să fac diferenţa între anumite concepte.

De exemplu:

Ce diferenţă era între independenţă şi libertate?

Dar între libertate şi singurătate?

Nu-mi era clar ce însemnau aceste cuvinte.

Imaginea pe care mi-o oferea oglinda din liftul în care prinsesem obiceiul de a mă pieptăna era cea a unei femei... independente? Libere? Singure?

După ce am lăsat nerezolvată acea autoevaluare deloc necesară de tip test, m-am îndreptat spre Grădina Îngerului. Era ora nouă dimineaţa şi, dacă tot vorbim de neştiinţă, nu ştiam nici la ce oră începea ziua mea de lucru.

Dar de ce eram atât de neliniştită? Fiindcă nu ştiam nimic despre flori, fiindcă întotdeauna am fost mai degrabă stângace în ceea ce priveşte relaţiile sociale, iar cuvântul „public" îmi scădea, de asemenea, tensiunea, pentru că în ultimii ani schimbasem multe locuri de muncă, aproape toate incerte. Până când n-am mai căutat niciunul. Adevărul e că m-am convins foarte repede că nu avea să-mi folosească la nimic faptul că făcusem arheologia, fiindcă ar fi însemnat să călătoresc mult, iar locul tău de muncă era în Madrid. Şi logic era să pariem pe acela dintre noi doi a cărui situaţie era mai clară, care câştiga mai mult, avea mai multe posibilităţi, mai multă stabilitate.

STABILITATE: alt cuvânt important pentru a fi scris cu majuscule şi care, dintr-odată, era lipsit de sens. Am ales greşit, asta-i tot. Totuşi, tu întotdeauna încercai să mă convingi de contrariu. Mă înscriai la activităţi ale muzeului, la conferinţe, la ateliere... Presupun că era un mod de a-ţi alina vina pentru că eu dădeam prioritate carierei tale, în detrimentul carierei mele.

A DA PRIORITATE: mă rog, gata cu atâtea cuvinte pe care nu le înţeleg.

Un salt de credinţă. Asta simţeam în timp ce urcam pe stradă. Ca în *Indiana Jones şi ultima cruciadă*. „Trebuie să crezi", îi spunea Sean Connery lui Harrison Ford înainte să păşească în abis. Şi acum eram sigură că în faţa mea exista doar un abis ce aştepta să pun piciorul în gol, cu speranţa că sub pantoful meu va apărea un defileu prin care să se treacă în partea cealaltă.

Şi în partea cealaltă a străzii se afla deja florăria cu grilajul deschis.

În interiorul serei, stând pe o banchetă şi ţeapănă ca o orhidee, am văzut-o pe noua mea şefă ocupându-se de două femei de vârste diferite. Purta o pălărie din paie roz, cu boruri late, o rochie albă din in şi nişte ochelari mici şi zgâriaţi, în stilul anilor şaizeci, cu rame asortate cu pălăria.

Afară, o fetiţă blondă de câţiva ani alerga ca o sălbatică prin grădină, dărâmând totul sub privirile pasive ale părinţilor ei.

— Cum vrei să ţi-o spun, mamă? O fac pentru el. O să iau doar un buchet. Identic cu acela pe care mi l-a dăruit el în ziua în care m-a cerut. Este un simbol. Puţin îmi pasă că are loc într-un tribunal, a spus femeia mai tânără.

Era foarte slabă şi îmbrăcată cu nişte blugi scurţi şi bluză albă, purta pe braţ o geantă de firmă şi defila prin seră cu o dezinvoltură de manechin.

— Aţi auzit ceva mai absurd? a replicat mama femeii, deschizând larg ochii spre Olivia.

Era o clonă a fetei peste care trecuseră anii, asupra căreia lăsaseră urme sarcinile, operaţiile, cu o geantă la fel atârnându-i pe braţ, dar mult mai mare.

Florăreasa le asculta cu un zâmbet de concentrare în timp ce, înarmată cu o foarfecă, tăia un bonsai, cu o grijă de chirurg, până când mama s-a apropiat de ea.

— Dumneavoastră ce părere aveţi?

Femeia a privit-o cu ochii ei mici şi albaştri, pe deasupra ochelarilor.

— Că un buchet de camelii nu face rău nimănui decât în cazul în care persoana respectivă are alergie.

Şi-a potrivit ochelarii.

— În plus, florile astea înseamnă „te voi iubi mereu". Nu e rău pentru început.

Fiica şi-a reprimat un zâmbet entuziasmat. Mama şi-a încrucişat braţele.

— Se căsătoreşte la tribunal doar ca să facă declaraţia comună de avere, a zis şi s-a întors către, probabil, singura ei fiică. Aşa că mi se pare foarte ridicol să meargă acolo cu un buchețel, asta-i tot.

— Ridicol? Crezi? s-a îngrijorat fata.

— Pentru numele lui Dumnezeu, să nu facem greşeala de a deveni romantice..., a şoptit Olivia.

Atunci mi-a remarcat prezenţa şi m-a salutat făcându-mi cu mâna. Eu mi-am ascuns mâinile în buzunarele pantalonilor şi, dintr-odată, m-am ruşinat când mi-am amintit că eram îmbrăcată la fel ca în urmă cu o zi.

— Bună, draga mea... apropo, cum ai zis că te cheamă?

— Marina, am răspuns de la uşă.

— Bun, Marina, mă poţi ajuta cu asta?

Mi-a indicat bonsaiul şi mi-a făcut semn să mă aşez lângă ea. Mi-a pus în mâini foarfeca de curăţat ramurile uscate. Am privit-o alarmată.

— Taie cu grijă acolo unde-ţi spun eu. Este bonsaiul lui Lady Macbeth.

Și apoi, întorcându-se spre altă clientă:

— Bună ziua, de când nu ne-am mai văzut!

„Bonsaiul cui?", m-am întrebat. Apoi atenţia mi-a fost atrasă de o altă doamnă care tocmai intrase, cam de vârsta mea, îmbrăcată cu un costum impecabil gri perlă, cu o geantă elegantă şi prea plină atârnându-i de o mână, care le privea, fără disimulare şi pufăind, pe celelalte două din spatele unui buchet uriaş de trandafiri roşii. Avea un păr bogat şi castaniu strâns într-o coadă, gura mare dată cu ruj şi care oferea un zâmbet dispreţuitor, o aluniţă expresivă lângă gură, ochii machiaţi ca să fie remarcată de departe şi un corp cu oase lungi îmbrăcat cu gust şi deloc strident.

— Bună ziua, a răspuns ea sec.

Din cine ştie ce motiv, pe Olivia a părut că o distrează intrarea în scenă a femeii. A ridicat una din sprâncenele ei aproape invizibile şi a spus:

— Îmi închipui că sunt pentru... daţi-mi voie să ghicesc... Casandra?

— Da, a răspuns directoarea.

A privit în jur. A pus buchetul pe tejghea.

— La adresa obişnuită.

Olivia a făcut un gest de uimire teatrală şi mi-a indicat, fără să mă privească, locul unde trebuia să tai următoarea ramură. Am introdus degetele în mânerele foarfecii. Am aşezat lama pe lemn. Am strâns din ochi de parcă avea să mă doară şi am tăiat.

— Adresa? a întrebat ridicându-şi vocea perfectă.

— Am spus „cea obişnuită", a răspuns clienta vorbind mai încet şi făcându-şi vânt cu o mână.

Olivia a zâmbit şi a recitat în timp ce scria:

— Ministerul Afacerilor Externe, piaţa...

— Aceea, da, s-a impacientat clienta.

Celelalte două cliente se confruntau deja, având o atitudine oarecum războinică.

— Îți convine sau nu, este un simbol.

Mama a scos un spray din geantă, apoi și l-a aplicat în nas, suflându-și-l zgomotos.

— Un simbol pentru ce, mamă?

— Nu ți se pare ceva nelalocul lui? Bruno nu înțelege ce femeie are alături. Nu ești o fetișcană, iar în fața angajaților lui...

— Ce?

— Nu ești o femeie pe care o cucerești cu un buchețel de flori. Mâine, poimâine apare într-o emisiune TV să se destăinuie, a spus congestionată.

Fiica a început să-și roadă sălbatic unghia de la degetul mic.

Femeia cu buchetul de trandafiri și-a dat ochii peste cap, dar, dintr-odată, ceva din afară i-a atras atenția. Și-a dus mâna la față, apoi și-a desfăcut părul.

— Și ce-i scriem azi Casandrei pe bilețel? a continuat Olivia, cu o urmă de ironie pe care n-am înțeles-o. „Cu dragoste", „Felicitări", un clasic „Al tău pentru totdeauna" sau ceva mai pasional... „Mi-a plăcut să te devorez toată..."

Cealaltă a strâns din dinți. Olivia a scos un trandafir din buchet.

— Niciodată treisprezece. Mai bine o duzină...

Și-a dus trandafirul la nasul ei ascuțit, privindu-mă complice.

— O adevărată declarație de intenții. Nu știu dacă știi, Marina, dar nu există nimic mai complex decât să dăruiești un buchet de trandafiri roșii. Această floare se înrudește cu steaua cu cinci colțuri, cu pentagrama lui Venus, cu roza vânturilor. În engleză, franceză și germană se spune „rose", Eros dacă-i combini literele, zeul grec al iubirii sexuale. Dacă-l găsești pe o masă, impune tăcerea asupra a ceea ce se discută, iar dacă-ți este oferit, e un mesaj clar de pasiune.

A înconjurat buchetul cu o panglică de culoarea nisipului şi a făcut o fundă. Şi-a deschis cât a putut de mari ochii turcoaz.

— Trandafirul roşu este simbolul iubirii secrete, fiindcă este printre puţinele flori care se închid în propria inimă şi, când îşi deschide corola, deja urmează să moară. Ţi se pare că poate exista ceva mai misterios şi mai plin de sens decât un trandafir roşu?

Părea că lumea se oprise. Clientele priveau buchetul. Noi, pe cliente. Iar trandafirii erau în continuare concentraţi asupra vocaţiei lor misterioase. În cele din urmă, directoarea şi-a desfăcut portofelul, lăsând să se vadă o mulţime de cărţi de credit. A scos una şi mi-a oferit-o, aproape implorând, în timp ce părea că se străduia să nu privească în exterior.

— Scrieţi ce doriţi, dar luaţi banii, vă rog, mă grăbesc.

Din cauza discursului Oliviei, m-am zăpăcit şi am tăiat din bonsai fără aprobarea ei, chelindu-l urât.

Florăreasa a luat de pe tejghea ramura moartă şi mi-a arătat-o.

— Nu-i nimic, Marina. Nu e decât un mic măslin milenar. Îi va lua doar zece ani să crească una la fel. Va trebui să sun la teatru...

La teatru? Milenar? Am privit îngrozită ramura dintre degetele sale ca şi cum aş fi amputat din greşeală un picior, fără să cunosc consecinţele gafei mele. Femeia în costum şi-a întors privirea pe ascuns spre locul în care fetiţa alerga printre plante, urmărită de părinţii ei. Brusc, ochii ei mari de culoarea nisipului se umpluseră de apă. Atunci a lăsat din mână geanta grea, şi-a scos haina şi şi-a pus-o pe umeri, a luat o carte de vizită de pe tejghea şi a început să-şi facă vânt cu ea. S-a întors spre viitoarea mireasă.

— De curiozitate, lucrul acela atât de impardonabil pe care l-a făcut cavalerul în discuţie este că v-a oferit un buchet de flori?

Fiica a încuviinţat răsuflând, iar mama şi-a făcut şi ea vânt în mod energic.

— Da, şi sunt sigură că înţelegeţi că nu mi-am educat fata să cedeze la aceleaşi prostii ca orice secretară fără pregătire, nu credeţi? Am făcut noi destul pe proastele.

Şi-a suflat din nou nasul.

— Ca mine cu tatăl tău.

— Da, bine, a răspuns fiica şi a început să-şi roadă degetul arătător.

— Şi dacă vrei să-ţi spun adevărul..., a reluat atacul mama, în timp ce fiica încerca să o ignore, nu înţeleg de ce te măriţi, fata mea.

— Bine. Am ajuns la miezul problemei. Păi, presupun că mă mărit pentru că el mi-a cerut-o, mamă.

— Şi dacă-ţi cere să te dai cu capul de pereţi, o să faci şi asta?

— Pentru numele lui Dumnezeu! Sunteţi regina metaforelor! a râs Olivia.

— Sper că ai făcut separare de bunuri. Să te măriţi! Ştii câte demersuri absurde trebuie să faci ca să divorţezi? Uită-te la mine şi la tatăl tău.

Femeia în costum a semnat mecanic, şi-a pus portofelul în geantă, haina i-a căzut pe jos, a luat-o agitată şi a scuturat-o, mai bine zis a zgâlţâit-o de parcă ar fi avut pe cineva înăuntru, şi-a luat geanta şi s-a întors spre fată cu un zâmbet crunt.

— Uite ce e, nu te cunosc, dar te sfătuiesc să-ţi pui doar două întrebări: crezi că merită osteneala o negociere când decizia îţi aparţine? Şi doi: crezi că, dacă mama ta ar fi atât de distinsă, s-ar fi măritat cu tatăl tău?

Şi-a refăcut coada cu o mişcare îndemânatică şi a ieşit din seră păşind marţial pe tocuri, lăsând în urma ei o dâră de parfum de vanilie şi patru perechi de ochi cât cepele. Când a traversat grădina, i-a ocolit pe părinţii fetiţei neastâmpărate, care continua să lovească leagănul cu mâinile. Atunci bărbatul i-a aruncat directoarei o privire ciudată, pe furiș, și ea l-a privit cu o durere veche, în timp ce mama își îndreptase atenția spre micuță, încercând să o potolească. Apoi femeia a încetat să-și mai urmărească fetița și a rămas în mijlocul grădinii, imitând parcă măslinul, observând cum directoarea se contopea cu orașul de cealaltă parte a geamurilor.

Olivia mi-a luat foarfeca de curățat ramurile.

— Ah..., a oftat. De ce nu ne putem tăia și noi ceea ce ne prisosește?

Mai târziu aveam să aflăm că necunoscuta care încă era pentru noi Casandra ieșise în acea dimineață din Grădina Îngerului cu un nod în capul pieptului, acolo unde se strâng emoțiile.

Fiindcă doar acela pe care l-a durut vreodată inima cunoaște senzația.

Însă ca un omagiu adus reputației sale de super-femeie, pielii sale aparent impermeabile, ochilor săi incapabili să lăcrimeze, rictusului său imperturbabil și discursului său rațional, l-a salutat pe paznicul de la Ministerul Afacerilor Externe, și-a pus geanta Chanel pe banda rulantă cu o mișcare mecanică și s-a lăsat scanată de detectorul de metale, care n-a descoperit bomba ce urma să explodeze înlăuntrul ei. Când și-a luat geanta, a simțit că vibra insistent, din cauza mesajelor pe care i le trimitea un bărbat din florărie, în timp ce fetița lui de câțiva ani, foarte activă, se zbătea ținută de el cu cealaltă mână, iar soția lui îl întreba dacă prefera să planteze crizanteme sau lalele ca flori de sezon. Apoi a urcat în biroul ei în timp ce-și ștergea sudoarea de la tâmple cu dosul palmei și lăsa să-i alunece sacoul de pe umeri. Și-a salutat asistenții, colegii săi Monzón și Bermejo s-au întors să-i privească fundul, iar când a ajuns la

Paula, aceasta a prins din aer sacoul înainte să ajungă din nou pe jos și i-a oferit o cafea cu gheață și o mapă plină cu documente despre conferința de la Bruxelles, la care avea să participe, se pare, cu două zile mai devreme decât era prevăzut.

A închis ușa mai încet decât de obicei. S-a așezat la biroul ei foarte ordonat, pe care nu existau fotografii de familie și unde atrăgeau atenția doar un stick de memorie din oțel care i-ar fi putut aparține lui James Bond, un borcan din același material plin cu gumă de mestecat cu aromă de căpșuni acrișoare și un exemplar în engleză al romanului *Scris pe trup* de Jeanette Winterson, ascuns sub un plic pe care scria mare, cu roșu, CONFIDENȚIAL.

Atunci și-a scos telefonul mobil și a citit mesajele.

Unul câte unul și de mai multe ori. Ca și cum ar fi vrut să le învețe pe de rost. Pe nerăsuflate. Precum cineva care înghite repede un medicament neplăcut, ca să nu i se mai pară atât de amar. Până când a sunat Paula să o anunțe că sosise un curier.

Și același control de siguranță, aceleași coridoare și aceleași priviri ale colegilor până a ajuns pe masa secretarei sale, prin toate astea a trecut un buchet mare de trandafiri roșii comandați la florăria Grădina Îngerului pentru Casandra Vélez. Pentru cea despre care se spunea că nu trăia decât pentru serviciu, care n-avea viață personală, care fie nu avea inimă, fie nimeni nu îndrăznea să i-o descopere.

Între timp, în florăria în care se întâmplaseră atât de multe lucruri nebănuite mă aflam eu, în fața noii mele șefe și a noului meu loc de muncă.

— Îmi pare rău că am întârziat, m-am scuzat. Nu-mi era prea clar la ce oră…

— Nu-ți face griji, m-a întrerupt în timp ce scotea de sub tejghea un coș din răchită. De fapt, te așteptam ca să ies să rezolv nişte treburi. Îi vom duce acest buchet de irişi unei prietene, a spus alegând nişte flori pe jumătate înflorite, care s-au răsfirat pe braţul ei. De îndată ce fetiţa aia enervantă de acolo va fi neutralizată, plecăm.

Micuţa despre care vorbea încerca să se desprindă de mâna puternică a tatălui ei. Totuşi, cealaltă mână, cea care trimitea mesaje cu degetul mare, era slăbită, foarte slăbită.

— Îmi pare rău şi pentru bonsai, am adăugat trăgându-mă de haine.

Ea a sărit de pe banchetă, şi-a aranjat pălăria roz şi a luat cheile.

— Cere-i iertare lui Lady Macbeth, nu mie.

Şi apoi şi-a pus mâinile în şolduri.

— Mereu spui „îmi pare rău" la fiecare două fraze?

Înainte de a pleca a agăţat pe uşă o placă din lemn. M-am apropiat. Era un fel de limbaj al florilor. Fiecare specie, pictată detaliat în ulei, era urmată de o explicaţie. Aproape instinctiv, am căutat violetele. Am citit: „Modestie, pudoare, insomnie".

M-a invitat să ies şi a închis uşa serei răsucind cheia de două ori.

— Pari obosită, a observat amuzată. Greierul nostru nu te-a lăsat să dormi bine?

Adevărul e că nu-mi aminteam cum este să te odihneşti. Canapeaua pe care dormeam îmi amorţea tot corpul. În mod curios, eu însămi aveam să las o frază pictată pe o bucată de lemn în Grădina Îngerului, trei luni mai târziu şi înainte de a mă îmbarca: „A te odihni nu înseamnă să dormi, ci să te trezeşti". Cine-ar fi crezut că aveam să încep să mă odihnesc legănată de dădaca neaşteptată care este marea.

Ziua 2

Tânăra și marea

Când eram mică citisem *Bătrânul şi marea* şi, în mod ciudat, tocmai am găsit acest roman în cabina ta. Printre cărţile tale. Jur că n-am iscodit. M-am uitat doar la cărţile tale: *Odiseea*, *Oceano mare* al lui Baricco, *Moby Dick*, *Insula comorii*, *Lupul de mare* al lui Jack London, *Corsarul negru* de Salgari, *Taifun* de Conrad, *Long John Silver* de Björn Larsson şi, bineînţeles, *Bătrânul şi marea*, preferata ta. Îmi spuneai mereu că, dacă bătrânul n-ar fi vorbit cu sine însuși, ar fi dat drumul peştelui sau ar fi înnebunit. „Un marinar trebuie să ştie să vorbească cu sine, Mari." Te-am auzit spunând asta de tot atâtea ori de câte mi-am muşcat buzele, abţinându-mă să nu râd când te auzeam trăncănind pe covertă şi făcându-l nenorocit pe Neptun însuşi. Dar, ce-i drept, bătrânul se lupta din greu cu elementele naturii, iar acum lupta mea nu este cu marea, ci cu mine însămi şi cu teama mea de a supravieţui acestei schimbări. Poate că dialogul cu mine însămi după atât de mult timp mă va grăbi spre propria distrugere. Cine ştie? În mod paradoxal, acum pot conta doar pe complicitatea elementelor naturii.

Am lăsat la tribord golful Mazarrón, care se sfârşeşte în Punta del Cerro.

Douăzeci de mile navigate şi nici măcar un pescăruş.

Douăzeci de mile și niciun pește, nici măcar o meduză amărâtă și alunecoasă.

Ce simt? Singurătate? Libertate? Independență?

Marea s-a transformat într-o gelatină albastră lipsită de viață pe care *Peter Pan* o taie acum ca un cuțit și o face să i se zbârlească pielea ca și cum atingerea cocăi i-ar provoca un fior. Dar vântul se întețește.

— Trage de scotă, Mari, mi-am zis cu voce tare. Ceea ce trebuie să faci este să tragi de scotă, și atunci vela n-o să te mai deranjeze.

Și, de data asta, recunosc, mi-am spus-o, în plus, pe același ton acid pe care-l foloseai când voiai să faci pe stăpânul meu, nu al bărcii.

Apropo, n-am spus asta: da, am reușit să ridic o velă.

Pe cea mare. Se izbește întruna de catarg, dar am ridicat-o, cu toate că mă bazez în continuare pe motor. Tot e ceva. Mai mult mă îngrijorează decât mă liniștește să văd violeta aceea uriașă zgâlțâită de vânt. Pare că urmează să-și piardă frunzele.

Și, în plus, nicio ambarcațiune. Niciun pește. Nici măcar un pescăruș amărât.

Cred că tot ce pot face ca să combat această mare plictisitoare este, pe lângă a vorbi singură, să-mi amintesc de uscat și de cât de ciudate au fost acele prime zile cu Olivia, întâlnirea cu Casandra...

Într-un fel, eram ca pozitivul și negativul aceleiași fotografii. Mă refer la mine și la Casandra. Poate de aceea am prins drag imediat una de alta: independență militantă *versus* dependență patologică.

Îmi amintesc de ea de fiecare dată când trebuie să iau decizii pe vapor. Iar astăzi trebuie să le iau fiindcă vântul se întețește: trebuie să navighez împotriva vântului, cu vela cea mare ridicată, pentru a stabiliza ambarcațiunea. Să strâng velele când nu-şi fac treaba ca să nu mă frâneze. Să închid tambuchiurile când vântul depăşeşte cincisprezece noduri. De la douăzeci încolo, crestele valurilor vor începe să se desprindă şi apa va zbura de departe, stropind coverta. De la treizeci de noduri încolo, catargul va risca să se rupă, iar barca pneumatică ar putea zbura prin aer. Trebuie să scot barca pneumatică? De ce ar ajunge vântul la treizeci de noduri? Chiar dacă vântul ar da înapoi, marea va continua să crească, ridicându-se din ce în ce mai mult din adâncimi. Acum trebuie doar să aştept şi să iau decizii.

M-am ars. Faţa, braţele, spatele. Mă ustură foarte rău. E imposibil să nu te arzi la cât de tare dogoreşte soarele. Iar dacă ridic velele, nu pot să întind coviltirul, fiindcă m-ar frâna pe vântul ăsta. Aşa că mi-am dat cu cremă *aftersun* şi m-am înfăşurat cu mai multe *pareo*, ca un beduin. Aceasta a fost prima mea decizie: să scot velele acum pentru a înainta, chiar dacă aş putea să mor de un melanom peste zece ani? *Carpe diem.* Casandra spune mereu că în momentul celor mai importante decizii din viaţa ta eşti singură şi că de aceea tatăl ei a educat-o să nu depindă de niciun bărbat. Eu însă am crescut într-un mediu tradiţional: am fost dusă la o şcoală de maici când deja erau la modă şcolile mixte şi mi s-a trimis un mesaj într-o sticlă: căpitanul este întotdeauna bărbatul. Totuşi, în aceeaşi sticlă părinţii mei au mai strecurat un mesaj, care se potrivea mai bine acelor vremuri: trebuia să urmez o facultate, să mai aduc un salariu acasă, cu alte cuvinte, să pot conduce barca, „în caz de nevoie". Dar numai în caz de nevoie. Dacă era nevoie să sacrific timp sau profesia pentru a-l urma pe celălalt, aşa trebuia să fac. Mai ales când veneau pe lume copiii şi deveneam echipajul lor.

Dar ce se întâmplă când nu există copii, iar celălalt se cară cu viaţa lui şi cu a ta? În mod cert, nu-mi vorbiseră despre opţiunea asta.

Adevărul e că n-am vrut niciodată să hotărăsc direcţia fiindcă sunt indecisă de când mă ştiu. Îmi fusese inoculată teama de a decide.

Dacă tot vorbim despre decizii, nu ştiu dacă să scot barca pneumatică şi să o las umflată sau să o ţin împăturită în tambuchi. Mă cam încurcă să o ţin la proră. Dar dacă am nevoie urgentă de ea?

Teama...

Asta m-a determinat să caut un căpitan atât de repede? Pe tine. Tu ştiai asta mai bine decât oricine. Ştiai că întotdeauna reacţia mea în faţa vieţii a fost aceea de a nu mă dedica pe deplin unui job, nici ideii de a călători în străinătate, nici vreunei alte schimbări semnificative sau vitale, de teamă să nu iasă prost. Şi uite-mă acum, pornind într-o călătorie sinucigaşă pe mare la cei patruzeci de ani ai mei. În fond, acum îmi dau seama că nimeni şi nimic nu mă obligaseră vreodată să iau propriile decizii, până când am ajuns la sera aceea. Nici viaţa nu mă obligase.

Ştiu însă că a nu lua decizii înseamnă să iei una foarte importantă.

Şi să te alături vieţii celorlalţi.

Este o investiţie riscantă. Înseamnă să mizezi pe o singură carte.

A cui este responsabilitatea? Am dreptul să mă plâng? Să-ţi reproşez că eu însămi am hotărât să dau prioritate vieţii tale mai presus de a mea? Să-ţi port ranchiună pentru că ai dispărut, luând cu tine viaţa mea şi lăsându-mă fără nimic? E normal să o fi luat. Era a ta. Viaţa ta.

Au trecut mai multe ore şi vântul s-a domolit definitiv, dar, aşa cum bănuiam, marea nu. Potrivit calculelor făcute de Victoria, Águilas se află la încă patru mile spre sud, aşa că probabil sunt pe aproape. *Peter Pan* navighează cu vela cea mare clătinându-se cu violență, de parcă ar protesta, ca și cum ar vrea să se lepede și de violeta cea mare pe care o are pictată.

M-am hotărât să umflu afurisita aia de barcă pneumatică. Dar acum nu știu cum să-i cuplez motorul în afara bordului. Din cauza poziției, stând cu capul în jos și scotocind prin tambuchi ca să scot totul, mi s-a întors iar stomacul pe dos. Cred că o să vomit. Dacă ai fi aici, mi-ai spune că se vomită întotdeauna cu vântul în spate, altfel o să mă murdăresc, la fel și barca. Ambarcațiunea urcă pe un val și, când coboară, alerg spre pupă și vomit. Mațele mi se strâng de parcă aș fi mâncat un șarpe. Cred că am vomitat și pastila. Mai înghit una și mă întinde pe jos. Cunosc această sudoare rece. Simt nevoia să nu se mai miște podeaua sub picioarele mele, dar așa ceva nu se va întâmpla. O să închid puțin ochii.

Nu mi-am recăpătat pe deplin echilibrul, dar am reușit în sfârșit să mă ridic în capul oaselor. Am 75 de litri de motorină pentru o săptămână. Și s-a consumat jumătate de litru la fiecare oră de navigat cu motorul pornit. În ritmul acesta, o voi consuma pe toată în trei zile. Ar trebui să economisesc combustibil, dar încă nu îndrăznesc să opresc motorul: mă face să mă simt în siguranță. Este mai ușor să mențin direcția în felul acesta și să nu stau la mila vântului.

— E timpul să strâng vela, mi-am spus din nou cu voce tare, apoi m-am adresat vântului: Ce să facem?! Eu am încercat. Dacă nu vrei să sufli, nu sufla!

Marea începe să se confunde cu cerul. La tribord zăresc deja locul de ancoraj de dincolo de Insula Terreros, un loc bun pentru a petrece noaptea. Nu știu dacă voi fi în stare să arunc ancora. Mi-e teamă să adorm, ca nu cumva să-mi plece barca. Sunt în stare să apar pe alt continent.

Poate că ar trebui să-mi continui drumul până la Vera sau Villaricos. În cel din urmă există două porturi minuscule, dar sigur nu voi găsi loc și oboseala mă doboară. Cel mai bine ar fi să dorm și să continui mâine până la Garrucha.

La babord, apa se contopește cu cerul și dispare sau continuă la fel. Ce-ai spune acum dacă ai vedea-o? Mi-ai zice: „Copilă, profită de mare și înaintează, căci în noaptea asta va fi lună plină până la ora patru. Strânge velele și lasă marea să te legene, că nu știi cum poate decurge situația".

Cred că am zâmbit. Mi se pare că a trecut atât de mult timp de când nu m-am mai privit într-o oglindă, încât am uitat care sunt senzațiile musculare ale zâmbetului. Dar am observat acum, când buzele au schițat o grimasă.

Mi-am amintit ce mi-ai spus ultima oară. Un adevărat vot de încredere, în stilul tău: „Mari, promite-mi ceva, doar un singur lucru. Restul nu contează. Promite-mi că n-ai să te lași să mori". Presupun că, în esență, asta gândeai despre mine. O dovadă a admirației tale pentru persoana mea.

Credeai că, dacă tu dispăreai, eu aveam să mă jertfesc împreună cu tine, precum vikingii? Asta credeai?

Dintr-odată, am simțit nevoia să mă ridic, am învârtit de două ori parâma din fața mea, până la limită, m-am sprijinit pe călcâie în capătul opus al carlingii, am dat drumul parâmelor din celălalt capăt și, ca și cum mi-ai fi dat instrucțiuni din Olimpul blestemat din care credeai că faci parte, am tras până când vela s-a înfășurat complet și am putut să prind din nou parâma. N-am mai făcut niciodată manevra asta atât de repede, aproape fără să stau pe gânduri și, mai ales, n-am făcut-o niciodată fără tine.

Și, brusc, m-am simțit singură. Mai singură decât oricând.

Singură, liberă sau independentă?

Da, s-ar putea și independentă.

Mi-ar plăcea să mă fi putut vedea Olivia. Ea a avut întotdeauna încredere că voi fi în stare să fac această călătorie. Cel puţin, am reuşit să o încep. Cu toate că mi se pare din ce în ce mai iresponsabil din partea mea şi mi-e din ce în ce mai clar că nu voi ajunge la final. Nu voi ajunge niciodată la strâmtoare.

Privesc marea. Acea mare care deja mă înconjoară din toate părţile şi care este plină de neprevăzut. Călătoresc de doar trei zile şi deja nu mai pot. Nu reuşesc să dorm. Nu reuşesc să-mi recapăt puterile.

Când am deschis telefonul mobil, am găsit mai multe mesaje de încurajare de la fete: Victoria îmi cere coordonatele; Gala mă întreabă cum pot să supravieţuiesc fără uscător de păr în rulota asta, cum o numeşte ea; Aurora mi-a lăsat un mesaj vocal plin de plânsete; Casandra îmi aminteşte promisiunea pe care ne-am făcut-o când ne-am cunoscut.

Şi mai e tăcerea Oliviei.

Ce mesaj ascunde tăcerea Oliviei? Acelaşi pe care-l ascund grădina şi arborii săi plini de secrete?

O altă mantra a ei: „E important să ştii când să vorbeşti, dar şi când să taci".

Am fotografiat cu telefonul mobil acest peisaj al mării şi l-am trimis repede fetelor pe uscat: la est, cerului i-a apărut o aluniţă rotundă şi albă, iar mării, vânătăi trandafirii. Spre vest, văd soarele apunând, pentru prima oară în ultimele luni, curat, auriu şi lichid, ca un ochi mare de felină. Ce-i drept, nimic nu pluteşte deasupra apei: nicio pasăre, niciun peşte. Aproape că-i mai bine aşa, mi-am zis, nu ştiu dacă în şoaptă sau cu voce tare, fiindcă am visat urât. Un vis care-mi aminteşte de delirurile tale apocaliptice din perioada în care boala îţi afectase creierul.

În visul meu mergeam pe o fâşie îngustă de nisip lăsată de maree: scânduri, scaune şi animale moarte se îngrămădeau printre alge, păsări, pești, raci și câte o oaie. Duhoarea leșurilor amestecată cu mirosul de sare mă făcea să vomit. Dar, fără îndoială, cel mai rău a fost când încercam să pornesc barca. Atunci când porneam motorul, icnea și scotea apa din adâncuri, care ieșea la suprafață plină de reziduuri. De data asta, de la pupă, vedeam plutind un chip umflat cu părul de culoarea algelor. Cu ochii încă deschiși și spălăciți. Alături, țâșnea din adâncuri alt trup, întors cu spatele. Unul foarte mic și alb, ca al unui pitic sau al unui copil. Și alte trunchiuri de copaci căzuți și carbonizați, plus alte trupuri, printre care își făcea drum *Peter Pan*, până când ajungea în largul mării, ca luntrea lui Caron. Brusc, mi-am dat seama că toate trupurile erau ale tale. Tu la diferite vârste. Și toate lipsite de viață. Și navigam, navigam disperată spre sud, ca să las în urmă toată acea moarte, având totul împotriva mea: vântul, curenții, marea.

Din acest motiv, acum mă bucur și mai mult de spectacolul pe care-l am în fața ochilor. Cel al lunii ce pătează marea netedă și monotonă. Lipsită de viață, ce-i drept, dar și de moarte. Nu-mi amintesc să mai fi văzut marea fără vreo ambarcațiune plutind pe ea. Deși, având în vedere cum stau lucrurile, în clipa asta aproape că m-ar îngrozi și mai mult să întâlnesc vreuna pe care să fiu nevoită să o evit. M-am așezat la tribord cu picioarele atârnându-mi, sprijinită de una dintre parâmele de ancoră, cărora le uit mereu denumirea. Simt valurile cum salivează sub picioarele mele. Ție îți plăcea să fac asta. „Ține-te de parâmă, Mari, altfel, la o zguduitură, rămâi fără gât." Da, parâma. De data asta o să te ascult. Strâng în pumni parâma și-mi sprijin bărbia pe nodurile degetelor.

Ce bine că m-ai prevenit!

Nu-mi amintesc multe lucruri.

Soarele ruginiu îmi strălucește în față înainte de a apune pe ziua de azi, iar *Peter Pan*, îndreptându-se acum spre sud-vest, ascultă de pilotul automat pe care l-ai programat mai demult. „Nu uita, Mari", aproape că te aud spunând, „tu doar modifică direcţia dacă vei întâlni ceva în cale", mi se pare că te aud acum clar, „dacă nu, lasă ca *Peter Pan* să te ducă. I-am dat deja instrucţiuni".

A sunat telefonul. E un mesaj de la Casandra. Se deschide o fotografie care mă duce pentru o clipă înapoi în trecutul apropiat: noi două în Grădina Îngerului, cu ochii înfierbântaţi din cauza vinului şi cu o promisiune pe buze, în aceeaşi seară a zilei în care ne-am cunoscut toate cinci: un grup de femei care aveau doar un factor comun, singurul de care era nevoie pentru a crea un lanţ.

Galanteria irișilor

— Când ai făcut ultima oară ceva pentru prima dată?

Aceasta a fost întrebarea pe care mi-a adresat-o Olivia în timp ce-mi punea pe brațe un buchet de iriși, răsucea de două ori cheia în grilajul grădinii și agăța un afiș care anunța categoric:

MĂ ÎNTORC ÎN CURÂND.

SAU NU.

După cum am descoperit ulterior, răspunsul la acea întrebare era un antidot împotriva plictiselii.

Când își dădea seama că nu putea să răspundă la întrebarea asta, era un semn de rău augur și introducea o mică noutate în viața ei. Avea nevoie ca aceasta să fie un amestec perfect între rutină și descoperire, mi-a spus în timp ce traversa grădina evitând găurile dintre dale. Acea „descoperire" putea să varieze de la a cumpăra un bilet de loterie, dacă nu făcuse asta niciodată, până la a porni pe o stradă care nu era cea obișnuită pentru a ajunge la magazinul prietenei sale Gala, iar ea tocmai alesese varianta asta.

Chiar când ne pregăteam să plecăm, și-a făcut apariția o femeie în vârstă cu o geantă din care ieșeau niște ace de croșetat.

— Olivia, stai! Nu închide!

Ne-am întors cu fața la ea. Era micuță, cu părul aranjat ca vata de zahăr, cu buzele roșii zâmbind inteligent și cu mâini muncite pe care purta două verighete, și avea în picioare papuci de casă.

— Ai fugit din nou, Celia? a întrebat Olivia încrucișându-și brațele.

— O să stau doar două ore, îți promit. Am eu grijă de seră, în caz că vine cineva, a implorat femeia. Altfel o să mi-i lase iar pe nepoți pe cap toată după-amiaza și, sincer, fata mea, sunt epuizată. Le-am zis alor mei că mă duc la doctor.

— Și nu vor să știe la ce doctor? Poate vor să te însoțească.

— Nu, pentru asta nu mă sună, a răspuns bătrâna ridicând o sprânceană. Ce-i cu fata asta? E a ta?

Am salutat-o. Ea mi-a lipit două sărutări sonore pe obraji, iar Olivia i-a pus cheile în mână.

— Dar să nu pleci înainte de a ne întoarce, ne-am înțeles? Și să nu uzi plantele! Fiindcă ultima oară mi s-au pleoștit toate plantele iubitoare de umbră.

— Nici pe cele de acolo, care sunt atât de uscate?

— Nu!

Personajul acela deosebit a tresărit, a luat cheile de parcă ar fi fost ale raiului și s-a grăbit să se bucure de oaza ei.

Atunci am simțit cum cineva m-a tras de braț, indicându-mi să trec strada.

— Indiferent ce ți s-a întâmplat, Marina, mi-a zis plictisită, te asigur că acum ești într-un loc privilegiat.

În timp ce o urmam târșâind picioarele, am strâns din buze, dar n-am lăsat să mi se vadă indignarea. Cine se credea? Ea nu-mi cunoștea suferința. Nu știa nimic despre mine. Absolut nimic.

— Vreau să spun că, atunci când ceva ne lovește tare în viață și ne scoate din starea noastră de confort, totul e nou, fie că vrei, fie că nu, dar te poți reinventa ca persoană. Știi care-i avantajul tău? a continuat în timp ce-și făcea vânt cu un evantai alb precum rochia ei din in şi păreau să o urmărească în zbor cei doi fluturi din cristal care-i atârnau de urechi.

Dar, dintr-odată, a ţâşnit spre locul unde se afla un poliţist ce se pregătea să ridice o bicicletă.

— Domnule agent! Domnule agent! E a mea! E a mea! a strigat în timp ce alerga într-un mod amuzant, cu pălăria de paie roz într-o mână.

— Doamnă, e deja al patrulea denunţ prin care ni se spune că această bicicletă se află într-o zonă rezervată consulatului. Nu aveţi voie să o parcaţi aici.

A strâmbat din buze şi şi-a îndulcit vocea.

— Chiar nu ştiam. Credeam că doar după-amiaza e nevoie de locuri libere. Nu parchează niciodată nimeni.

— Am mai fost anunţaţi şi că maşina consulatului a apărut zgâriată. Ştiţi ceva despre asta?

Olivia a căscat ochii cât a putut de mult.

— Chiar credeţi că o femeie ca mine ar fi în stare de aşa ceva? Cel mult, i-oi fi făcut o mică zgârietură cu bicicleta când am scos-o, sunt în vârstă şi mi-e greu să fac manevre.

Agentul, lat în umeri şi negricios ca un rottweiler, şi-a stăpânit râsul. Era tânăr, cu trăsături colţuroase, parcă trasate cu un aerograf. Buzele cărnoase, ochii foarte negri, pomeţii rotunzi şi tenul brun.

Olivia şi-a cerut scuze şi i-a lăsat cartea ei de vizită, pentru a lua legătura cu firma de asigurări, avea să suporte cu plăcere orice daune şi amenda. Agentul a citit cu voce tare „Elena Ferre“ şi şi-a luat la revedere cu un „Mulţumesc, vă doresc o zi bună, doamnă Ferre“. Olivia a scos un iris din buchetul meu şi i l-a oferit cu un „Mulţumesc, tinere, îţi doresc o zi minunată“ şi amândoi au fost foarte mulţumiţi.

Apoi m-a tras de braţ pe stradă în jos.

— Staţi puţin, doamnă! l-am auzit strigând în spatele nostru. N-aţi luat bicicleta!

— N-am cheile de la lacăt, domnule agent! Dar nu vă faceţi griji, ne întoarcem după ea!

Când am dat colţul străzii Atocha nu m-am putut abţine să o întreb:

— Aşadar, nu te numeşti Olivia?

Ea mergea repede şi era cât pe-aci să-şi piardă o sandală pe drum.

— Fii atentă, draga mea. Cere-le cartea de vizită tuturor oamenilor pe care-i întâlneşti şi fă un semn pe ale celor care-ţi sunt antipatici. Sunt foarte utile în astfel de cazuri.

Se pare că respectiva Ferre o avusese chiriaşă pe o bună prietenă a Oliviei, căreia nu i-a mai înapoiat garanţia. Pe Olivia o făceau fericită aceste mici fapte justiţiare.

— Şi n-ar fi mai bine să luăm bicicleta?

— Nu, pentru că nici măcar nu e a mea.

Am urmat-o, din ce în ce mai perplexă, am lăsat în urmă Teatrul Monumental, unde muzicienii fumau în grupuri în jurul cutiilor cu instrumentele lor muzicale, înainte de a intra la repetiţii, şi am ajuns la o clădire impunătoare la numărul 34, un fost palat care-şi anunţa cu mândrie trecutul secolului al XIX-lea.

Scările late şi uzate, cu miros a pivniţă de vinuri, ne-au condus până la primul etaj. Olivia a apăsat pe sonerie, care a scos un sunet strident. Pe o placă din metal era scris un nume: COLIBRI.

Din spatele uşii a apărut o femeie blondă cu pielea la fel de transparentă ca voalul de culoarea zmeurei al rochiei care-i acoperea trupul epicureic. O nimfă a lui Rubens.

— Bună, dragă..., i-a spus Olivia şi a sărutat-o zgomotos pe amândoi obrajii, iar cealaltă a mimat gestul prin aer. Ai mai slăbit?

Ea a izbucnit într-un hohot de râs sonor şi perfect precum curbele sale.

— Tu chiar ştii cum să mă faci fericită.

Şi-a supt burta.

— În viaţă, nu eşti niciodată prea slab, nici nu ai îndeajuns de mulţi bani.

— Presupun că nu este un citat din Byron.

— Nu, dar ar fi putut să fie. Este din Coco Chanel.

Acea concluzie la care ajunsese milionara şi stilata zeiţă a modei era o mantră pentru vikinga aceea care conducea unul dintre cele mai importante showroomuri din oraş.

Dar ce era un showroom? m-am întrebat când am intrat.

— Ea este Marina, noua mea asistentă, i-a explicat Olivia în timp ce-şi scotea pălăria şi îşi apropia faţa de un ventilator. Am ales-o pentru că nu ştie nimic despre flori, a păţit ceva ce nu vrea să-mi povestească şi trebuie să o ajutăm, dar încă nu ştiu cum. E venită de curând în cartier.

— Bună, frumoaso.

Mi-a trimis două sărutări prin aer şi apoi m-a înconjurat ca un satelit.

— *Mamma mia*, ce puţină grăsime! Şi parcă te-a călcat un tren. Îmi pare bine de cunoştinţă. Eu sunt Gala.

— Încântată, e tot ce-am reuşit să spun, având în vedere jignirea pe care mi-o adresase cu atâta graţie, în timp ce încercam să-mi amintesc cu ce eram îmbrăcată.

— Îmi închipui că mi-ai adus-o ca să-şi aleagă ceva, i-a spus florăresei, care a intrat, contopindu-se cu lumina. Să vedem ce putem face cu tine.

Am urmat-o pe vikingă printr-o încăpere cu tavan înalt şi uşi glisante. Ferestrele-uşi mari filtrau lumina şi, în jur, perfect aliniate, sute de cuiere de care atârnau rochii, bluze, fuste din materiale vaporoase şi viu colorate. În capăt, o oglindă întreagă, care mi-a reflectat imaginea şi mai monocromă printre atâta frumuseţe, şi un şezlong turcoaz extravagant, pe care s-a aşezat Olivia.

Am atins în treacăt cu vârful degetelor țesăturile asemănătoare unor aripi de fluture. Gala și-a plimbat prin încăpere trupul de un metru optzeci, a dispărut și a reapărut cu irișii într-o vază pe care a pus-o lângă fereastră. A fost impresionată de ei. I s-au părut impunători. Exact ce-i trebuia. Pe atunci nu știam să înțeleg ce spun florile. Dar acelea vorbeau deja despre cochetăria ei extremă. Gala avea părul blond strâns într-o parte într-o coadă împletită tinerească, era imposibil să-i ghicești vârsta de patruzeci de ani. Avea ochii verzi încastrați ca două ametiste într-un chip de păpușă, fața în formă de alună și buzele pregătite parcă să sărute în orice clipă. Trupul ei mare și cărnos, în mod strategic splendid în toate punctele cardinale care o defineau ca femeie, era acoperit cu bun-gust, dar lăsând să se zărească un umăr, genunchii și o parte din sânii ei pufoși. Cu toate astea, părea să se încăpățâneze să descopere fiecare modificare imperceptibilă a trupului ei și suspina deseori după tinerețea pierdută. Gala făcuse „din toate câte puțin", după cum ea însăși spunea, iar unul dintre joburile sale ca model de dimensiuni mai mari o pusese în contact cu designerul de la Colibri. La un moment dat fuseseră asociați, dar când a început criza, își vânduse în cele din urmă partea din afacere și revenise la categoria de angajată. De atunci se ocupa de singurul showroom al firmei în Madrid. Astfel, le împrumuta ținute pentru petreceri și evenimente actrițelor, prezentatoarelor TV și altor celebrități ale orașului. Ulterior am aflat că Olivia o aproviziona cu flori pe Gala pentru ca aceasta să-i dea haine la schimb. Exact ceea ce se pregătea să facă în acea dimineață cu mine, în schimbul unui buchet de iriși albi, ce urmau să se deschidă sub formă de stea de mare.

— Ce-ai zice să probezi asta? mi-a sugerat îndreptându-se spre mine cu o rochie verde ca mărul răsfirată pe brațe.

— Dar nu pot să o plătesc, m-am grăbit să spun. Tocmai m-am mutat și…

— Haide, femeie. O să-ţi cer doar să ai mare grijă de ea. Dacă te întreabă cineva de unde o ai, să-i spui, iar peste o săptămână să vii şi să o schimbi cu alta.

A pus rochia pe lângă mine, ca şi cum aş fi fost un model din carton.

— Ai noroc, eşti ca un băţ. Îţi vor fi bune modelele de podium pe care nu le putem vinde. Dacă aş vrea să încap într-una dintre aceste rochii, ar trebui să-mi tai jumătate din oase. Nimic nu-mi place mai mult pe lume decât o rochie verde.

Gala m-a împins uşor spre un colţ, a tras de o perdea groasă din catifea roşie şi m-a făcut să dispar în spatele ei de parcă ar fi fost o vrăjitoare. În timp ce-mi scoteam hainele care mi se lipiseră de corp din cauza transpiraţiei - blugii şi un tricou de o culoare nedefinită care fusese cândva maro - şi îmi scoteam sandalele uzate, le auzeam pălăvrăgind în exterior.

— El e chipeşul tău avocat? a întrebat-o Olivia.

— În fotografia asta nu arată chiar atât de chipeş, a răspuns cu râsul ei zgomotos. În asta, da. Dar să nu prinzi drag de el.

— Am înţeles. Eşti cu el de o lună. Te copleşeşte stabilitatea asta?

— Deja a început să se transforme în Othello. E o pacoste. Ieri s-a supărat doar pentru că m-a prins trimiţându-i fostului meu iubit poza asta.

S-a lăsat o tăcere întreruptă doar de elicele ventilatorului.

— Poate că nu l-ar fi deranjat atât de mult dacă n-ai fi fost aproape dezbrăcată.

— Fiindcă mi se vede puţin spatele? Sărmanul spunea că-i e dor de mine. Consider că am făcut un gest umanitar.

— Dragă, ai o inimă mare. Eşti o adevărată ONG a bărbaţilor orbiţi de iubire.

— Iubire? Alt râs. Cine a pomenit aici de iubire?

Am reuşit să mă îmbrac cu rochia aceea care mirosea a nouă şi, înainte de a ieşi, mi-am mirosit subsuorile şi am constatat cu groază starea unghiilor de la picioarele mele, neîngrijite și cu oja roz sărită. Am ieșit din cabina de probă în vârfurile degetelor.

Cele două femei m-au privit.

— Nu, a zis Gala. În mod clar, nu-i stă bine cu verde. Pielea și părul ei foarte negru o fac să pară un zombi.

A traversat camera cu pași mari, cu vreo cincizeci de umerașe și niște sandale albe și înalte.

Am intrat din nou în cabina de probă, oarecum demoralizată, iar când m-am sprijinit de perete ca să mă încalț, acesta s-a mișcat. Era o ușă. Am împins-o. Comunica cu altă încăpere mai micuță, care, în loc de haine, era plină de cărți, ca un fel de minibibliotecă. Lângă fereastră, un birou cu un ventilator pornit. Și o canapea... cu un bărbat gol dormind pe ea. Cu fața în sus. Avea părul de culoarea cenușii. Trupul lung și lipsit de păr sau alunițe și un prezervativ mototolit și fleșcăit pe mădular.

Am închis încet ușa și m-am grăbit să probez rochiile. Am ales una cu flori portocalii, pe care amândouă femeile au aplaudat-o la unison.

— Păstrează sandalele, mi-a spus Gala când m-a văzut ieșind. Sunt ale mele, dar mă rod. Ție îți vin mai bine.

După ce am terminat de probat, au insistat să rămân cu rochia pe mine și Gala mi-a vârât vechile haine într-o geantă uzată marca Dior.

— Unde o duci acum? a întrebat-o pe Olivia.

Aceasta a scos un portofel din coșul ei și a dezdoit vreo două bancnote.

— Să vedem care-i bugetul în urma bacșișurilor..., a zis, numărând și monedele. Cincisprezece euro și treizeci de cenți! Suntem bogate!

Gala ne-a condus până la ușă, luându-și rămas-bun cu părere de rău că nu ne putea însoți.

Se pare că adora locul unde urma să mă ducă Olivia. Apoi a dispărut râzând în hohote.

Am mers în jos pe strada Huertas până am ajuns pe strada León. La colţul cu Cervantes, Olivia a salutat un tânăr cu barbişon care privea cum alţii descărcau un camion. S-a dovedit a fi designerul lui Ulises Mérida, al cărui atelier se afla puţin mai jos şi la ale cărui rochii visau Gala şi celelalte femei din ţară. Apoi am luat-o pe strada Lope de Vega, în timp ce mă străduiam să nu-mi rup o gleznă pe caldarâm. Am constatat că uitasem cum e să mergi pe tocuri. În ultima vreme mi-aş fi potcovit picioarele ca un cal doar ca să nu mă gândesc cu ce pantofi să mă încalţ. În timp ce coboram pe strada Lope de Vega, Olivia saluta în stânga şi-n dreapta: pe proprietara plafarului cu cearcănele ei permanente, pe Alejandro, simpaticul proprietar al unui magazin de *delicatessen*, care i-a răspuns cu accent venezuelean şi care, potrivit Oliviei, tăia cel mai bine jambonul din Madrid. Când am ajuns în dreptul Mănăstirii Trinitarienelor ne-a oprit o voce din spatele unui nor de praf portocaliu. Imediat a apărut un bărbat cărunt cu o mască.

— Bună să-ţi fie ziua, Olivia, a spus frecându-se la ochi. Aveţi grijă să nu vă murdăriţi.

— Cum merge treaba, Francisco? Putem deja să spunem „În locul unei mănăstiri al cărei nume a devenit o amintire..."?

— Nu ştiu ce să-ţi zic... Avem acolo nişte oase care, cel mult, ne folosesc pentru a juca arşice.

— Uite, ea e noua mea asistentă, Marina.

El şi-a tras în jos masca şi a apărut cel mai atrăgător zâmbet din câte văzusem vreodată.

— Încântată, am zis tuşind.

— Deocamdată spune doar „încântată" şi „îmi pare rău", a precizat Olivia, dar în curând va învăţa să spună şi altele.

Mi-am ascuns supărarea pe care mi-a provocat-o comentariul ei și am zâmbit. Poate de aceea am îndrăznit să întreb:

— Se restaurează clădirea?

El și-a dat ochii peste cap și, când a făcut asta, niște riduri expresive au apărut în jurul ochilor săi înțelepți.

— Mă rog, mai degrabă ne restaurăm Istoria.

Francisco Ibáñez, care a decis să ne însoțească, era un fel de căutător de celebrități dispărute și era responsabil, nici mai mult, nici mai puțin, de grupul de arheologi care, de doi ani, căutau obsesiv rămășițele lui Cervantes. Purta un halat alb murdar de pământ și o legitimație atârnată de gât. Avea părul cărunt și ciufulit, era foarte înalt, slab și osos, mergea de parcă i-ar fi atârnat greu capul, iar din când în când strănuta, din cauza alergiei, zicea el. Când și-a scos mănușile de chirurg și le-a vârât în buzunar, și-a șters verigheta cu halatul. În timpul acelei plimbări ne-a povestit cum ironia sorții a făcut ca Cervantes și marele său rival, Lope de Vega, să locuiască pe străzi paralele, care acum aveau alte nume – pe strada unde locuise unul se afla casa celuilalt –, amândoi avuseseră câte o fată călugăriță la Trinitariene, amândoi fuseseră îngropați în cartier și trupurile amândurora dispăruseră.

— Am o teorie interesantă în privința asta, a zis Olivia în timp ce-și făcea vânt la ceafă.

— Tu ai teorii interesante aproape în orice privință, i-a răspuns el într-un mod complice și tăindu-i oarecum vorba.

— Mai ales în ceea ce te privește.

S-a uitat atentă în ochii lui.

— N-ai mai trecut pe la florăria mea. Poate vrei să-mi comanzi ceva pentru cineva sau poate ai ceva chiar pentru mine...

El și-a dus mâna la bărbie și și-a frecat-o timp de câteva clipe. Apoi a vrut să spună ceva, dar m-a privit de parcă l-ar fi deranjat prezența mea și a preferat să-și continue lecția de istorie:

— Ştii, Marina? Noi, madrilenii, am fost deosebit de neglijenţi, fiindcă am reuşit să pierdem rămăşiţele celor cinci genii ale literaturii universale dintr-un singur cartier: Quevedo, Calderón, Cervantes, Lope de Vega şi Góngora.

Olivia a izbucnit în râs.

— Nu se ştie unde se află mormintele lor? Al niciunuia? am întrebat stupefiată.

Şi m-am împiedicat pentru a mia oară, din cauza noilor mele sandale.

În opinia Oliviei, după atâta derută, dacă puteam deja să avem grijă de cărţile lor, de ce să le dezgropăm oasele?

Aş fi vrut să fi avut îndrăzneala să spun că studiasem istoria, că arheologia fusese pasiunea mea şi că mi-ar fi plăcut foarte mult să vizitez situl, dar când mă pregăteam să fac asta, Francisco şi-a luat rămas-bun de la noi la intrarea în hotel, fiindcă nu era, spunea el, îmbrăcat corespunzător. L-am însoţit până în Piaţa Independenţei, cuvântul acela care mă urmărise toată ziua, şi acolo şi-a luat rămas-bun făcându-ne cu mâna, ca să nu ne murdărească de praf. Apoi a pornit abătut sub soarele care deja ardea la ora aceea.

Când am coborât din nou în Piaţa Loialităţii – desigur, acest cartier era plin de mari concepte – şi am ajuns la destinaţia noastră, am rămas înmărmurită la intrarea în grădină. Înăuntru, cascada unui pian, răcoarea unei alte oaze, fotoliile din răchită albă, balustradele din piatră, chelnerii cu mănuşi. Olivia m-a înghiontit uşor.

— Când ai făcut ultima oară ceva pentru prima dată? Haide. Avem zece euro, exact pentru două cafele cu gheaţă la Hotel Ritz. Le merităm.

În acea zi m-a lăsat doar să observ şi să o însoţesc. Şi în ziua aceea am descoperit multe lucruri despre ea, dar şi câteva despre mine. Mai întâi de toate, că, se pare, mă scuzam întruna. Prin simpla mea atitudine cerusem scuze că intrasem la Ritz. Nu-mi pusesem niciodată întrebarea cât costa o cafea într-un astfel de loc. Pur şi simplu, nu-l consideram un loc pentru mine. Un loc pe care să-l fi meritat. Şi, fără îndoială, cineva avea să observe asta. Dar nu... chelnerii ne-au servit cafeaua în nişte ceşcuţe minunate din porţelan fin, care păreau făcute din coji de ouă. La masa vecină stătea un cuplu de francezi care luau micul dejun, cu un bebeluş aproape albinos, foarte urât, după părerea Oliviei. M-a amuzat comentariul ei fiindcă nu-l făcuse cu răutate şi era foarte adevărat. Puţin mai încolo, doi japonezi lucrau la laptopurile lor.

Începea să-mi placă de Olivia. Cu toate că uneori mă deranjau comentariile ei despre mine, îmi plăcea felul ei de a fi sau, mai bine zis, de a exista: ochii ei de pasăre cu care privea, părul ei roşcat, decolorat de trecerea anilor, pauzele pe care le făcea între cuvinte când se gândea şi, mai ales, impactul pe care-l avea asupra oamenilor. Trebuie să recunosc că, la un moment dat în ziua aceea, am crezut-o nebună. Mai ales când am văzut că semna bonurile cardului de credit cu nume neverosimile ale unor celebrităţi decedate. Într-o singură zi am văzut cum la Ritz semna o chitanţă ca Marilyn Monroe, la farmacia din Piaţa Santa Ana, ca Judy Garland şi o notificare de la judecătorie, ca însuşi Vrăjitorul din Oz.

Era clar. Olivia nu se înţelegea bine cu normele.

„N-am de gând să urmez un orar absurd şi să iau cina vara în timpul zilei doar pentru că nemţii au decis că în felul acesta se economiseşte energie“, a decretat ea când, în aceeaşi grădină de la Ritz, francezii cu bebeluşul cel urât au întrebat-o cât e ceasul şi ea, în loc de ora 11, a decis că era ora 12. Olivia hotărâse să se ghideze după lumină, la fel ca florile ei, fără să schimbe ora la începutul toamnei sau al primăverii. Potrivit ei, ceasurilor noastre biologice nu trebuia să li se schimbe ora, nici nu trebuia să ne fie pur şi simplu modificate ciclurile de somn. Dacă încetam să urmăm criteriile de lumină şi întuneric ale acestor cicluri, se reducea calitatea vieţii noastre şi eram amărâţi în cea mai mare parte a timpului.

La început, recunosc, acele obiceiuri ale ei mă tulburau, pentru că eu eram regina lucrurilor permise, apărătoarea lucrurilor adecvate, sclava normelor şi a ceea ce se aştepta de la mine.

Îmi amintesc bine că în acea zi Olivia mi s-a revelat dintr-odată ca o bună cunoscătoare a oamenilor. Îi cataloga ca pe plantele sale. Una dintre distracţiile ei era să-şi imagineze viaţa şi obiceiurile trecătorilor anonimi de dincolo de geamul enorm al serei sale. În realitate, sera era un observator perfect. O cutie de cristal de unde observa viaţa agitată, de după frunzele plantelor sale. Şi, la fel cum o făcea cu florile, cataloga cu afecţiune persoanele care o înconjurau. Credea îndeosebi că noi, femeile, suntem foarte asemănătoare cu florile şi de aceea identifica, mai exact la cele din generaţia mea, un catalog variat, ce se putea studia în funcţie de habitat, de creştere, de evoluţie şi, de ce să nu o spunem, de sindroame. Prin „sindrom" înţelegând totalitatea simptomelor care se prezintă împreună, fenomene ce se adună laolaltă şi caracterizează o anumită situaţie. Multe dintre exemplarele pe care le observase trecuseră deja pragul serei sale. „De fapt, este foarte posibil ca azi să cunoşti mai mult de una", a spus amuzată.

În timp ce mă bucuram de concertul pentru pian de la hotel, ascunsă în rochia mea cu imprimeu floral, nu m-am putut abţine şi am întrebat-o despre Gala şi biblioteca ei secretă. Potrivit Oliviei, Gala era un exemplu clar pentru ceea ce denumise „sindromul Galateei". Adică era o femeie care credea că în ziua de azi femeia are toate drepturile, mai puţin cel de a îmbătrâni. Și care era în stare să facă orice pentru a păcăli timpul.

— Dar să nu crezi că e vorba despre a fi pe placul bărbaților, cum dă ea de înțeles, ci mai degrabă pe placul propriei persoane, m-a lămurit în timp ce mușca dintr-o ciocolată topită.

Gala se ascundea în spatele frivolității sale.

Ar fi cochetat cu un semafor și ar fi reușit să-l facă să se înroșească, m-a asigurat Olivia râzând. Așadar, chiar dacă blonda Gala atrăgea masculi alfa în aparență siguri pe sine, încă nu găsise unul suficient de sigur și care să suporte felul ei de a fi fără să se îmbolnăvească de gelozie după câteva luni.

Dar ce ascundea în spatele acelei frivolități?

Deși mai târziu aveam să descopăr că era un puț mult mai adânc decât îmi puteam imagina, deocamdată știam deja că ascundea o cameră secretă plină de ceea ce numea „comorile ei". Și, printre ele, chiar în momentul acela, începea să se trezească noul ei iubit: un director francez de la Renault care tocmai fusese repartizat la Madrid pentru vreo două luni. Pentru Gala, era planul perfect: căsătorit și cu dată de expirare în țară. Intrase în magazinul ei în urmă cu câteva zile fiindcă niște prieteni îi spuseseră că acolo se închiriau smochinguri, iar el trebuia să se ducă la o petrecere la Ambasada Franței. Ea l-a sfătuit din afara cabinei de probă și, când i-a întins pantalonii și a observat că-i erau cam mici, și-a dat seama și că motivul era o erecție promițătoare. Ce să facă?! Îi era aproape imposibil să renunțe la instinctul ei de vânător. A recunoscut în fața noastră că poate era, de fapt, un mod de a verifica dacă poseda în continuare armele sale de femeie. Dar cert e că în acea dimineață, înainte de sosirea noastră, l-a privit foarte serioasă în cabina de probă și a lăsat să-i cadă pe podea rochia din voal.

După ce am plecat noi, cum Gala era o cititoare împătimită a lui Byron și a scriitorilor romantici, a hotărât să încheie o dimineaţă prea liniştită combinând două dintre hobby-urile ei: sexul şi lectura. A luat cartea pe care o cumpărase de curând de la Cuesta de Moyano, s-a aşezat în faţa ventilatorului, sprijinindu-se de trupul asudat al noului ei iubit, şi şi-a ciupit burta cu neplăcere. Înainte n-ar fi putut să facă asta. Dar acum acea grăsime nu dispărea, oricât de multe exerciţii pentru abdomen ar fi făcut. Şi cum arăta ea odinioară... Atunci el s-a trezit şi ea a continuat să citească o vreme, prefăcându-se concentrată, în timp ce bărbatul îi săruta fiecare centimetru din anatomia ei generoasă cu buzele lui mici făcute pentru a rosti vocalele galice, până când, deja goală şi albă şi imitând irişii ei, a început să se deschidă petală cu petală şi să răspândească un miros cunoscut, dulce precum polenul.

În timp ce francezul îi lingea cu devotament buricul, Gala – ţinându-şi respiraţia şi sugându-şi burta – îşi trasa în minte o hartă a activităţilor planificate pentru după-amiază. Nimic nu o enerva mai rău decât bărbaţii obsedaţi de orificii. Şi chiar începuseră bine. Dar, dacă încerca să-i bage limba în ureche, atunci s-ar fi terminat totul, s-a gândit ea în timp ce trasa o foaie de parcurs pentru acea aventură nouă: în primul rând, fără intimităţi. Aveau la dispoziţie doar două luni şi nu avea sens să ştie prea multe unul despre celălalt. Nu avea să-i spună că, două ore mai târziu, urma să se ducă, aşa cum făcea mereu, să citească poveşti la secţia de oncologie infantilă a Spitalului din Madrid. Bărbaţilor nu le place drama şi-i excită să creadă că sunt singura ta preocupare sau, cel puţin, principala. Chiar şi pentru două luni. „Sunt a ta“, a gemut privindu-l în ochi şi luându-l de tâmple pentru a-l îndepărta odată de buricul ei. „Posedă-mă toată“, aproape că a implorat, încercând să-i transmită mesajul subliminal. „Sunt TOATĂ a ta.“ Atunci francezul a părut că înnebuneşte şi s-a năpustit, în sfârşit, asupra ei. Gala a zâmbit. Ce creaturi ciudate sunt bărbaţii! Atât de plăcut previzibili! Şi, după ce s-a asigurat că-l are sub control între coapsele ei tari, și-a imaginat care ar fi pasiunile francezului său. În timp ce el se împingea cu ferocitate în ea, Gala s-a gândit că ar putea fi genul sportiv. Avea o musculatură bună. Asta putea fi un inconvenient. Ultimul ei iubit zbura cu parapanta și-și petrecea toate weekendurile lansându-se de pe stânci înalte și trăgându-i-o. Nu avusese niciodată atâta febră musculară.

Asta era o altă deviză a Galateei noastre, după cum ea însăși mi-a spus cândva. Era un cameleon. Își schimba culoarea politică, hobby-urile și gusturile în funcție de partenerul ei. În felul acesta, nu dădea niciodată greș. Imediat devenea o expertă în degustarea vinurilor sau vocifera pe un stadion de fotbal. Și deseori afirma că avea să se căsătorească doar dacă găsea un prinț, bineînțeles cu palat.

Acela nu era prințul, dar ca amant nu era rău, s-a gândit în timp ce el cădea istovit și transpirat peste ea. L-a împins puțin într-o parte și a dat să se ridice de pe canapea. El a încercat să o oprească și să o strângă la pieptul său, dar Gala i-a indicat prin semne să se odihnească – acesta era un alt aspect, nu vorbea deloc franceză. A luat *Don Juan* de Byron, atât de diferit de cel original, care era atât de seducător și de tandru, și l-a deschis din nou acolo unde rămăsese cu lectura.

A citit: „Dragostea este zarul cu care femeile își joacă destinul; dacă pierd, viața nu le poate oferi altceva decât tabloul din trecut... Durerea pe care o provoacă este aceeași pe care o îndură". A rămas pe gânduri, cu degetul arătător rătăcind printre pagini, imaginându-și-l pe celălalt don Juan, pe cel spaniol și mai canalie, și, deși era o heterosexuală convinsă, s-a gândit la cât de excitant trebuia să fie să seduci o novice.

În scurt timp aveam să aflu cât de mult îi plăcea Galei să-și împărtășească aventurile sexuale. O făcea cu aceeași naturalețe și același lux de amănunte cu care se relatează o călătorie. Își expunea trofeele de vânătoare cu orgoliul unei pisici.

— Lupta ei împotriva timpului este atât de feroce, încât, tot scăzându-și ani, va ajunge în curând la adolescență, a fost de părere Olivia, râzând printre sorbituri de cafea, în timp ce unul dintre chelnerii trufași de la Ritz îndepărta de noi cu șervetul o viespe amețită de căldură.

Gala se născuse într-o familie cu mulți frați, într-un sat de munte din Asturias, și, după cum ea însăși spunea, murind de râs, a trecut de la a da de mâncare puilor de găină la a da haine celebrităților și întotdeauna afirma convinsă că nu se moare din dragoste. Totuși, în ziua în care Olivia a cunoscut-o, a găsit-o îmbrățișând măslinul din grădina ei, după ultima sa despărțire, fiindcă simțea nevoia de o fărâmă de natură. Pe când era mică, tatăl ei o învățase că arborii bătrâni au o energie vitală care te străbate când simți nevoia. În ziua aceea, Gala a descoperit că de mult nu-i mai bătuse inima atât de tare și a scris o frază în registrul clienților de la florărie: „Nu pot să nu iubesc bărbatul, dar iubesc mai mult natura". Semnat: Lord Byron.

Am rămas hipnotizată în timp ce învârteam lingurița din argint în ceașca de cafea. Totul părea să se învârtă în jurul aceleiași axe.

Olivia s-a uitat la mesele din jurul nostru: părinții copilului albinos, chelnerii mergând cu încetinitorul printre mese, două doamne octogenare cu păr din vată de zahăr, o indiancă îmbrăcată cu un sari trimițând mesaje de pe telefonul mobil, care, brusc, ne-a privit la rândul ei cu un zâmbet cordial...

— Uneori cred că noi, ființele umane, suntem invizibile unele pentru celelalte, a zis Olivia. Există tot atât de multe versiuni ale unei ființe umane câte persoane o privesc, nu crezi?

Pentru o clipă, m-am gândit la cum mă vedea oare acea femeie venită de pe alt continent, îmbrăcată cum eram în rochia mea portocalie şi bând o cafea la Ritz. Olivia s-a lăsat pe spate în fotoliul ei din răchită, ca şi cum s-ar fi aşteptat să spun ceva. Mi-am sprijinit coatele de masă.

— Şi de ce ajungem mereu la concluzia că, dacă ne arătăm aşa cum ne simţim, suntem mai puţin demni de iubire pentru ceilalţi?

Am rămas amândouă pe gânduri. Gala despre care-mi vorbea Olivia, cea care nu se arăta „bărbaţilor ei", ci doar prietenelor, nu era oare o fiinţă de care să te îndrăgosteşti? Poate că pur şi simplu nu căuta unde trebuia. Acum, că mi-o amintesc când ne-am văzut prima oară, îmi dau seama ce diferită este versiunea aceea de cea pe care aveam să o cunosc în scurt timp. Era adevărat ce spunea Francisco, căutătorul de genii dispărute: Olivia avea teorii interesante despre aproape orice.

Tristețea gălbenelelor

Când ne-am întors la florărie am găsit grilajul deschis. Totuşi, Olivia nu a părut alarmată. Dimpotrivă, a zâmbit când a văzut înăuntru bicicleta discordiei, iar în grădină un şevalet desfăcut, ce părea să aibă cinci picioare, dintre care două scheletice şi cu genunchi osoşi. Din spatele şevaletului se auzeau nişte plânsete întrerupte de suflarea nasului în mod zgomotos.

Din spatele pânzei și-a făcut apariţia un chip plin de vopsea.

— Și Celia? a întrebat Olivia când a intrat.

— A plecat. Mi-a zis să-ţi reamintesc că n-a fost pe aici, a venit răspunsul cu o voce spartă. Ai aflat de coţofenele africane?

Florăreasa şi-a aruncat pălăria din paie roz şi evantaiul pe scaunul din fier ruginit şi s-a aşezat pe celălalt, de parcă ar fi aşteptat să înceapă un spectacol. Eu am dat să intru în seră, dar m-a oprit.

— Aurora, vreau să ţi-o prezint pe Marina, a spus şi, arătând spre tablou, a continuat: Marina, Aurora pictează aceste acuarele incredibile pe care le vindem aici. Și spun incredibile pentru că, teoretic, vine să se inspire din natură, dar, după cum vezi, pictează ce i se năzare.

Pictoriţa s-a ivit din nou de după pânză, afişând o expresie acră. Nu era înaltă. Avea părul negru şi scurt, tuns băieţeşte, care-i încadra chipul mic, slab, plăcut: o parte din cap era acoperită cu un batic, machiajul era înlocuit cu pete de vopsea acrilică, picioarele-i erau ca de pisică și purta doar un tricou larg masculin.

Când m-am dus să o salut, m-a oprit.

— Ești din cartier? Serios, e alarmantă știrea despre coțofene. Teoretic, ar trebui să fi străbătut țara în zborul lor migrator spre nord, dar au rămas AICI.

— Da, a pufnit Olivia. Ieri m-am simțit ca într-un vis absurd: am auzit gălăgie în grădină și am văzut măslinul invadat de păsări. Polițistul chipeș de la colț mi-a spus azi că vor da drumul unor șoimi dresați să le vâneze.

Cealaltă a ieșit cu totul de după șevaletul ei și a aruncat pensula pe jos.

— O să le vâneze?

— Aurora... se înmulțesc foarte repede și distrug copacii.

— Dar sunt refugiate! Imigrante! Începem așa și vom sfârși...

— Cu un holocaust, mi-ai mai zis, a răspuns Olivia oftând.

— Ce ți-e și cu oamenii! Vă dați seama? Totul e din vina noastră și, când dăm de naiba, tot ce ne trece prin minte e să exterminăm, să exterminăm și iar să exterminăm... Așa cum se întâmplă cu broaștele țestoase antropofage din Gara Atocha. Știai asta?

Am clătinat din cap.

— Unui imbecil i se năzare să arunce o broască țestoasă, alt imbecil face la fel și acum avem un heleșteu foarte populat de țestoase din California, care ating dimensiuni nemaivăzute. Sărmanele viețăți au sfârșit prin a se mânca unele pe altele. Planeta s-a tâmpit. Ar trebui să fim exterminați.

Ochii ei mari s-au umplut de apă. Am observat că-i ocupau aproape o treime din față. Mi s-a părut un personaj din benzi desenate.

— Și de-aia plângeai, dragă? a continuat Olivia, cu un zâmbet binevoitor.

— Nu! Am alergie, la naiba! Şi nu reuşesc să-mi dau seama de la ce plantă!

Şi-a suflat din nou zgomotos nasul. Şi-a şters două lacrimi mari cu partea cea mai curată a braţului ei. Olivia s-a ridicat, a sărutat-o tandru pe frunte, şi-a luat coşul şi pălăria din paie şi a păşit încet spre interior. Am urmat-o, nedumerită.

În timp ce o ajutam să facă cincizeci de coşuri cu margarete pentru un botez, am privit-o pe Aurora pictând ore în şir. Olivia mi-a povestit cum, într-o zi, a sosit la florărie şi a rugat-o să-i permită să picteze nişte flori. Pe atunci hotărâse să reia Facultatea de Arte Frumoase după-amiaza, iar dimineaţa conducea un taxi. Ascundea ambele activităţi de părinţii ei, fiindcă, spunea ea, i-ar fi dezamăgit la fel de mult. Se trăgea dintr-o familie înstărită, din părinţi care lucrau ca funcţionari şi care niciodată nu i-au înţeles, nici nu i-au sprijinit vocaţia artistică. Încă de când era mică o avertizaseră că frumuseţea ei avea să fie un mare handicap.

Olivia a băgat în priză ventilatoarele şi parcă margaretele au căpătat viaţă. Şi-a şters sudoarea de la tâmple cu batista din mătase.

— Fiindcă au convins-o că frumuseţea ei este ca un blestem, a precizat, încearcă să şi-o ascundă cu orice preţ.

La vârsta de treisprezece ani, Aurora aşezându-se pe o bancă îmbrăcată într-o fustă prea scurtă şi cu picioarele relaxate, uşor desfăcute: „Nu mai eşti o fetiţă", îi spunea mama ei şi o plesnea peste coapse, „nu te poţi aşeza aşa. Nu-ţi dai seama ce mesaj transmiţi? O să-ţi zic eu: că eşti o târfă". Şi Aurora cea micuţă şi frumoasă, lipindu-şi genunchii, încerca să înţeleagă repede prin ce mutaţie ciudată se transforma cât ai clipi din copil în târfă. Aurora întorcându-se acasă pentru a lua cina în familie, la ora la care prietenele ei ieşeau la discotecă. Aurora tunzându-şi părul fiindcă, după părerea mamei ei, era mai comod şi îl avea aspru precum al caprelor.

Şi aşa ajunsese la peste treizeci de ani: încercând să fugă de invidia femeilor, mai ales de a mamei sale, şi de dorinţa bărbaţilor. Ceea ce ar fi putut să fie o calitate pentru ea era o problemă de stimă de sine, pe care o târa ca pe o povară de două sute de kilograme.

Acum supravieţuia pictând tablouri şi transformându-le în suveniruri turistice, tunzându-şi singură părul deasupra chiuvetei sparte din apartamentul ei închiriat, stând cu chirie ca o veşnică adolescentă şi judecându-l aspru pe orice bărbat interesat să desfacă acea centură de castitate pe care i-o pusese mama ei. La cei aproape patruzeci de ani, nu realizase niciodată o lucrare suficient de remarcabilă pentru a-i impulsiona cariera, nici nu avusese o relaţie îndeajuns de satisfăcătoare. Aurora avea nevoie de motive ca să sufere: astfel că tablourile ei mai mult o făceau să moară constant din lipsă de afecţiune decât îi asigurau traiul. Iată de ce Olivia denumise suferinţa Aurorei drept „sindromul Frumoasei Suferinde".

Aşadar, fiind convinsă că „bărbaţii vor întotdeauna un singur lucru" şi că nimeni nu o lua în serios ca artistă, nu avea încredere din start în nicio propunere care ar fi venit de la sexul opus. Cea mai mare greşeală a ei: faptul că se simţea folosită, aşa cum o făcuse să creadă tatăl ei. Astfel, refuzase să zboare la Florenţa cu Bruno Cotello, unul dintre cei mai importanţi proprietari de galerii din Europa. Convinsă că, de fapt, interesul acelui bărbat pentru ea era sexual, nu s-a dus la întâlnire.

Olivia şi-a dat ochii peste cap.

— Şi ghici ce: doi ani mai târziu, Cotello, care-mi era client, a intrat în Grădina Îngerului ţinându-şi de mână partenerul. Un bărbat de culoare atrăgător, îmbrăcat la costum şi căruia i-a cumpărat un buchet de trandafiri albi, fiindcă era ziua lui. Aurora picta afară şi a rămas atât de perplexă, încât nici măcar nu l-a salutat.

Dar n-a învăţat nimic din acea experienţă. Ceea ce o aducea la disperare pe Olivia era că, în loc să se întrebe dacă sosise momentul să-şi schimbe atitudinea, Aurora insista în acelaşi *modus operandi*: îşi boicota viaţa şi apoi se plângea din cauza asta. Acela era motivul pentru care picta în acea după-amiază în Grădina Îngerului, nu la Muzeul Prado sau la Thyssen, unde ar fi putut fi remarcată de alţi artişti şi profesionişti ai artei. Din acelaşi motiv avea acasă pe cineva ca Maxi, actualul ei partener: alt artist, designer grafic, cu care la început viziona filme la ea acasă, apoi au împărţit apartamentul şi acum împărţeau patul şi baia.

Olivia n-a înţeles niciodată cum a început acea relaţie. Îşi amintea cum Aurora îi povestea enervată că Maxi venea pe neaşteptate la ea acasă – pe strada Costanilla de los Desamparados, care avea farmecul ei –, cu orice pretext: „Mi-a căzut internetul şi am de prezentat nişte lucrări săptămâna asta. Pot să-l folosesc pe-al tău?".

Iar pe atunci nici măcar nu erau prieteni. Şi iat-o pe Aurora acolo, în trening, spălând vasele, în timp ce aştepta ca el să elibereze reţeaua, căci altfel se bloca. Şi, fiindcă într-o zi a găsit-o gătind cu şorţul pe ea, l-a întrebat dacă voia să mănânce nişte linte. El i-a mulţumit şi i-a răspuns: „Te-am deranjat destul". Pe atunci ei i s-a părut un gest de bun-simţ. Chiar de generozitate. Cert e că Maxi a mâncat în cele din urmă lintea şi a lăudat-o zile întregi. Aşa că acum Aurora îi pregătea acest fel de mâncare o dată pe săptămână, doar ca să primească laude din partea lui.

Maxi, care în realitate era mini, era un bărbat mic din toate punctele de vedere, dar marele său atu consta în faptul că era un expert în teoria lui Pavlov. „Stimul și răspuns." După părerea Oliviei, nu era un bărbat ușor de descris, deoarece chipul lui era lipsit de expresie. Îți rămânea în memorie ca un amestec de trăsături ce nu se remarcau nici împreună, nici separat. La început, pe Aurora o copleșea să-l vadă așezat pe canapeaua ei la orice oră, cu laptopul pe genunchi. Cu laptopul ei. Dar apoi s-a obișnuit. Ca și cum ar fi fost o mobilă. La fel cum ajungi să te obișnuiești cu o pată care ți-a ieșit pe față și care nu se curăță. Și, pe zi ce trecea, pleca tot mai târziu de la ea. Folosea din ce în ce mai nestingherit lucrurile din casă: berile din frigider, gelul de duș, colile de la imprimantă, pe care nu le înapoia niciodată... chiar și laptopul Aurorei, fiindcă al lui se stricase. Frumoasei noastre Suferinde îi atrăgea foarte mult atenția un lucru la Maxi, și anume, că mereu când sosea la ea o ruga să-i dea voie să folosească baia și făcea treaba mare. De ce făcea asta? se întreba într-o zi pe când îi povestea Oliviei. Oare n-avea baie? Și, deși o dezgusta îngrozitor acest obicei scabros, dat fiind că nu îndrăznea să i-o spună, s-a obișnuit încet-încet și cu asta. A pus un odorizant în baie și rutina a continuat.

Până când, într-o noapte, n-a mai plecat.

Și în noaptea aceea n-au dormit.

Și nu tocmai pentru că și-ar fi tras-o până dimineața. Ci pentru că el a dat chix. Se simțea atât de nesigur cu o femeie atât de incredibilă, pe care, fără îndoială, nu o merita... Asta a fost explicația lui, iar pe ea a emoționat-o atât de mult, încât și-a petrecut restul nopții consolându-l.

Acum Maxi făcea parte din viața ei.

Picta în casa ei, dormea în casa ei, își făcea nevoile în casa ei... dar nu plătea întreținerea. Mânca ce gătea Aurora, dormea lipit de spatele ei și, din când în când, aveau câte un contact intim nu foarte satisfăcător pentru ea. Dar el nu-i cerea nici să facă sex. Iar asta, în mintea Aurorei, era un semn bun. O prețuia într-un alt mod. Nu „profita de ea“ ca să o reguleze. Asta, fără îndoială, o relaxa. Chiar dacă profita de ea în toate celelalte privinţe.

Chestia e că se obişnuise cu prezenţa lui. Oare nu asta însemna să ai un partener? a întrebat-o într-o zi pe Olivia, care a rămas stupefiată. El avea atât de multă nevoie de ea... Oare nu asta era iubirea? Şi, profitând de confuzie, acum Maxi îşi permitea să-i atragă atenţia când mâncarea de linte nu prea avea sare, când îl deranja muzica fiindcă se uita la televizor, când ea nu se aranja sau i se părea urâtă şi când îl obosea că „partenera lui“, dacă o putem numi aşa, îi cerea socoteală că sosea târziu, beat şi mirosind a parfum de femeie. Ca să nu mai vorbim de faptul că Aurora simţea că avea „obligaţia morală“ să care tablourile lui Maxi în acele locuri unde ea avea o cât de mică şansă să le vândă pe ale ei.

Maxi se infiltrase încetul cu încetul în viaţa ei, subtil ca otrava. Şi Frumoasa noastră Suferindă căzuse într-o letargie care o împiedica să vadă dincolo de toate astea. Obsesia ei era ca lui Maxi să-i meargă bine. Acum deja nu mai putea să vadă altfel lucrurile.

Aşadar, pe măsură ce treceau anii, Aurora acumula din ce în ce mai multe frustrări.

— Dar nu e corect, am îndrăznit să spun, în timp ce Olivia mă ajuta să-mi leg un şorţ negru, pe care tocmai mi-l oferise ca să nu-mi murdăresc rochia.

— Nu e corectă, vrei să spui. Nu, nu este. Nu e corectă cu ea însăşi.

A mai tăiat un celofan. Am ţinut al nu ştiu câtelea coş cu margarete. Ea l-a înfăşurat cu îndemânare şi, brusc, a rămas nemişcată. I-am urmărit privirea. În grădină intrase un tânăr îmbrăcat cu pantaloni de costum şi cămaşă albă. Chipul curat, maxilare late, barbişon blond şi zâmbet somnoros. L-am recunoscut abia după ce i-a făcut cu mâna Oliviei, i-a spus ceva Aurorei, şi-a sprijinit servieta pe masa de sub pergolă, a scos o carte şi s-a aşezat să citească liniştit pe unul dintre scaunele din fier din grădină. Ceea ce avea să facă o dată pe săptămână în următoarele trei luni.

Olivia şi-a revenit din reverie şi a tăiat din nou o bucată de plastic transparent.

— Ar trebui să-l sune din nou pe Cotello. Aurora pictează minunat, am reluat discuţia. Dacă aş avea bani, aş cumpăra câteva tablouri de la ea pentru apartamentul meu. Ce mi-ar plăcea să ştiu să pictez aşa de frumos!

Am rămas cu ochii la acuarelele care atârnau de sârme transparente pe geamul serei, altele aşteptau să fie cumpărate stând sprijinite pe jos, lângă vazele cu flori, imitând natura, contopindu-se cu ea. Flori inventate de Aurora, care aveau viaţă proprie. Care păreau că urmau să se deschidă şi să răspândească arome miraculoase.

Totuşi, Olivia o observa din foişorul ei de sticlă cum înmuia pensula în apă, apoi îndepărta excesul de vopsea şi îşi ştergea lacrimile provocate de acea alergie la fericire cu aceeaşi cârpă cu care alunga câteva muşte.

— Ştiu că e greu de înţeles, Marina, a spus cu o privire pierdută, dar uneori mă întreb dacă nu cumva are nevoie să sufere la fel cum Gala are nevoie să colecţioneze bărbaţi. Am ajuns chiar să mă întreb dacă crizele astea de alergie nu cumva îi provoacă şi puţină compasiune faţă de sine. Ţi se pare normal că se încăpăţânează să picteze într-o seră dacă e alergică la plante?

Şi-a pus mâinile în şolduri şi amândouă am izbucnit într-un râs cam trist.

Era oare felul ei de a înfrunta lumea? Nefericirea putea da sens vieţii sale?

Chestia este că acum prioritatea ei era Maxi.

Olivia a înconjurat coşul cu o fundă albă irizată, a tăiat şi a încreţit marginile cu o foarfecă.

— E clar. Preferă să-i dedice lui timpul decât să fie o militantă oarbă a altor cauze pierdute, a continuat. Presupun că, încercând să aline problemele lui Maxi, crede că se reduc ale ei.

— Dar asta nu rezolvă nimic.

— Nu, a spus ridicându-se. Adevărul e că nu rezolvă nimic.

S-a îndreptat de spate, cu mâinile pe şale. Avea părul portocaliu prins cu o crenguţă într-un coc spre ceafă, cam lăsat, şi rochia albă foarte şifonată din cauza căldurii. Totul îi dădea un aspect oarecum hippy la ora aceea. A sunat un telefon. S-a uitat la ceas, a dat la o parte perdeaua din mărgele colorate şi a dispărut misterios în întunericul din spatele serei.

În acel moment a intrat Aurora, frecându-şi părul închis la culoare de la ceafă, şi, după ce a dat puţin târcoale, mi-a cerut un buchețel de gălbenele.

— Întotdeauna iau câte o floare nouă, care vrea să pozeze pentru mine, mi-a explicat, cu ochii mari de ciocolată neagră pe punctul de a se topi, cu pielea ei ca de gumă, cu trupul mărunţel rătăcit în tricoul enorm.

Am ales pentru ea câteva gălbenele, pe care le-am recunoscut fiindcă văzusem *Nuntă în vremea musonului*.

— E adevărat că sunt comestibile? am întrebat-o amintindu-mi filmul.

Ea a înclinat capul ca un căţeluş şi a zâmbit uimită.

— Păi, da, dacă eşti capră.

I-am zâmbit şi eu. I-am selectat florile cu grija unei directoare de casting. La urma urmei, aveau să fie modelele ei. Apoi, imitând-o pe Olivia, le-am înconjurat stângace cu o panglică, pe care am strâns-o de parcă aş fi vrut să le sugrum. Nu e de mirare că gălbenelele sunt florile suferinţei. Mă întreb dacă Aurora ştia asta.

Tentația gutuilor

A început să apună soarele: Olivia a aprins felinarele din grădină, care, dintr-odată, parcă a fost luată cu asalt de un roi de licurici; Aurora a început să-și strângă cutiile cu vopseluri; eu continuam să rătăcesc pe un câmp de margarete și celofan în interiorul serei, măturând resturile, ameţită de mirosul lor dulceag... și atunci mi-am dat seama de prezenţa unei nimfe blonde înfășurate ca o iederă în jurul măslinului nostru. Era Gala, ca și cum ar fi răsărit din trunchiul copacului, absorbindu-i energia.

Între timp, Olivia vorbea cu cineva la grilajul de la intrare.

— Așadar, nu ţi-a lăsat nimic pentru mine?

Sub lumina felinarului și printre plante, am putut să disting doar o jumătate de cap care se mișca agitat.

— Nu, azi nu, Victoria, a răspuns florăreasa și a tăcut pentru o clipă. O să continuaţi așa? Tu știi ce simţi. Și el la fel...

— La naiba, Olivia, măcar de-ar fi așa simplu!

— Chiar este.

— Ar putea și el să fie puţin mai clar.

— Chiar este.

— Nu, nu... Trebuie să fiu sigură și să analizez bine situaţia. Și doar n-o să fac eu toţi pașii, nu-i așa?... a protestat femeia aceea agitată, cu voce energică, dar cam afonă.

— Victoria, a întrerupt-o cealaltă, mai încet. Crezi că poţi să bagi datele astea într-un Excel ca să le ordonezi? Poţi să spui că sunt romantică, dar mi se pare că raţiunea n-are ce căuta când e vorba despre sentimente, nu crezi? Când gândeşti nu simţi, iar când simţi nu gândeşti. În fine... nu vrei să intri şi să bei un pahar de vin cu noi? Fetele sunt aici.

S-a aşternut tăcerea, întreruptă doar de aspersorul care începuse să ude plantele de la intrare.

— Bine, dar numai unul, altfel se supără Pablo.

— Să se supere!

Cele două femei au păşit la braţ până în interiorul grădinii, iar eu m-am ascuns din nou printre margarete. Aproape imediat s-au auzit salutări şi râsete. Olivia a intrat în cămăruţa din spatele florăriei şi a luat o sticlă de vin şi mai multe pahare. Când mă pregăteam să-mi iau rămas-bun, am văzut-o cum îşi scotea şorţul şi îşi desfăcea părul.

— Hai, Marina, nu mai iscodi şi ajută-mă. O să te prezint unor bune prietene.

Nu cred să mai fi cunoscut vreodată o persoană atât de agitată ca Victoria. Se comporta de parcă ar fi fost pe repede-înainte. Avea un păr castaniu-închis, cu un breton pe care şi-l dădea la o parte de pe faţă suflând, trăsături marcate şi aspre, pomeţi înalţi, gura mare, sânii mici, un trup mărunţel şi atletic îmbrăcat pentru a merge la biroul de la El Corte Inglés.

— Azi nu pot să stau mult, mă grăbesc, a zis, apoi şi-a pus geanta şi laptopul pe un scaun din fier, şi-a verificat telefonul mobil şi s-a aşezat. Le-am promis copiilor că-i pup înainte de culcare, căci Pablo îmi reproşează că ajung mereu târziu şi mai trebuie să pregătesc şi budinca pentru cina de la soacră-mea, jur că sunt sătulă să mă tot critice pentru că nu gătesc, vrăjitoarea naibii, dac-ar şti că Pablo se duce s-o vadă doar pentru că-l bat eu la cap... În fine... A ridicat privirea, a căutat ceva în mintea ei şi s-a întors la noi. Ştiţi? Azi am citit un articol despre femeile-sandvici. E îngrozitor. Exact aşa mă simt şi eu: mai am să le dau de mâncare copiilor mei, dar şi părinţilor şi soacrei mele... În fine, şi, în plus, înainte de culcare, trebuie să trimit nişte e-mailuri şi să corectez documentul pe care-l voi prezenta la şedinţa de mâine... Mai sunt şi dobitocii de chinezi, ştiţi ce-au zis? Că nu negociază cu o femeie!

Şi-a suflat bretonul de pe faţă şi s-a uitat la telefonul mobil.

— Iar şeful meu le-a spus: „E cea mai bună, aşa că va trebui să negociaţi cu ea"; oricum o să-l iau cu mine pe asistentul meu, care are codiţă la fel ca ei, în caz că-i văd prea ostili, ce părere aveţi? Ah, şi să nu uit, pentru numele lui Dumnezeu, să o sun pe mama, că i-au descoperit glicemie mare şi trebuie să o duc la analize, fiindcă, dacă nu mă duc cu ea, nu şi le face, ce v-am spus eu, o femeie-sandvici, iar seara, când ies de la serviciu, trebuie să mă duc la o şedinţă cu părinţii de la şcoală ca să hotărâm în ce se vor deghiza copiii de San Patricio. V-am zis că i-am mutat la o şcoală englezească? Marea greşeală a vieţii mele! Pentru şcoala asta mă străduiesc mai mult decât ei. Toate mamele sunt bogate, frumoase şi ştiu să facă marmelade şi biscuiţi cu forme absurde, deci, cu puţin noroc, o să trezesc puţină milă.

Cred că a spus toate astea fără să respire şi ne-a tăiat şi nouă respiraţia. A început să trimită un mesaj cu o viteză supersonică.

— Vicky, o să păţeşti ceva dacă o ţii tot aşa, a avertizat-o Gala fără să o privească în timp ce dădea plictisită paginile unei reviste de decoraţiuni.

Apoi nimfa şi-a descălţat picioarele albe, le-a pus pe scaunul Aurorei, care-şi înfăşura o ţigară, şi a început să se legene.

— Dar Pablo nu poate să te ajute? a întrebat pictoriţa-taximetristă aprinzându-şi ţigara şi ducându-şi apoi mâna la gură. La naiba! Vedeţi? Am zis „să te ajute". Ne trădăm singure...

— Haide, lasă biciul.

Olivia s-a ridicat, disperată. Părul îi cădea acum în şuviţe fine pe umeri. A desfăcut furtunul.

— Ca să scape de tot stresul ăsta, Victoria trebuie să se entuziasmeze de ceva din afara casei și a serviciului.

— Mai bine zis, „de cineva“, nu „de ceva“, a adăugat Gala pe un ton ironic.

Galateea noastră și florăreasa și-au aruncat priviri furișe, ca și cum ar fi știut ele despre ce vorbeau.

— De cineva? a întrebat Aurora din spatele unui nor de fum.

Victoria s-a scărpinat în cap.

— Să nu începem. E doar o iluzie și-mi e de-ajuns. În plus, săptămâna asta iar n-am avut timp să mă duc la sală.

A pufnit de trei ori, și-a privit unghiile.

— Ce mai contează? Cui îi mai pasă să fie perfectă după naștere?

— Ție! a trântit Gala, cu ochii ei de păpușă larg deschiși. Nu să fii perfectă, dragă, dar să lupți puțin împotriva legii gravitației! Există „operațiunea bikini“ și „operațiunea amant“...

S-a auzit chicotitul Oliviei printre pomi. Apa din furtun uda pământul. Mirosul de natură invada totul.

— Voi nu sunteți în situația mea, clar? Eu am familie.

Și-a consultat telefonul mobil. S-a auzit o ambulanță în depărtare, ceea ce a dat frazei o nuanță dramatică.

— Așa este.

Vocea Oliviei se auzea acum de lângă peretele din capăt, unde uda.

— Draga mea, ar trebui să te motiveze faptul că un tip vrea să te scape de toată încordarea asta, iar tu nu profiți.

— Apropo, ce știm despre el? a întrebat Gala agitându-și vinul din pahar. Au avansat lucrurile?

Cea căreia îi era adresată întrebarea s-a întors spre Gala, pregătită să-i spună ceva ce nu a mai rostit. Apoi și-a mai turnat puțin vin și mi-a oferit și mie.

— Ai grijă cu ele, Marina. Au o influență foarte proastă.

Am zâmbit. Cred că era cea mai plăcută conversaţie pe care o auzisem în ultima vreme. Apoi Olivia ne-a udat picioarele cu apa din furtun ca să ne răcorească, iar prin grădină au zburat câteva vorbe de ocară şi hohote de râs.

Mai târziu, Victoria mi-a povestit că era ingineră informaticiană, dar deja bănuiam asta dintr-o frază pe care o rostise.

— Problema este că noi, femeile din ziua de azi, suntem ca un software revoluţionar care a fost instalat într-un calculator vechi şi, de aceea, se blochează întruna şi face scurtcircuit.

Considera că avea un loc de muncă bun, dar trăia blocată în posibilitatea unei avansări permanente, care nu se concretiza dacă nu părăsea Spania.

Când vorbea, obişnuia să-şi încordeze mâinile într-un mod particular. Acestea erau mici, făcute parcă pentru a tasta la un laptop, cu unghiile roase şi pline de pieliţe. Călătorea între Madrid şi Tokyo, unde se afla sediul firmei la care lucra, şi, potrivit ei, dacă n-ar fi avut soţ şi copii, ar fi trăit în afara Spaniei. Avea doi copii, pe Raúl şi pe Eduardo, de şapte şi de patru ani, alergici aproape la orice, la fel ca tatăl lor, şi, deşi prefera să nu se gândească la asta, ştia că era o frână pentru cariera ei faptul că nu se putea muta din ţară.

— Şi, pe deasupra, tocmai mi s-a oferit posibilitatea să ne mutăm o vreme la New York.

Toate au aplaudat şi au felicitat-o.

— Nu vă bucuraţi încă.

— De ce? a întrebat Aurora lăsând un rotocol de fum în aer.

— Lui Pablo nu i se pare o idee bună, a zis printre dinţi.

— Fiindcă n-are nimic de pierdut, în schimb tu, da? a protestat Gala.

— Nu, Pablo se gândeşte doar la copii, i-a luat Victoria apărarea. E de părere că New Yorkul nu este un loc pentru o familie. Şi, în parte, are dreptate. Dar, pe de altă parte, ar fi o experienţă interesantă pentru copii... Nu ştiu.

Gala şi-a pierdut în acelaşi timp răbdarea şi echilibrul de pe scaun. Olivia a ţinut-o să nu cadă.

— Dar nu voiai nici să te muţi din cartier! s-a indignat blonda. Iar dacă-mi amintesc bine, el a insistat să vă duceţi în cartierul ăla aflat la dracu-n praznic.

— Iar el preferă poziţia misionarului... şi ea, să fie luată în braţe, ceea ce e mult mai grav, a conchis Olivia, spre surprinderea mea.

— Opriţi-vă!

Victoria le-a adresat o privire ucigaşă şi a continuat să-şi cureţe oja de pe unghia degetului arătător, într-un gest involuntar.

— Pablo este un tată minunat.

Gala a închis revista.

— Asta-i extraordinar pentru copiii tăi, micuţo, dar cred că noi vorbeam despre tine.

— Ce-i drept, suntem foarte diferiţi, a continuat informaticiana, dar asupra unui lucru suntem de acord: că nu mă străduiesc îndeajuns.

— Măi, să fie! a protestat Aurora. Dar de ce, la urma urmei, noi suntem vinovate pentru tot?

— Mă rog, nu mi-o spune, dar ştiu că aşa gândeşte, a rectificat. Şi aşa este, fetelor, nu reuşesc să le fac pe toate. Mama îmi spunea că, pe când eram mică şi mă întreba: „Ce vrei să fii când te faci mare?", eu răspundeam ca David Bowie: „Vreau să fiu de toate". Şi, desigur, cam aşa e.

Olivia a lăsat furtunul în ghiveciul unui arbust şi şi-a pus mâinile în şolduri.

— Ce idee, dragă! Să vrei să ai şi familie şi serviciu!

— Ca un bărbat? a continuat Gala. Chiar eşti exotică, să ştii.

— Nu-i aşa? a bâiguit ea, zâmbind cu jumătate de gură, în timp ce se uita pe furiş la telefonul mobil.

Din nou s-au auzit râsete.

De data asta, eu am turnat încă un rând de vin. Pentru Olivia, Victoria era un specimen clar al „sindromului omnipotenței". Hotărâse să facă de toate, dar planul acela nu admitea greșeli: cea mai bună mamă, cea mai bună profesionistă, cea mai bună soție, cea mai bună fiică, cea mai bună noră... nu bună, nu, perfectă. În felul acesta, șeful ei nu-i putea reproșa că neglija firma din cauză că avea doi copii, nici soțul ei, că era o mamă absentă. Rezultatul?

— *Mamma mia!* Stați să trimit un mesaj acasă. E ora zece. Să vedeți scandal... Iar dacă n-am timp să corectez documentul, mâine s-a zis cu mine.

Atunci Olivia i-a luat încet telefonul mobil și a mângâiat-o pe obraz.

— Gândește-te puțin și la tine măcar o dată, vrei? i-a șoptit și parcă a înghețat-o timp de câteva clipe. Meriți.

Singurul mod pe care-l găsise pentru a-și domoli anxietatea provocată de tot ce o frustra în viața ei era să fie permanent ocupată și victimă a unui stres vital. De aceea, când avea să ajungă acasă în seara aceea, în loc să facă un duș și să se relaxeze puțin bând un pahar cu vin în fața televizorului - cum ar fi făcut în apartamentul ei de fată nemăritată –, avea să se încalțe cu niște papuci, avea să meargă împiedicându-se până în camera copiilor, unde avea să stea o vreme în patul fiecăruia. Apoi avea să le pregătească ghiozdanele. Avea să se ducă la bucătărie, avea să scoată untul, pâinea și trei tipuri de mezeluri și avea să le facă niște sandviciuri pentru recreație. Avea să lase ceștile pe masă pentru micul dejun, precum și cerealele de trei feluri - cu ciocolată pentru Eduardo, cu miere pentru Raúl și müsli pentru Pablo –, avea să lase fierbând pe plita vitroceramică niște paste cu carne pentru cina de a doua zi și, în cele din urmă, în zori, vârâtă în pat și cu laptopul arzându-i pe genunchi, ochii ei roșii aveau să se reflecte în ecranul calculatorului în timp ce verifica e-mailurile și documentele pentru a doua zi. O a doua zi în care Pablo, pe care avea să-l îmbrățișeze sincer după ce avea să lase laptopul pe podea, deja ar fi început să sforăie. El avea să bage vasele în mașina de spălat și să-i ducă pe copii la școală înainte de a ajunge la serviciu. Și, când aveau să se revadă seara, în timp ce micuții mâncau paste cu carne, Pablo avea să o sărute pe frunte și să o întrebe zâmbind unde fusese până la ora aceea târzie cu o seară în urmă.

Mai târziu am aflat că Victoria trăise cu o mamă dependentă de pastile, de care acum avea grijă, deși nu era obligată. La un moment dat, a decis că nu mai voia să sufere. Că se mulțumea cu o fărâmă de fericire, atât timp cât era o fericire stabilă. Dacă Gala se agăța de instabilitate, Victoria ar fi făcut orice tocmai ca să nu-și piardă stabilitatea. Avea să se mintă și să-i mintă și pe ceilalți.

— Îl iubesc pe Pablo. Avem un proiect comun. Problema e că... nu știu... parcă am devenit furnizori de alimente pentru copii.

— La naiba, ce frază... a zis Gala și și-a băut dintr-o înghițitură restul de vin.

— Dar nici nu s-a întâmplat, nici nu se va întâmpla ceva cu Francisco, ne-a avertizat Victoria coborând vocea. Nu fiți rele!

În momentul acela n-am făcut legătura. Nici nu mi-am imaginat tot ce avea să însemne povestea aceea.

— Dar de ce nu? a contraatacat Gala. Muncești non-stop, îți ajuți familia...

— Iar soțul tău e fermecător, dar nu-ți dă nicio atenție! a strigat Olivia.

— Dar ce brutală ești, Oli! a mustrat-o Aurora. De ce nu o lăsați în pace?

— Ba îmi dă atenţie, i-a luat Victoria apărarea. Doar că bioritmul lui e diferit, iar eu ajung mereu epuizată acasă. Îmi dau cu o cremă pentru varice şi mă duc la culcare.

Şi-a îndreptat spatele, care a trosnit de parcă ar fi fost din răchită.

— Vedeţi? Mă dor toate oasele.

— Fireşte, dragă, dacă nu faci sex...

Olivia s-a aşezat foarte demnă. Noi, celelalte, ne-am abţinut să nu râdem.

— Dacă ţi-ai permite o bucurie, relaţia ta de cuplu s-ar îmbunătăţi. Ai arăta mai frumoasă, mai veselă, ţi-ar străluci pielea...

— Ăsta-i un mit atât de prostesc..., a garantat Gala.

— Te referi la strălucirea pielii? s-a mirat Olivia. Ce dezamăgire!

— Ce mit? a întrebat Victoria.

— Că ţi se va îmbunătăţi relaţia.

Galateea a ridicat dintr-o sprânceană.

— Eu mă culc deseori cu bărbaţi însuraţi, iar faptul că sunt mulţumiţi nu înseamnă chiar că „o amantă le îmbunătăţeşte relaţia".

Aurora contempla scena ca la cinematograf.

— Şi n-ai mustrări de conştiinţă? a întrebat dintr-odată cu ochi nevinovaţi.

— Eu? a întrebat Gala şi a zâmbit. Eşti nebună? Cine are obligaţii? Eu nu. De fapt, de-aia nici n-am remuşcări. Îmi preţuiesc foarte mult independenţa şi de-aia nici ei nu vor să meargă mai departe.

Şi-a făcut vânt cu revista.

— Eu o duc cel mai bine. Atât timp cât n-am contact cu soţia, totul e bine. De-aia, când o fac cu un bărbat însurat, nu-mi place să mă duc la el acasă. Altele chiar au mania asta.

— Manie? Ia te uită ce solidaritate feminină! Pe dracu'! s-a scandalizat Frumoasa Suferindă.

— Nu cred în prietenia cromozomială, a intervenit Victoria în timp ce trimitea distrată un mesaj. Noi, femeile, putem să fim prietene bune, dar nu fiindcă suntem femei.

— Ai nimerit-o, a continuat Gala. Dar să-i văd fotografiile, să mă şterg cu prosoapele ei, să o fac în patul ei... Recunosc că asta îmi cam dă fiori. Însă nu e vorba despre sentimentul de vinovăţie. Ştiţi ce-a făcut într-o zi un tip? Când am ieşit de la duş, a deschis dulapul şi mi-a oferit creionul de ochi al soţiei sale. Vă vine să credeţi?

— Creionul de ochi! E impardonabil! s-a înfuriat Victoria în mod ironic. Ce imbecil!

Prima dată când Victoria a intrat în florărie a fost ca să tragă de timp şi n-a cumpărat nimic, dar Olivia a observat că stabilea cu un bărbat să ia micul dejun împreună. Apoi s-a dovedit a fi chipeşul arheolog care umbla pe urmele lui Cervantes la câteva străzi mai jos. Îl cunoscuse când firmei la care lucra ea i se comandase un program sofisticat pentru a localiza resturi umane.

Într-o zi, pe când Victoria îl aştepta în grădină pe noul ei prieten şi fiindcă venise de la o expoziţie a lui Antonio López de la Muzeul Thyssen, a întrebat-o pe Olivia care era floarea pe care acesta o picta cu un hiperrealism absolut. Rămăsese ore în şir în faţa tabloului respectiv, hipnotizată de acele flori, şi, din cine ştie ce motiv, simţea nevoia să le aibă în continuare în faţa ochilor. Olivia i-a răspuns că era vorba despre floarea de gutui. Aşa că a comandat acele flori, fără să ştie că aparţineau unui copac. După o săptămână, când s-a întors la florărie, a luat acasă, fără să bănuiască, vreo două ramuri pe care înflorise floarea tentaţiei.

Atunci Oliviei i-a venit ideea să atârne pe uşa serei o plăcuţă cu semnificaţiile florilor. Şi, în funcţie de care din cei doi se afla în seră, îl aştepta o floare ce reprezenta un mesaj. Ce-i drept, Olivia a început jocul, chiar dacă ei n-au aflat asta niciodată. În felul acesta au început un dialog ciudat în limbajul florilor: prin intermediul lor îndrăzneau să-şi spună ceea ce prin cuvinte era prea stânjenitor şi, bineînţeles, presupunea mai puţine riscuri decât mesajele periculoase de pe telefonul mobil. Victoriei începuse să-i placă acel schimb de gânduri[1], adică de flori: mai întâi a optat pentru prudenţă şi i-a lăsat o pansea multicoloră, „gândeşte-te la mine, aşa cum eu mă gândesc la tine". El răspunsese cu un bujor roz: „Îmi placi, dar sunt prea timid ca să ţi-o spun". Atunci ea a contraatacat cu o pansea albă: „Te respect". La care el a răspuns cu un bujor alb: „Sunt norocos că te am", iar ea, cu o pansea albastră: „M-aş încrede în dragostea ta", la care el i-a adus o floarea-soarelui enormă, pentru a-i dovedi „adoraţia" lui, iar ea a îndrăznit cu o pansea galbenă ca „dorinţă plină de poezie", la care el, legându-se la cap fără să-l doară, a răspuns cu o pansea portocalie: „Dorinţă fizică intensă".

Şi acolo rămăseseră.

Victoria ducea constant acasă flori de gutui, deşi copiii ei strănutau înnebuniţi de fiecare dată când erau prin preajma lor.

— După părerea mea, Victoria, a zis Gala desculţă şi mângâind cu vârfurile degetelor plăcuţa cu limbajul florilor, cred că, la cât sunteţi de înfierbântaţi, situaţia asta nu o poţi rezolva decât cu o imensă gladiolă roşie.

— Ah... îmi plac la nebunie gladiolele, a oftat Aurora. Trebuie să pictez una. Şi ce mesaj transmite?

— Este o invitaţie clară şi hotărâtă la sex, a răspuns Olivia, stând în leagănul care atârna de măslin. Ascultă-mă, Vicky, sexul este medicament: întăreşte sistemul imunitar, serotonina conferă fericire, dopamina îţi dă o senzaţie de linişte, oxigenarea creierului se intensifică şi inima începe să bată mai tare...

---

[1] În spaniolă, *pensamiento* înseamnă atât „gând", cât şi „pansea" (n. tr.).

S-a legănat cu cochetărie.

— N-am putut niciodată să stau fără sex și am o sănătate de fier, drept să-ți spun.

Iar eu le ascultam, gândindu-mă cum să intervin într-o discuție de care mă simțeam foarte străină. Unde fusesem în ultimii ani? Încercam să-mi amintesc contactele sexuale pe care le avusesem cu tine înainte de a te îmbolnăvi. Nu știam dacă-mi plăcea să fiu obligată să-mi amintesc unele lucruri. La asta mă gândeam când, pe la unsprezece noaptea, în clipa în care tonul vocilor femeilor începea să urce din cauza vinului, s-a întâmplat ceva neașteptat. S-a mișcat grilajul și o voce a întrebat printre frunze dacă era deschis.

Seninătatea orhideelor

În întuneric s-a conturat rapid silueta femeii în costum gri perlă, care se întorcea la florărie cu rimelul scurs şi buchetul ei de trandafiri, cu atitudinea demnă a unei statui şi ţinând în mână un plic.

Uimită, Olivia s-a apropiat de ea, mergând desculţă pe dalele ude.

— Bună seara, dragă, intră. Cu ce te putem ajuta?

— M-aţi putea ajuta cu adevărat dacă mi-aţi spune unde pot să găsesc un ucigaş plătit discret, dar da, voiam să-ţi cer o favoare.

Vocea ei suna hotărâtă. S-a întors spre mine şi mi s-a adresat:

— Vreau să schimb adresa şi destinatara buchetului de trandafiri.

— Nu mai sunt pentru norocoasa Casandra? a întrebat Olivia şi mai surprinsă.

Cealaltă s-a strâmbat ironic şi m-a privit.

— Aveţi adresa şi numele cuplului care a fost aici în dimineaţa asta cu o fetiţă?

— Da, am răspuns şovăind. Au comandat nişte pomi fructiferi pentru o grădină.

— Pentru o grădină...

A zâmbit gânditoare.

— Desigur, ar fi trebuit să presupun că au o afurisită de grădină... Vreau să i le trimit „ei", cu următorul mesaj.

Ne-a întins plicul. Olivia l-a desfăcut cu două dintre degetele ei fine. Ne-am uitat la ea fără să clipim. În plic era un bilet. Am citit cu voce joasă:

Soțul tău a uitat asta la mine acasă.

Și, lipit de bilet, un prezervativ.

Atunci ne-a întins un al doilea plic nedesfăcut.

— Iar pe acesta să-l păstrați, în caz că o să vreau să trimit un buchet și pentru el. Dacă va fi cazul.

Nici după aproape două luni nu aveam să aflăm ce conținea plicul și cât de complicată era, de fapt, acea poveste pentru Casandra și pentru relația ei cu lumea.

— Eh... Casandra... corect? a întrebat Olivia punând bine plicul și atingându-i umărul cu o mână. Nu vrei să te relaxezi cu noi și să bei un păhărel? Am improvizat o mică serată în grădină.

După spusele Oliviei, nu era prima oară când Casandra își trimitea flori la birou. Făcea asta din când în când și întotdeauna cu mesaje diferite: pasionale, cochete, febrile, pline de dorință, de admirație. Nu era nebună. Ne-a explicat că tot ce voia era ca oamenii de la serviciu să creadă că avea viață personală. Era vorba despre o strategie de lucru. Șeful ei insinuase că, deși avea o carieră înfloritoare, „imaginea" ei s-ar fi îmbunătățit...

— Dacă aș avea o relație stabilă... adică soț. Chiar și o familie.

Casandra ne-a privit în ochi pe fiecare în parte.

— Și bine că l-am oprit la timp, căci altfel îmi spunea și ce rasă de câine trebuie să-mi cumpăr!

— Asta-i culmea, s-a indignat Aurora.

— Cretinul naibii... s-a trezit vorbind Gala.

O pasăre de noapte a zburat până în măslin și am auzit-o scormonind în frunzișul lui. Din Piața Santa Ana răsunau acordurile repetitive ale unui acordeonist. Melodia a părut să o liniştească pe Casandra.

Chestia e că nu avusese timp pentru ce-i spusese şeful ei. Pentru viaţă, în general. În schimb, era o profesionistă genială, dependentă de munca ei. La vârsta de treizeci şi cinci de ani deja era parlamentar european şi crescuse cu următoarele lozinci paterne: „Vreau ca fetele mele să aibă o carieră, să fie independente şi să nu depindă niciodată de un bărbat". Şi a încheiat cu una dintre acele fraze pe care ea jurase să le întipărească pe piatra de mormânt a tatălui: „Singurul bărbat care nu te va înşela niciodată este tatăl tău". Aşa că în ea convieţuiau, în părţi egale, un fel de dispreţ şi o fascinaţie faţă de bărbaţi provocate de presimţirea că nu-l va găsi niciodată pe cel pe care-l căuta.

— N-ai de unde să ştii asta, a argumentat Olivia.

— Ba da, a răspuns Casandra cu gest ironic, gustând din vin. Fiindcă bărbatul acela e unic şi e căsătorit cu mama.

O femeie minunată. O mamă bună, a precizat. Care-i amintea mereu Casandrei că era cea mai bună. Şi deja era o presiune enormă să se ridice la aşteptările mamei. Şi din cauza acestei etichete Casandra devenise unul dintre cele mai importante trofee pentru specimenele de masculi alfa: femeia de succes pe care trebuiau să o cucerească, dar cu care nu aveau să-şi împartă niciodată viaţa, de teama acelei arme înfricoşătoare pe care o ţinea în geantă şi pe care o putea folosi pentru a-i părăsi când avea ea chef: independenţa ei.

Şi cine erau cei care o vânau pe Casandra?

Bărbaţi care aveau mania de a îmblânzi o fiară, adică de a o seduce: fluşturatici, bărbaţi însuraţi care erau permanent infideli sau…

— Sau toate la un loc, ca ultimul cu care am avut de-a face, a mărturisit cu durere în timp ce-şi refăcea coada. După multe refuzuri, fiindcă în mod evident îmi răsunau în ureche toate acele avertizări ale tatei și cele ale călugărițelor de la școală, chiar și recomandările șefului meu, am cedat.

— Ai devenit amanta lui? s-a interesat Gala.

Casandra a încuviințat și apoi a clătinat din cap.

— Cel mai rău e că am căzut ca o proastă în vechea capcană: „Am o căsnicie nefericită și mi-ar plăcea să găsesc pe cineva care să mă facă să simt dragostea adevărată".

— Și te-ai străduit să-i faci pe plac pentru a-i îndeplini dorința „de a simți dragostea adevărată", ca să nu-l dezamăgești, cum faci cu toată lumea, a completat Olivia în timp ce ne umplea paharele.

Casandra s-a uitat la ea, surprinsă că era atât de previzibilă.

— Mă simt atât de ridicolă... Mi-am cumpărat chiar și cărți de tehnici sexuale! s-a văitat în timp ce-și răcorea fruntea cu paharul. Când nu eram împreună, mă pregăteam pentru următoarea întâlnire, neglijându-mi sănătatea, prietenii, până când...

Ceva a făcut-o să se oprească. O informație încă clasificată. Și-a mângâiat alunița de lângă gură.

— Până când ți-ai dat seama că în puținul timp pe care-l petreceați împreună el voia doar să ți-o tragă, a îndrăznit să spună Gala, expertă în viața altora, în timp ce trupul ei de nimfă robustă se balansa pe două picioare ale scaunului.

Casandra și-a desfăcut coada, lăsându-și părul să-i cadă, în sfârșit, pe umeri.

Nu îi venea să creadă în ce se implicase, a fost atât de obsedată să găsească modalități noi de a-i face pe plac, încât a ajuns să uite ceva important: că era însurat. Până în acea dimineață, când îl întâlnise în grădină însoțit de soția și de fiica lui și o lovise doza aceea brutală de realitate, stârnindu-i în piept o durere care o împiedica să respire.

— Dar știai deja că era însurat... a zis Aurora după ce a strănutat de vreo două ori.

— E foarte complicat, a oftat Casandra. Azi, când i-am văzut, s-a întâmplat ceva ce... în fine, e o poveste foarte complicată, greu de explicat într-o singură seară.

Nu a putut să continue. Și-a mai turnat puțin vin. A înghițit cu dificultate.

— Ce nenorocit, a conchis Gala. Vedeți ce vă zic? Dragostea e supraevaluată.

— Nu e vorba doar de asta... Gala te cheamă?

Casandra a făcut o pauză, cealaltă a încuviințat.

— Problema este că există manipulatori care folosesc cuvinte prea mari pentru ei, și-a spus Aurora părerea.

Victoria, care fusese foarte atentă la toată această poveste, ca și cum și-ar fi văzut viitorul sumbru în 3D, își decojea singura unghie care-i mai rămăsese dată cu ojă. Apoi privirea a început să-i rătăcească.

— Și vreți ca eu să mă bag într-o asemenea încurcătură?

Casandra a rămas și ea pe gânduri, îmi imaginez că-și completa în minte puzzle-ul complicat al secretului ei. Și-a descheiat vreo doi nasturi de la cămașă. Și-a pus haina pe spătarul scaunului. Și-a scos cerceii mici și strălucitori, inelul și ceasul și le-a vârât în geantă. Ca și cum, dintr-odată, totul ar fi deranjat-o sau i-ar fi stârnit amintiri.

A doua zi, eu și Olivia aveam să denumim tabloul clinic al Casandrei „sindromul superwoman". Limbajul trupului ei, siguranța gesturilor sale, felul cum agita cardul de credit, cum mânuia bormașina și cum folosea cuvintele pentru a minți elegant când ținea un discurs, toate acestea duceau la „N-am deloc nevoie de bărbați", cinstind memoria tatălui ei. Tot din acest motiv prefera să se concentreze asupra muncii sale. Știa că, atunci când se dedica celorlalți, o făcea prea mult și ajungea să fie foarte exigentă cu ea însăși atât în dragoste, cât și în toate celelalte aspecte ale vieții.

— Dar nu mai fi aşa de categorică, dragă. Te asigur că există bărbaţi minunaţi, fost de părere Olivia. Nu cumva ţi-e teamă şi-i alegi pe cei care i-ar da dreptate veneratului tău tată?

Cea căreia îi fusese adresată întrebarea s-a întors spre Olivia cu mândrie.

— Teamă? Mie? De ei? Ha! Ar trebui să vezi cum se uită la mine la minister... Colegii mei se sperie chiar şi numai când mă văd intrând într-o sală de negocieri.

Potrivit Oliviei, ideea de superwoman fusese şlefuită cu grijă de acele mame feministe - cam de vârsta ei - care au luptat pentru libertate, dar n-au putut să o experimenteze: „Nu te îndrăgosti. Nu te căsători. Nu face copii".

Am înţeles clar cazul Casandrei când Gala, după ce terminaserăm deja a treia sticlă de vin şi într-un moment de beţie caracteristic mai degrabă unei petreceri în pijamale, ne-a întrebat cum fusese „prima dată" pentru noi. Acum, că se încheie această vară lungă şi ciudată, pot spune că în viaţa unei femei există două adolescenţe, care coincid cu momentele lor „crisalidă" şi despre care voi vorbi mai târziu: la cincisprezece şi la patruzeci de ani.

Contrar tuturor aşteptărilor, prima care a răspuns la întrebarea Galei a fost Aurora.

— Adevărul e că a fost „aproape" prima mea dată, fiindcă n-am mers până la capăt, a spus cam timidă, fluturându-şi genele negre şi permanent umede.

Pe atunci, Frumoasa Suferindă avea un iubit foarte evlavios, cu care era colegă de liceu. Mamei sale îi plăcea foarte mult de el fiindcă era cinstit, iar tatălui ei, deoarece considera că avea un viitor promiţător. Simpatia lui pentru Opus Dei nu era un secret, aşa că au vorbit imediat despre nuntă, ne-a mărturisit aproape ruşinată, vrând, desigur, să-i „respecte" virginitatea. Olivia şi-a dus mâna la frunte: încă exista aşa ceva? Noi, celelalte, am rugat-o să păstreze tăcerea.

— Chestia e că, într-o zi, eram singuri la mine acasă, deja aproape dezbrăcaţi, devorându-ne unul pe altul, şi mi-a propus o soluţie ingenioasă. Mi-a spus: „Iubire, ce-ai zice să ţi-o trag pe la spate? În felul ăsta vei rămâne virgină".

Aurora a făcut un gest cu mâinile care însemna că acel lucru era evident.

— De atunci mă cam nedumereşte tot ce are legătură cu biserica...

— Fără îndoială, tatăl tău avea dreptate! Era un bărbat cu resurse!

Am făcut toate gesturi de uimire şi s-a mai auzit şi câte-o expresie obscenă, din cauza vinului.

Casandra, care-şi ştergea urmele de rimel de pe cearcăne uitându-se în oglinda unei pudriere mici marca Christian Dior, a preluat ştafeta.

— Făcând pe liberala, mama mi-a sugerat să fiu dezvirginată de un chirurg, aducând următorul argument: „În felul acesta nu vei fi un trofeu pentru niciun bărbat". A închis brusc pudriera. Îmi mai daţi vin?

Am amuţit toate.

— Cu tata chiar e o mică problemă, a continuat. Iar acum, că mi-am atins o mare parte din ţelurile profesionale, îmi dau seama că el încă crede că pot face şi mai multe. Nu voi obţine niciodată pe deplin recunoaşterea lui, oricât m-aş strădui. Independenţa mea, pe care mama şi-a dorit-o atât de mult, stârneşte frica bărbaţilor şi... mila femeilor. Ştiţi ce-am auzit-o spunând pe Paula, secretara mea, zilele trecute? A oftat. „Nu are viaţă." Nu are viaţă! Aşa a zis ticăloasa, doar pentru că m-a văzut lipită de calculator într-o vineri seara şi cu febră de patruzeci. Şi tot n-am făcut-o să rămână!

— Dar arăţi trăsnet! a protestat Gala. Serios, nu înţeleg cum de o tipă ca tine n-are în spatele ei o armată de tipi salivând.

Am privit-o. Picioarele ei lungi. Trupul bine clădit. Părul strălucitor. Alunița aceea care-i scotea în evidență gura mare și sexy. Îmbrăcată și machiată cu bun-gust și în limita decenței.

— Ce-ar fi să-ți faci un profit pe o rețea de socializare *cool*? a sugerat Victoria în timp ce-și deschidea tableta.

— Rețea de socializare și *cool* sunt antonime, a adăugat Gala.

— N-aș crede, a contrazis-o Victoria. Unele funcționează foarte bine pentru persoane cu profilul ei.

Casandra a privit-o îngrozită.

— Cu profilul meu? Ești nebună?

S-a ridicat și și-a dezlipit pantalonii largi și bluza de pielea ei transpirată.

— Am o funcție publică! Nici gând să pot face asta. Uneori cred că ar fi mai inteligent din partea mea să-mi schimb tot CV-ul cu niște sâni zdraveni. Vorbesc serios.

Și, din câte ne-a spus, era adevărat că lista iubiților ei din ultimul an îi depășea CV-ul de pe Linkedin - ne-a lămurit că mai avea mult până să devină o persoană normală. Întotdeauna fusese atât de responsabilă și de corectă, încât ar fi putut face o mie de răutăți și tot n-ar fi fost taxată de autoritățile celeste. Dar realitatea era că, atunci când începea ceva asemănător unei relații la care ținea, mai devreme sau mai târziu, după o primă și intensă curtare, începeau să se rărească mesajele de pe telefon și, după cum spunea, „erau vârâte sub preș", până dispăreau cu totul.

— „Nu ești căsătorită, Casandra? Cum de n-ai copii, Casandra? Ar trebui să te mai gândești la asta, Casandra... Ai pățit ceva, Casandra?", a pufnit ea. De parcă ai putea să-ți plănuiești deciziile astea vitale! Uite, urmează să-i cer asta secretarei mele.

— Eu n-am bani să-mi fac astfel de planificări. Nici secretară, a zis Aurora, brusc cam enervată.

Am privit-o pe Casandra scotocind în geanta ei de firmă după o cutie enormă de pastile, pe care aveam s-o văd cum o scotea de trei ori pe zi pentru a înghiţi tot felul de vitamine, probiotice şi stimulente pentru imunitate. Superwoman a noastră încerca să-şi controleze cu orice preţ mediul înconjurător: cufundată într-o lume impregnată de testosteron şi de obiceiuri conservatoare, trimiţându-şi la birou buchetul de flori, care sosea întotdeauna la ora indicată, sub privirile tuturor.

— Nu cred că trebuie să te justifici, dragă, a fost de părere Olivia, care începuse să ude din nou plantele.

— Din păcate, eu cred că da, a insistat Casandra. În lumea mea, fetelor, şi mă tem că este aceeaşi cu a voastră, unei femei i se cer explicaţii care nu-şi au rostul, la serviciu şi chiar şi la coafor: când eşti tânăr, lumea vrea să ştie dacă te vei reproduce în curând, deoarece asta poate reprezenta o problemă. Dacă vei face asta măritată sau nemăritată, fiindcă poate fi neadecvat. Dar, de la o anumită vârstă, este invers! Dacă nu te-ai reprodus sau nu ai un bărbat alături, înseamnă că ai păţit ceva! „Nu este aptă." Fugi de-aici...

Casandra s-a întins, cu braţele ridicate, cât era de lungă. Şi, când a făcut asta, din bluza ei s-a văzut un mic medalion cu o fecioară. Apoi s-a ridicat de pe scaun şi a iscodit prin seră, oprindu-se în faţa unei orhidee albastre, ca şi cum aceasta ar fi ales-o pe ea, şi nu invers. Au rămas faţă în faţă, Casandra imitându-i nemişcarea, iar orhideea privind-o fix, pe atunci cu singura şi marea ei floare deschisă.

O maşină a derapat în depărtare. Două pisici se băteau pe o porţiune de stradă. Camionul de gunoi a început să descarce containerele şi în depărtare s-a auzit un zgomot de geamuri sparte.

„N-ar trebui să fie totul mai simplu?", m-am gândit în timp ce o ajutam pe Olivia să strângă furtunul lung. Ce verigă lipsea din lanţ? Teoretic, era rândul nostru.

Iată-ne acolo.

Femei de patruzeci de ani, cu studii, cu experienţe de viaţă, având libertatea de a face orice alegere.

Şi exact asta era problema: că trebuia să alegem.

Carieră? Familie? Şi una, şi alta nu părea cu putinţă. Sau, cel puţin, nu în acelaşi timp. De ce?

Olivia a căscat şi, încetul cu încetul, căscatul ei ne-a molipsit şi pe noi, până ne-a umezit ochii. La fel ca noaptea, cu mirosul ei a pământ umed.

Smerenia violetelor

Se făcuse dimineață aproape fără să ne dăm seama și, în acele ore, de dincolo de grilajul micii noastre oaze, am fost aplaudate de niște grupuri de turiști blonzi și amețiți care se întorceau la Youth Hostel de Huertas, salutate de recepționerii de la localurile din apropiere și huiduite de vecinii de deasupra noastră de fiecare dată când izbucneam într-un râs isteric.

Aurora începuse să plângă, povestindu-i Galei ultima jignire din partea lui Maxi. Blonda o îmbrățișa, încurajând-o, în timp ce-și presăra monologul cu câte un citat din vreo carte. La Olivia se manifesta un chicotit despre care am aflat ulterior că i-l provoca mereu vinul alb. Eu îmi practicam în continuare autismul, iar Victoria s-a uitat pentru a nu știu câta oară la telefonul mobil.

— Ce groaznic… E ora două dimineața, a oftat ea. Sunt o ființă oribilă și o mamă denaturată.

— Încetează odată să-ți mai spui asemenea lucruri, vrei? a protestat Gala.

— Mai ales, dragă, că-i ai pe micuții tăi cu tine.

Pe chipul Oliviei a apărut o urmă de tandrețe.

— Nici nu-ți imaginezi cât de important e acest lucru.

Victoria și-a pus coatele pe masă, gest preluat cu siguranță de la copiii ei.

— Așa e! Mă simt vinovată pentru orice! Sunt o nenorocită!

A început să enumere pe degete: se simțea vinovată când ajungea acasă și copiii dormeau, pentru că nu ceruse să-i fie micșorată ziua de lucru și să scape de posibilele represalii, chiar și pentru că nu făcea afurisita de marmeladă de San Patricio! A aruncat telefonul în geantă și a închis-o, de parcă ar fi vrut să-l întemnițeze.

— Dacă aș fi știut, ți-aș fi adus o cămașă de penitență de la Mănăstirea Trinitarienelor.

Blonda i-a făcut cu ochiul Oliviei și și-a aranjat sânii mari în rochie.

— Nu, de la Trinitariene ar fi trebuit să-i aduci altceva, a râs Olivia. În plus, la ce-ți folosește?

— Să fac marmeladă? Mi-ar folosi ca să nu fiu o mamă neadaptată în asociația părinților, de exemplu.

Brusc, a părut că-și amintește ceva. A deschis din nou geanta, a scos un carnet negru enorm și a mâzgălit câteva rânduri.

— Doamnă omnipotentă, până și eroii au kriptonita[1] lor.

Olivia a pus mâna pe agendă, ceea ce a impacientat-o vizibil pe informaticiană.

— Și dă-ți voie să greșești, a zis Aurora cu lacrimi în ochi.

— Și să faci sex, a adăugat Casandra ridicând paharul. Puțin. Profită, ți-ai făcut deja datoria față de restul lumii.

Gala s-a dus să-i dea Frumoasei Suferinde o batistă din hârtie și a decis să-i pună în mână întregul pachet.

— Bineînțeles că feminismul ne-a întins o capcană perfectă, a zis blonda, căreia deja începuse să i se împleticească limba.

— Cum poți să spui asta? s-a indignat Aurora, îndepărtându-se de ea.

— Uită-te numai la Victoria! a insistat cealaltă.

A luat agenda din mâna proprietarei sale mirate și a agitat-o prin aer. Era ora două dimineața, iar Victoria stătea la un

[1] Substanța fictivă care-i epuiza puterile lui Superman (n. tr.).

pahar de vin cu nişte prietene după ce muncise ca o nebună, se uita întruna la telefonul mobil şi completa liste interminabile cu sarcini zilnice, imposibil de îndeplinit dacă nu erai Flash Gordon şi pe care le amâna de pe o zi pe alta, căzând epuizată seara, cu tensiune musculară şi tulburări digestive. Gala i-a înapoiat agenda şi Victoria a aruncat-o în geantă cu şi mai multă furie decât aruncase telefonul mobil. A oftat.

— Şi te îndopi cu anxiolitice. Sau mă înşel? a îndrăznit să spună Casandra, iar informaticiana a încuviinţat, cu ochii plecaţi. Ai o depresie japoneză, a tras apoi concluzia.

— O ce? s-a alarmat informaticiana.

— Da, aşa o numeşte terapeuta mea. Unii oameni se deprimă şi nu se dau jos din pat, iar alţii, ca noi, muncesc până cad laţi ca să nu se mai gândească la propriile vieţi. Şi, în treacăt, ajută la bunăstarea ţării!

Şi a încheiat explicaţia cu o fluturare rapidă din gene.

— Şi cine-ţi mulţumeşte? a adăugat Gala. Nici măcar nu-ţi permiţi să-i oferi corpului tău o bucurie!

— Mă deprimaţi, la naiba! a protestat cea la care se făcea referire.

Victoria s-a ridicat şi a început să se plimbe printre pomi. Îi auzeam vocea molipsită de întunericul răcoros al oazei noastre: după părerea ei, toate eram nişte odioase… dar, în fond, aveam dreptate, a recunoscut. Urmase toate regulile pentru a fi o femeie mulţumită. Dar realitatea era alta, a bâiguit în timp ce încerca să-şi scoată un toc dintr-o gaură a unei dale, şi nici măcar nu era vina lui Pablo. Chiar dacă erai directoare, acasă mama era enervantă, iar tata nu. Timpul tatei era doar al lui, al mamei era al tuturor. Tata avea biroul lui, iar mama îi supraveghea pe copii, în timp ce încerca să citească în salon o carte de Virginia Woolf.

— Tocmai de Virginia Woolf! Ai tupeu! a râs Gala.

— Păi, dacă tot vorbim despre Woolf, mi-a venit o idee, să facem un experiment, a sugerat Olivia. Atenţie! Când aţi trăit împreună cu un bărbat, câte dintre voi aţi avut propria voastră cameră?

S-a lăsat tăcerea, toate cugetând sub influenţa alcoolului.

— Te referi la un birou? a întrebat Casandra. Păi, eu nu mă pun la socoteală, fiindcă n-am trăit niciodată cu cineva.

— Nu contează. Chiar şi o baie. O cămăruţă proprie. Orice. Un colţ al casei unde să vă refugiaţi şi care să nu aparţină nimănui altcuiva.

Ne-am privit reciproc, fără să clipim. Olivia a dat mulţumită din cap.

— Păi, cu asta ar trebui să începeţi, nu vi se pare?

Iar eu mi-am amintit dintr-odată de biroul tău, în care te închideai să citeşti sau să-ţi termini treburile de la serviciu ori să te uiţi pe internet. Chiar şi *Peter Pan* era teritoriul tău. Ciudat, având în vedere că, teoretic, eu petreceam mai mult timp acasă.

Victoria a povestit cum, având o casă de 200 de metri pătraţi, Pablo avea un birou, copiii o cameră de joacă, iar ea nu putea să recunoască nicio încăpere a casei ca fiind a ei. Nici celelalte femei: Gala s-a întors în timp şi ne-a dus până la singurul moment în care, după spusele ei, urma să se căsătorească. El nu voia niciodată să se vadă la el acasă, în general întâlnirile lor aveau loc la un hotel sau în apartamentul ei. Cazul Aurorei era extrem. Maxi pusese stăpânire pe toată casa ei...

— Ce ciudat..., a cugetat Victoria. Toate suntem foarte preocupate să ne cucerim locul la serviciu, dar niciuna nu şi-a găsit încă un loc în propria casă.

— Mă rog, a zis Olivia, revenind la posibilul amant al Victoriei, acum tu îţi poţi căuta o oază în altă persoană...

— N-am să pun în pericol stabilitatea familiei mele, a argumentat cealaltă.

— Dacă asta e cel mai important pentru tine, atunci e minunat, a zis Olivia și a zâmbit, punându-și coatele pe masă. În fond, ai ales cea mai inteligentă opțiune pentru o persoană ca tine: te-ai căsătorit cu un bărbat despre care știi că nu te va părăsi.

— Uneori ești atât de brutală! a protestat informaticiana.

— Scuze, dragă. E din cauza vinului.

În orice caz, a continuat florăreasa în timp ce-și sprijinea capul într-o mână ca să nu-i cadă, nu credea că vreuna dintre noi ar fi vrut să se întoarcă în preistoria din care provenea ea: să trebuiască să ceară voie pentru a deschide un cont bancar sau pentru a părăsi țara... Și, atenție, nu era o feministă.

— Bine... bine... Olivia, deja este un loc comun, a spus Casandra, dându-și ochii peste cap.

— Cred că trebuie să te eliberezi chiar și de lozincile vechiului feminism! a trâmbițat Gala.

— Pe naiba! s-a indignat Aurora. Nu știi ce vorbești. Trebuie să fim în continuare feministe. Mai mult ca niciodată. Mai întâi de toate, dacă alte femei n-ar fi depus eforturi, acum n-ai mai fi avut diplomă de facultate, Casandra.

Pe superwoman, care deschidea cu dezinvoltură o altă sticlă de vin, a părut să o amuze foarte mult comentariul acela.

— Bine, dar acum unde găsesc un tip care, în primul rând, să știe cum să se poarte cu mine și, în al doilea rând, să mă urmeze peste tot? Ia zi!

A izbucnit într-un râs dureros.

— Desigur, aș fi putut să devin funcționară la Ministerul Afacerilor Externe și să nu mă mișc de acolo. Dar dacă nu trec oceanul de cel puțin patru ori pe an, sufăr de claustrofobie continentală.

— De ce nu ești bărbat? s-a plâns Gala. Mie mi se pare un plan perfect!

— Pentru ei nu e deloc planul perfect, a precizat desfăcându-şi din nou părul. Nu sunt o partidă bună, nu. Sunt o problemă, se pare.

Victoria şi-a curăţat toată oja de pe unghia degetului arătător. Aurora a început din nou să plângă. Gala a făcut gestul de a o strânge de gât, dar în cele din urmă i-a mângâiat părul.

— Problemă o să aibă iubitul tău sau chestia aia care ţi-a crescut în casă ca o ciupercă atunci când o să dau ochii cu el. L-aş ocărî, dar deja l-a ocărât natura.

— Nu te lua de el! Are probleme, dar le poate depăşi..., a sughiţat Frumoasa Suferindă, acum deja neconsolată.

— Când o să te debarasezi de tipul ăla? a întrebat disperată Olivia.

— Nu vreau să mă debarasez de el. Mi-ar plăcea doar să ia puţin mai în serios relaţia... a spus, cu o privire pierdută. De ce nu pot să am o relaţie normală? Am patruzeci de ani... mi-ar plăcea să nu mai trăim ca adolescenţii. Poate chiar să avem un copil...

— Cu Maxi? a urlat Gala şi apoi a adulmecat-o. Ai fumat ceva?

Olivia şi-a dus mâinile la faţă.

— Gândeşte-te foarte bine la asta, a fost de părere informaticiana, fiindcă pe copii nu-i poţi da nicăieri înapoi.

— Şi congelează! a exclamat Casandra.

Ne-am uitat la ea, neînţelegând ce voia să spună.

— Da, a continuat. Eu am ovule congelate cât pentru un stadion. Aş putea să repopulez continentul european. În felul ăsta, nu risc să mă insemineze primul venit, într-un moment de apăsare sufletească, dacă nu are o genetică adecvată, a afirmat dând din cap, apoi a scos un bon de la ceva ce cumpărase, a notat un site web şi un nume şi i l-a întins. Ascultă-mă. Congelează. Haide!

Aurora l-a citit la lumina unui felinar.

— Minunat..., a zis Olivia ca pentru sine.

— Să congelezi ovule ca și cum ar fi ouă de prepeliță? s-a mirat Gala.

— Nu, a continuat Olivia fascinată, să poți fi mamă singură și când ai tu chef.

Aurora se uita la ele cu ochii cât cepele.

— Îmi pare rău, dar mintea mea nu poate să conceapă așa ceva.

I-a înapoiat adresa Casandrei.

— Poate pentru că n-ai știut asta până acum, dragă, a fost de părere Victoria. Dar nu e timpul pierdut.

Mai târziu am aflat că Aurora trecea mereu prin același proces și că, într-adevăr, era condiționat de felul cum fusese programată: începea să iasă cu un bărbat care spunea că o adora. Cineva care suferise la fel ca ea. Un animal rănit. Un orfan. Scopul: să-l vindece cu dragostea ei. Să-i demonstreze că viața putea fi diferită alături de ea. Să-l salveze. Când Aurora devenea obsedată de un bărbat începea să-l numească „dragostea mea". În cele din urmă, își inventa o lume în care-i era mai ușor să trăiască... și în aceasta ducea acum o viață de mizerie. Mormântul durerii în care Frumoasa Suferindă aștepta inertă ca bărbatul ei să se schimbe în sfârșit, să devină un tată de familie ideal, un soț dedicat și să o trezească sărutând-o cu dragoste, pentru a mânca vânat și a fi fericiți pentru totdeauna. Lucruri de-astea.

— Nu-l cunoașteți bine.

Cuiva i-a scăpat „Nici n-avem nevoie", dar ea n-a auzit.

— Uneori e minunat. E un cavaler. Îmi scrie scrisori minunate și e foarte educat cu mine, mă lasă să intru prima...

— Când intri pe o ușă, asta vrei să spui? a întrerupt-o Gala. O nimica toată, având în vedere că în celelalte aspecte ale vieții tu îi dai întâietate. Și, în treacăt fie spus, îi cedezi și contactele tale și contul curent.

S-a așternut tăcerea, întreruptă doar de glasul greierului nostru.

— Vedeți? Dragostea e un rahat, a zis Casandra, învelindu-se în haină. Ascultă-mă: congelează! Imediat! Ca să nu depinzi de nimeni.

Aurora și-a suflat zgomotos nasul și Gala a privit-o plictisită.

— Dragă, trebuie să ieși din starea asta. Nu e posibil să plângi din orice!

— Acum nu plâng, la naiba! a explodat Aurora. Am alergie!

Ne-am abținut să nu râdem.

— Și eu, a adăugat Casandra. Am alergie la presiunea socială.

— Asta nu-i dragoste..., a spus Olivia, zâmbind într-un mod ciudat. De fapt, Casandra, poate c-ar trebui să-ți dai voie să te îndrăgostești cu adevărat.

— Eu? Nu-mi mai dau voie nici să mă uit la un tip, a mormăit Casandra.

— Vreau să spun „cu adevărat", a insistat florăreasa. Lucrurile nu ies întotdeauna bine, dar merită să încerci.

— Cu adevărat? Dar ce înseamnă „cu adevărat", Olivia?

Informaticiana i-a adresat o privire sceptică.

— Păi, pentru mine, cu adevărat este... presupun că atunci când este ceva neașteptat. Inevitabil.

Și-a frecat gâtul lung. Părul portocaliu i se răsucea pe ceafă.

— Când aproape că te deranjează ceea ce simți pentru persoana respectivă. Și te înspăimântă. Fiindcă știi că nu era în planurile tale, dar n-ai cum să eviți. Pentru că nu sosește când plănuiseși tu să se întâmple. Dragostea adevărată te surprinde și, din când în când, te face să-ți pierzi controlul. Dar, dacă te lași dusă de val și îndrăznești să te bucuri de ea fără teamă, nimic pe lume nu te poate face să te simți mai vie.

Victoria a rămas cu privirea pierdută în lumina felinarelor.

Diplomata s-a apărat din nou cu un gest imperturbabil.

— Eu le-aş cere Magilor de la Răsărit un tip care să se îndrăgostească nebuneşte de mine şi de care să-mi placă mult, dar fără să-mi pierd capul. Ar fi ideal pentru mine.

Ce putea face? s-a lamentat cu ironie. Să adopte o postură mai umilă ca să-şi găsească un partener? Cea a misionarului? Să aibă un copil singură? Sau să înceapă să se gândească la nişte nume pentru genţile ei marca Louis Vuitton şi să le legene seara?

— Atitudinea ta îi face pe bărbaţi să se simtă nesiguri, a pus Gala diagnosticul, jucându-se cu ceara unei lumânări. Şi doar atât îţi spun: trec anii. Şi pierdem şansa de a ne bucura unii de alţii.

Victoria parcă a reînviat dintr-odată şi a ridicat capul, pe care-l ţinea de ceva vreme sprijinit pe braţe.

— Uite ce e, dacă se simt nesiguri, să-i ia naiba, a protestat.

— Un singur lucru vreau să-mi spui, Casandra, a continuat blonda, apropiindu-i flacăra de chip. Tu ai sta cu cineva care ţi-ar transmite permanent mesajul că e mai bun decât tine, că te poate părăsi în orice moment şi că n-are deloc nevoie de tine? Gândeşte-te.

Casandra a zâmbit.

— N-am deloc nevoie de ei, a zis şi a stins lumânarea dintr-o suflare.

Gala a lăsat-o pe masă şi privirile celor două femei s-au înfruntat.

— Cu asta Pablo nu prea se împacă, a mărturisit Victoria. Mă refer la faptul că am un salariu mai bun, călătoresc mult... şi că am o viaţă independentă.

— Poate că, în mod inconştient, tot din cauza asta nu vrea nici să meargă la New York, nu crezi?

Gala şi-a susţinut teoria ridicând o sprânceană.

— În fond, tu ai indica direcţia pentru prima dată... iar el ar trebui să se adapteze.

Informaticiana s-a foit stânjenită în scaun.

— Nu, nu cred că acesta e motivul.

— Uite, vreţi să vă zic ceva? a răcnit Casandra în timp ce s-a ridicat şi a început să umble prin grădină. Să-i ia dracu'! Nu-mi plac jumătăţile de măsură, ce să-i facem, şi n-o să mă schimb la cei patruzeci de ani ai mei: prefer zahărul în loc de zaharină, vinul roşu în locul celui alb, cafeaua neagră în locul cafelei cu lapte, iar dacă trebuie să-i spun în faţă tipului ăluia că e un nenorocit şi să-i trimit un prezervativ plin cu gel ca să mă simt bine, o fac. Iar dacă asta îi sperie pe el şi pe nevastă-sa, îmi pare rău. Şi dacă e să rămân singură, aşa să fie.

Gala, care nu părea să se scandalizeze cu uşurinţă, o privea pe Casandra cu ochii cât cepele.

— O să-l umpli cu gel? Prezervativul? Şi o să i-l trimiţi nevesti-sii?

A urmat-o prin grădină, ţopăind ca să nu se ude.

— Vezi? Asta-i problema ta. Dacă te aude un tip vorbind aşa, se sperie imediat.

— Nu, fată dragă, poate că problema asta o ai şi tu, care, la fel ca mine, le faci jocul bărbaţilor din generaţia noastră care fie au un sindrom de Peter Pan dezvoltat, fie continuă să creadă că doi căpitani sunt prea mult pentru o singură navă.

Îi spunea toate astea unei blonde, cu mâinile în şolduri.

— Dar care dintre noi, ştiind să navigheze, s-ar aşeza pe scaunul copilotului, ia zi?

În momentul acela m-am trezit definitiv din letargie, recuperându-mi graiul.

— Eu, am zis.

S-a aşternut tăcerea.

— Dar uite că vorbeşte! s-a bucurat Casandra, vicleană.

Mi-am netezit rochia înflorată peste coapse. Am simţit cum începeau să-mi ardă obrajii.

— Eu am vrut să mă aşez pe scaunul copilotului, am repetat.

Olivia mi-a mai turnat un pahar cu vin şi mi l-a oferit.

— Poate că este un moment bun pentru ca Marina să ne spună povestea ei, a sugerat întorcându-şi scaunul şi aşezându-se comod în el, ca şi cum ar fi aşteptat o conferinţă.

Am luat o înghiţitură de vin. Mi-am apropiat genunchii. Am netezit iar şi iar pădurea de pe rochia mea.

— Adevărul e că povestea mea este foarte plictisitoare în comparaţie cu ale voastre, m-am scuzat cu voce joasă. Nu trebuie să lupt pentru a-mi îmbina cariera şi familia fiindcă n-am nici una, nici alta, nici nu sunt copleşită de îndoieli dacă să-mi iau sau nu un amant. Nu trebuie să lupt cu bărbaţi cărora le este teamă de mine fiindcă nu le provoc frică, nici n-am suferit din dragoste pentru că am avut mereu partener, nici nu mă interesează să plac în continuare bărbaţilor, fiindcă sunt convinsă că nu îi atrag.

Am făcut o pauză şi aproape că n-am vrut să continui, dar apoi am zis:

— Eu doar am căutat un căpitan prea devreme şi am decis să-l urmez. Iar acum s-a dus şi a luat totul cu el.

În cartier se aşternuse tăcerea. Până şi greierul a amuţit şi, în locul lui, se auzeau nişte paşi în depărtare pe caldarâmul vechi şi câteva păsări de noapte. Am avut impresia că vorbele mele erau în continuare lipite de buzele mele şi de plante şi de dale.

Nu ştiu de ce am făcut asta, dar în momentul acela şi sub protecţia pe care mi-o conferea intimitatea oazei mele de curând descoperite, ştiu doar că le-am povestit multe lucruri unor necunoscute. Chestii intime. Despre noi. Despre tine. Că mă simţeam rătăcită în acel cartier. Că erai căminul meu, refugiul care mult timp mi-a permis să nu fiu nevoită să mă ocup de mine însămi. Că această schimbare apăruse foarte târziu în viaţa mea şi acum mă simţeam o Cenuşăreasă sau, mai bine zis, dovleacul ei stupid. Stângace, lipsită de îndemânarea de a mă mişca în lume, fără pasiuni, fără iniţiativă, fără iluzii. Mică, însetată şi nedormită, la fel ca violetele mele. Că-mi era teamă că nu voi mai iubi sau că nu voi mai fi iubită, că nu voi mai avea un cămin, că nu voi mai sărbători Crăciunul... Că mereu am crezut că la patruzeci de ani voi avea copii şi o casă în Madrid şi că vom închiria un apartament vara ca să mergem cu copiii la plajă şi că-i vei învăţa să navigheze pe *Peter Pan*... Că nu mă consideram în stare să înfrunt pierderea, fiindcă eram blocată cu tine în trecut din cauză că nu-mi ţinusem promisiunea pe care ţi-am făcut-o înainte să mori: să angajez un căpitan, să scot ambarcaţiunea *Peter Pan* pentru ultima oară în larg şi să navighez până la locul tău preferat de pe planetă, ca să arunc acolo cenuşa ta.

— E o poveste extraordinară, Marina, a zis în cele din urmă Olivia privindu-mă fix şi zâmbind uşor. E o poveste extraordinară mai ales pentru că te vei elibera.

Am ridicat uimită privirea.

— Mă voi elibera? am întrebat. De ce anume?

— Presupun că n-ai de gând să urmezi instrucţiunile autoritarului tău soţ mort, m-a întrerupt Casandra. Scuze că ţi-o spun aşa...

— Şi asta mă chinuieşte, am întrerupt-o, fiindcă n-aş fi în stare nici să scot ambarcaţiunea din port.

— Nici să cauţi pe cineva care să te ducă? a precizat Gala din spate, sprijinindu-se de scaunul meu.

— Acum nu asta e problema, ci că nu sunt în stare să mă urc pe barcă, eu nu pot nici măcar să mă urc în propria viaţă, am şoptit netezindu-mi compulsiv părul din spatele urechilor.

— Şi, în acelaşi timp, te nelinişteşte faptul că nu îndeplineşti ultima promisiune pe care i-ai făcut-o unui om acum mort, a precizat Aurora, din spatele unui rotocol de fum ce se risipea.

M-am simţit prinsă. Ca şi cum aş fi suportat o presiune de o mie de atmosfere. Aveau dreptate. Orice aş fi făcut, n-aveam să mă eliberez.

— Doar dacă nu cumva, a continuat Olivia în timp ce căuta ceva în mintea ei, profiţi de această călătorie şi îţi asumi propria ta viaţă. În condiţiile tale. Pentru tine.

M-am uitat la ea aşa cum aveam s-o fac în următoarele două luni, când n-aveam încotro decât să o cred.

— Marina, cred că te putem ajuta să urci pe vasul acela, a continuat. Dar cu o condiţie: vei face singură călătoria.

Greierul nostru şi-a reluat cântecul şi lumea şi-a reluat cursul.

Acum, din perspectiva acestor trei luni care au trecut, pot spune că atunci a început totul.

Un proces care avea să culmineze în mijlocul mării.

Acum.

Îmi amintesc cum inima a început să-mi bată cu putere pentru prima oară după mult timp. De frică. De nelinişte. De exaltare. De viaţă. Îmi amintesc şi că în momentul acela nu mă simţeam în stare să duc la bun sfârşit această aventură şi că nici măcar astăzi, când sunt îmbarcată, nu ştiu dacă voi reuşi să o închei.

Dar că a început să-mi palpite din nou inima în seara aceea… asta-i clar.

Înainte să plecăm, Olivia a luat-o de mână pe Casandra şi a dus-o în seră. Cu ochii scânteietori ai unei zâne care pregăteşte o vrajă, a luat, ca şi cum ar fi fost bagheta ei, o orhidee albastră, de care Casandra trebuia să aibă mare grijă, la fel ca de propria persoană. O adevărată invitație și simbolul păcii și relaxării de care Casandra avea nevoie în viața ei. Când Casandra a luat-o în mâini, ne-am făcut o poză, cu ochii înfierbântați de vin și cu o promisiune pe buze: avea să o păstreze în telefonul ei și să mi-o trimită de-abia când aveam să pornesc în călătoria mea spre libertate.

Ziua 3
Naşterea fricii

Altă noapte fără lună îmi face lumea să dispară: nu se vede coasta, nici stele nu sunt pe cer, iar în întuneric nu există altă lumină decât cea care provine de pe vasul *Peter Pan*. Îmi pipăi buzunarele mantalei de ploaie şi găsesc telefonul mobil. Când îl deschid, lumina lui rece îmi arde ochii. În ce privinţă semănam eu şi Casandra? mă întreb în timp ce mă uit la fotografia cu chipurile noastre ameţite de vin de-o parte şi de alta a orhideei. O fotografie făcută pe când eram adolescente, adică în urmă cu trei luni, înainte să creştem brusc. Tocmai mi-a trimis-o. Casandra îşi ţine întotdeauna promisiunile.

Gândindu-mă acum, din perspectivă, cred că semănam în privinţa relaţiei noastre cu fericirea. De aceea am simţit imediat empatie una faţă de alta. În fond, amândouă eram de părere că nu o meritam pe deplin. În timp ce Aurora credea că fericirea era perfecţiune şi Gala o asocia cu viaţa împreună cu prinţul ei fermecat, Casandra era de părere că trebuia să-şi câştige cu sudoarea frunţii dreptul de a se bucura de viaţă, iar eu, la un moment dat, hotărâsem că fericirea mea nici măcar nu-mi aparţinea. Se afla în ceilalţi.

Pun telefonul la loc şi mă concentrez asupra călătoriei mele, chiar dacă n-am niciun chef. Nu mi-a plăcut niciodată să navighez pe întuneric. Noaptea pare că va fi lungă și liniștită. Așa că-mi va prinde bine să scriu în continuare, ca să-mi distrag atenția. Sunt deja de trei zile pe vasul acesta și mi se pare că au trecut trei săptămâni.

Ce încet trece timpul când ești pe mare! Mereu spuneai asta. În ultimul an doar la barca asta te gândeai. Îmi amintesc obsesia ta de a o scoate în larg chiar și când era vreme rea, când aproape că nu mai aveai putere să tragi de o parâmă, înainte ca boala să te consume. Era ca și cum ceva dinăuntrul tău te-ar fi împins spre mare, ca și cum ai fi bănuit că era singura ta salvare. Acum interpretez altfel lucrurile: nu acceptai faptul că te durea tot corpul. Nu puteai să faci o plimbare cu mine pe uscat fiindcă asta te epuiza, dar *Peter Pan* era un înlocuitor pentru membrele tale. În acele zile făceam singură aproape toată treaba, dar disimulam ca să nu conștientizezi cât erai de slăbit.

Am devenit copilotul perfect.

Hotărâseși ca, la finalul vieții tale, *Peter Pan* să fie picioarele tale, vântul, puterea ta, iar viața ta nu avea să se mai măsoare în ore, ci în mile marine lente. Viața în largul mării trecea mai încet, ce-i drept. În definitiv, marea îți prelungea viața.

Vântul împinge acum pupa, așa că am decis să strâng vela cea mare și să întind vela genoveză pentru prima dată. S-a umflat de la proră ca o petală albă și gingașă ce se decupează în noapte. Dintr-odată, mi s-a părut un spectacol minunat. În scurt timp, viteza a crescut la cinci noduri. Ce părere ai? Din cauza acestei euforii scurte m-am clătinat puțin și era să cad în nas.

Mi-am recăpătat echilibrul și de data asta. Felicită-mă pentru micile mele reușite. M-am simțit mândră când am conștientizat că era prima oară când întindeam singură vela genoveză. „Iar acum trebuie să strângem parâmele astea, Mari, să nu cumva să te împiedici de ele, căci îți vor fi de folos diseară", dar de data asta mi-am spus-o cu multă răbdare și cu propria voce, fără să-ți imit stilul sau tonul vocii.

Fără îndoială, *Peter Pan* mă învață multe lucruri.

De exemplu, m-a învățat să nu rămân toată viața ancorată, împotmolită pe digul uscat. Fiindcă un vas care rămâne mult timp într-un port ruginește și putrezește.

Peter Pan m-a învățat ieri după-amiază cât de important este să te conduci după vânt. Trebuie să aștepți mai întâi momentul exact în care acesta este prielnic, pentru a întinde velele fără prea mult efort și trăgând de ele cu îndemânare. Apoi trebuie doar să-l lași să te împingă. Dar vai de tine dacă nu profiți de momentul acela. S-ar putea să nu mai ai parte de altul.

În prima zi, *Peter Pan* m-a învățat că atunci când totul îți e potrivnic – marea, vântul – e mai bine să oprești motorul și să nu iei decizii importante. Să te lași purtat de furtună, să aștepți, să nu te încăpățânezi să înaintezi în direcția prevăzută, să mergi în zigzag, profitând de mici rafale de vânt, să observi cu atenție, să improvizezi mult, până când trece furtuna și se liniștesc apele.

Mai devreme *Peter Pan* m-a învățat că-mi voi epuiza toată energia dacă întind toate velele când nu e vânt suficient și că n-ar folosi la nimic, fiindcă nu voi înainta cum îmi doresc.

În momentul acela, vântul încă nu bătea suficient ca să pot merge cu toate pânzele sus, dar sper să se întâmple asta înainte de a-mi încheia călătoria.

Îmi aduc aminte de Olivia și de metaforele ei. E răcoare. Va trebui să cobor în cabină după niște pantaloni lungi. Nu m-am schimbat fiindcă am tot așteptat un moment prielnic să fac un duș, dar n-a fost chip. Ar fi trebuit să fac duș chiar și cu furtunul de pe covertă, dar am fost prea ocupată. Pe o ambarcațiune ai treabă permanent. Mă simt murdară și mă înțeapă tot corpul. Mâine trebuie neapărat să fac duș. E ciudat cum pe un vas uiţi toate obiceiurile tale de orăşean. La Madrid n-ar fi trecut niciodată trei zile fără să fac duş.

Simt din nou mirosul de pământ umed din acea primă noapte. De unde era să ştiu ce avea să reprezinte în viaţa mea acel grup de femei care sufereau de cele mai diverse sindroame?!

Conform catalogării Oliviei, toate femeile din generaţia noastră ne împărţiserăm în două mari grupuri, în funcţie de gradul de independenţă. Eu şi Casandra eram, se pare, două specimene din fiecare extremă: pe de o parte, erau cele care sufereau de „sindromul copilotului", adică eu. Iar pe de altă parte, „superwoman", cu alte cuvinte, Casandra. Din punct de vedere istoric, noi toate fuseserăm copiloţi. Bunicile noastre, de exemplu, dar am putea spune că ele n-aveau încotro. Problema era când aveai alte opţiuni şi, ca mine, urmai acea inerţie anacronică. După părerea Oliviei, superfemeile erau fiicele acelor feministe care şi-au obţinut drepturile doar pe hârtie şi care-şi educaseră fetele pentru a şi le exercita. Dar cum societatea tot nu era pregătită, ele „erau un software prea revoluţionar, care încerca să fie instalat într-un calculator încă vechi", Victoria *dixit*.

Să spunem că o femeie copilot transmitea constant mesajul: „Sunt mai prejos decât un bărbat, singură nu mă descurc, sunt dependentă de tine şi de aceea trebuie să ai grijă de mine". Sau: „M-am sacrificat pentru tine, ţi-am dat toată viaţa mea..." Se autosacrifica şi apoi începea să se victimizeze fără ruşine, fiindcă, în fond, simţea multă ranchiună pentru căpitan. Iar asta sfârşea prin a-l copleşi şi distruge.

O superwoman însă transmitea mesajul contrar: „Sunt mai bună decât un bărbat, sunt total independentă, nu sunt atât de feminină, n-am nevoie de nimeni şi, prin urmare, dacă plăteşti consumaţia, îţi umflu un ochi, acum du-te şi înghite-ţi florile şi «te iubesc»-urile". Iar asta stârneşte teamă.

În mod curios, cum spunea Olivia, niciuna din ele două nu transmitea mesajul „Sunt egală cu tine". Adică: „Aş putea să supravieţuiesc fără tine, nu te încarc cu povara asta, dar visul vieţii mele ar fi să trăiesc alături de tine".

Chestia e că o persoană ca mine, o femeie copilot fără căpitan, e normal ca în aceste circumstanţe să fie în pragul unei crize de anxietate.

Merg pe puntea de la babord spre proră.

Mai ales că acum văd ceva ce pluteşte în faţă şi nu-mi dau seama prea bine ce este. Pare o geamandură. Dintr-odată, mă tem că poate avea juvelnice pentru a prinde moluşte.

Doamne, nu se vede nimic!

Presimt o catastrofă, mi se pare că în orice moment ambarcaţiunea ar putea să întâlnească o geamandură sau o plasă de pescuit. Ambele mă îngrijorează fiindcă nu apar pe hărţi. Mă îngrijorează acele situaţii neprevăzute, care nu apar în programul Victoriei, căci m-ar putea face să naufragiez.

Şi, de asemenea... când şi cum o să dorm. De trei zile n-am dormit deloc. Doar am aţipit puţin la lumina zilei. Niciodată n-am stat atât de mult timp fără să dorm.

Mă dor pometţii, am pleoapele umflate şi gleznele învineţite. Dacă aş avea internet, aş căuta pe Google cât timp poate să reziste o fiinţă umană fără să doarmă. Ce mi se poate întâmpla dacă nu dorm deloc timp de opt zile? Am citit odată un articol despre un bărbat care nu dormise de douăzeci de ani. Şi era în viaţă. Dacă rezist opt zile, poate exagerez şi nu mai dorm niciodată.

Sindromul copilotului... ciudată boala asta a mea! Astăzi mă gândesc mult la asta şi urăsc să recunosc, dar aşa este: simt în continuare nevoia să mă supun instrucţiunilor tale. Mă liniştesc doar când îţi invoc vocea în mintea mea, când îmi imaginez ce mi-ai spune. Orice, numai să eviţi responsabilitatea unei manevre pe barca asta afurisită sau în viaţă, nu-i aşa, Marina?

Gata cu biciuirile! Nu ajută la nimic. Nu. Nu ajută.

Asta nu ajută, Óscar. Nu ajută deloc pentru ca un copilot să nu mai fie copilot. Nu. Nu spun că ar fi vina ta, dar e ca și cum unui alcoolic i-ai oferi mereu un pahar cu băutură.

Îmi spuneai că trebuie să fiu mai independentă.

Ce bine.

Că voiai să am propria viață și propriile ambiții. Dar acum, dintr-odată, mă gândesc că nu era adevărat. Și tu, așa cum Olivia i-a spus Victoriei în acea zi, ai căutat o femeie despre care știai că nu te-ar fi putut părăsi niciodată.

Și se pare că ai făcut un casting bun, căci iată-mă: sunt tot aici, dându-mi instrucțiuni cu vocea ta, în lipsa ta.

Primele o mie de ore au trecut ca niște stele căzătoare și alunecoase. Pe coastă, doar câteva lumini anunță ceea ce a fost cândva Almería și care acum s-ar putea să fi dispărut, fiindcă deja nimic nu mai poate fi la fel fără tine. Dintr-odată, am impresia că pământul a dispărut pentru totdeauna. Ochii mei disting doar portul, ca o pată de cerneală neagră, cu puține lumini haotice la orizont. Mă liniștește faptul că văd lumina farului. Pare încă în picioare. Las în continuare la tribord orașul Mojacar, care se distinge perfect, cu târgul cel vechi în partea de sus, un lego de căsuțe albe. Și completez cartea poștală amintindu-mi plimbările noastre pe străzile pustii la ora siestei, florile de buganvilea roz cățărându-se pe ziduri tencuite și turiștii care beau *mojitos* în cluburile de categoria întâi. Am trecut și pe lângă plajele Carboneras[1] și de los Muertos[2], cinstindu-și mai mult decât oricând numele. Întunecate, pustii, fără umbrele de soare, nici șalupe, nici păsări... Mesa Roldán, Agua Amarga, hotelul ilegal, Las Negras, Rodalquilar, țărmurile

[1] Plaja cărbunelui (n. tr.).

[2] Plaja morților (n. tr.).

abrupte Los Escullos, cu petrecerile permanente şi corturile pe plajă...

Îmi amintesc când, trecând pe lângă ele, cu mulţi ani în urmă, ancoram vasul *Peter Pan* şi ne duceam cu barca pneumatică până pe plajă să mâncăm. Dacă încă nu era vară şi plaja era pustie, făceam dragoste pe nisip şi apoi trăgeam un pui de somn. Nu mai ştiu dacă această amintire este reală. Mi se pare prea idilică pentru a fi a noastră. Există însă amintiri pe care nimic nu le poate şterge.

Petrec noaptea asta pe puntea vasului *Peter Pan*, cu privirea pironită asupra orizontului, căutând să recunosc ceva. Poate că ţi se pare ciudat, dar am vrut să aduc aici urna cu cenuşa ta şi am pus-o în spatele cârmei. Mă linişteşte în timp ce studiez hărţile: coasta coboară – conform notiţelor tale şi programului Victoriei – în direcţia sud-vest până la San José.

Brusc, mi s-a părut că văd nişte lumini albastre. Clipesc paralel cu coasta.

Oare sunt două ambarcaţiuni?

Ce părere ai?

Oare şi ele duc cenuşa unei vieţi, la fel ca mine?

Sau poate că unii pescari încă muncesc. Or fi pescari ai portului. La două mile mai încolo există un golf şi un loc de ancoraj, apoi urmează Morro Genovés. Dar dacă n-a mai rămas nimeni pe pământ, ca în acel coşmar al tău? Pe mare, desigur, nu se mişcă nimic viu. Aş da orice să fiu acum în compania strălucitoare a unui delfin, aşa cum ni se întâmpla de multe ori.

Au trecut două ore şi umiditatea înmoaie foile caietului. Marea înmoaie totul. Ce n-aş da să-mi duc la gură o felie de pâine prăjită şi crocantă, să-mi simt din nou părul uscat, atingerea unui cearşaf care să nu miroasă a peşteră. Marea înmoaie totul, până şi raţiunea, de aceea scriu din nou acum, ca să las dovada unui lucru ce tocmai mi s-a întâmplat şi despre care nu ştiu dacă l-am visat. Am invocat atât de mult delfinii, încât, pentru o clipă, mi s-a părut că valurile luau forma unor aripi. Mi s-a părut că am văzut cum se iveau spinările strălucitoare şi curbate, mişcarea lor unduioasă agitând apa, până când, dintr-odată, un delfin a apărut plutind. Iar dacă de data asta este o halucinaţie, are o asemenea textură de realitate, încât ar însemna că deja am înnebunit. E o suprafaţă argintie şi lucioasă care pluteşte pe apă. Am oprit motorul, aşa cum făceam mereu ca să se apropie.

Peter Pan s-a apropiat în linişte, până când l-am avut la babord. Și iată-l! Aproape că nu-mi vine să cred ce văd. Ceea ce pluteşte pe suprafaţa apei este un balon în formă de delfin, scăpat de la un târg sau din mâinile neîndemânatice ale unui copil. Cel puţin, un reziduu de fericire şi de copilărie care a naufragiat Dumnezeu ştie de unde şi care aduce omagiu creaturilor mele marine dispărute.

E ora şapte dimineaţa şi m-am trezit pentru că marea mă legăna cu violenţă. Cred că am dormit o jumătate de oră. Până când urna ta s-a rostogolit pe jos. Am dus-o din nou în cabină şi am lăsat-o pe patul tău.

În sfârşit, coasta se distinge clar.

Zăresc clar serele perfect amplasate, formând terase în munte. Mă întreb dacă or fi având avocado sau sparanghel. Deja miroase a cafea. Acum, dintr-odată, nimic nu mă reconfortează mai mult decât mirosul de cafea, deşi nu mi-a plăcut niciodată. Dar, după mirosul ei, îmi dau seama că deja s-a luminat de ziuă.

Că a mai trecut o zi.

Că sunt mai aproape de ţinta mea.

Vântul continuă să sufle dinspre pupă, dar acum pare că-și schimbă direcția. Dacă se menține așa, voi putea să întind toate velele pentru prima oară. Observ suprafața apei din spatele meu. Spinarea mării se arcuiește blândă și rotundă, formând munți înalți de apă. E hulă de fund și știi deja că mi-e teamă să am valurile în spatele meu. Ce rahat! În fine, asta e. Mă duc să verific pilotul automat. M-am abătut trei mile din drum. Ce voiai? Să mă apropii de coastă fără să-mi dau seama? Ce vrei, barcă afurisită? Să mă omori? De ce-mi faci asta?

Mi-e teamă să conștientizez că țip.

N-am știut niciodată să țip la timp. Înainte un țipăt însemna ceva, dar acum nu, fiindcă nu mă aude nimeni și n-ar schimba nimic, acum nu contează dacă țip sau lovesc cu piciorul în ușa cabinei. Cred că mi-am rupt degetul mic de la picior, fiindcă nu-l simt. Nu pot înceta să țip:

„Poate că nu l-am făcut fericit!"

„Dar nu l-am omorât eu, auzi?"

„Și aș prefera să fiu cu el, nu cu tine!"

Am reușit să mă liniștesc când *Peter Pan* a urcat pe unul dintre munții de apă, pentru a se precipita apoi în jos precum mașinuța unui *montagne russe*. Coca s-a izbit de apă atât de puternic, încât am căzut pe punte. Făcând asta, pilotul automat a regăsit direcția, iar prora a încetat ușor-ușor să privească spre coastă. Se pare că, în sfârșit, începem să ne înțelegem.

În după-amiaza asta, acalmia mării a devenit mai neliniștitoare. Dar și mai neliniștitor a fost faptul că am rămas fără baterie la telefon. Problema este că, din cine știe ce motiv, acum nu se încarcă. Îmi blestem soarta. Am schimbat priza. Prefer să nu mă gândesc că aș putea să fiu lipsită de comunicație, așa că am urcat pe covertă ca să văd apusul. Soarele a întins o folie fină din plastic deasupra apei. De câteva ore bune nu văd coasta. Conform calculelor făcute de programul Victoriei şi hărţilor tale, probabil că trec golful Málaga, dar ochii mei nu reuşesc să vadă decât apă netedă şi circulară ca o tavă. Unde naiba oi fi pus tu binoclul? Poate că e momentul să fac un duş, dar am observat că în cabină se înfundă canalul de scurgere. Nu, mai bine aici, pe punte, cu furtunul. Aş putea chiar să profit de acalmie ca să opresc motorul şi să mă arunc în apă. Şi apoi să fac duş. Asta m-ar relaxa. Mi-e foarte cald şi mă simt unsuroasă.

Mă uit peste bord. Apa pare solidă, nu e transparentă. Verific aparatul de măsurat adâncimea. Treizeci de metri de apă sub picioarele mele şi nu ştiu ce este dedesubtul ei. În plus, mai întâi trebuie să nu uit să desfac scăriţa. Şi să arunc colacul. Şi să verific de mai multe ori că nodul este legat bine de ambarcaţiune. Şi mai e şi filmul acela. Cu grupul de oameni care se aruncă în apă de pe un velier şi se îneacă fiindcă nu reuşesc să urce din nou pe vas. De ce m-ai dus la filmul ăla afurisit?

Nu, o să fac baie când apa va fi transparentă.

Aş da orice să vorbesc acum cu fetele, chiar şi pe Skype. Aş bea vin cu ele, ignorând distanţa şi pericolul. M-ar linişti una dintre cugetările Oliviei.

Pot vieţile a cinci femei să ia o întorsătură de 180 de grade în acelaşi timp?

Cred că da.

Acum ştiu că da.

Noi, femeile, acţionăm prin molipsire, cel puţin aşa crede Gala. Cert este că toate cinci am intrat în aceeaşi inerţie, în aceeaşi tornadă care ne-a înghiţit vieţile, frustrările, visurile, învârtindu-ne din ce în ce mai repede. De asemenea, în aceste trei luni, capacitatea tornadei de a ne transforma a crescut din ce în ce mai mult, devenind tot mai puternică.

Cine a declanşat această furtună?

Adevărul e că, dacă stau bine să mă gândesc, am avut de toate în povestea noastră. Am avut propria Vrăjitoare din Oz, chiar și o Vrăjitoare din Vest. Care dintre noi era Dorothy? Dar tovarășii ei?

Mă gândesc din nou la Olivia și la teoriile ei că urma o a doua mare revoluție a femeilor. Sfârșitul „erei femeilor copilot" și începutul „erei femeilor superwoman". Aceste afirmații o făceau pe Aurora să devină euforică.

Femei superwoman și copilot…

Ridic privirea. Soarele a trasat la orizont o linie de cretă care se estompează ca și cum cineva ar fi urmat dâra cu degetul. Mă obsedează în continuare ideea că aș putea fi ultima ființă vie de pe planetă, dar un punct negru din apă tocmai m-a făcut să-mi pierd rațiunea. S-a apropiat încetul cu încetul. Este un pescăruș. Probabil că vine dinspre sud, căci pare obosit. Zboară și, din când în când, aterizează pe apă ca un mic hidroavion. O să opresc motorul, pentru ca inerția ambarcațiunii să mă apropie de el.

Am nevoie să mă privească o ființă vie.

Să constat că încă exist.

Plutește pe apă ca o rață pe lac. Are ciocul ușor deschis, nu știu dacă de sete sau de oboseală.

Vrei să mănânci, pescărușule?

Încerc în continuare să prind privirea animalului. În sfârșit, se uită la mine. Primul semn de viață pe care l-am văzut în ultimul timp. O să cobor în cabină ca să iau o bucățică de pâine, dar… nu! Își ia zborul spre coastă!

„Unde te duci, idiotule? Acolo nu vei găsi decât moarte!"

Țipetele mele se pierd în mare. Totul se pierde în mare.

Brusc, îmi trece prin minte un gând care mă sperie, fiindcă e prea realist: am certitudinea că nu voi scăpa niciodată de aici. De pe ambarcațiunea asta. Nu voi ajunge niciodată în Tanger, nici nu voi mai călca din nou pe uscat.

Grecii deja spuneau asta: Mediterana este cea mai trădătoare mare din câte există.

Şi dacă vine vreo furtună? Şi dacă sfârşesc izbită de nişte stânci? Şi dacă pur şi simplu mă simt rău şi nu pot să cer ajutor? N-am spus-o, dar nu-mi funcţionează nici staţia radio. Cred că sistemul electric al bărcii dă rateuri.

Mă uit în jur şi văd doar apă. Din nou apă, ce se confundă cu cerul aproape alb. Lipsit de viaţă. Lipsit de orice.

De ce plecarea păsării mi-a provocat atâta nelinişte?

Poate că le-aş fi putut trimite cu ajutorul lui un mesaj fetelor, nu asta fac porumbeii mesageri? Cred că o iau razna.

Linia trasată cu creta este acum şi mai estompată la orizont. Strig din nou la pescăruş, dar cred că acum o fac în sinea mea:

„Într-acolo nu e decât moarte, creatură imbecilă!"

Mă ustură din nou ochii.

„Într-acolo nu e decât moarte şi aici... aici s-ar putea să ne înghită marea."

Funia care mă strânge de gât mă face să-mi amintesc de mine în luna iunie. N-am mai simţit asta până când pescăruşul şi-a luat zborul. Am petrecut cu el doar cinci minute, dar a fost un interval de timp important pentru mine, ce pare să cântărească tone în ansamblul acelor luni.

Pierderea.

Abandonul.

Eu, deschizând în sfârşit cutiile din trecut în micul meu apartament. Dormind cu gâtul strâmb pe o canapea, neputând să inaugurez patul. Încercând să accept că trebuia să le găsesc alt loc lucrurilor mele, să le eliberez de trecut, să le aşez, la fel ca pe tine, într-un loc unde să nu existe durere.

Melancolia este acea durere de care noi, adulţii, nu ştim să fugim.

Ar trebui să ştim.

Complotul aparatelor electrocasnice

Trecuseră două săptămâni și apartamentul meu ceda încetul cu încetul: mai întâi a curs apă din mașina de spălat, apoi a căzut internetul. După aceea frigiderul n-a mai vrut să răcească. Așadar, în centrul Madridului, trăiam imitând obiceiurile rurale ale bunicii paterne, ale cărei tehnici începeam să le perfecţionez: spălam hainele în lighean cu săpun de casă, cumpăram conserve, pe care apoi le amestecam într-un bol ca să-mi fac salate, și turnam o găleată cu apă în closet după ce-mi goleam vezica și intestinele.

Aurora îmi împrumutase câteva dintre cele mai vesele tablouri cu flori ale ei, care, încă sprijinite pe jos, așteptau răbdătoare să fie agăţate pe pereţi, iar proprietarul apartamentului mi-a instalat, în sfârșit, aerul condiţionat. Astfel că am reușit să dorm mai bine, tot pe canapea, până când aparatul (se putea altfel?) a început să scoată un geamăt infernal, ce-mi provoca niște coșmaruri teribile.

Dobândise o oarecare inerţie și viaţa mea la Grădina Îngerului: Victoria și Casandra, pe care le unea calitatea de superwoman, deveniseră foarte bune prietene după noaptea aceea de confesiuni, Gala îmi mai împrumutase câteva rochii și făcuse o obsesie pentru tricotat – ultimul răcnet în materie de relaxare a oamenilor moderni – și, desigur, pentru noul ei iubit, tânărul director francez de la Renault. Olivia însă părea că punea ceva la cale: vorbea la telefon tot timpul în încăperea din spatele tejghelei şi stătea mai mult decât îi era obiceiul în „leagănul pentru cugetat", după cum numea scândura cu frânghii ce atârna de măslin.

Una dintre sarcinile tranşante pe care mi le dăduse a fost să nu apar în Grădina Îngerului până nu aveam să-mi repar toate electrocasnicele şi să-mi despachetez toate cutiile şi valizele. „Teama duce la pasivitate", îmi spusese foarte serioasă. Şi era clar că nu voiam să mă simt bine în noua mea casă. Astăzi îmi dau seama că, de fapt, nu voiam să am o nouă casă. Nici o nouă viaţă. În definitiv, nu mai voiam schimbări.

Aşa că, în acea dimineaţă, înarmată cu un cuţit, deschideam una câte una cutiile în care se afla trecutul meu şi căutam alt loc pentru pantofi, fuste, lenjerie intimă... Toate lucrurile mele apăreau sub privirile curioase ale diverşilor muncitori: cel care repara maşina de spălat înarmat cu ţevi, cel care introducea fibră optică în pereţi şi un zidar care găurea pardoseala din baie, transpirând îngrozitor.

Atunci m-a sunat tata. A fost de-ajuns un „ce mai face fetiţa mea" pentru ca acea greutate în piept numită melancolie să reapară.

— Pe aici, tată.

— E foarte cald în Madrid?

Întotdeauna mi-a atras atenţia faptul că una dintre primele întrebări pe care părinţii le pun copiilor care nu locuiesc cu ei este referitoare la starea vremii.

— E o căldură de se topesc trotuarele.

— Dar tu cum eşti, fata mea? m-a întrebat.

Sunt tot văduvă la patruzeci de ani, tată. Sunt tot singură. Sunt tot tristă, dezolată, înspăimântată.

— Nu-ţi face griji, tată. Totul merge bine. Mă obişnuiesc cu noua casă. De fapt, astăzi mi se fac unele reparaţii, l-am informat cu o oarecare mândrie în glas.

În celălalt capăt al telefonului s-a auzit un oftat de uşurare. Şi apoi a început să-mi recite o listă de lucruri absurde pe care mama îl pusese să mi le spună: să am grijă la hoţii din cartier, să pun la uşă un zăvor Fac, fiindcă acelea erau mai sigure, că o vecină îi zisese nu ştiu ce despre insolaţii, să am grijă cu ouăle, căci crescuseră cazurile de salmoneloză, că autorităţile avertizaseră că, odată cu temperaturile ridicate, apăruse un ţânţar-tigru din Africa, foarte periculos, să mă ţin departe de apa stătătoare, că era mai bine să nu mă duc în Parcul El Retiro pentru că bla, bla, bla... L-am ascultat în timp ce-mi împătuream încet sutienele şi mă întrebam de ce nu mă suna mama ca să-mi spună toate acele lucruri.

Şi cred că ştiam motivul.

Nu suporta durerea mea.

Era prea mult pentru ea. Să-ţi vezi fata cum suferă „este tot ce ţi se poate întâmpla mai rău" şi ea nu putea să suporte aşa ceva. Adică suferinţa mea o durea mai mult pe ea decât pe mine. De aceea tata hotărâse întotdeauna să-i ascundă majoritatea problemelor, atât economice, cât şi personale. Mama, împărăteasa copiloţilor, lăsase totul în seama tatei, astfel că nu avea habar de jumătate dintre situaţiile prin care trecuserăm. I-aş fi ascuns moartea ta dacă nu ţi-ar fi simţit lipsa de Crăciun. Nu ştiai? Ea a plâns mai mult decât mine la înmormântarea ta. Acum ştii. Şi totuşi, n-a putut să te viziteze la spital nici măcar o dată în timp ce eu vegheam la căpătâiul tău când erai pe patul de moarte. Era prea mult pentru ea.

Începeam să înţeleg de ce noi, femeile copilot, eram aşa cum eram. Fuseserăm educate de nişte femei fricoase. Nu laşe, ci sperioase, cu o capacitate nelimitată de a suferi şi copleşite de temeri pe care le-au transmis fiicelor lor pe cale ombilicală. Hipersensibile, susceptibile, introvertite, instabile, indecise, pesimiste, nesigure... potrivit Oliviei, aşa eram noi, femeile copilot. Adică portrete-robot ale mamelor noastre.

Prin urmare, tata, fiind înconjurat de femei copilot, ne protejase prea mult pe toate.

— Ai nevoie de ceva, fata mea?

Óscar. De Óscar am nevoie, tată. Cel chemat să fie înlocuitorul tău.

— Nu, tată. Sunt bine, vorbesc serios. În plus, am cunoscut oameni care mă ajută mult la noul meu loc de muncă.

— Ești plătită bine?

— Asta contează cel mai puțin.

— Nu, fata mea, căci acum ești singură...

Folosise verbul „a fi" cu sensul de „a exista", o circumstanță permanentă. Definitivă.

— Și ce-o să faci până la urmă cu cenușa?

— Te-a întrebat mama?

S-a așternut tăcerea. Da, ea îl întrebase.

Pentru o clipă, m-am gândit la sugestia pe care mi-o făcuse Olivia. În momentul acela mi se părea o nebunie atât de mare, încât nici măcar nu o luam în serios. Apoi m-am gândit la isteria mamei și la relația de dragoste și de ură a tatei cu marea.

— Încă nu știu ce-o să fac.

— Dar unde e?

— Acasă. N-am despachetat urna.

S-a auzit un oftat prelung.

— Fata mea, nu vreau să mă bag, dar mama ta e foarte neliniștită din cauza asta. Mă întreabă în fiecare zi. O știi cum e. Nu i se pare normal. Să nu fie îngropat. Într-un loc adecvat. Nu-i pot spune că n-ai despachetat urna cu cenușa. Te rog frumos, hai să stabilim ceva și să-i spunem.

Cert e că era să mă apuce o criză de râs. Dramatismul dus la extreme stârnește frecvent râsul. Era adevărat. Chiar uitasem de tine. Erai împachetat și amânat împreună cu restul, hainele mele, cărțile, actele și pantofii. O adevărată metaforă a doliului meu. Dar, acum că mă gândesc, a fost mult mai bine că nu i-am spus despre promisiunea pe care ţi-o făcusem şi pe care tocmai i-o repetasem nebunei de Olivia.

Sărmanul tata. N-a vrut niciodată să mă apropii prea mult de mare. Probabil li se întâmplă asta tuturor copiilor de marinari. Şi că de aceea el n-a vrut să fie marinar şi şi-a părăsit satul de pe coastă pentru a-şi întemeia familia în Madrid. Pentru a ne îndepărta de mare. Cu toate acestea, cred că întotdeauna a dus lipsa mării, fiindcă a ţinut morţiş să-mi pună numele Marina. Poate că, dacă nu m-aş fi numit aşa, tu nu mi-ai fi dat niciodată atenţie şi acum n-aş mai îndura pierderea ta. Poate că marea era în continuare un blestem pentru familia mea.

N-am fost niciodată prea frumoasă. Vecinii din satul în care copilărise tata obişnuiau să-i amintească în prezenţa mea că înflorisem cu trecerea timpului: „Nu era aşa de frumoasă când era mică, dar acum uite ce s-a schimbat". Şi era adevărat. Pe atunci erai băiatul bogat din Madrid care-şi petrecea vara în Alicante, în cabana bunicii sale bătrâne, în timp ce părinţii tăi cei petrecăreţi îi frecventau pe noii îmbogăţiţi din Marbella. Eu eram copila săracă din Madrid care în fiecare an îşi petrecea vara într-un apartament închiriat, fiica lui Ruedas, un şofer de camion cu mandibulă robustă şi ochi de câine bun, care admira persoanele ca tatăl tău. „Un om isteţ", îl auzeam spunând. „Acela chiar o duce bine. Uite ce departe a ajuns punând calote la pălării. Iar fiul e la universitate. Se spune că vrea să devină căpitan de vas", îşi arcuia singura sprânceană, albă, „bleah, ce să ştie băiatul ăla despre mare dacă vine de la Londra..."

Chestia e că tata n-a vrut niciodată să mă apropii de vreun port şi suferea ori de câte ori îi spuneam că urma să ieşim în larg cu *Peter Pan*. Încă-şi amintea gemetele bunicii mele, singură şi însărcinată, în atât de multe nopţi, căci rămânea gravidă ori de câte ori soţul ei se întorcea din lungile sale călătorii. Spunea mereu că marinarii se străduiau din răsputeri să supravieţuiască atunci când plantau un nou embrion, căci asta le dădea putere. Tata nu avusese nevoie să o lase însărcinată pe mama de atâtea ori. Când m-am născut cu părul atât de închis la culoare încât părea albastru, mi-a ales numele. Şi a decis că eu aveam să fiu singura mare pe care ochii lui aveau s-o vadă seara, înainte de culcare. Cu toate acestea, nu a putut să scape de blestemul familiei: o soţie care-şi lua rămas-bun de la el copleşită de plâns şi de temeri ori de câte ori pleca la drum. Chiar şi când stătea acasă. O dependentă de suferinţă, cum ar fi zis Olivia.

— Tată, spune-i mamei că sunt bine. Să nu sufere pentru mine. Şi că am dus urna cu cenuşa în cimitirul din Almudena.

— Foarte bine, fata mea. Sunt mai liniştit.

Va fi ea mai liniştită, a vrut să zică.

— Şi eu.

Am închis telefonul şi m-am uitat la singurele trei cutii care rămăseseră nedesfăcute, întrebându-mă în care dintre ele erai, şi, dintr-odată, aerul a devenit greoi şi n-am mai putut să-l respir. Apoi m-am gândit la mama şi la faptul că-i refuzasem doza de oxigen. În momentul acela am auzit o voce groasă în spatele meu.

— Doamnă, gata, aveţi frigider.

M-am întors. Era tânăr, cu un inel în nasul strâmb şi o salopetă albastră care-i era mare, dar eu l-am văzut ca pe un înger coborât din ceruri ce ţinea în mână cheia universală: adio conservelor, laptelui praf, mâncării comandate acasă, cinelor luate singură în barurile din cartier înconjurată de cupluri sau de grupuri care râdeau printre pahare de vin. Bun venit apei reci, gheţii, fructelor, untului de pus pe o felie de pâine dimineaţa, cinelor în timp ce mă uitam la televizor după o zi de muncă.

Mă întorsesem brusc în secolul XXI. M-am apropiat de el și l-am îmbrățișat pentru că fusese în stare să facă acea minune, până când mi-am dat seama că băiatul înlemnise și se încordase. Când i-am dat, în sfârșit, drumul, mi-a întins un aviz ca să i-l semnez și a ieșit nedumerit pe ușă.

Am intrat în bucătărie. Am deschis frigiderul și răcoarea mi s-a lipit de piele. Aparatul acela blând mi-a înapoiat ceva ce mama îmi luase în acea dimineață: aerul a început să aibă din nou oxigen.

Teoria crisalidei

A doua zi dimineaţă m-am îndreptat spre Grădina Îngerului cu altă energie. Trebuie să recunosc, simţeam nevoia să-i povestesc Oliviei micile mele reuşite. Poate că aveam nevoie chiar şi de aprobarea ei.

Am urcat pe strada Muzeului Prado, încercând să o evit pe femeia de la Iglesia de la Cienciología, care a insistat să-mi dea un pliant, ca în fiecare dimineaţă. Părea o marionetă blondă cu păr cârlionţat care, ca prin minune, parc-ar fi îmbătrânit. Avea o voce stridentă de zână. Ansamblul era înspăimântător. M-am întrebat ce-o fi fost în mintea celor care au considerat-o capabilă să-i ademenească pe oameni.

Pe de altă parte, îmi oferea pliantul dintr-un motiv anume? Anunţul doar te invita să intri şi să faci un test ca să descoperi cum puteai să-ţi potenţezi mintea şi să atingi cunoaşterea. Dar se spune că sectele încearcă să ademenească persoane fragile aflate într-un moment de criză.

Aşa de evident era că suferеam?

De ce nu mi se oferea ceva pentru a-mi potenţa fericirea? Atunci aş fi fost o pradă uşoară.

În acea dimineaţă alesesem o fustă cloş plină de turnuri Eiffel micuţe, primită de la Gala, care mă făcea să merg în aşa fel încât să se mişte. Poate de-asta m-a privit în felul acela vânzătorul de la Brown Bear Bakery, m-am gândit atunci. Brutăria aceea se afla exact sub locuinţa blondei şi, potrivit ei, era epuizant efortul mental pe care-l făcea să reziste în apartamentul ei mirosului de pâine proaspătă. Intrasem să-mi cumpăr un corn cu ciocolată şi, văzând zâmbetul vânzătorului, m-am ruşinat, fiindcă am bănuit că arătam ridicolă la cei patruzeci de ani ai mei cu fustiţa şi cornul pentru recreaţie.

M-am simţit atât de absurdă, încât, când am ieşit din brutărie, am încercat în zadar să i-l dau unui copil de câţiva ani, foarte păros, agăţat de mâna mamei lui, care, la rândul ei, era agăţată de telefonul mobil la intrarea în plafar. Copilul a ridicat mânuţa cu o faţă de maimuţă înfometată, dar mama lui i-a retras-o cu o smucitură. „Ce ţi-am tot spus? Să nu accepţi mâncare de la necunoscuţi, mai ales chestii cu grăsimi saturate!" Aşa că i-am lăsat acolo pe micuţul care saliva şi pe mama lui slăbănoagă ca o reclamă la laxative.

Un lucru era cert, şi anume că pe timpul verii Madridul devenea în ochii mei un oraş diferit, pe care nu-l cunoscusem până atunci, fiindcă-mi petrecusem verile la ţară. Străzile ardeau sub un soare apocaliptic, lipsite de aglomeraţii şi de oameni grăbiţi, cetăţenii erau mai slabi, mai frumoşi, fără nuanţa gri-verzuie obişnuită, iar străzile trezeau la viaţă cele mai extraordinare specii care rămâneau ascunse tot restul anului. Îmi aducea aminte de una dintre cărţile mele preferate din copilărie, *Familia Mumin*. În ea, trolul cel mai mic din familie se trezea într-un moment nepotrivit pe durata hibernării şi, pe când toţi ceilalţi continuau să doarmă, el începea să-şi cunoască lumea într-un alt anotimp: o lume populată de creaturi pe care altfel n-ar fi putut să le cunoască. Acum, că mă gândesc, cam asta mi se întâmpla şi mie.

Dar cine supravieţuia la temperaturi atât de ridicate? Acele superwoman care nu puteau sta fără să lucreze, femeile ca Aurora, care nu-şi puteau plăti o vacanţă, cele care, precum

Gala, fuseseră lovite de criză și se plimbau pe tocuri pe la ultimele reduceri, cu genți de firmă care văzuseră vremuri mai bune; arheologii care excavau mănăstiri, zidarii care săpau și astupau aceleași șanțuri an de an. Și mai erau și ființele imposibil de calificat, precum Olivia.

Dintr-odată, am avut certitudinea că Olivia exista doar vara.

La asta mă gândeam când m-am oprit la intrarea în Euforia, un fost bar închis, la care, din câte-mi aminteam, fusesem o dată pe vremea studenției. Sub tăblița lui ruginită erau două pături întinse și un afiș:

SOȚ ȘI SOȚIE EVACUAȚI, DOI COPII, SUNTEM ÎN STRADĂ
ȘI CEREM DOAR CA SĂ MÂNCĂM.

Am lăsat o monedă în dormitorul acela improvizat. Locul în care-mi petreceam de obicei vara mi-ar fi oferit și alte priveliști.

Când am ajuns la florărie am dat de Celia tricotând repede sub pergolă și de Olivia în interior, îmbrăcată în cămașă și pantaloni strâmți din in verde și uitându-se pe deasupra ochelarilor ei roz la o femeie care părea mumificată: pielea uscată ca de țestoasă arsă de soare, ochii reci de pește și costum cu fustă și sacou albastru, care-i dădea aspectul unei stewardese de la morgă.

— Uitați ce e, nu mă îndoiesc că aveți toate actele în regulă, doamnă...

— Olivia. Spuneți-mi doar Olivia.

Femeia a răsfoit un dosar gri, din care se iveau câteva documente. Mișcările ei erau bruște, ca de ghilotină. Olivia o observa cu mâinile în șolduri, întinzându-și trupul lung așa cum fac animalele când vor să pară mai mari. Stewardesa de la morgă a continuat:

— Clientul meu a luat decizia să scoată la vânzare terenul și are tot dreptul.

Ochii ei rotunzi și inexpresivi de pește nu clipeau.

— Bineînţeles.

— Gândiţi-vă că se află într-o zonă unică în cartierul Literelor...

— Nici nu vă închipuiţi cât îmi e de clar acest lucru, a răspuns florăreasa, sprijinindu-se cu ambele mâini pe tejghea. Sera asta există aici de trei secole.

— Şi, după criză, proprietarii trebuie să plătească unele datorii.

— Sper doar să nu fie faţă de Dumnezeu.

Părea că pe Olivia o amuzase propriul comentariu.

— Iar eu sper doar să nu puneţi beţe-n roate când voi aduce potenţiali clienţi să o viziteze...

— În niciun caz.

— Poftim? Refuzaţi?

— Nu. Dimpotrivă. De fapt, vă mulţumesc. Le voi putea vinde nişte flori. Acestea sunt pentru dumneavoastră.

În momentul acela i-a întins nişte buchețele cu flori albe.

Stewardesa de la morgă a clipit dintr-odată foarte repede şi le-a acceptat nedumerită. Atunci Olivia s-a ridicat brusc şi a înfruntat-o.

— Ce-aţi păţit? Vă surprinde atitudinea mea? Mi s-a garantat că nu se poate vinde şi că nu este un teren pe care să se poată construi ceva. La ce vă aşteptaţi? Să vă spun că e corect? Să vă spun că e cinstit?

Femeia a strâns din buzele fine şi inexpresive şi a scos doar un „Asta e situaţia", la care Olivia a răspuns doar cu un „Mă scuzaţi, dar trebuie să-mi dezinfectez puţin plantele, aerul a devenit mai poluat, nu vi se pare?", înainte de a stropi cu insecticid florile şi pe femeie, care a pornit pe cărarea din dale precum însăşi Vrăjitoarea din Vest.

— Şi mare grijă dacă aveţi pisică, a şoptit. Nu vă recomand nici să faceţi infuzii cu florile...

Nu m-am putut abţine să nu zâmbesc când am văzut că avea în mâini un buchet de leandri otrăvitori, dar mi-a trecut cheful când i-am observat fruntea încruntată de îngrijorare.

— Nicio vorbă în faţa clienţilor despre ceea ce tocmai ai auzit, clar? a zis.

Şi a dispărut după ce a lovit cu mâna prin aer, făcând să tremure perdeaua din mărgele a încăperii din spatele serei.

Mi-am petrecut aproape o oră cu un cuplu de gay care intenţionau să cumpere un pom fructifer care să nu îngheţe la temperaturile extreme din Madrid, dar nici să nu se usuce dacă creştea într-un ghiveci. Cert este că întrebările clienţilor erau de obicei aceleaşi: dacă era plantă de soare sau de umbră, dacă avea nevoie de mai multă sau de mai puţină apă, în ce loc creştea mai bine... Atunci mă limitam să observ locul unde se afla planta în Grădina Îngerului şi rezolvam problema: dacă avea o farfurie sub ghiveci, însemna că avea nevoie de mai multă umiditate, dacă era sub pergolă, însemna că îi trebuia umbră. Şi, în felul acesta, se întipăreau în mintea mea zeci de detalii ce mă făceau să par puţin mai bine informată decât eram în realitate.

Şi Olivia se ocupa de câţiva clienţi, cu o indispoziţie vizibilă, şi, din când în când, se apropia de Celia şi proba vesta pe care aceasta i-o tricota.

La un moment dat, am auzit o femeie întrebând-o la uşă dacă bambusul ar rezista pe terasa ei orientată spre nord. La care Olivia a răspuns: „Da, dacă nu cumva aveţi un urs panda. În cazul acesta, nu ar rezista nici douăzeci şi patru de ore".

A fost cât pe ce să fac o criză de râs.

Dar pentru întrebarea cuplului meu de gay nu eram pregătită.

— Ştii cumva dacă, potrivit feng shui-ului, un lămâi trebuie să stea la uşa terasei sau, dimpotrivă, e mai bine să fie departe de zona dormitorului?

M-am uitat foarte concentrată la lămâi. Şi apoi i-am asigurat că era indispensabil să ai un lămâi la intrarea pe terasă. Şi astfel am vândut primul meu pom.

Când am intrat din nou în seră, am găsit-o pe Olivia căzută de gânduri, observând cu o atenţie ştiinţifică o orhidee. M-am apropiat. De una dintre frunze atârna ceva lipicios, având forma unei păstăi de fasole verde. Am privit scârbită.

— Să aduc spray-ul? am întrebat-o cu inflexiunea dramatică a Danei Wynter din *Invazia jefuitorilor de trupuri*.

Ea mi-a aruncat o privire de parcă aş fi comis un sacrilegiu.

— Ai înnebunit? Este un vierme de mătase! Se află în proces de metamorfoză în crisalidă. Ai întrerupe unul dintre cele mai drastice şi mai emoţionante fenomene naturale ale lumii animale.

M-am simţit un animal. Sau, mai bine zis, o fiinţă distructivă şi abjectă pentru care n-am găsit un nume. Am cercetat mai îndeaproape păstaia verde iridescentă.

Olivia şi-a pus ochelarii şi a luat cu grijă orhideea. A întors-o ca să vadă mai bine acea mică minune. M-a privit entuziasmată.

— Ştii ce se întâmplă acolo, înăuntru?

Am clătinat din cap, iar ea şi-a dat ochii peste cap.

— Viermele începe să elibereze enzime care-i dizolvă ţesuturile până le transformă într-un fel de supă de proteine, lăsând intacte doar câteva organe. Iar acele celule vor fi reciclate pentru a crea insecta adultă: noii ochi, capul, aripile...

Vocea ei mereu perfectă s-a frânt puţin.

— În câteva săptămâni va deveni fluture, nu e incredibil? Îşi va abandona existenţa anterioară, care îl condamna să se târască pe pământ... Şi va zbura!

A ridicat mâinile, apoi le-a luat pe ale mele şi le-a înălţat.

— Înţelegi ce vreau să-ţi spun?

Mi-am scărpinat încheieturile mâinilor, aşa cum făceam de fiecare dată când eram agitată.

— Eu? Să devin o crisalidă?

Olivia a lăsat orhideea pe tejghea şi s-a sprijinit de masă.

— Ah, dragă Marina... am trăit îndeajuns ca să descopăr că există un moment în viaţa fiecărei persoane în care primeşte şansa de a face o schimbare radicală de 180 de grade. O şansă unică şi importantă pentru a creşte. Plenitudinea. Marele punct de cotitură în povestea vieţii tale. Şi, desigur, unele persoane profită de această şansă, altele nu.

— Şi crezi că eu nu profit?

M-a privit pe deasupra ochelarilor roz, de parcă s-ar fi aşteptat să găsească o parte din acea coajă verzuie formându-se pe pielea mea, pe care a mângâiat-o cu dosul palmei ei drepte.

— Asta depinde de tine, dragă.

Şi s-a concentrat din nou asupra viermelui, în tăcere. I-am urmat exemplul. Nu mi se mai părea atât de scârbos, ba chiar i-am apreciat forma şi culoarea.

— Iar pentru asta va trebui să mă fac supă de proteine?

Olivia a ridicat amuzată o sprânceană.

— Sună cam traumatic, nu-i aşa? Dar, chiar de-ar fi aşa, crezi că n-ar merita osteneala? Imaginează-ţi ce excitant ar fi!

Şi-a scărpinat nasul ascuţit.

— Cred că mie mi-ar plăcea. Să pot reînvia transformată în ceva foarte diferit, dar păstrându-mi esenţa. Sau chiar ridicând-o la puterea o mie ca să fiu, mai mult ca niciodată, eu însămi... Ştii, Marina? Întotdeauna mi-a fost frică de ceva. Persoanele care mor fără să fi trecut vreodată prin faza crisalidei părăsesc lumea fără să se cunoască. Ce-ar putea fi mai frumos decât să ajungi la sfârşitul vieţii şi să-ţi spui: „Încântată că te-am cunoscut". Nu crezi?

Am ascultat-o absorbită de felul cum mişca mâinile, flexibile, pline de membrane, fine şi puternice, precum aripile viitorului fluture. Şi am ştiut că aveam să-mi amintesc de multe ori acea frază. În momente grele. Şi că avea să-mi dea putere. Ca acum.

— Şi capsula în care trebuie să mă vâr este ambarcaţiunea?

— Nu, dragă. A zâmbit misterioasă. Acela va fi doar procesul final, de a ieşi din coajă şi de a întinde aripile. Gândeşte-te că ai sosit în această seră cu mult înainte de larva asta.

Mi-am scărpinat din nou încheieturile mâinilor şi mi-am simţit oasele moi, ca şi cum deja ar fi început procesul. Am privit cu admiraţie viermele. Ba chiar cu empatie.

Atunci ea s-a apropiat de mine şi m-a apucat cu putere de umeri.

— Marina, să nu uiţi niciodată asta: dacă noi, femeile, ne-am cunoaşte adevărata capacitate pentru schimbare, instinctul brutal de supravieţuire şi de refacere, ne-am simţi aproape indestructibile.

Nu ştiu de ce, dar am crezut-o. Mereu o credeam, deşi de-abia o cunoşteam. Fiindcă, de fapt, nu o cunoşteam. Atunci mi-am dat seama că în acele două săptămâni nu aflasem de unde era, nici dacă părinţii ei trăiau, nici dacă avea copii sau vreo boală. Olivia se desfăşura în faţa mea ca un prezent continuu imens, care se materializase dintr-odată în acel cartier. Un accident misterios al naturii, precum florile sălbatice. De aceea n-am putut să n-o întreb:

— Asta ţi s-a întâmplat?

Văzând că tăcea, am reformulat întrebarea:

— La un moment dat ai trecut prin procesul de transformare în crisalidă?

S-au auzit nişte bătăi uşoare în geamul serei. Celia, „bunica sclavă", îşi lua la revedere de la noi şi arăta spre ceasul ei, indicând că era foarte târziu. Olivia i-a făcut cu mâna şi apoi m-a privit cu ochii ei mici şi înţelepţi, care mi-au transmis o scânteiere albastră.

— Nu contează ce mi s-a întâmplat.

Și-a îndreptat gâtul, și-a scos batista și și-a șters transpirația de pe ceafă.

— Vine un moment, dragă Marina, când trebuie să te întrebi ce fel de femeie îți dorești să fii. Eu am trecut printr-un proces foarte lung. Să spunem că am hotărât să-mi schimb viața fără să rostesc vreun cuvânt, pentru ca nimeni să nu mă poată împiedica. Am plătit un preț pentru asta. Unul foarte mare.

A făcut o pauză, căzută parcă pe gânduri.

— Întotdeauna există un preț... Dar au existat și recompense. Nu sunt un model, nici vreun exemplu pentru cineva. Nici nu vreau să fiu.

Am înțeles că nu trebuia să mai pun întrebări, fiindcă s-a întors cu spatele. Constatasem că făcea asta ori de câte ori voia să încheie discuțiile. A luat orhideea cu ambele mâini și a pășit, sau mai bine zis a alunecat, până într-un colț al încăperii unde floarea avea să fie protejată de lumină și de clienții prost-crescuți care se încăpățânau să atingă totul. A pus-o ușor pe o măsuță, de parcă ar fi fost dintr-un cristal foarte fin, și acolo a rămas micul nostru vierme, asamblând și dezasamblând lanțurile complexe ale ADN-ului său.

Mai târziu aveam să aflăm că nu doar eu și viermele nostru ne începuserăm propriul proces. Și, parțial, fără să știu, acea primă întrunire în grădină fusese factorul declanșator. La o distanță de câteva străzi, la Ministerul Afacerilor Externe, Casandra Vélez uda impozanta orhidee albastră care-i ocupa acum biroul și care stârnise uimirea Paulei, făcând-o să întrebe de unde o avea.

— Nu, nu este un cadou, a răspuns mândră șefa ei. Mi-am cumpărat-o singură.

Ecoul unei fraze rostite de Olivia îi răsunase întruna în minte: „Dragostea adevărată este ceva neașteptat. Inevitabil.

Când aproape că te deranjează ceea ce simți pentru persoana respectivă. Și te înspăimântă. Dar, dacă te lași dusă de val și îndrăznești să te bucuri de ea fără teamă, nimic pe lume nu te poate face să te simți mai vie".

Dintr-odată, a pus mâna pe telefon și i-a cerut Paulei să-i anuleze restul întâlnirilor din acea dimineață, ceea ce, fără îndoială, avea să stârnească nedumerire în rândul tinerelor sale stagiare, care aveau să speculeze cu privire la acea schimbare cu glasurile lor dulcege și insolente când aveau să coboare la fumat. Gândul a iritat-o destul de mult, dar, cu toate acestea, a inspirat și a expirat de două ori și a ieșit pășind în pantofii ei cu tocuri pe coridoare, lăsând în urmă parfum de vanilie. Nu a vrut să răspundă mesajelor trimise de iubitul ei îngrijorat. După episodul neplăcut de la florărie, încerca să o vadă cu orice preț. În schimb, avea să se vadă cu o femeie la cafeneaua de la Hotelul Villa Real, chiar în Piața Cortes. Un loc, poate, prea aglomerat pentru a-i da întâlnire femeii care, fără să știe, deținea cheia transformării Casandrei.

În același cartier și la aceeași oră, frumoasa și suferinda Aurora, îmbrăcată cu un sari indian mare și uzat de culoare portocalie și cu niște papuci în picioare, începuse un nou tablou, cu trăsături de penel mai dezinvolte decât de obicei. În el nu erau flori. Sau, cel puțin, nu în momentul acela. Se intuia pentru prima oară o siluetă umană. Când a trecut prin salon, Maxi a privit tabloul de departe, lipsit de interes, și a întrebat-o de ce era așa de puțin coerentă în ceea ce privea stilul ei. A făcut-o în felul său caracteristic, glumeț și ofensiv, prin care-și camufla jignirile. Nu s-a abținut nici să facă observația, care-ar fi putut fi evitată, că i se părea ciudată, nu știa de ce, poate pentru că-i crescuse prea mult părul, care părea o perucă. Îi făcea capul mare, prea mare pentru cât era ea de scundă. Apoi s-a lungit pe canapea cu un bol de cereale şi a dat drumul la un buletin de ştiri de dimineaţă până când a adormit din nou. Şi, pentru prima oară, Aurora – pe care acel comentariu o duruse – s-a străduit să facă abstracţie de el şi l-a ignorat. Atunci i-a venit în minte vocea Casandrei: „Congelează… nu fi proastă, congelează". Aurora şi-a frecat ceafa. „În felul ăsta, nu rişti să te insemineze aiurea un tip care n-are genele potrivite."

Frumoasa Suferindă l-a privit pe Maxi sforăind pe canapea. Tricoul lui murdar, bolul cu cereale care urca şi cobora, scrumiera plină de chiştoace pe o pernă de pe canapea. Atunci şi-a şters genele mari şi negre şi s-a concentrat asupra tuşelor de vopsea care începeau să apară pe pânză în timp ce, din când în când, smulgea petale din gălbenelele ei ca să şi le ducă la gură.

La rândul ei, în dimineaţa aceea, Galateea era pe balconul showroomului Colibri şi stătea de vorbă cu mama sa. Aştepta să sosească Clara Olmedo, actriţa, care trebuia să se îmbrace pentru o premieră la Festivalul de Film din San Sebastián. De mult timp mama şi fiica nu mai avuseseră parte de una dintre acele conversaţii lungi la telefon. Mama vikingăi nu prea ieşise din sat, dar şi ea era o femeie de o sexualitate naturală şi vorbea despre asta cu aceeaşi dezinvoltură ca fiica ei, ceea ce-l dispera pe soţul său. Lângă balcon, irişii mari şi albi se deschiseseră aproape toţi, căutând lumină. Şi asta făcea Gala. Îi povestise mamei sale aventura cu francezul. Şi că o îngrijora ceva. Brusc, n-avea chef să-l vadă. De fapt, se culca cu el doar ca să scape de el şi să încheie seara cât mai repede.

Nu putea să-şi scoată din minte ceva ce-i spusese insolenta de Casandra: „Problema poate că o ai şi tu, care, la fel ca mine, le faci jocul bărbaţilor cu sindromul Peter Pan".

— Mamă, a zis la un moment dat în timp ce tăia una dintre florile acelea mari şi şi-o punea după ureche, tu eşti îndrăgostită de tata?

La celălalt capăt s-a lăsat tăcerea.

— Eu am fugit cu tatăl tău, draga mea, a chicotit. Fireşte că sunt îndrăgostită de el.

Întotdeauna Gala fusese uimită de povestea părinţilor ei. Atât de diferiţi şi totuşi rezistaseră împreună atât de mult timp. Felul cum se priveau. Când ea îl lovea uşor sau el îi desfăcea în glumă un nasture de la decolteu. Un monument ridicat în cinstea dragostei, de care era aproape imposibil să te apropii.

— Şi de ce îl iubeşti?

Atunci s-a lăsat o tăcere foarte scurtă, care ar putut să ascundă un zâmbet.

— Fiindcă este el.

Pe o platformă industrială din sudul oraşului, Victoria stătea în faţa calculatorului ei, cu vedere spre cartierul mărginaş, în timp ce căuta pe internet cum arăta o gladiolă roşie. În dimineaţa aceea, Pablo şi copiii rămăseseră acasă pentru că se treziseră vomitând. Un virus tipic de gastroenterită, se văitase Pablo cu vocea aceea agonizantă care o scotea din minţi. Tocmai fusese la doctor, a adăugat făcând o pauză plină de respiraţii obosite. Desigur, de o persoană omnipotentă ca ea virusul nici nu se apropiase. Dar, în dimineaţa aceea de mahmureală, pe informaticiană cel mai mult o agita faptul că nu-şi putea scoate din minte seara petrecută la Grădina Îngerului. O frază, nu-şi amintea în momentul acela cine o rostise, îi rămăsese întipărită în minte: „E dreptul tău, meriţi".

Floarea a apărut pe ecranul calculatorului. Doar a privit-o şi a şi simţit cum i se umezea lenjeria intimă. Apoi a căutat în telefonul mobil singura fotografie pe care o avea cu Francisco şi mâna i-a alunecat sub fustă, pe interiorul coapsei, până sus. Mingea era în terenul ei. Să răspundă sau nu la propunerea lui?

După o vreme, toate aveam să recunoaştem că în acea săptămână, probabil în aceeaşi zi, un mecanism perfect şi de neoprit s-a pus în mişcare în fiecare dintre noi. Cel care provoca mişcarea celorlalte. Brusc, au început să se mobilizeze angrenaje care până atunci fuseseră oprite în unele cazuri, ruginite în altele...

Şi de aceea şi eu stăteam în dimineaţa aceea în genunchi, absorbită de noul nostru colocatar, care se legăna încet împins de aerul ventilatoarelor şi de vocea spartă a lui Billie Holiday, neputând să-mi scot din minte învăţătura personală: „Dacă urmezi indicaţiile soţului tău, vei fi copilot până în ultima clipă".

M-am ridicat. Mi-am aranjat şorţul pe talia din ce în ce mai îngustă. Am vârât în buzunarul marsupial o foarfecă de curăţat ramuri uscate, nişte mănuşi de grădinărit şi puţină sârmă pentru îndreptat crengi şi am început ziua.

Paralizia prin analiză

Creierul este cel care evoluează și îmbătrânește, dar inima rămâne tânără până când încetează să mai bată. De aceea te poți îndrăgosti din nou, fiindcă inima este cea care conduce. Când te rănește ceva, de fapt creierul înregistrează durerea, se traumatizează, uită sau nu, interpretează rațional situația pentru a o depăși.

Inima doar suferă. Nu se învață minte. Când nu ne oferim șansa de a ne îndrăgosti este din cauză că rațiunea ne frânează și ne întrerupe misiunea înainte de a avea loc. Dar inima nu face asta. Inima se conduce după alți parametri. Cei ai emoțiilor. Emoțiile sunt celulele inimii, așa cum neuronii sunt cele ale creierului. De aceea, atunci când inima pune în mișcare emoțiile și se declanșează acea reacție în lanț, este aproape imposibil de frânat. Rațiunea îi poate pune bețe-n roate. Multe. Dar, cum nu poți obliga pe cineva să-i placă sau nu un tablou ori să-l emoționeze o melodie, la fel nici rațiunea nu poate împiedica ceea ce simte inima.

De aceea, potrivit Oliviei, Francisco și Victoria se aflau într-un punct de paralizie prin analiză. Două minți calculate și raționale încercând să nege lumina care izvora în ochii lor când se întâlneau sau când pur și simplu își auzeau rostite numele. Ca în acea după-amiază, când arheologul chipeș și lipsit de curaj a intrat în florărie cu părul plin de praf și cu ochii atenţi, ca întotdeauna, la locul unde avea să facă următorul pas.

— Bună ziua, doamnelor, a salutat cu voce cadenţată, de profesor. Cum merge treaba, Marina? Ai descoperit deja toate secretele acestei grădini?

S-a apropiat şi mi-a sărutat mâna.

— Deocamdată am descoperit că avem în seră un vierme de mătase.

El şi-a dat ochii peste cap.

— Nu-i rău pentru început.

Olivia a ieşit din spatele tejghelei.

— Bună ziua, Francisco. Spune-mi că ai venit să-mi aduci ceva şi jur că o să te răsplătesc. Am avut o dimineaţă foarte proastă...

El a scos din servieta de piele uzată un dosar negru cu coperte tari, pe care era un antet roşu. Ea l-a luat cu ochii la el, ca şi cum ar fi fost doi spioni care-şi transmiteau un raport ce avea să răstoarne un guvern.

— Mulţumesc foarte mult, dragul meu, e totul aici? a întrebat făcând pauze misterioase între cuvinte.

Celălalt a încuviinţat.

— Dar nu sunt sigur ce intenţionezi să faci cu informaţia asta, Olivia, a spus îngrijorat, privind-o încruntat.

— Ceva corect, a răspuns ea foarte zâmbitoare şi a dispărut în încăperea din spatele tejghelei cu pas ferm.

— Ceva corect... a oftat celălalt ca pentru sine sau mi-a spus mie, asta nu mi-a fost foarte clar. Mi-e teamă.

În câteva secunde, Olivia s-a întors fără dosar, dar ţinând în mână o impresionantă gladiolă roşie, de care atârna o carte de vizită.

— Ţi-a lăsat cineva asta, a minţit. Ţi-am promis că te răsplătesc.

Și i-a dat-o de parcă ar fi fost un Oscar.

Cred că n-am mai văzut niciodată o asemenea transformare pe chipul unui om. Eu, care mă prefăceam distrată schimbând apa din ghivece, am rămas năucită de zâmbetul lui orbitor. N-aveam nevoie să apelez la plăcuța noastră ca să descifrez acea hieroglifă. Cred că nici el.

Am simțit un fior de emoție pe șira spinării. Am bănuit imediat că era vorba despre una dintre manevrele Oliviei și că Victoria nu fusese în stare să lase un mesaj atât de clar. Dar pentru arheolog a fost o aruncare la țintă exactă, de olimpic medaliat. De aceea a fost la fel de surprinzătoare ceața care i-a șters de pe chip toată lumina aceea, lăsându-l tulbure și opac.

— Ce s-a întâmplat? a întrebat Olivia.

El a clătinat din cap.

— Știi deja. Știi ce se întâmplă. A coborât vocea. Trebuie să aflu ce simt încă, ce simt pentru soția mea, înainte să fac și alți pași.

— Trebuie „să afli“? De când un sentiment „se află“?

El continua să spună „nu“ clătinând din cap, ca din instinct.

— Nu înțelegi. Acum e din nou foarte sensibilă. Nu e momentul.

A lăsat gladiola pe tejghea. Și-a vârât degetele prin păr. Și-a scuturat praful de pe sacou.

— Și nu e mereu „sensibilă“ când te îndepărtezi? Cel puțin, așa e de când te cunosc. Și de când te cunosc ai tot încercat. Să renunți la relația asta. Nu va fi niciodată momentul.

— E deprimată.

— Normal, fiindcă simte că nu te mai are. Trăiește doar cu himera ta.

— Trebuie să aflu dacă am încetat să ne mai iubim înainte să...

Și-a ascuns mâinile în buzunare. Și-a privit cu atenție pantofii. Brusc, Olivia a zărit-o trecând pe stradă pe Gala, care a dat să intre, dar, văzând gladiola și pe arheolog cu spatele, s-a răzgândit și a rămas acolo unde unde se afla, strâmbându-se la noi. I-am făcut un semn să dispară și apoi gestul acela stupid cu degetul mic, pentru a-i da de înțeles că aveam să o sunăm mai târziu.

— Francisco, a zis Olivia încercând să o ignore pe blondă și punându-și mâna pe pieptul lui. Nu e vorba despre a iubi sau nu, ci despre a iubi frumos sau a iubi urât. Este vorba despre a găsi acea persoană care ne iubește cum ne place să fim iubiți.

El a ridicat privirea, implorând. Ca și cum ar fi cerut un răgaz.

— Dar deja mă macină vinovăția și încă nici nu s-a întâmplat nimic!

Olivia i-a pus gladiola în mâini și l-a luat de braț cu un gest matern.

— De ce voi, bărbații, spuneți vină când vreți să ziceți teamă? l-a întrebat, pășind împreună cu el spre ieșire. Uite ce e, dragul meu, poate că mă înșel, dar nu cred că ceea ce simți este un capriciu. Nu e ușor să te îndrăgostești așa. Pe lângă faptul că ești mistuit de dorință. Iar când se întâmplă asta, e un miracol. Aproape că ai obligația să o trăiești. Dar dă-mi voie să-ți spun un secret: dragostea adevărată nu se poate trăi cu teamă. Tu decizi.

— Ce?

— Cum vei răspunde acestei gladiole roșii, desigur.

El a rămas pe gânduri în timp ce mângâia floarea cu degetul, imaginându-și poate obrazul Victoriei, buzele Victoriei, coapsele Victoriei, sexul Victoriei. L-am privit căzută pe gânduri. Îmi amintesc că am tânjit să se fi gândit cineva la mine vreodată în felul acela. Ca tu să te fi gândit vreodată așa la mine.

— Când o văd, a recunoscut dregându-și glasul, simt că am putere să înfrunt lumea. E suficient să beau o cafea cu ea ca să descopăr mai multe lucruri despre mine decât în toţi aceşti ani de căsnicie. Mă citeşte ca pe o carte pe care pare că a citit-o deja de multe ori.

Şi-a scuturat praful din păr. A tuşit ca şi cum ar fi vrut să-şi scoată pânze de păianjen din gât.

— Niciodată n-am mai mărturisit cuiva temerile mele în felul acesta. Iar temerile mele fac şi ele parte din ceea ce sunt. În sfârşit, nu mai trebuie să fac pe durul. Niciodată nu m-am arătat atât de vulnerabil şi nimeni nu m-a făcut să mă simt vreodată atât de invulnerabil. Niciodată până acum n-am stat cinci ore la o cafea, dorindu-mi să dureze o veşnicie.

Olivia l-a strâns de braţ.

— Atunci de ce încerci să o dezamăgeşti?

Arheologul şi-a îndreptat brusc spatele, surprins.

— De ce spui asta?

— Pentru că n-ai răspuns la ultimul ei mesaj de mai multe zile. Pentru că-i vorbeşti despre soţia ta când nu-şi are rostul. Pentru că nu-i transmiţi ceea ce simţi şi faptul că vrei să rişti pentru ea. Iar acum are îndoieli pe care nu le avea.

A rămas pe gânduri în mijlocul grădinii, privindu-şi floarea. Eu aranjam ghivecele plantelor aromate. Olivia îi susţinea privirea, ţinându-l de braţ, iar el se transformase într-o statuie din cartier.

— Francisco, nu ştiu... poate că mai întâi trebuie să încerci să trăieşti şi apoi să reflectezi asupra a ceea ce ai trăit, nu invers.

I-a arătat grădina.

—Toate la timpul lor, ca aceste flori. Azi sunt desfăcute, iar mâine, poate, vor fi ofilite.

— Presupun, a reuşit să spună în cele din urmă, că nu sunt obişnuit să conteze cineva pe mine în felul acesta.

S-a aşternut tăcerea. Şi în cartier s-a făcut linişte pentru câteva secunde. Până când s-au îndreptat din nou spre interior.

Ea s-a apropiat de tejghea şi a luat o carte poştală veche, în care apărea un cuplu în faţa unei trăsuri în Piaţa Îngerului din cartierul nostru. El a scos un stilou uzat şi a scris câteva cuvinte. Apoi a vârât cartea poştală într-un plic, pe care l-a sigilat.

— Aşadar, ce floare alegi din toate acestea?

Arheologul s-a plimbat puţin prin seră. Apoi a consultat plăcuţa. A cercetat din nou prin vaze, dar nu a găsit ce căuta, până când s-a oprit brusc.

— Ai putea să-mi faci rost de o lalea?

Ea a zâmbit mulţumită.

— Ce culoare?

— Roşie, desigur.

Olivia a zâmbit şi mai larg, iar el i-a întins cartea poştală, cu toate că adevăratul mesaj îl transmitea acea floare.

În momentul acela mi-am manifestat prezenţa şi, disimulându-mi emoţia, am întrebat dacă o voia înfăşurată într-un celofan transparent. M-au privit amândoi de parcă ar fi uitat de existenţa mea. Olivia chiar a trecut pe lângă mine de parcă aş fi fost invizibilă, până când m-am întors şi am văzut că prin faţa geamurilor serei trecea bărbatul misterios cu barbişon blond, care a salutat-o dând din cap. Ea i-a răspuns la fel, rămânând cu ochii ca hipnotizaţi. Imediat după aceea s-a scuzat în faţa lui Francisco, spunând că trebuia să le ducă ceva unor prieteni. A luat în grabă un coş de cumpărături plin cu alimente şi o pungă de la farmacia din colţ, ticsită de medicamente. Înainte de a pleca, spre surprinderea mea, i-a spus lui Francisco că studiasem arheologia şi că sigur m-aş fi bucurat dacă el mi-ar fi povestit câteva istorii din cartier.

El a primit vestea cu uimire şi s-a bucurat să cunoască o colegă de breaslă. M-am îmbujorat când am auzit că mă considera colegă, dar am pus asta pe seama soarelui, care la ora aceea deja era insuportabil. Făcusem doar câteva ore de practică, în care catalogasem rămăşiţe în muzeul arheologic, nu muncisem niciodată într-un sit arheologic...

— Poate că vrei să spui „până acum", m-a întrerupt.

— Nu, am răspuns scărpinându-mi încheieturile mâinilor. Acum lucrez aici, cu Olivia.

El mi-a zâmbit într-un mod oarecum patern.

— Păi, dacă mă inviţi la o cafea, îţi spun unde lucrezi, de fapt.

Aproape că am plutit până la aparatul de cafea din încăperea din spatele tejghelei şi, în câteva secunde, am ieşit cu două ceşcuţe roşii, pregătită pentru o lecţie.

Ne-am aşezat sub pergola din grădină, pe scaunele minuscule din fier alb ruginit pe care Oliviei îi plăcea să stea şi să citească, aproape la fel de mult cât îi plăcea să-l privească pe misteriosul nostru cititor bucurându-se de momentul său de linişte. Nu era nici măcar ora unsprezece, însă căldura era suportabilă doar în colţul umbros unde ajungea răcoarea de la micul havuz. Francisco şi-a dat jos ceasul de la mână, de parcă ar fi fost o sursă de căldură sau de iritare, şi şi-a pus telefonul pe modul silenţios. Ambele gesturi m-au făcut să mă simt importantă. Atunci arheologul mi-a povestit cum Grădina Îngerului era fostul cimitir al Bisericii San Sebastián, situată în partea din spate a florăriei. De aceea supravieţuise timp de secole speculaţiei imobiliare. Chiar era un miracol! Când, în secolul al XVI-lea, cei din breasla teatrului au pus stăpânire pe cartier, l-au numit „cimitirul actorilor", fiindcă în locul acela erau îngropaţi. Cimitirul acesta a fost sursa de inspiraţie a lui Cadalso pentru opera sa *Noches lúgubres*, o minunată poveste de dragoste gotică în care un bărbat dezgroapă disperat cadavrul iubitei sale.

Am contemplat grădina colorată sub soarele luminos al secolului nostru şi am încercat să mi-o imaginez în acea noapte lugubră de pe vremea romantismului lui Cadalso, cu mormintele sale strâmbe din piatră în loc de havuzuri şi de flori, cu iedera invadând un vechi panteon din marmură în loc să se caţăre pe pergolă, cu lumânări groase aprinse în locul micilor felinare indiene colorate.

Arheologul şi-a pus puţină zaharină în cafea şi a ridicat privirea spre zidul bisericii, pe care se căţărau iasomiile şi iedera noastră.

— De fapt, în această biserică a fost botezat marele rival al clientului meu: Lope de Vega. Şi a fost îngropat în interiorul bisericii.

M-am încruntat.

— Parcă ai zis în ziua aceea că şi cadavrul lui s-a pierdut.

El a încuviinţat şi a sorbit cu zgomot din cafea.

— Cu timpul, un urmaş a preferat să nu mai plătească locul de veci în biserică, aşa că Lope cel cumsecade a ajuns în cimitir, a zis şi a arătat cu degetele spre solul de sub picioarele noastre. Câteva secole mai târziu, când Carol al III-lea a poruncit ca toţi morţii să fie mutaţi în cimitirele din afara Madridului, i s-a pierdut urma pentru totdeauna, la fel ca lui Cervantes.

A făcut o pauză expresivă, de care a profitat pentru a-şi şterge buzele.

— În secolul al XIX-lea, familia Martín a arendat bisericii terenul, pentru a-l transforma în seră, şi s-a construit această încăpere din geamuri. De atunci este o florărie.

Îl ascultam mâhnită, amintindu-mi episodul cu stewardesa de la morgă pe care o întâlnisem când sosisem în acea dimineaţă şi cele două sau trei fraze ameninţătoare pe care le prinsesem din zbor şi, cu gândul aiurea, am zis cu voce tare:

— Dacă te gândeşti bine, unde ar putea să crească mai bine o floare?

Ideea aceea i-a stârnit un hohot de râs pe care părea că şi-l înăbuşise de mult timp. S-a lăsat pe spate, având grijă să nu-şi rupă scaunul fragil. A închis ochii. Şi-a umplut plămânii cu oxigenul din oaza noastră.

L-am observat timp de câteva clipe. Chiar era un bărbat frumos. Atât pe dinăuntru, cât şi pe dinafară. Îmi plăceau corpolenţa şi mersul său oarecum dezorientat. Inteligenţa aceea cu care nu se fălea, dar care se simţea în felul cum asculta şi cum rostea fiecare cuvânt la momentul potrivit. Cu dezmierdare. Cu plăcere. Ochii de culoarea argilei, intenşi, schimbători. Şi da, recunosc: am invidiat-o pe Victoria. Foarte mult. Şi n-am înţeles cum de avea îndoieli dacă să înceapă sau nu o relaţie cu bărbatul acela. Poate că era adevărat avertismentul Oliviei că Victoria prelua îndoielile lui. Pe care înainte nu le avea.

Am privit solul de sub sandalele mele şi, brusc, mi s-a părut alcătuit dintr-un alt substrat.

— Lope de Vega a fost îngropat în Grădina Îngerului? l-am întrebat, nevenindu-mi să cred. Şi l-au căutat aici?

El a clătinat din cap. Se considera că nu mai existau rămăşiţe în acel loc.

„Iar eu căutasem ca oază un fost cimitir?“, m-am întrebat în sinea mea.

Uneori, viaţa era atât de ironică, încât părea scrisă de Quevedo, dacă tot vorbim despre rămăşiţe pierdute ale unor oameni celebri.

După ce şi-a terminat cafeaua, Francisco m-a lăsat cu inima bătându-mi tare şi cu privirea rătăcită. Da, inima rămâne tânără, iar a mea tocmai fusese zguduită de un fulger de emoţie după foarte mult timp. Sub picioarele mele se odihneau dintr-odată genii ale literaturii, preşedinţi ai Guvernului precum Mateo Sagasta sau bandiţi renumiţi precum Luis

Candelas. Poate că seva lor continua să hrănească măslinul nostru, care, fără îndoială, îi cunoscuse în viață pe toți foștii locuitori ai cartierului. Un măslin care, în tăcere, ocupa un loc de seamă în istoria Grădinii Îngerului, în cea a cartierului Literelor și, în curând, în a mea, în a noastră. Pe atunci nu știam că și copacii care făceau flori aveau propria semnificație. Iar cea a măslinului era pacea, cum nici nu se putea să fie alta.

Țicnită

Restul după-amiezii l-am petrecut singură în leagănul de cugetare. Eram ca un ventilator uman. Propria mişcare îmi provoca o adiere care-mi zbârlea pielea, îmi dezlipea părul umed de la tâmple şi, prin urmare, îmi răcorea creierul. Aşa funcţiona. Ajunsesem la certitudinea că toată lumea ar trebui să aibă un leagăn de cugetare atârnat de un măslin milenar. De asemenea, m-am convins că însăşi grădina îşi activase metabolismul de oază, îndepărtând clienţii pentru a mă lăsa singură cu toate acele noi gânduri şi reverii. Olivia a sunat pe la şapte pentru a mă anunţa că nu se putea întoarce înainte de încheierea programului la florărie, avea nişte treburi urgente de rezolvat, şi că trebuia să-i dau Victoriei „mesajul" dacă trecea pe acolo.

Şi Victoria a venit. Dar înainte am avut parte de o vizită pe cât de ciudată, pe atât de neaşteptată.

În timp ce mă legănam cu ochii închişi, a intrat cineva care m-a trezit din letargie spunând ceva foarte suprarealist:

— Bună ziua, am venit după bonsaiul lui Lady Macbeth.

Am deschis ochii. În faţa mea, un băiat cu barbă neagră, cu un zâmbet permanent mirat, îmbrăcat în blugi scurţi şi o cămaşă cu imprimeu la fel de excentric ca florile noastre.

Brusc, am simţit o sudoare rece. Mi-am amintit de bonsaiul milenar căruia îi tăiasem o ramură în prima mea zi de lucru.

Ciudatul şi simpaticul cumpărător al acelui bonsai era directorul teatrului, José Martret, care avea tot pe strada Huertas încă o sală numită Pensiunea Puricilor. Apoi am aflat că în versiunea sa a piesei de teatru *Macbeth* – numită *MacBig* şi care avea deja peste trei sute de reprezentaţii – Lady Macbeth avea un bonsai în prima ei scenă. Potrivit directorului, sărmanul bonsai absorbea probabil toată răutatea personajului, fiindcă se veştejea la scurt timp, iar exemplarele care nu mureau ajungeau acasă la actriţă, ca la un centru de recuperare. Era aproape opt şi jumătate seara şi Martret plecase deja cu al nu ştiu câtelea bonsai, luând-o în jos pe strada Huertas, când am auzit vocile Victoriei şi Casandrei din spatele magnoliei de la intrare. Casandra pălăvrăgea. Căldura începea să se desprindă din asfalt și eram cu furtunul în mână, pregătindu-mă să stropesc.

— Mi se pare revoltător, protesta Casandra, care a intrat răsfoind un exemplar al revistei *Elle*. De ce revistele astea au mereu astfel de articole? „Cum să eviţi ca bărbatul tău să se plictisească", „Cum să ai o comunicare bună cu partenerul tău"... Îţi imaginezi o revistă pentru bărbaţi cu un articol care să spună: „Cum să o faci pe iubita ta să fie interesată de problemele tale", „Cum să faci ca soţia ta să-şi dea drumul de mai multe ori", „Cum să abordezi cu iubita ta infidelitatea ei"?

Informaticiana răspundea doar cu un râs agitat.

— De ce noi, femeile, suntem atât de atrase de ideea de a ne alege ca partener pe cineva nefericit, bolnav sau ciudat?

— La asta ştiu să răspund! a zis Victoria ridicând amuzată mâna. Etică iudeo-creştină. Să ajutăm pe cineva care este mai puţin fericit decât noi. Generozitate, compasiune, chestii de-astea...

Și sacrificiu, m-am gândit strângând furtunul, uitau de sacrificiu... şi m-am dus să le ies în întâmpinare.

— De-asta ne-am dus dracului, a tras concluzia Casandra în timp ce mă săruta pe obraji. Bună, drăguţo! Ia te uită... ce frumoasă eşti!

Mi-a admirat timp de câteva clipe fusta cu turnuri Eiffel. Ea chiar era frumoasă: purta nişte blugi strâmţi, tocuri cui şi o cămaşă din mătase de un verde militar, culoarea cearcănelor ei. Făcuse foarte bine că renunţase la costum. Ce-i drept, părea furioasă.

Victoria m-a salutat râzând cu poftă.

— Ce mai seară îmi oferi...

Ţinea la piept nelipsitul său laptop şi purta o rochie din in bej, foarte mototolită, care nu-i avantaja trupul zvelt şi mărunţel. Şi-a trântit lucrurile pe tejghea.

— Am venit să vedem dacă ai chef să bei un pahar de vin... şi să-ţi aducem asta, a zis Casandra misterioasă şi mi-a întins o carte.

— *Curs teoretic pentru a deveni căpitan de ambarcaţiuni de agrement*? am citit mirată.

— Ai citit foarte bine. Chiar aşa. O să-l studiem împreună. Eu l-am terminat acum doi ani, aproape că nu mai ţin minte despre ce era vorba. Îmi va prinde bine să-mi reîmprospătez memoria, în caz că mă apucă cheful să ies în larg şi să nu mă mai întorc.

Am tras aer în piept. Şi asta părea tot o uneltire a Oliviei. De aceea am început să dau înapoi: am asigurat-o că-i eram recunoscătoare, foarte recunoscătoare, dar că ceea ce spusesem cu o zi în urmă se datora euforiei alcoolului, nu era ceva serios... niciodată n-aş fi fost în stare de aşa ceva. Ea m-a ascultat cu atenţie, în tăcere şi fără prea multe reacţii, până când a început să clatine din cap de mai multe ori.

— Marina, nu ştiu dacă-ţi dai seama că nici măcar n-ai încercat.

Și-a desfăcut brațele, și-a pus mâna pe umărul meu, a adoptat o voce de negociere.

— Să studiem împreună două luni și, după ce se termină vara, vedem ce și cum. Vrei? În plus, trebuie să-mi țin mintea ocupată.

Începeam să înțeleg de ce era atât de bună la jobul ei. Îmi găsise punctul slab, la fel cum făcea cu adversarii ei. De aceea mi s-a părut un plan corect, fiindcă, în fond, nu implica nicio decizie în momentul acela. Ceva ce întotdeauna mă liniștea: să nu fiu nevoită să iau decizii.

— Bun, fetelor, a spus Victoria, foarte însuflețită. Să mergem, trebuie să profit de timp, fiindcă trag chiulul. Pablo i-a dus pe copii o săptămână la plajă, la bunici. Așa că haideți să ne distrăm!

Casandra a ridicat o sprânceană.

— Să-ți traduc: Vicky vrea să spună că are o săptămână de libertate condițională supravegheată sau, mai bine zis, „condiționată".

Cealaltă i-a dat un ghiont în braț cu dosul mâinii.

— Condiționată? am întrebat, gândindu-mă la floarea care o aștepta pe tejghea.

— Chiar așa, condiționată de ce? a protestat Victoria.

— Condiționată de faptul că se vor întoarce, desigur, și atunci s-a dus libertatea, așa că da, trebuie să profiți de ea.

Gândindu-mă tocmai la faptul că trebuia să profite de situație, am decis că era momentul să-i dau mesajul. „Am ceva de la cineva pentru tine", i-am spus, conștientă că era o frază confuză, apoi am dispărut după tejghea și m-am întors cu splendida lalea roșie, care sosise în cursul după-amiezii. Ea a privit-o mai întâi de la depărtare, cu precauția cu care privești ceva ce te-ar putea înțepa. Era strălucitoare, înaltă, proaspătă și culoarea iradia din petale ca și cum ar fi fost pictată în ulei. Plicul cu cartea poștală era prins de tulpină.

Casandra a observat plicul. A făcut o încercare de a-l lua.

— Stai cuminte! a strigat Victoria ca o adolescentă.

— Atunci desfă-l! Parc-ai fi primit o înştiinţare de la fisc, nu o floare!

Apoi a alergat la tăbliţa cu semnificaţiile florilor de la intrare.

— O lalea roşie... Hm... Ce tare!

Victoria ştia deja ce însemna: o declaraţie de dragoste clară, diafană, incontestabilă.

Şi-a dat la o parte bretonul din ochi. A luat plicul. L-a desfăcut rupând cu grijă un capăt şi a citit de mai multe ori cele câteva rânduri.

— O întâlnire? a întrebat Casandra.

Victoria a încuviinţat din cap, în tăcere.

— Şi nu e pentru a lua micul dejun..., am zis.

Victoria a clătinat din cap.

— Este o întâlnire, da. Dar e o întâlnire cu un scriitor.

Casandra a pufnit.

— Măi să fie...

Victoria a citit cu voce tremurândă:

— „Dacă afli vreo plăcere în a-mi veni într-ajutor, sunt al tău, iar dacă nu, fă tot ce te-o îndemna inima, căci eu, punându-mi capăt zilelor, îţi voi mulţumi ţie cruzimea, iar mie dorinţa. Al tău până la moarte, Cavalerul Tristei Figuri."[1]

Eu şi Casandra ne-am privit complice.

— Şi acum? Ce vrea să spună asta? am întrebat nerăbdătoare.

— Să traduc, a zis Casandra. Vrea să spună în castiliana veche că moare de dragoste.

— Nu spune chiar asta, a zis Victoria şi a râs ca o fetiţă.

---

[1] Miguel de Cervantes Saavedra, *Iscusitul hidalgo Don Quijote de la Mancha*, Editura Adevărul, Bucureşti, traducere şi note de Ion Frunzetti şi Edgar Papu, p. 290 (n. tr.).

— Spune „sunt al tău“, am zis.

— Ce bărbat complicat... dar e drăguţ! a spus Casandra refăcându-şi coada. Bun, ce-ai de gând să faci?

Victoria a apropiat cartea poştală de nas. Aceeaşi strălucire. Acelaşi zâmbet arzător. O lumină nouă care apărea prin molipsire. Şi-a cufundat chipul în floarea aceea ca şi cum, dintr-odată, ar fi fost oaza ei şi am auzit-o spunând: „Nu ştiu, fetelor, nu ştiu“.

Am ieşit din Grădina Îngerului cu nerăbdare şi chef de distracţie. Casandra spusese clar că nu voia să se gândească la nimic, nici să ia vreo decizie: „Am nevoie de un bar cu meniu redus şi de un chelner autoritar“. Aşa că am mers pe strada Medinaceli până la Santa María şi acolo am găsit deschis Dos Gardenias, un local mic cu lumină portocalie, canapele vechi îmbrăcate în satin de culoarea caramelului şi mici abajururi scoase parcă din casa bunicii. Victoriei îi plăcea foarte mult locul acela fiindcă chelnerul de acolo servea cele mai bune cocktailuri cu votcă tonică din cartier, dar şi pentru că descoperise voci noi, pe care nu le cunoştea nimeni şi care umpleau barul de cuvinte emoţionante şi acorduri alese.

Ne-am aşezat acolo, pe trei fotolii din secolul al XVIII-lea, cu paharele în mână. Între timp, i-am trimis un mesaj Galei, care fusese foarte interesată de idila Francisco–Victoria de când îl văzuse pe arheolog în după-amiaza aceea cu o floare în mână, dar a răspuns după o vreme că încă era acasă, pregătind recuzita chiar pentru *MacBig*, pe care i-o comandase Martret. Pe Frumoasa noastră Suferindă nici n-am sunat-o. Ştiam că era cam răvăşită. Se pare că vorbise cu Casandra în ultimele zile, interesându-se de congelarea ovulelor. Vestea ne-a mirat, dar ne-a şi bucurat. Însă, din câte ne-a povestit Casandra, a fost dezamăgită când a auzit cât costa tratamentul. Cu toate acestea, chiar în seara aceea urma să-i spună mamei sale, poate îi dădea o mână de ajutor.

— Şi ştim cum i-a mers? am întrebat, plină de speranţă.

Casandra a clătinat din cap.

— Cred că o mamă înţelege cel mai bine această nevoie, a speculat Victoria.

Au intrat doi băieţi care au încercat să se aşeze la masa de alături, dar Casandra şi-a lăsat intenţionat geanta pe un scaun, aşa că s-au îndreptat nedumeriţi spre bar. Din proprie experienţă, superwoman a noastră credea că, oricât de tradiţionale ar fi fost concepţiile părinţilor Aurorei (şi nu credea că erau mai tradiţionale decât ale părinţilor ei), la urma urmei avea să-i bucure ideea de a fi bunici când deja îşi pierduseră speranţa. A plesnit din limbă şi s-a aşezat picior peste picior. În orice caz, am întrerupt-o, era enervant că Aurora, care avea instinct matern, nu putea deveni mamă din cauza banilor. Am rămas toate trei pe gânduri timp de câteva secunde. S-a auzit o versiune a melodiei *La vie en rose* a lui Louis Armstrong. Copiii deveniseră un lux, a spus Victoria. Şi apoi m-a privit curioasă în timp ce apuca paharul.

— Cum îţi merge cu Olivia la florărie? E un adevărat personaj, nu-i aşa?

— Da, am recunoscut zâmbind. Dar mă ajută mult.

— O cunoşteai dinainte? s-a interesat informaticiana.

Am clătinat din cap.

— De fapt, nici acum nu ştiu absolut nimic despre viaţa ei.

— Mă rog, asta face parte din farmecul ei. Ca orice personaj excepţional, are părţi luminoase şi părţi întunecate.

A zâmbit.

— Adevărul este că la început am crezut că e ţicnită, a mărturisit Casandra descrucişându-şi picioarele. Desigur că la fel o fi crezut şi ea despre mine când mă vedea venind la florărie ca să-mi trimit singură flori.

Am zâmbit şi eu. Da, adevărul e că şi eu aş fi putut fi diagnosticată de Olivia, când m-a cunoscut, ca fiind o depresivă histrionică. Informaticiana noastră omnipotentă rămăsese foarte tăcută privindu-şi floarea, dar în mintea ei nu cred că era tocmai tăcere. Când şi-a dat seama cum ne uitam la ea, a băut jumătate de pahar.

— Ştiu ce-ar trebui să fac, dar mă enervează rău...

Casandra sorbea cu un pai un *daiquiri* de căpşuni.

— Ce anume? am întrebat aşezându-mă brusc.

— Să dezinstalez acest software din capul meu.

Am privit-o amândouă netulburate.

— Ia stai aşa. Înainte să dezinstalezi ceva, să facem puţină ordine, a zis Casandra. Ce simţi pentru tipul ăsta?

Victoria îndepărta mecanic cu un deget bruma de pe paharul ei.

— Mă gândesc întruna la el.

— Atunci nu te culca cu el, a spus cealaltă.

Am vărsat pe mine o parte din conţinutul paharului, din cauza unui cub de gheaţă. Ne-am uitat amândouă la Casandra, neînţelegând ce voia să spună.

— Dar înainte spuneai exact contrariul! am argumentat ştergându-mă cu un şerveţel.

— Da, dar acum e diferit. S-ar putea îndrăgosti de el. Şi e un tip însurat.

Şi-a întins picioarele, apoi le-a îndoit şi s-a întors spre Victoria.

— Tu ai nevoie de un *toy-boy*, înţelegi? Iar pentru tipul ăsta s-ar putea să ai doar o atracţie sexuală, iar când o să te culci cu el, s-ar putea ca totul să treacă la alt nivel, dar, dacă vrei să-ţi spun părerea mea...

— Spune-mi-o.

— Nu i-o spune.

— ...nu-mi miroase a bine.

În timp ce-mi ştergeam cu un şerveţel bărbia şi o parte din fusta cu imprimeu franţuzesc, am vrut să le spun că nu putea să „nu miroasă a bine“ o iubire sau o dorinţă împărtăşită; că trăisem mulţi ani într-o relaţie în stand-by şi că asta nu însemna „stabilitate“, ci o comă profundă pe care mi-o indusesem; am vrut să o cert pe Victoria că nu-şi dădea seama cât era de norocoasă, dar n-am făcut-o, ci am continuat să beau.

— Asta-i problema, a urmat ea. Că, dacă încep o relaţie cu el, ştiu că nu va fi o aventură. Nici pentru el, nici pentru mine.

— N-ai de unde să ştii cum va fi până nu încerci, mi-am spus părerea.

— Nu e atât de simplu, Marina. Amândoi avem familie.

Şi-a admirat floarea.

— Dar, pe de altă parte... ar fi atât de frumos să trăiesc asta! Nu m-a mai privit nimeni niciodată aşa ca el.

„Nici pe mine nu m-a privit nimeni aşa!“, am strigat în sinea mea. Şi mi-am amintit ochii lui Francisco vorbind despre Victoria şi am invidiat-o atât de mult, încât am ajuns până la graniţa urii, unde am făcut stânga-mprejur. Ea dispreţuia atât de prosteşte ceea ce eu nu avusesem niciodată. Aşa că mi-am golit paharul aproape dintr-o înghiţitură şi m-am hotărât să vorbesc înainte de a mă răzgândi. Simplul fapt că vorbeam le-a atras atenţia prietenelor mele.

— Uite ce e, Victoria, am început, am fost educate în spiritul sacrificiului, e adevărat. Sunt perfect de acord cu ceea ce spuneai mai devreme despre etica iudeo-creştină, şi crede-mă că ştiu ce vorbesc, dar... nu crezi că meriţi să trăieşti asta?

Din nou acea frază ce părea să-i injecteze un ser magic prietenei mele.

— Nu ştiu... gândeşte-te la asta ca la un cadou pe care ţi l-a dăruit viaţa.

Casandra a încuviinţat energic.

— Că bine zici! Perfect de acord. Să vedem, când a fost ultima oară când ţi-ai făcut un cadou? a provocat-o.

Ea a rămas pe gânduri. Şi eu la fel. Nici măcar nu ştiam ce însemna asta. Chiar eram un caz disperat? Am mai cerut o băutură.

— Aşa este, a recunoscut Victoria. Întotdeauna mă pun pe planul doi.

— Ce-ar fi să nu mai faci asta măcar o dată? am zis de la bar.

S-a aşternut tăcerea, care, brusc, a răcorit atmosfera mai mult decât aerul condiţionat.

Cei doi tipi de la bar ne ascultau fără să încerce să ascundă asta. Unul era scund, cu o faţă de copil chel şi, potrivit Casandrei, părea pus pe glume bune. Prietenul lui era chipeş, dar nu prea vorbăreţ, fiindcă avea dinţii strâmbi. Pentru ea, era clar tandemul.

Victoria s-a cuprins singură cu braţele.

— Adevărul e că mi-ar plăcea să petrec cu el o singură noapte, ca să văd cum e să faci dragoste cu cineva ca el.

— Ca să te reguleze şi gata, a clarificat prietena noastră din ce în ce mai puţin diplomată.

— Vreau să spun cu cineva care să se simtă împlinit cu mine şi care să mă vadă exact aşa cum sunt: să-mi vadă partea mai nebună, mai pasională, mai amuzantă. Chiar şi numai o noapte.

Până şi vocea îi devenise mai clară. Ochii Casandrei străluceau. Iar eu m-am năpustit ca o pasăre răpitoare asupra celui de-al doilea pahar.

A vibrat ceva în geanta Victoriei şi Casandra i-a interzis să ia telefonul mobil, dar n-a ascultat-o. Pe faţă i-a trecut aceeaşi umbră care apăruse pe chipul lui Francisco în urmă cu câteva ore. Am intuit că primise o fotografie de la plajă: doi copii zâmbitori şi ştirbi. A tras aer în piept şi a început să răspundă la mesaj aproape mecanic, în timp ce ne povestea că-i propusese lui Pablo să facă terapie de cuplu, dar el nu voia, pentru că fie nu accepta că aveau o problemă, fie punea totul pe seama muncii epuizante a omnipotentei sale soţii sau pe seama oboselii.

— Uneori mă face să mă îndoiesc de mine însămi şi am impresia că văd probleme acolo unde nu există. Alteori cred că are pe alta, fiindcă trec lunile şi nu face nici cea mai mică încercare de a mă atinge. Ceea ce e un semn rău.

— Luni? a strigat Casandra şi câteva capete s-au întors spre noi. Apoi a coborât vocea. Dragă, când nu mai există sex nu e un semn, nici bun, nici rău, este un eşec pe toate planurile. Nu contează dacă asta se întâmplă din cauză că are sau nu pe alta. Îmi retrag vorbele de mai înainte. Poţi să ai o aventură intensă.

— Poate aşa te lămureşti, am protestat.

— Dar nu pot. Nu ştiu de ce mă simt atât de vinovată...

Am izbucnit într-un hohot de râs care mi s-a părut aproape actoricesc şi mi-am dat seama că începea să mi se urce băutura la cap.

— E firesc, am rostit, de parcă aş fi vorbit cu mine însămi. Te simţi vinovată pentru că e prima oară când faci ceva doar pentru tine.

Ea se amuza scriind ceva pe paharul ei pe care se făcuse condens.

— Dacă aş analiza ce simt pentru Pablo, aş putea să ştiu care este adevăratul pericol la care mă expun.

— Uite ce e, Vicky, am zis, nu sunt cea mai în măsură să te încurajez să intri într-o astfel de relaţie, fiindcă eu n-am îndrăznit niciodată să... de fapt, n-am îndrăznit nimic...

— Nici eu n-am să te încurajez, m-a întrerupt Casandra, pentru că în momentul ăsta îmi provoacă alergie bărbaţii însuraţi şi mai ales cei care spun că au „principii".

Superwoman şi-a ridicat paharul.

— ...dar ştiu că sentimentele nu sunt raţionale, am continuat de unde rămăsesem. Simţi sau nu.

Brusc, mi s-a părut că în vorbele mele era urma altei voci.

— Nu crezi că, atunci când sunt supuse raţiunii, încetează să mai fie sentimente? Asta e frumuseţea sentimentelor. Că sunt imprevizibile. Şi incontrolabile...

Casandra s-a îndreptat ca un arc în scaunul ei şi şi-a descrucişat picioarele.

— Ieşi din corpul ăla! a strigat la mine. Ai înghiţit-o pe Olivia?

Apoi i-a scrutat pe cei doi nesuferiţi de la bar, care se strâmbau la noi, şi ne-am prăpădit de râs, de era să cădem de pe fotoliile din satin, până când paharul Casandrei a căzut zgomotos pe jos, moment în care ne-am liniştit puţin. Foarte demnă, s-a apropiat de tejghea şi i-a cerut insistent chelnerului să cureţe singură mizeria pe care o făcuse. Cert este că eu şi Victoria am fi plătit oricât pentru a o vedea pe Casandra, cu pantofii ei de firmă şi blugii strâmţi, ştergând votca de pe jos cu mopul, în timp ce ţinea un adevărat monolog despre motivele pentru care persoanelor ca ea nu le plăcea să-şi exteriorizeze sentimentele. De fapt, nici măcar nu le plăcea să le aibă, ne-a asigurat în timp ce împingea pe ascuns sub fotoliu nişte felii de lămâie. Era expertă în a-şi inhiba sentimentele. Control. Mult control. Şi, prin urmare, singurătate, multă singurătate, care ducea la o lipsă de experienţe, ceea ce, la urma urmei, nu era o lipsă de viaţă? a tras concluzia.

Victoria o asculta cu atenţie şi cu un oarecare scepticism. După părerea ei, nu era posibil să n-ai sentimente, ci tocmai că le aveai, dar fără să le arăţi.

— Păi, asta zic, a întrerupt-o Casandra, sprijinindu-se de mop. Să devii o afurisită de oală sub presiune. Iar în ziua în care decizi să-i iei capacul, bum!, sare totul în aer şi-i opăreşti pe ceilalţi cu atâta dragoste, încât o iau la fugă. Asta e povestea vieţii mele.

I-a înapoiat chelnerului mopul, sub privirile vesele ale celor de la bar, și s-a uitat la noi: așa că pui capacul la loc și spui „sentimentele sunt o prostie, doar am mai zis-o, bla, bla, bla...". Dar cert era că, după părerea ei, și chiar o enerva să recunoască asta în situația ei, nimic nu te făcea să te simți mai vie decât dragostea. Și-a refăcut coada și a scos din geantă un gel dezinfectant, pe care și l-a aplicat conștiincios pe mâini. Apoi s-a așezat pe brațul fotoliului ei și ni l-a oferit și nouă. Am refuzat clătinând din cap. Și-a pus o mână pe umărul Victoriei.

— Uite, ar fi mult mai ușor pentru mine să-ți spun că dragostea e un rahat fiindcă mie mi-a mers prost, dar aș fi foarte egoistă, pentru că s-ar putea ca asta să fie șansa vieții tale.

I-a mângâiat părul.

I-a amintit că ea însăși recunoscuse că trăia cu Pablo ca anesteziată, comentariu care Victoriei nu i-a picat bine, căci, îndreptându-se în fotoliu, a negat că spusese așa ceva. Pentru Victoria, un partener însemna să aibă un rost. Casandra a ridicat o sprânceană. Dar un partener nu însemna și să ai pasiune? Pasiune unul pentru celălalt în toate privințele? În momentul acela am simțit că renasc, ca în urma unei iluminări, și am decis că aceea era o definiție extraordinară: un partener însemna pasiune plus rost, ceea ce prietenele mele au aplaudat, iar Casandra a adăugat că, în orice caz, pentru ea, când dispărea una din cele două condiții, relația nu mai mergea. Era o părere foarte categorică, a zis Victoria în timp ce mușca din felia de portocală din paharul ei. În fine, a îndulcit-o Casandra, nu mai mergea pentru un anumit tip de femeie. O admira pe Victoria că lupta în felul acela pentru căsnicia ei...

— Dar... și poate că te va deranja ce vei auzi... a spus Casandra și a făcut o pauză, de parcă și-ar fi ales cuvintele. Poate că asta e șansa ta să afli dacă-i găsești scuze lui Pablo pentru cât de mult te-a dezamăgit, exagerându-i calitățile sau pe ale tandemului pe care-l formați, ca să oferi verosimilitate minciunii de lungă durată față de tine însăți.

Pentru o clipă, m-am gândit că Victoria avea să se ridice și să plece. În bar a început să cânte Bublé cântecul cu „tu ești unică". Chelnerul ne-a făcut semn de la tejghea că era timpul să cerem ultima rundă. Victoria a rămas nemișcată, pipăind cu un deget o petală veștejită de lalea. Mi-a stârnit duioșie.

— Ceea ce vrea să spună Casandra este că, poate, e șansa ta să te transformi într-o crisalidă, am murmurat parcă hipnotizată și amândouă s-au uitat la mine mirate. Vreau să zic că s-ar putea să fie șansa ta să faci o schimbare de 180 de grade în viața ta și să descoperi cine ești.

Victoria și-a răvășit bretonul, așa cum făcea de fiecare dată când era agitată.

— Stai așa! N-am zis că vreau să fac vreo schimbare radicală în nicio privință, s-a apărat.

— Așa este, Marina, deocamdată încercăm să lămurim dacă o să se culce cu Francisco, să nu dramatizăm totuși.

— Să nu dramatizăm? am protestat indignată. Să nu dramatizăm... după speech-ul pe care l-ai ținut!

Asta le-a stârnit râsul, de care m-am molipsit și eu în cele din urmă.

— În plus, a adăugat Casandra frecându-se la ochi, s-ar putea ca Francisco să fie doar „bărbatul ei pârghie".

— Bărbatul meu pârghie? s-a mirat cealaltă.

— Da, te-ar ajuta să-ți echilibrezi relația. Ceva ce e clar că nu ești în stare să faci singură, a adăugat și și-a desfăcut părul. Chiar și numai pentru asta și tot ar merita.

— Desigur, fată dragă, ești atât de romantică..., am protestat cu o strâmbătură.

— Și eu sunt dezamăgită, ne-a asigurat Victoria cu un zâmbet batjocoritor. Chestia cu bărbatul-pârghie suna... sugestiv.

— Dă-mi o pârghie și o să răstorn lumea! a exclamat Casandra ridicându-și paharul.

Și am ciocnit o dată, de două, de multe ori. A trecut aproape o oră, în care am trăncănit numai prostii, iar chelnerul a închis localul cu noi înăuntru, cu condiția să nu țipăm prea mult în timp ce el făcea ordine. Și, în acel interval de timp, Victoria - pe care alcoolul o eliberase de responsabilitatea ei exagerată - a redevenit adolescentă și ne-a întrebat ce credeam că trebuia să facă, iar apoi a vrut să știe cum mi se păruse Francisco în acea zi, ce-i spusese Oliviei, cum alesese florile... Eu, desigur, am ascuns informația despre gladiola roșie pe care se presupunea că i-o trimisese ea, avea să descopere asta la momentul potrivit. Acum, mai mult ca oricând, bănuiam a cui fusese ideea.

— Și, în fond, te invidiez, a mărturisit Casandra, căreia deja i se împleticeau cuvintele în gură. Fiindcă nu știu ce înseamnă să ai o relație atât de lungă. Nu știu nici ce înseamnă o iubire împărtășită sau măcar una posibilă. Ai parte de multe lucruri bune.

— Ai copii, am adăugat dintr-odată și chiar și eu am fost surprinsă. Nu știu ce înseamnă să ai copii. Și, la fel ca Aurora, acum mă tem că probabil nu-i voi avea niciodată...

— Congelează! a exclamat Casandra, poate prea tare, fiindcă chelnerul i-a făcut semn să tacă. Dar așa e, Vicky, tu ți-ai făcut deja „datoria", cum ar spune cretinii de la birou, a continuat cu voce joasă. Așa că acum trebuie să-ți cauți propria fericire!

— Vă asigur că nu e chiar așa de extraordinar să ai copii, a zis Victoria, contrar tuturor așteptărilor.

— Spui asta pentru că deja îi ai, am argumentat.

— Dacă vreți să vă spun adevărul, a oftat Casandra, în faza de ură față de omenire în care mă aflu, eu deja nu știu dacă vreau să îngraș ceea ce urăsc.

— Sau să te îngrași tu. Nu știu dacă ar fi în avantajul tău, a râs Victoria.

Amândouă au izbucnit în râs la auzul unui comentariu atât de frivol, care era aproape un omagiu adus Galateei noastre.

Şi, nu ştiu de ce, dar am simţit dintr-odată o căldură ciudată, despre care acum ştiu că este corespondentul unui sentiment: furia. M-am ridicat ca să mă duc la toaletă şi, când chelnerul m-a oprit ca să-mi spună că cei doi de la bar - care stăteau în continuare acolo ca nişte midii lipite de o stâncă - voiau să ne facă cinste cu un rând de băutură, am răspuns categoric că nu, ceea ce le-a amuzat copios pe prietenele mele, apoi le-am întors spatele. Iar acum cred că ştiu de ce mă simţeam atât de furioasă. Pentru că am fost conştientă, Óscar, că, de fapt, şi în privinţa asta mă adaptasem la dorinţele tale. Era adevărat că nu-mi dorisem să am copii? Fireşte, în fond tu erai mai mare decât mine, aşa că nu te deranja să îmbătrâneşti fără să fi avut copii. Ţi-ai imaginat de la bun început că aveam să te însoţesc până la sfârşitul vieţii, ţinându-ţi mâna tremurândă, şi că aveai să mori acasă. Şi aşa a fost, doar că mai devreme decât credeai. Iar eu, în momentul acela, într-un bar din Huertas, m-am imaginat agonizând pe jumătate oarbă într-un azil, pentru care poate că ar trebui să încep să strâng bani, după ce îngrijitoarea mea mi-ar fi făcut curat în cameră şi în contul curent, fiindcă nu o supraveghea nimeni, în timp ce eu învăţam pe de rost pereţii. Fără prieteni, fără familie, fără nimeni pe lume căruia să-i las amintirile mele sau care să vrea să-mi ţină mâna în ultimele momente şi să-mi dea puţină căldură pentru marea călătorie.

În fundal le auzeam trăncănind pe cele două: un copil era un accident în cel mai bun caz, spunea Victoria în timp ce-şi smulgea cu dinţii pieliţele de la unghii. Am observat-o, îmbrăcată cum era în rochia ei de in de la magazinul El Corte Inglés. Aspectul ei fizic nu avusese prea mult de suferit din cauza sarcinilor, cu toate că era clar că se neglijase puţin. Însă am invidiat-o.

Fiindcă, fie că e un accident sau o investiţie în fericire ori plenitudine pe termen lung, un copil era ceva de care unele persoane aveau nevoie, iar altele nu, dar întotdeauna i s-ar fi simţit lipsa în ultimele clipe de viaţă ale unei persoane sau în singurătatea bătrâneţii. Şi eu? Aveam să simt lipsa legăturilor şi a alinării tribului meu când avea să-mi sosească sfârşitul?

Am simţit că-mi fierbea capul şi ştiu doar că acolo, în picioare, din acea poziţie de superioritate, am început să vorbesc:

— Uite ce e, Victoria, tuturor ne este teamă că lucrurile ar putea să se schimbe. Şi, uneori, se sfârşesc singure. Pur şi simplu mor. Eu a trebuit să mă schimb în mod forţat, am zis şi apoi am rămas fără voce. Cel puţin, tu poţi lua o decizie. Eu nu. Ca de obicei, am lăsat să decidă viaţa pentru mine. Şi, vezi deja, sunt într-o criză a vârstei de patruzeci de ani şi nu-mi rămâne decât să-mi refac viaţa. Singură. Şi fără nimic.

Victoria m-a privit cu ochii ei vii şi închişi la culoare, de jos, transformată aproape într-o copilă. M-a luat de mână şi mi-a strâns-o. Casandra m-a mângâiat pe picior.

— Îmi pare rău, Marina, s-a scuzat. Cred că uneori uităm prin ce treci.

Am tras adânc aer în piept. I-am strâns mâna şi apoi i-am dat drumul ca să iau geanta.

— Aşa cum spune Olivia, am continuat, luptând cu un nod pe care-l aveam în gât, tot ce ne îndepărtează de fericire este teama de schimbare.

S-au ridicat de pe fotoliile lor, mi-au pus paharul în mână şi le-am ridicat solemn, spunând în cor:

— Fiindcă viaţa este o sarcină urgentă!

Iar asta ne-a făcut să râdem prosteşte, apoi am toastat de câteva ori pentru Olivia, ceea ce ne-a servit drept scuză pentru a mai cere un rând, aducându-l la disperare pe chelner, şi pentru a constata cum cineva care nu era prezent putea să acapareze o conversaţie.

Mai târziu, Casandra ne-a spus că luase decizia să nu-i trimită prezervativul împreună cu buchetul de trandafiri soţiei amantului ei. Considera că era de prost gust ca o fată educată ca ea să facă asta, dar voia să termine relaţia. Cât mai repede cu putinţă.

— O să vă povestesc la un moment dat în ce încurcătură sunt băgată, a zis şi a făcut din nou una dintre pauzele ei caracteristice. Nici măcar nu vă puteţi imagina. Chestia e că relaţia asta este nesănătoasă.

Şi avea dreptate. Povestea Casandrei avea multe complicaţii pe care încă nici nu le întrezăream, dar care aveau să provoace în ea cea mai mare transformare. Problema era, potrivit Victoriei, că spusese deja de atâtea ori că avea să-l părăsească, încât părea un refren, dar Casandra a protestat că de data asta era definitiv. Iubitul ei era în mod clar ceea ce Olivia numea un „bărbat de cauciuc". Cel care apărea în viaţa ta implorându-te să-l cucereşti şi care apoi începea o manipulare bazată pe atitudini contradictorii.

— Te face să crezi că ar putea fi îndrăgostit, apoi aşteaptă să-ţi deschizi inima şi, după ce-i pici în plasă, el se retrage, a spus Olivia strângându-şi părul în coc. Atunci deja eşti pierdută, fiindcă din momentul acela eşti în inferioritate.

Aceea era, după părerea Oliviei, cea mai crudă şi mai eficientă metodă de a ţine agăţat pe cineva. Şi, deşi analizase procesul cu psihiatra ei, Casandra nu putea evita să pice din nou în plasă. Cu cât se străduia mai mult, cu atât stima ei de sine era mai scăzută şi cu atât o ţinea mai bine prinsă în mrejele lui. Puterea lui consta în confuzia şi slăbiciunea Casandrei, în dorinţa arzătoare pe care o semăna la fiecare mică întâlnire cu iubita lui. „Atitudinile contradictorii te prind cel mai bine în mreje", spunea Olivia. Dezechilibrează pe oricine. Când Casandra încerca să se îndepărteze de el, o căuta şi-şi manifesta toată tandreţea.

Iar când ea încerca să mai facă un pas înainte, el se arăta distant şi îi vorbea despre soţia lui. Despre cât de vinovat se simţea faţă de aceasta, fiindcă, în fond, era o femeie minunată.

Iar noi o ascultam, ştiind că asta era tot ce puteam face: să o ascultăm. Şi că doar încetând să-l iubească se putea elibera. Dezamăgirea trebuia să-şi facă treaba şi să rupă farmecul.

Pe atunci nu puteam să înţeleg cum de o femeie excepţională precum Casandra putea fi prinsă într-un asemenea vârtej. Dar asta era din cauză că nu cunoşteam amploarea şi natura vârtejului. Nu-mi puteam imagina că iubitul ei era, la urma urmei, cel mai mic rău din viaţa ei, că ceea ce o lega de bărbatul acela era mai complex şi nu însemna tocmai iubirea pentru el. Eu eram atât de insignifiantă în comparaţie cu Casandra, cu inteligenţa ei, cu tocurile ei cui, cu modul stilat în care combina o cămaşă simplă cu nişte blugi, cu cele câteva limbi străine în care îşi purta negocierile la serviciu... Nu reuşeam să înţeleg cum de o putea desconsidera bărbatul acela obişnuit pe care l-am văzut în grădină în prima mea zi de lucru şi care nu era în stare să-şi ţină fetiţa de mână, nici să o privească în ochi pe soţia lui.

— Ştiţi, fetelor? M-am săturat să fac pe femeia puternică, a zis Casandra şi a oftat, jucându-se cu o căpşună din cocktailul ei. Uneori cred că exist doar pentru ca să se simtă bine ceilalţi: mama, surorile mele, colegii de serviciu... Bună, sunt Casandra, nu-ţi face griji, n-o să-ţi creez probleme, de fapt, eu n-am, dar mi le poţi da pe ale tale. Ţi le rezolv. Mă simt ca un parc de distracţii pentru adulţi nemulţumiţi, care vin doar să se distreze şi apoi pleacă. Sau, mai bine zis, o staţiune balneară, a râs ea amar. Vin să se remonteze când au o stimă de sine scăzută, să-şi rezolve problemele şi, când sunt externaţi, nu numai că pleacă fără să ofere nimic în schimb, ci se mai şi zgârcesc la un gest de afecţiune, un „te iubesc", îşi permit să spună „lucrurilor pe nume", „cu sinceritate", adică brutal, fără înflorituri, deoarece se presupune că pe tine nu o să te doară. Eşti o superwoman. Ce naiba! Tu faci faţă la asta şi la mult mai mult.

— Urăsc fraza asta, a tras concluzia Victoria, pe punctul de a adormi cu paharul în mână.

Noaptea s-a încheiat cu superwoman a noastră punând la cale o nouă metodă de a-l părăsi „definitiv" pe bărbatul ei de cauciuc şi cu omnipotenta noastră încercând să fie mai atotputernică decât oricând şi întrebându-se cum avea să-şi ascundă întâlnirile cu Francisco după întoarcerea familiei sale. După părerea ei, îşi pierduse pe deplin instinctul seducţiei, era lipsită de antrenament şi nici măcar lenjerie intimă frumoasă nu mai avea. Casandra i-a oferit casa ei în noaptea aceea, ca să se obişnuiască să mai doarmă şi în altă parte câteodată, a lămurit-o. Şi le-am lăsat acolo, îndepărtându-se la braţ şi încercând să meargă drept, în drum spre apartamentul elegant de pe bulevardul Prado, cu vedere spre grădina botanică.

M-am dus la florărie fiindcă mi-am amintit că Olivia îmi indicase să încui de două ori grilajul şi să iau cheile. A doua zi dimineaţă aveam să deschid eu. Înainte să plec am aruncat o ultimă privire prin Grădina Îngerului, care la ora aceea era cufundată într-o linişte mormântală, şi am zâmbit. Atunci am bănuit pentru prima dată că Olivia era un alt martor tăcut, la fel ca morţii ei, ca florile ei.

Ziua 4
Încăpățânarea fantomelor

Soarele a răsărit de la est, ca de fiecare dată. A trasat un adevărat podium pe mare, iar *Peter Pan* defilează pe el ca o vedetă de cinema la o premieră. Mă liniştește să văd marea din nou calmă, dar sunt conştientă şi că vântul îmi va bate din faţă până la Capul Gata, iar asta îmi va epuiza puterile. Mare atenţie la capuri, mereu spuneai asta. Sunt foarte importante şi, după ce le traversezi, nu ştii cum va fi marea. Aşa că am profitat ca să scriu şi să-mi pregătesc micul dejun. În caz de ceva...

Caut informaţii pe laptopul Victoriei: potrivit acestora, coasta îşi schimbă direcţia spre sud-vest, până la Capul Gata. Îmi amintesc că, de obicei, era una dintre porţiunile mele preferate. Lanţul acela de golfuleţe puţin cunoscute în care săreau delfinii. Apoi ajungi în dreptul golfului Almería şi trebuie să te îndepărtezi de coastă cu aproape zece mile. În fine. Într-acolo mă îndrept.

Azi am dormit puţin mai mult, aproape două ore în total, după calculele mele, mi-e greu să mă relaxez. M-am gândit mult la discuţia cu fetele. A fost punctul de plecare al atâtor lucruri... Dacă atunci am fi ştiut ce ne aştepta în doar trei luni, am fi rămas perplexe.

Îmi observ picioarele în lumina dimineţii. Sunt tot slabe şi osoase, dar la genunchi mai demult aveam nişte pernuţe de grăsime, care acum au dispărut, lăsând în urmă nişte riduri pronunţate şi maronii. Gala ar spune că este un simptom de bătrâneţe. Că poţi să afli câţi ani are o femeie doar privindu-i coatele şi genunchii. De asemenea, am mai descoperit pe coapsa dreaptă un şirag de mici vânătăi care ajung pe partea exterioară până la pulpă. Pe un vas te loveşti întruna de orice. Presupun că din cauza instabilităţii. La fel ca în viaţă. Te loveşti neîncetat de orice...

Da, conversaţia aceea a fost crucială pentru mine, fiindcă m-a făcut să-mi pun pentru prima oară unele întrebări. Cu privire la relaţia noastră. Să o pun la îndoială. Mai întâi de toate, mi-am dat seama că niciodată nu o pusesem sub semnul întrebării. Absolut deloc. Pur şi simplu, „era" sau, mai bine zis, „eram". La fel cum acum sunt conştientă că, de când te-ai îmbolnăvit, nu mi-am mai privit trupul. Nu e vorba că aş dezvolta la vârsta asta un „sindrom al Galateei", precum vikinga noastră, dar am îmbătrânit, asta-i clar, iar părul meu negru şi viguros începe să aibă străluciri argintii.

„Este în continuare albastru", te aud spunând în spatele meu, „albastru şi negru, cum zicea tatăl tău, precum marea pe timpul nopţii".

În mod clar încă dorm, fiindcă ştiu că n-am spus eu asta. Ţi-am auzit vocea, foarte clară, cu siguranţă în mintea mea. Dar de data asta te-am auzit spunând ceva ce n-ai mai zis niciodată. Ciudat. În orice caz, mulţumesc. Se pare că creierul meu a decis să te inventeze. Să-mi dea ceea ce simt nevoia să aud. Ce-i drept, întotdeauna ai fost cochet cât pentru amândoi. Aşa că este destul de verosimil ca tu să fi spus aşa ceva. Refuzai să-ţi recunoşti deteriorarea, dar şi trăsăturile proprii vârstei mele, pe care o priveai cu subiectivitate.

Păi, dă-mi voie să-ţi spun că nu e adevărat. Ceea ce-ai spus despre părul meu. Tocmai mi-am smuls un smoc de păr la întâmplare și e plin de fire gri și sârmoase. Se spune că supărările le scot peri albi oamenilor. Așa se zice.

— Asta e ca și cum ai spune că marea poate deveni galbenă, Mari. Ești... foarte frumoasă.

Cred că am înnebunit, pentru că tocmai am simțit cum mă îmbrățișai pe la spate. Ar fi putut să fi fost atingerea vântului, dar nu adie. În orice caz, dă-mi voie să-ți mai spun și că nu e bine să admiri pe cineva pentru ceea ce nu este. Nu, nu sunt frumoasă. Poate că am fost. Asta s-ar putea, deși mi se pare un termen inexact. Exagerat. Întotdeauna mă admirai pentru cele mai prostești lucruri.

— Și asta te deranja?

Mă întorc, dar nu te văd.

Dar ce m-a apucat? Firește că nu te văd!

Nu este! Marina, nu este.

Soarele mă orbește. Eu și vasul suntem prinși într-un contre-jour auriu. Îți aud vocea, acum clar, în afara mea, cu marea pe fundal. S-ar putea să fi făcut insolație ieri, fiindcă mă doare capul. Cu toate acestea, nu pot să nu-ți dau replica:

— Te încăpățânai să mă admiri pentru lucruri pentru care nu mă simțeam apreciată, Óscar. Sensibilitatea mea, temperamentul meu artistic... Spuneai că tot ce-mi lipsea era inițiativa. Că aș fi genială în profesia mea dacă aș lua-o în serios, dacă „m-aș strădui“, că eram cultă... Spuneai chiar că aș fi un marinar priceput, fiindcă aveam asta în sânge, că ar fi bine să învăț să navighez singură. Nu-ți dai seama că mă lăudai doar pentru însușirile pe care tu voiai să le am?

Privesc în jurul meu. Spinarea albă a lui *Peter Pan* este în continuare pustie. Azi n-am întins velele. Doar eu în mijlocul apei și vocea ta.

— Dar, Mari, este adevărat că te admiram pentru acele lucruri.

Privesc în ambele părţi, în spatele meu, merg desculţă pe covertă ţinându-mă de ţapapie pe partea cu tribordul, neştiind în ce direcţie să-ţi vorbesc.

— Serios? Şi ce altceva am făcut decât să te secondez în munca ta, în viaţa ta şi chiar şi în bucuria ta? Ia să văd!

— Tristeţea ta făcea parte din tine, la fel cum se întâmplă şi cu marea, continui tu ca o adiere. Într-o zi răsare soarele, iar în alta vine furtuna. N-am încercat să schimb asta. Dacă aş fi încercat să schimb asta, ar fi însemnat să încerc să schimb marea.

— Şi, pe deasupra, devii şi poetic?

În timp ce mă ţin de catarg, lovesc cu piciorul în parâmele care se încâlcesc la picioarele mele. Încep să le încolăcesc pe braţ.

— Ştii ce cred? Că tu ai încercat întotdeauna să mă schimbi şi, când ai văzut că n-ai reuşit, m-ai inventat, aşa cum a făcut Victoria cu Pablo, ca să poţi convieţui cu mine în toţi aceşti ani. Ăsta-i adevărul.

Oricât de indignată aş fi, sunt conştientă că întregul discurs poetic anterior îţi este foarte caracteristic şi că vocea ta nu mai răsună în urechile mele, ci în afară. Poate că ar trebui să profit de această halucinaţie ca să vorbim despre ceea ce n-am discutat niciodată. Ce-i rău în asta? Bătrânul Hemingway nu făcea asta, nu vorbea cu o fantomă. Cred că este o bună inovaţie teoretică. Poate că sunt la graniţa nebuniei, dar acum puţin îmi pasă, din moment ce asta mă alină.

Brusc, soarele dispare la proră şi te văd.

Te văd clar.

Cu trup, nu ca o fantomă de film, ci ca persoana care ai fost: cu impermeabilul tău alb şi batista bleumarin la gât, cu o barbă nerasă de trei zile. Porţi pantaloni scurţi şi eşti în picioarele goale, ca să nu aluneci pe coverta încă udă de roua dimineţii. Mergi greoi pe culoarul de la babord, treci prin faţa mea spre pupă, până te aşezi într-o parte a mesei, ca şi cum ai aştepta micul dejun. Nu pari obosit. Nici bolnav. Briza te loveşte în faţă.

Dacă tot eşti aici, decid să-ţi vorbesc. Din partea cea mai înaltă a vasului *Peter Pan*, ca pe un alt catarg, te înfrunt:

— N-ai vrut niciodată să avem un copil.

— N-aveam nevoie.

— Tu nu.

Mă observi cu un zâmbet permanent, pe care nu reuşesc să-l descifrez. Poate că aşa am hotărât să mi te amintesc.

— Visul meu era să fiu cu tine, îmi spui. Nu mă interesa nimic altceva. Visul meu era să îmbătrânim împreună.

Mă apropii cu precauţie. Mă aşez în celălalt capăt al mesei. Soarele cu lumină ca de flash ne unifică în acelaşi plan al realităţii.

— Şi acum? întreb sprijinindu-mi coatele de masă. De ce m-ai părăsit? Acum tot ce-mi mai rămâne de la tine este barca asta lipsită de viaţă şi fantoma ta. Nu am nimic viu de la tine.

— Nu m-am gândit niciodată că ai vrea...

— Nu, nu ne-am gândit niciodată.

Întorc faţa pentru ca vântul slab care adie să-mi usuce lacrimile. Poate, la urma urmei, dacă am fost fantezia ta, ai iubit-o aşa cum eu nu m-am iubit niciodată.

Au trecut două ore şi tot aici eşti.

Vântul s-a intensificat şi încerc să echilibrez vasul până mi se aşază micul dejun în stomac. Azi am încercat să nu iau biodramină. Până acum am rezistat. Cred că ar trebui să întind vela cea mare. Mi s-a părut că te-ai uitat cu coada ochiului la ea. Cu cât este mai întinsă, cu atât o va împinge mai tare vântul şi cu atât mai mult se va înclina vasul. Nu vreau să mai fac experimente, iar dacă vântul continuă să se intensifice, în scurt timp se va înclina de tot.

Încerc să-ţi ignor „prezenţa“ sau ce s-o fi proiectând lângă mine. N-ai făcut decât să stai în spatele cârmei şi să admiri marea. Dacă nu te privesc, nici tu nu te uiţi la mine. Am observat că interacţionezi cu mine doar dacă te invoc. Aşadar, am decis să te ignor şi vei dispărea. Trebuie să-mi revin, altfel o să mă scufund. Poate că este un efect al lipsei de comunicare sau o supradoză de biodramină. Telefonul tot nu se încarcă, aşa că de două zile nu mai am contact cu lumea exterioară, cu lumea reală. Ceva de care raţiunea mea să se ancoreze.

Încerc să mă concentrez asupra peisajului. Asupra hărţilor de navigaţie care mi-au apărut pe laptopul Victoriei. Sper ca atunci când voi vira în San José să mă ajute vântul dacă tu, mare, nu mă ajuţi deloc.

Privesc cu neplăcere cum valurile vin din largul mării şi din vest, pentru a-i tăia calea lui *Peter Pan*, care acum se mişcă uşor pe suprafaţa apei.

Siluetele de pe coastă se pierd în zare şi marea e din nou plină de scântei albe. Ridic privirea spre cer. Este senin. Doar un şir gros de nori depăşeşte capul şi se pierde la orizont, spre Africa.

Îmi imaginez că acesta este singurul cap care uneşte Europa şi Africa şi că, atunci când va dispărea, bătrânul continent va rămâne definitiv în derivă, în voia sorţii, pierdut în elementul lichid şi ancestral.

A trecut o oră şi tu tot aici eşti.

Poate că creierul meu are nevoie de zahăr. Asta trebuie să fie. Nu i-am mai dat nimic stomacului meu de ieri după-amiază.

Mă ridic să contemplu munţii care au devenit bucăţi de biscuit. Sub unul dintre ei se iveşte o stâncă mare albă, rodul unei desprinderi preistorice.

— Nu-ţi poţi imagina importanţa incredibilă pe care o au capurile, Mari, zici din spatele cârmei.

Da, chiar spuneai mereu asta. Şi ştiu de ce mi-o spui acum, pentru că am strâns velele. Dar nu-şi făceau treaba. Şi s-ar putea să fiu nevoită să le întind din nou. Un efort inutil. Şi nu-mi prisoseşte energia. Fireşte, este o avertizare pe care mi-o fac singură, punând-o pe seama unei fantome, dar ai dreptate, trebuie să profit de această linişte provizorie pe care mi-o acordă vântul şi să-mi pregătesc micul dejun. Un ceai negru ca să mă relaxez, nişte biscuiţi moi din cereale, ca să-mi dea putere, şi un măr care începe să se strice.

Cobor în chicinetă, pregătesc micul dejun: un măr, o sută de grame de ciocolată cu pâine prăjită şi unt. O cafea foarte tare. Urc pe covertă cu ceaşca în mână. Mă priveşti cu reproş.

— Ţi-am zis de atâtea ori: când urci sau cobori, să ai mâinile libere.

Schiţez un zâmbet, las ceaşca şi biscuiţii pe jos şi urc ultimele două trepte.

— Nici mort nu mă laşi în pace.

Chiar dacă nu recunosc, îmi era foarte dor de aceste mici mustrări.

Atunci zăresc clar şi pentru prima dată Capul Gata. Farul înălţându-se alb şi drept deasupra stâncii. Şi în linie dreaptă pornind de la cap, o schimbare în culoarea mării, ca şi cum ar fi un finiş, o linie invizibilă ce taie albastrul. Ca şi cum sirenele n-ar mai fi avut lână de culoarea aceea şi ar fi trebuit să ţeasă în continuare cu alta mai aspră şi mai închisă la culoare.

O jumătate de oră mai târziu, ajung la acea limită acum perfect vizibilă şi sunt pregătită: am lăsat ceaşca în chiuvetă, am frecat coverta cu Coca-Cola ca să nu alunec – un vechi truc pe care l-am auzit de la un marinar – şi m-am încălţat, făcându-mi de două ori nod la şireturile din piele, doar ca să nu te ascult. Dar, când am urcat, dispăruseşi.

Graniţa de apă se află acum în faţa ochilor mei şi dinaintea mea se conturează o scară de apă infinită, ce se pierde la orizont.

Peter Pan, fără să șovăie vreo secundă, începe să o urce cu dificultate, deși fiecare treaptă pe care o trece cu prora se destramă de îndată ce o atinge, ca și cum ar fi o scară mecanică ce ar funcționa invers.

— Marea mă contrazice mereu, la fel ca tine, am zis fără să mă pot abține.

Dar tu nu-mi răspunzi. Nici măcar nu apari.

Vântul începe să se strecoare pe la tribord și acul roșu al barometrului tremură până ajunge la 30 de grade, moment de care profit ca să întind vela cea mare și, când în sfârșit barca s-a înclinat suficient și vântul s-a intensificat din nou, pornesc spre sud-vest ca să ridic vela genoveză, care se umflă imediat și-l împinge pe *Peter Pan*, încins la tribord.

Acum chiar îndrăznesc.

Întind vela. Dar încă nu mă decid să opresc motorul. Îmi sprijin călcâiele de carlingă, mă prind cu harnașamentul și vasul se înclină. Începe să alerge cu treizeci, patruzeci, cincizeci de noduri și, pentru prima dată, acum da, cu viteză mare. Și navighez pe un vas care pare acostat pe mare și care aruncă stropi de valuri sfărâmate pe degetele mele.

— Uite, pare că stau în picioare pe mare!

La exclamația asta ai răspuns. Am auzit clar un hohot de plâns, care mi-a provocat o puternică stare de neliniște.

Dintr-odată, mi-a venit în minte prima oară când m-ai obligat să decid o manevră pe ambarcațiune. A fost cu o lună înainte să mori. M-am înfuriat. „Ce să fac?“, țipam la tine disperată, văzând un vas care se îndrepta direct spre noi și părea că voia să ne taie calea. „Păi, fă ce vrei, Mari, fiindcă ne ducem drept spre mastodontul ăla“, ai răspuns cu un calm incredibil și un zâmbet obosit. „Ia tu decizia. Azi tu ești stăpâna.“

„Cine a hotărât asta? Nu știu ce să fac! Nu sunt stăpâna!“ Apoi rugămintea mea stăruitoare s-a transformat într-un acces de furie împotriva ta, fiindcă, era clar, plănuiai să mă părăseşti. Mă obligai să-mi asum conducerea a ceea ce pe atunci era singura ta feudă. Să preiau cârma pe care mi-o ofereai însemna să-ţi semnez condamnarea la moarte. Dreptul tău de a părăsi această lume împăcat. Iar eu refuzam să-ţi ofer pacea, dar când feribotul a devenit din ce în ce mai mare şi a ajuns aproape de prora noastră, când vârful lui *Peter Pan* aproape că-i atingea coca, atunci când am simţit sub picioarele mele siajul puternic al vasului care îl trăgea pe *Peter Pan* spre adâncimi, te-am împins la o parte, am apucat cârma pentru prima oară şi am virat cu atâta putere spre tribord, încât ambarcaţiunea s-a învârtit în jurul propriei axe aproape 180 de grade.

„Parcă ziceai că nu ştii ce să faci...", ai spus cu un zâmbet înfrânt.

Am oprit motorul, tremurând. Iar pe faţa ta se citeau pacea şi despărţirea. Tocmai îţi hotărâseşi noua direcţie. Am ştiut că aveai să opreşti motoarele. Aruncai ancora. Te lăsai în voia unei mări întunecate şi necunoscute. Fără vânt. Fără peşti. Fără nimic.

Amintirea aceea m-a făcut să mă întreb dacă ai fi vrut să mă părăseşti şi înainte, în timpul vieţii, sau dacă ceea ce te unea de mine era responsabilitatea pe care o simţeai faţă de persoana mea, aşa cum li se întâmpla Victoriei cu soţul ei şi lui Francisco cu nevasta sa.

Încă mă iubeai?

Cum aş mai putea să ştiu?

Mi-am amintit cuvintele Oliviei care au uimit-o atât de mult pe Victoria la prima noastră întâlnire: „Să alegi pe cineva despre care ştii că nu te va părăsi este strategia inteligentă a celui care se teme de abandon".

Îţi era teamă de abandon şi de aceea m-ai ales?

Cert e că relația noastră ajunsese să fie mai mult de tată–fiică. A devenit o capcană pentru tine? Fiindcă asta-i realitatea: nimeni n-ar părăsi un copil neajutorat, dar pe un adult care știe să se descurce singur, da.

Asta am făcut? Te-am făcut să mă consideri un copil care nu avea să supraviețuiască fără tine? Aceea era strategia mea? La urma urmei, era exact tiparul pe care-l văzusem acasă. Așa că, din păcate, are logică.

Știai că nu te puteam părăsi fiindcă aveam nevoie de tine.

Știam că nu mă puteai părăsi fiindcă știai că am nevoie de tine.

Ne unea dragostea sau nevoia?

Dacă vei apărea din nou, am de gând să-ți pun această întrebare.

Puțin îmi pasă că nu-mi răspunzi tu. Mi-e de ajuns să-mi răspund singură prin fantoma ta.

Continuumul spațiu-timp al madrilenilor

„Locuiesc în centru."

După o lună de când mă mutasem, a început să-mi placă mult să spun asta. O spuneam chiar foarte convingător. Aproape cu mândrie.

Să fii madrilen are particularităţile sale.

Una dintre cele mai ciudate este că, pentru noi, totul se află la cinci minute, chiar dacă pentru a ajunge la destinaţie este nevoie să schimbi trei mijloace de transport. Alta este că toţi, inevitabil, locuim „în centru", deşi, de cele mai multe ori, asta înseamnă că locuieşti în interiorul centurii M30.

Altă particularitate şi mai ciudată, ce contravine legilor fizicii, este teoria relativităţii aplicată continuumului spaţiu-timp.

Celebrul „ajung imediat".

Implică un optimism dincolo de limita imaginabilului, aşa cum era şi cazul meu în acea dimineaţă, fiindcă stabilisem cu Aurora că ne vedem la staţia de taxi de la Hotel Palace, deşi mă aflam în celălalt capăt al cartierului şi tocmai ieşeam de la duş; aşadar, eram în apartament şi, în acelaşi timp, eram pe drum.

„Aurora, ajung imediat", am tastat într-un mesaj în timp ce alunecam cu picioarele desculţe şi încă umede pe podeaua apartamentului. Trebuie să spun că în acea dimineaţă am fost conştientă că apartamentul meu suferise anumite schimbări, cu toate că încă dormeam pe canapea. Mai întâi de toate, tablourile atârnau pe pereţi, umplându-i de culoare. Pe balcon pusesem mai multe jardiniere prinse de balustrada din fier, bineînţeles că pline de violete – despre care acum ştiam că sunt flori de umbră, aşa că înfipsesem două umbreluţe deasupra lor –, şi restul decoraţiunii consta în două scăunele pliante portocalii, pe care mi le împrumutase Olivia.

În ultima vreme, părea îngrijorată.

Mă trimitea permanent să rezolv diverse treburi şi, de fiecare dată când mă întorceam la florărie, o găseam în grădină revizuind tone de documente. De exemplu, în dimineaţa aceea mă trimisese să iau nişte seminţe de la o seră din afara oraşului – cu siguranţă, dincolo de M40, ceea ce pentru cineva care locuia „în centru" însemna să călătorească într-o galaxie foarte, foarte îndepărtată. Dar mai aveam un alt plan secret.

Cedasem presiunii mamei mele. Nu mă deranjează să o spun.

Cedasem la o serie de şantaje emoţionale sub formă de plânsete, ce-mi erau transmise prin tata, care mă întreba la fiecare două zile despre soarta rămăşiţelor tale afurisite.

În cele din urmă, hotărâsem să-ţi duc cenuşa în Cimitirul Almudena. Aveam să-i satisfac mamei această dorinţă, aveam să-mi salvez sufletul creştin şi, după ce rămăşiţele tale aveau să ajungă dincolo de o lespede dintr-o nişă, nu avea să mai existe necesitatea, nici posibilitatea de a mă îmbarca în acea călătorie pe mare lipsită de sens.

Aveam să vând vasul *Peter Pan* şi cu asta, basta.

Am vârât urna din marmură într-un rucsac. Mama ta ţi-a ales cea mai scumpă urnă şi, din păcate pentru spatele meu, cea mai grea.

Ceva demn de tine.

Nu ca mine.

Când am ajuns, taxiul Aurorei era al treilea din şirul lung de taxiuri care aşteptau la Hotel Palace. În timp ce restul şoferilor erau adunaţi în grupuleţe fumând şi trăncănind despre sindicatul lor şi despre primăriţă, Frumoasa Suferindă stătea în taxiul ei, desenând nişte schiţe sprijinită de volan: cu geamurile închise, aerul condiţionat la maximum şi uşile blocate. După părerea ei, taximetriştii erau nişte animale care nu ştiau decât să asculte Cope, să facă glumiţe masochiste la care ea refuza să participe şi s-o privească într-un fel de-i venea să se şteargă cu o cârpă.

I-am bătut în geam cu încheieturile degetelor. Ea a ridicat privirea şi a tresărit. Şi-a dus mâna la piept şi a inspirat adânc. A zis ceva ce n-am auzit şi mi-a făcut semn cu mâna să mă grăbesc. A deblocat uşile. Am urcat în maşină. Pe bord: o iconiţă cu Hristos din Medinaceli, al cărui templu se afla pe aceeaşi stradă. Mirosea a câmp. În geamul din spate erau nişte ramuri uscate de lavandă. Am scotocit prin memorie. Era floarea neîncrederii şi cea care reducea, se pare, riscul de a fi muşcat de un şarpe. M-am întrebat apoi la ce-mi folosea acea informaţie.

— Îmi pare rău, m-am scuzat şi mi-am jurat ca toată ziua să nu mai întârzii.

— Dacă aş fi ajuns să fiu prima şi venea un client, aş fi plecat, mi-a răspuns pe un ton tăios. Nu-mi pot permite să pierd o jumătate de oră, Marina. Îţi amintesc că taxiul nu e al meu.

— Chiar îmi pare rău.

Şi m-am detestat că a trebuit să repet asta, într-atât încât mi-aş fi tăiat limba dacă ar fi trebuit să o mai spun o dată.

Apoi m-am gândit să-i povestesc planul meu, ca să i se facă puţin milă de mine. Am vrut să-i mărturisesc că-ţi duceam cenuşa în spate, că aveam inima cât un purice, că voiam să plâng şi nu puteam, dar, dintr-odată, a pornit maşina şi a accelerat până la semaforul de la fântâna lui Neptun, de parcă ne-ar fi urmărit poliţia, până când a oprit cu o frână bruscă.

I-am privit ochii în oglinda retrovizoare. Erau cufundaţi în nişte cearcăne de un violet-închis şi ţinea volanul de parcă ar fi fost o mitralieră. În momentul acela, privirea ei a întâlnit-o pe a mea.

— M-a părăsit, a declarat.

Atunci s-au inundat. Ochii ei.

M-am îndreptat pe banchetă, m-am agăţat de scaunul ei şi am strâns-o de umăr. Ca de obicei, n-am ştiut ce să spun. Sau, mai bine zis, n-am îndrăznit să spun nimic. Cineva cu o teamă patologică de a fi abandonată, ca mine, şi care-l ducea în rucsac pe cel care o părăsise înţelegea foarte bine cum se simţea Aurora.

— Ştiu la ce te gândeşti, a continuat ea. Şi ce-o să-mi spuneţi toate. Că e mai bine aşa. Că nu mă merită. Că-mi făcea rău. Că mi-am pus prea multe speranţe în el. Că profita de mine. Că eram obsedată. Dar adevărul e că-mi doream din tot sufletul să funcţioneze relaţia asta, Marina. Fiindcă Maxi este o persoană care suferă la fel ca mine. Iar eu aş fi ştiut să-l fac fericit. Dar el nu vrea.

— Ce nu vrea?

A înghiţit în sec.

— Să fie fericit.

Am rămas pe gânduri în timp ce gonea pe bulevardul Castellana, prinzând toate semafoarele pe verde. Ceva neobişnuit în Madrid dacă nu cumva visezi sau eşti în luna iulie.

— Ce s-a întâmplat?

Ea a oftat. Şi-a şters o lacrimă cu un deget. Apoi a pus mâna pe volan.

— Acum vrea să avem o relaţie deschisă.

A făcut o pauză.

— Să aveţi relaţii cu alte persoane?

Şi atunci mi-a povestit că Maxi îşi uitase cu o săptămână în urmă telefonul mobil – acela pe care-l plătea Aurora – pe noptieră şi primise un mesaj.

— O târfă, a subliniat Aurora, care-i amintea ce după-amiază excitantă petrecuseră împreună trăgându-și-o. În patul meu.

Când Maxi s-a întors de la bucătărie cu o doză de bere – deşi ea îi spusese de o mie de ori că nu-i plăcea să mănânce şi să bea în dormitor –, Aurora i-a făcut reproşuri, la care el a reacţionat foarte liniştit. „Dar frumuseţea relaţiei noastre constă tocmai în faptul că nu se bazează pe sex. Că este foarte pură. N-ai spus mereu asta?“ Ea, sprijinită pe o pernă, ţinând în mână cartea de dezvoltare personală, îmbrăcată într-un tricou cu Superman în loc de pijama, n-a ştiut cum să reacţioneze. „De ce nu încerci să fii mai feminină?“, i-a spus arătând spre îmbrăcămintea ei. „Ţi-ar sta mai bine într-o cămaşă de noapte cu dantelă.“ Ea i-a privit pieptul gol şi chiloţii urâţi şi uzaţi şi și-a dat seama că nu-și dorea ca el să o atingă fără să facă duș.

A virat şi l-a privit cu ochi ucigaşi pe un motociclist care tocmai trecuse pe lângă ea.

— Dar îmi imaginez că în planurile tale nu intra să și-o tragă cu altele..., am zis.

— Spune că e obişnuit să aibă relaţii foarte deschise. Că el credea că eram amândoi de acord cu asta. Și că, cerându-i altceva, îi limitez libertatea. Că nu văd esenţa, şi anume că mă iubeşte. Și că, dacă nu-l înţeleg, înseamnă că am idei învechite. Fiindcă i-am zis că nu cred că sunt în stare să am o astfel de relaţie, m-a părăsit. Nu înţeleg nimic.

Degetele îi tremurau acum de durere.

Mi-am amintit de „bărbatul de cauciuc“ al Casandrei. Și de aceea am îndrăznit să-i spun:

— Te pune la încercare.

— Poftim?

— Te pune la încercare, Aurora. Să vadă până unde eşti în stare să ajungi. Cu alte cuvinte, cât poţi să înduri.

Ea m-a privit fără să înţeleagă.

— M-a părăsit, pricepi? a întrebat şi apoi a făcut o pauză foarte lungă. Poate are dreptate. Poate că sunt o retrogradă şi o persoană nesigură, iar dacă-mi spune că mă iubeşte, ar trebui să încetez să mai dau importanţă unui lucru atât de trivial precum faptul că se culcă cu alte femei, fiindcă vrea ca relaţia noastră să fie diferită... nu ştiu... Nu mai ştiu ce suntem. Nu mai ştiu nimic.

— Dar nu pricep... De ce voi doi să nu faceţi sex?

— Nu înţelegi... Şi-a lăsat buzele întredeschise câteva secunde. N-am făcut sex cu nimeni până acum.

— Cu nimeni? m-am mirat.

Ea a clătinat din cap.

— Sex?

Şi-a pus capul pe volan. Apoi m-a privit cu coada ochiului.

— N-am mărturisit asta nimănui. Doar lui. Şi ţie. Şi cel mai absurd e că-l alesesem pentru că...

— ...pentru că el părea să nu fie interesat, am completat-o.

Asta chiar m-a făcut să mă înfurii. Aurora era frumoasă. Poate că nu era o femeie sexy, dar era frumoasă. Părul ei scurt şi foarte negru, la fel ca ochii, contrastul cu pielea foarte deschisă la culoare... Părea o Betty Boop nemachiată.

Frumoasa Suferindă a rămas tăcută, în timp ce nişte lacrimi mari, ca acelea care se revarsă din ochii personajelor de desene animate, îi curgeau pe obraji, şi călca acceleraţia cu înverşunare ori de câte ori zărea la orizont un semafor verde, de parcă ar fi vrut ca orele să treacă tot cu aceeaşi viteză.

De ce nu ne învăţa nimeni să mâncăm cu poftă, să facem sex cu poftă, să iubim fără teamă? Asta însemna să oferi protecţie, nu ce i se întâmplase Aurorei.

M-am înfuriat pe mine însămi, dar şi pe ea şi pe toţi cei care ne făcuseră să fim aşa. Până când, ajungând la semaforul de pe strada María de Molina, înainte să intrăm pe şosea, am coborât şi m-am aşezat lângă ea. Acolo unde era locul meu firesc: pe scaunul copilotului.

Ea m-a privit epuizată.

— Uite ce e, Aurora, am început, neavând habar cum să continui, ştiu că de mult timp te dedici trup şi suflet pentru ca relaţia asta să funcţioneze, aşa încât ai ajuns să nu mai vezi dincolo de ea, dar de ce nu încerci să-i întorci spatele pentru o clipă? Te întrebi întruna ce însemni pentru el, dar te-ai întrebat vreodată ce însemni pentru tine? Ce simţi tu? Ştiu că este greu, dar de ce să nu dai glas nevoilor tale? Nu ştiu... nu e nimic rău în a-ţi ridica propriile ziduri pentru a te proteja, acelea pe care nimeni n-are voie să le treacă, fiindcă, dacă le trece, îţi face rău. Să nu-ţi fie teamă că nu vei mai fi iubită din cauza asta.

Am scos o gumă, am muşcat jumătate şi i-am dat cealaltă jumătate. Şi-a vârât-o în gură.

— Nu eşti atât de ciudată, ştii? E foarte normal ca o femeie să nu vrea ca partenerul ei să se culce cu altele, chiar dacă este doar dintr-un motiv de sănătate publică, nu contează. E vorba că pe tine asta nu te face fericită. Punct. Aşa că trebuie să te întrebi dacă el este ceea ce-ţi doreşti şi ceea ce cauţi.

Am privit-o în oglinda geamului. Am auzit-o mestecând cu furie. Lacrimile au început să-i ţâşnească din nou, cu şi mai multă năvală.

— Ştii, Marina? Întotdeauna am visat să am o familie, a zis, iar reflexia ei a zâmbit cu tristeţe. De mică am vrut să fiu mamă. Dar n-am niciodată mai mult de o mie de euro în bancă, nici mai mult de două luni un bărbat în viaţa mea. Am însă aproape patruzeci de ani. Întotdeauna m-am temut să nu sufăr. Iar Maxi a apărut în viaţa mea fără să ceară ceva. Am lăsat garda jos. Am simţit că era cineva care căuta o parteneră. Trebuie să mă hotărăsc să aleg pe cineva, altfel nu voi deveni niciodată mamă.

— Dar ce zici despre ideea de a congela? am întrebat, fără să știu prea bine dacă era o idee bună.

— Da, bineînțeles! Nesuferita de Casandra îmi spune să congelez, a spus și a dat mai tare aerul condiționat, de parcă ar fi vrut să înceapă congelarea chiar din momentul acela. Știi cât costă? Zi-mi, știi? Nu numai congelarea, ci și tratamentul.

— Nu urma să-i ceri ajutorul mamei tale?

N-a dat prioritate pe o trecere de pietoni și un cuplu a trecut îngrozit, în timp ce ne insulta din celălalt capăt.

— Ia te uită, nici n-ai zice că lucrează ca diplomat, la cât e de indiscretă! a pufnit Aurora. Mama mi-a spus că, dacă nu am fost în stare să duc o viață normală până acum, nici în stare, căci a repetat asta, să găsesc un bărbat care să-și dorească să aibă un copil cu mine sau care cel puțin să mă iubească, sigur n-aș fi în stare să cresc un copil.

Și-a dres glasul și a redus aerul condiționat.

— Apoi m-a rugat să-i promit că nu-i voi spune niciodată tatei o idee atât de ridicolă. Așa a zis.

Mașina a continuat să alunece pe străzile din ce în ce mai libere. Ea privea drept în față, cu picioarele subțiri încordate, apăsând pe accelerație. Când ne-am oprit în sfârșit la un semafor, s-a uitat la telefonul mobil, căutând un mesaj care nu sosea, apoi mi l-a dat, cu ordinul de a nu o mai lăsa să-l privească.

— Mi-a spus că voia să-și împartă viața cu mine, știi? Însă nu mi-a zis în ce fel...

A zâmbit dezgustată.

— Totul ar fi fost așa de simplu... Nici ovule în congelator, nici povești ciudate spuse părinților mei... Dar acum vine și-mi spune că-l doare că nu-i accept stilul de viață. Că vrea să simtă pentru mine ceva asemănător cu ceea ce simt eu, dar că încă nu poate. Că are nevoie de timp. Știi cât e de frustrant?

Am răsuflat. Nu, nu ştiam. Avea dreptate. Cazul meu era diametral opus. Trăisem aproape toată viaţa cu cineva care mă asigura că simţea pentru mine ceea ce eu începeam deja să presupun că nu simţea. Că se autoînşela. Şi pe care bănuiam că nici nu-l făcusem fericit. Iar în clipa aceea îl purtam într-un afurisit de rucsac ce fusese al lui ani de-a rândul.

Ironia sorţii!

— Uite ce e, i-am zis cu mâna pe inimă, cred că poţi avea legături cu oamenii în multe feluri, dar important e ca ei să te iubească aşa cum îţi doreşti. E mai simplu decât pare. El ştie ce-ţi face rău şi că te-a rănit, iar acum suferă. Şi, fiindcă este refuzat pentru prima oară, te pune la încercare spunându-ţi că pleacă. Crede-mă, sunt expertă în a detecta o constrângere…

— Dar soţul tău nu era aşa.

— Dar mama, da, Aurora. Este expertă în a face pe îndurerata când, în realitate, ea e cea care a făcut rău cuiva. E bine să te întrebi ce-i face fericiţi pe ceilalţi, dar te întrebi vreodată ce te face fericită pe tine?

Şi, în timp ce-i spuneam asta, mi-am dat seama că nu ştiam dacă eu însămi îmi pusesem acea întrebare vreodată. Şi cred că atunci i-am povestit că urma să-ţi duc cenuşa în Cimitirul Almudena tocmai fiindcă mama era neliniştită din cauza asta.

— Aşadar, nu vei face călătoria pe mare?

A părut dezamăgită.

În momentul acela i-am mărturisit că, pe de-o parte, îmi era teamă şi, pe de alta, mama nu mi-ar fi permis să fac asta. Aurora mă asculta cu atenţie în timp ce îşi mai vâra în gură câteva gume de mestecat. I-am cerut şi eu una şi am continuat: de fapt, mă căsătorisem tot ca să o ascult pe mama. Încă-mi puteam aminti vocea tatălui meu când m-a invitat la masă undeva aproape de casă şi mi-a spus: „La urma urmei, fata mea, ce mai contează? Dacă e atât de important pentru mama ta şi o entuziasmează atât de mult…"

— M-am gândit și să am un copil ca să-i fac un nepot, să nu crezi că nu mi-a trecut prin minte asta.

A rămas pe gânduri. Și, când să schimbe viteza, m-a luat de mână.

— A fost soțul tău, Marina, a spus categorică. Și, mai presus de oricine, tu va trebui să decizi ce faci cu cenușa lui. Zic și eu... Nu trebuie să asculți de părerea nimănui în privința asta.

Am știut că avea dreptate. Și era foarte simplu să asculți o voce care-ți spunea asta din afară. S-ar putea ca în momentul acela și datorită cuiva căruia tocmai îi dădusem același sfat să mă fi decis să mă îmbarc pe *Peter Pan*. Și am știut că pe mama ar fi durut-o să afle că nu-ți făcusem o înmormântare creștinească și că asta ar fi tulburat-o mult, iar pe tata l-ar fi afectat să pornesc pe marea de care ne-a protejat întotdeauna, dar niciodată n-ar fi suferit la fel ca mine dacă nu îndeplineam acea promisiune pe care ți-o făcusem ție, dar mai ales mie însămi.

Aurora a întors la primul sens giratoriu, când deja se zărea în depărtare marele zid alb în spatele căruia urma să te depozitez.

Să ne marcăm limitele. Să fie clar ceea ce permitem și ce nu. De ce era așa greu?

Cine ne făcuse așa?

Pe durata acelei călătorii cu taxiul ei mi-a povestit cum părinții săi deveniseră pentru ea un monument al căsniciei perfecte care cântărea tone întregi. Dar totul era bazat pe o minciună. Chiar și sora ei și ea, de opt și nouă ani, au fost în stare să vadă asta. Tatăl ei era un bărbat distant și strict, care respecta normele și religia și lucra într-un birou de înregistrare a brevetelor, iar mama ei făcuse pedagogia, dar nu lucrase niciodată ca dascăl. Aveau o viață ordonată, nu stârniseră niciodată bârfe, se duceau duminica la slujba de la ora douăsprezece și apoi luau masa când cu bunicii materni, când cu cei paterni, care de la unsprezece ani și până în prezent mereu le-au întrebat – pe ea și pe sora ei – doar două lucruri: dacă aveau iubiți și de ce erau așa de slăbănoage. Așa că viața fetelor se scurgea de acasă la școală și de la școală înapoi acasă, fără tulburări. Mama lor ridica mereu în slăvi capacitatea de muncă a soțului ei, care le oferise o siguranță, studii, dar le spunea și ce tată bun era. Ea își îndeplinea îndatoririle de soție ori de câte ori i se cerea și se refugia în religie și în teama ei de păcat, ca să nu-și recunoască intoleranța față de schimbările partenerului ei, oricât de mici ar fi fost.

Tatăl Aurorei, care intra în baie și descoperea că prosoapele nu erau împăturite în patru pe dulapul obișnuit. Pașii lui pe hol. Mama ei șoptind o scuză în bucătărie, în timp ce pregătea cina din ziua respectivă. Două palme care explodau în aer. O lovitură mai puternică. O mamă care a doua zi spunea, în cămașă de noapte, aproape pe întuneric, că o durea capul și le îndemna pe fete să coboare singure pentru a lua autobuzul spre școală. Și apoi în casă se așternea liniștea timp de câteva zile.

Prin urmare, când se instaura acea lege a tăcerii, micuța Aurora își spunea că era normal ce se întâmpla. Și, în treacăt, tatăl ei devenea un bărbat care-i trezea admirația pentru cât de mult muncea și pentru tot ce-i datorau ele, în loc să-i stârnească furia și rușinea dacă ar fi înfruntat realitatea. Cu Maxi părea să folosească un mecanism identic. Acela de a crea o fantezie, cum spunea Olivia, în care-i era mai ușor să trăiască. Fără să vrea, mama Aurorei semănase în fiicele ei o frică de bărbați ce provenea din propria teamă pe care i-o provoca soțul ei perfect. Dacă ar fi putut să le călugărească, ar fi făcut-o, doar ca să nu se apropie niciun bărbat de ele: le punea să țină dietă dacă se îngrășau, le tundea părul înainte să le crească prea lung, reprima orice urmă de ego și le repeta păcatele capitale ori de câte ori prindea ocazia.

S-ar putea ca Aurora să fi ales persoana cu care putea să recreeze atmosfera din copilărie: un bărbat căruia nu reuşea să-i atragă atenţia. Să fie prioritatea lui. Să-i obţină dragostea necondiţionată. Un bărbat de la care să suporte în tăcere o maltratare psihologică pentru a obţine, poate în prezent, ceea ce nu reuşise în trecut.

Atunci mi-a venit în minte o imagine, declanşată parcă de un resort perturbator al conştiinţei mele: tata, cu trăsăturile sale aspre şi privirea blândă, sărutându-mă pe frunte înainte să adorm. Şi, dintr-odată, aceeaşi secvenţă, dar cu tine, ca şi cum aţi fi fost doi actori interpretând acelaşi rol în filmul vieţii mele. Amândoi inventându-mi calităţi de care eram lipsită, ca să mă poată iubi mai mult.

Mi-a venit să vomit.

Am coborât geamul. Afară încă se simţea răcoarea dimineţii.

M-am întors să văd cum cimitirul se îndepărta de noi şi am strâns urna în braţe. „Ce fac?“, mi-am zis alinată şi, în acelaşi timp, îngrozită. „Ce tot fac?“

Am tras adânc aer în piept.

— Ştii ceva, Aurora? i-am zis după ce a terminat de povestit. Dacă eşti de acord, hai să ne facem amândouă o listă pe care s-o respectăm cu orice preţ. O vom numi „Plăcerile capitale“.

De ce nimeni nu se ocupase să le strângă laolaltă şi nu era o obligaţie a fiinţei umane să experimenteze fiecare dintre acele plăceri înainte de a muri?

Ea m-a privit cu coada ochiului, fără să piardă din vedere şoseaua.

Şi am început să o întocmim împreună, promiţându-ne că, înainte de sfârşitul anului, aveam să fi experimentat intens fiecare dintre acele plăceri, tăindu-le apoi de pe listă. Din acel moment desfrâul aveam să-l numim dorinţă; lăcomia, poftă;

zgârcenia, ambiţie; furia, descărcare; lenea, odihnă; invidia, admiraţie; şi trufia, orgoliu.

În momentul acela am primit un mesaj de la Olivia în care mă întreba unde eram. Eu şi Aurora ne-am privit complice, cred că brusc entuziasmate, găsind o nouă forţă una în cealaltă. Cu toate că nu ştiam că deciziile pe care urma să le luăm în scurt timp aveau să presupună o luptă crâncenă, pe care trebuia să o ducem singure.

„Ajung imediat“, am scris repede, în timp ce încă eram pe o autostradă plină de maşini, unele care mergeau la odihnă la mare, iar altele, venind în direcţia mea, se lăsau prinse în gaura neagră a oraşului pe timpul verii.

Târgul Broaştelor

— Prefer să fiu femeie chiar şi numai ca să port tocuri.

Aceasta era una dintre propoziţiile care făceau din Gala o reprezentantă demnă a sindromului ei.

Eu şi Olivia o văzuserăm venind de departe, mergând pe tocuri ca o echilibristă, pe trotuarul strâmt al străzii Fúcar până la Cafeneaua El Azul, numită astfel fiindcă era vopsită toată în nuanţe mediteraneene şi la a cărei fereastră devoram ceea ce Olivia calificase drept cel mai bun tort de morcovi din Madrid.

Noutăţile din acea dimineaţă fuseseră două: că Aurora şi Maxi se împăcaseră, adică el se întorsese la ea, şi că trecuse pe la florărie soţia iubitului Casandrei... întrebând de ea. Ambele evenimente ne provocaseră o mare nelinişte mie şi Oliviei.

Laura, căci aşa o chema pe soţie, intrase direct în seră, fără să se uite la pomii fructiferi sau să se prefacă interesată de altceva. Îşi strânsese părul blond într-un coc la baza cefei, purta nişte şalvari din mătase de un verde kaki, un tricou din bumbac, iar în picioare avea sandale romane. A păşit, aproape a alunecat până la tejghea şi, cu privirea ei lipsită de intenţii ascunse, m-a întrebat dacă o cunoşteam pe Casandra. „Ştiu că vine des pe aici", mi-a zis cu un zâmbet care nu mi s-a părut războinic, având în vedere circumstanţele. Apoi m-a rugat să-i transmit Casandrei că a trecut pe la florărie. „Avem o cunoştinţă comună... şi încerc să dau de ea din acest motiv."

Olivia ieşise din încăperea din spate tocmai când Laura pleca, mergând în sandalele ei de parcă ar fi avut pantofi cu tocuri, şi, înainte să treacă de uşa serei, s-a întors pentru a-i mulţumi Oliviei. Iedera pe care i-o recomandase se potrivise de minune în grădina ei. În timp ce-mi aminteam momentul care ne îngheţase sângele-n vine, mi-am dat seama că iedera era simbolul fidelităţii în căsnicie. M-am uitat la Olivia, care mărunţea bucata de tort pentru a da la o parte stafidele, şi am zâmbit cu jumătate de gură. Femeia aceea era un adevărat personaj. Şi ce personaj…

Îmi amintesc că în momentul acela la Cafeneaua El Azul se auzea „Fever", melodie pe care am fredonat-o încontinuu toată ziua, neştiind că aducea un omagiu atmosferei şi registrului în care aveam să rămânem până seara. Îmi plăcea foarte mult El Azul, fiindcă era de ajuns să trec pe acolo şi să beau o cafea ca să simt că am avut o minivacanţă: grinzile sale vechi, ventilatoarele funcţionând cu încetinitorul, pereţii din cărămidă vopsită în alb şi abajururile din sticlă suflată de culoare turcoaz te cufundau într-o reverie matinală, din care nu-ţi venea să te trezeşti. Şi apoi, cărţile. Pretutindeni. Cartierul Literelor cu siguranţă că îşi merita numele, fiindcă n-am cunoscut un alt loc unde atât de multe afaceri să expună cărţi aşa, nitam-nisam. Erau puse pe rafturile din baruri, în frizerii sau în brutării, pentru clienţii lor. Cu toate că s-ar fi putut foarte bine numi şi cartierul jazzului: pe lângă cele două mari temple ale sale, Cafeneaua Populart şi Café Central, peste tot puteai să-i asculţi pe marii muzicieni de jazz, de la micul dejun până în zorii zilei următoare.

Şi, în ritmul melodiei „Fever", Gala împingea un stativ pe roţi, plin de umeraşe cu haine pentru târg. Purta o fustă cloş albastră, asortată cu unghiile ei, şi o bluză albă descheiată exact cât să lase fantezia oricărui bărbat să-i traseze în continuare liniile trupului. Şi, fără îndoială, asta şi făceau toţi bărbaţii care întorceau capul, ca atraşi de un magnet, când treceau pe lângă ea.

În sâmbăta aceea participam pentru prima dată la Târgul Broaştelor[1], târgul cu de toate din cartierul nostru. Pe atunci credeam că era un eveniment unic, nu că se repeta în prima sâmbătă din fiecare lună, ca într-un ciclu lunar. În dimineaţa aceea am dat o raită pe străzi, în timp ce magazinele treceau printr-un proces de hibridizare. Galeriile, barurile, frizeriile şi magazinele de îmbrăcăminte erau decorate în mod diferit, profitând de intervalul de o zi ce le permitea să aşeze mese mici pe porţiunea lor de trotuar şi să vândă alte articole decât cele obişnuite: Brown Bear Bakery, ce se afla exact sub apartamentul unde locuia Gala, vindea discuri printre plăcintele sale, la frizerie se cumpărau bijuterii şi prăjiturele, iar la galeria Blancăi Soto aveau să se vândă, pe lângă tablouri, şi flori. Întregul cartier era pe străzi, cufundat într-un fel de sinestezie enormă, indiferent dacă era frig sau cald. Acea atmosferă de târg şi de libertate mi s-a părut contagioasă.

Galeria se afla dincolo de CaixaForum. Ideea era să o umplem de plante care să se potrivească cu expoziţia momentului: tablourile lui Kiddy Citny, artistul cunoscut drept pictorul Zidului Berlinului.

Dar, în plus, eu şi Olivia aveam un plan: să-i ducem şi alte flori, cele pictate din tablourile Aurorei. Bineînţeles, artista nu era la curent, pentru a evita un eventual boicot din partea ei.

Când Gala a ajuns la noi, nici nu ne-a salutat bine, că a şi scos telefonul mobil cu un zâmbet lacom şi a spus doar atât: „Asta am mâncat la micul dejun".

Din telefonul ei s-a auzit o voce şi mai dulce decât prăjitura noastră, melodioasă, masculină, ce putea să cânte un bolero.

---

[1] Târgul Broaştelor (Mercado de las Ranas) din Madrid îşi datorează numele Străzii Broaştelor, fostul nume al străzii Lope de Vega (n. tr.).

„Ești conștientă cât e de plăcut să te mângâi?", șoptea. „Ai asupra unui bărbat efectul de a-l face să vrea să rămână pentru totdeauna pe pielea ta." A schițat un zâmbet aproape virginal și a început să-și împletească iar și iar coada lungă și blondă. Olivia scutura concentrată firimiturile de tort de pe masă.

Gala dispăruse timp de o săptămână. Chiar și francezul ei de la Renault trecuse pe la florărie să-i cumpere niște iriși și să întrebe de ea. Nu primise niciun semn de la ea zile întregi, zisese cu o expresie de copil părăsit la poarta unei școli. Gala intrase în salonul de înfrumusețare Corta Cabezas[1] – chiar așa se numea, vorbesc serios – ca să-și facă un tratament de hidratare pentru părul ei lung și practic nu mai plecase de acolo. Stilistul, un columbian îmbrăcat ca un personaj din *Matrix*, îi adresase un zâmbet privind-o în oglindă, un zâmbet dintr-acelea cu gropițe în obraji, și n-a fost nevoie să-i spună decât: „Relaxează-te, o să te răsfăț". Timp de două ore, mâinile miraculoase ale acelui bărbat au masat capul Galei, au hidratat fiecare fir de păr lung și auriu, i-au încadrat chipul cu un breton tineresc și, mai târziu, au coborât pe gâtul ei alb pentru a-l relaxa. I-au masat picioarele înmuiate, le-au cufundat într-o baie de petale de trandafiri, i-au pilit și lustruit unghiile. Sesiunea de răsfăț a continuat în casa acelui înger. Un apartament minunat deasupra Cafenelei Érase Una Vez, una dintre preferatele ei, aceea chiar invadată de cărți.

„Ești conștientă de calitățile tale?", a întrebat-o retoric în timp ce o dezbrăca de parcă ar fi desfăcut o caramea și o întindea pe patul lui. „Plăcută la atingere. Numai bună de iubit..." Gala nici măcar n-a trebuit să deschidă gura pentru a spune ceva, nici să pregătească vreo strategie, nici lumânărele parfumate și aromaterapie pentru a-și primi amantul. L-a lăsat pe el să acționeze.

---

[1] „Taie capete" (în spaniolă, în original) (n. tr.).

Fiindcă necunoscutul acela descoperise secretul Galei, care nu voia să i se ofere trei orgasme, nici o erecţie de o oră şi jumătate. Gala trebuia mângâiată precum o pisică. Ca să nu plece, ca să-şi dorească să rămână, ca să-şi dorească să se întoarcă. Şi asta a şi făcut. În timp ce ea se gândea la altceva, el i-a mângâiat tot corpul, absorbit de minunatul ei mod de a-l ignora.

— Acum nu mă pot gândi decât la spatele tău. Ştii ce efect provoacă asupra mea spatele tău? şoptea, delectându-se cu fiecare centimetru al pielii ei. Eşti conştientă de puterea zâmbetului tău? Iluminează totul în jur. Când te priveam prin oglindă în timp ce-ţi atingeam părul mă gândeam: ce-mi place de ea cum zâmbeşte. Şi n-am mai văzut nimic altceva. Dacă ştiam ce urma să se întâmple, te-aş fi răpit mult mai devreme de la salon. Ca să mă cufund între picioarele tale, să te sorb.

Şi apoi a decis să deguste şi rodul mângâierilor sale.

Blonda a oprit înregistrarea, iar eu am înghiţit brusc ceea ce mai rămăsese din tort şi am început să mănânc din stafidele pe care Olivia le strânsese într-un colţ al farfuriei. Am privit-o pe Gala. Cum îşi muşca o buză, cum se sprijinea de masă cu ambele mâini, cu spatele arcuit şi coapsele încordate din cauza amintirii.

— Dac-ar şti bărbaţii... a comentat Olivia după ce i-a auzit povestea.

— Ce să ştie? a întrebat Galateea.

— Dacă ar şti că pentru noi... cel mai bun amant din lume este cel care după aceea ne scarpină pe spate!

Toate trei am izbucnit în râs.

— Aşadar, directorul tău de la Renault a devenit istorie... cum îl chema? am întrebat.

— André... iar pe acesta îl cheamă Andrés.

— Ce bine, în felul ăsta nu ne zăpăcim, s-a bucurat Olivia, făcându-şi vânt cu un evantai.

Gala s-a strâmbat zeflemitor, s-a ridicat în capul oaselor și și-a trecut mâna peste hainele care atârnau pe umerașe, de parcă ar fi fost o harfă. Mi s-a părut, mai mult decât oricând, o ființă mitologică.

— Știți ce mi-a spus când a plecat?

Olivia s-a ridicat și a lăsat câteva monede pe masă.

— Te-a întrebat dacă-l lași să se îmbrace odată.

Ea a strâmbat din nasul cârn.

— Nu. Mi-a zis: „Te-am găsit liberă și te voi lăsa liberă..." A oftat. Cred că e bărbatul vieții mele!

— Ce tot spui? E bărbatul vieții oricărei femei! am adăugat. Îți face pedichiura!

Și după acea declarație, care a fost foarte apreciată de prietenele mele, ne-am îndreptat spre galerie evitând tarabe cu antichități și mobilier de designer, până am ajuns pe strada Almadén. Pavajul fusese acoperit cu autocolante înfățișând niște broaște multicolore, ce alcătuiau o cărare amfibiană până la localul Blancăi Soto. Când am intrat, ea stătea în spatele calculatorului cu una dintre asistentele sale, o japoneză cu păr lung și lins, cu aspect de dansatoare, care termina de făcut lista operelor expuse.

— Dar ce surpriză plăcută! a exclamat patroana galeriei când a văzut-o pe Olivia.

Cele două femei s-au îmbrățișat strâns.

— Dar știai că venim, Blanca, a răspuns cealaltă, amuzată.

— Ah, lasă-mă să fiu surprinsă de ceea ce este evident. În felul acesta, totul mă entuziasmează mai mult.

La Blanca îți atrăgea atenția mai întâi zâmbetul și apoi corpul ei mărunțel, elegant, al cărui stil era simplitatea. Purta o cămașă din mătase de culoarea plumbului, niște pantaloni negri și era cocoțată pe pantofi cu toc de aceeași culoare, cu talpa argintie.

— Ce pandantiv minunat! a exclamat Gala examinându-l.

Și mie îmi atrăsese atenția: două inele din oțel ce păreau topite unul în altul. De parcă i-ar fi transformat trupul într-o altă galerie de lux, ce expunea acea sculptură.

— Este al unuia dintre artiștii mei, a adăugat mândră. Nu este grozav? Mai sunt și altele înăuntru. Trebuie să le vindem pe toate! Oamenii ăștia trebuie să câștige și ei un ban!

Era brunetă, amuzantă, cu niște ochi închiși la culoare care emanau o energie aproape solară. Blanca Soto era recunoscută ca fiind zâna cea bună a marilor artiști spanioli din generația tânără. Un adevărat „vânător de talente", care se zbătea să le ofere vizibilitate în spațiul ei și în afara granițelor noastre. De aceea Olivia voia cu orice preț ca ea să vadă tablourile Frumoasei noastre Suferinde.

— Uite, Blanca, ea este Marina. Noua mea asistentă.

Ea s-a arătat afectuoasă, a spus că auzise vorbindu-se mult despre mine și mi-a admirat îmbrăcămintea. O salopetă din in cam safari, cu un imprimeu cu margarete galbene foarte specifice anilor șaizeci. Din câte-mi amintesc, în acea săptămână am încetat definitiv să mai fiu discretă.

Am așezat stativul cu hainele Galei la intrare și în interiorul galeriei am început să atârnăm o iasomie cățărătoare, floarea senzualității, care, în vreo două ore, a transformat pereții într-o grădină verticală. Ideea era să creăm o versiune în miniatură a aceleia care atârna la intrarea în CaixaForum și care, când treceam, mereu ne hipnotiza pe mine și pe Olivia. O adevărată instalație din care țâșneau nudurile pline de culoare ale expoziției lui Kiddy Citny: „Naturi vii". Aproape toate erau femei, contururile lor trasate cu linii rapide și pline de mișcare prevesteau trupuri goale, zburătoare, pe fonduri în culori vii. Altele erau portrete ale unor femei care purtau coroane. Triumfătoare. Zâmbitoare. Senzuale.

Am ieşit din galerie şi de-o parte şi de alta a acesteia am aşezat cu grijă acuarelele prietenei noastre, ca un act de deschidere, o anticameră de flori care ar fi putut foarte bine să fie cumpărate de toate acele femei pe care le inventase pictorul german când încă era prins de Cortina de Fier. Aurora nu venise. Maxi se întorsese acasă, aşa că era concentrată asupra relaţiei sale, să o facă „să funcţioneze".

Când patroana galeriei de artă a ieşit, m-a găsit în mijlocul străzii, cu una dintre operele Aurorei în mână, transformată parcă într-un şevalet.

— Îţi place tabloul acela? m-a întrebat în timp ce-mi oferea un pahar.

— Da, i-am răspuns fără să şovăi. De fapt, îmi place atât de mult, încât tocmai am renunţat la el. Până acum îl aveam la mine acasă.

Ea a ridicat bărbia, interesată, şi-a încrucişat braţele, gânditoare, şi s-a lovit de câteva ori în bărbie cu pixul.

— Atunci de ce vrei să-l vindem? a vrut să ştie.

— Pentru că este bun, am asigurat-o. Iar pentru artistă este mai important să-l vândă decât să-l ţină atârnat pe peretele din apartamentul meu.

Ea m-a privit gânditoare.

— Crezi? s-a mirat. Dar de ce-ai spune că-ţi place?

L-am observat cu atenţie, stând în mijlocul străzii lipsite de maşini.

— Pentru că sunt flori fictive. Sunt naturi inventate.

Blanca a păşit printre florile Aurorei, care erau aşezate pe jos, oprindu-se din când în când, cu pas de procesiune.

— Ar fi un titlu bun pentru o expoziţie: „Natură inventată", a spus ca pentru sine şi apoi s-a uitat din nou la tabloul meu. Îţi propun ceva: păstrează-l. Şi spune-i artistei că l-am cumpărat eu. Ţi-l dăruiesc. În felul acesta împuşcăm doi iepuri dintr-o lovitură: ea vinde tabloul şi noi două ne asigurăm că-l va avea cineva care-l preţuieşte atât de mult ca tine.

M-a cuprins o bucurie neaşteptată, pe care n-am putut să o disimulez, şi am îmbrăţişat-o. Ea mi-a făcut cu ochiul şi i-a lipit un autocolant roşu şi rotund într-un colţ, indicând că era vândut.

Apoi am văzut că Olivia mă observa de la uşă cu o atitudine asemănătoare cu mândria.

— Ce plan minunat avem azi! a exclamat Blanca în timp ce scotea afară nişte scaune pliante colorate. Numai fete în galerie... O să fie foarte distractiv. Sunt cam plictisită de atâta testosteron.

O oră mai târziu, când terminam de aşezat totul, a apărut însuşi Kiddy Citny. Un bărbat înalt, cu unul dintre acele cranii care arătau mai bine fără păr, cu o privire inteligentă şi avidă de experienţe. Când a văzut-o pe Olivia, i-a cuprins faţa cu ambele mâini şi a sărutat-o pe obraz ca un vechi prieten. La New York se văzuseră ultima oară, a spus, trezindu-mi curiozitatea de a afla ce căutase Olivia acolo; fără îndoială, nu se dusese să vândă flori. Ea mi l-a prezentat pe pictor şi am străbătut împreună galeria, tablou cu tablou, în timp ce el se mira de ideea noastră de a-i face operele să se ivească din iasomia urcătoare şi-mi povestea cum se hotărâse să picteze pe Zidul Berlinului, pentru a colora o lume cenuşie.

Mi-a explicat că aceea era reacţia lui împotriva lipsei de speranţă. Berlinezii din Est se trezeau cu acele chipuri uriaşe pline de culoare care le zâmbeau din simbolul captivităţii lor, purtând veşminte colorate şi coroane, cu inimi imense şi trupuri frumoase în permanentă mişcare. După căderea Zidului, opera lui fusese fragmentată şi răspândită pe planetă, la fel şi numele lui Kiddy, care acum picta pe pânză şi avea expoziţii în întreaga lume. N-am putut să mă abţin şi l-am întrebat dacă îi era dor să picteze pe zid.

El mi-a răspuns doar cu un zâmbet melancolic.

Era deja aproape ora prânzului când, după ce pictorul a plecat, am reuşit să ne aşezăm să bem o sangria cu vin alb inventată de Olivia, băutură pe care mai târziu aveam să o botezăm „cocktailul Molotov", şi începeam să ne simţim ameţite de mirosul încântător al iasomiei.

Şi stăteam acolo, aliniate de-o parte şi de alta a intrării, ca la sate, uitându-ne cum trecea viaţa: Gala îi arăta Blancăi filmarea cu ultima ei cucerire, iar Olivia îşi zornăia brăţările foarte fine din argint făcându-şi vânt cu evantaiul, în timp ce-mi citea câteva dintre părerile criticilor despre expoziţie. Purta o cămaşă albă cu dantele specifice Ibizei, o pereche de pantaloni verzi şi o pălărie ce imita nişte petale albe. Ansamblul o făcea să pară o margaretă uriaşă.

Şi-a apropiat de urechea mea buzele subţiri şi roşii.

— Doar eu am observat că Gala e foarte entuziasmată de această idilă?

— Crezi?

Observasem şi eu.

Cert e că strâmba din nas când vorbea despre el. Nu mai văzusem niciodată asta. Olivia şi-a ascuns chipul în spatele ziarului şi a subliniat că, în plus, Gala mânca dulciuri toată ziua.

Am rămas pe gânduri. Avea dreptate. Nicio referire la dietele ei, nici la şoldurile ei, nici la legea nedreaptă a gravitaţiei care, după părerea ei, începea să facă să-i cadă obrajii. Dimpotrivă, tocmai ne spusese că următoarea ei întâlnire urma să fie la Ouh Babbo, restaurantul preferat al Galei, unde era dovedit empiric că pizza albă cu trufe este afrodiziacă.

Amândouă ne-am uitat bănuitoare la ea. Pălăvrăgea întruna şi analiza mesajele aproape sintactic, iar şi iar, legănându-se în scaun, până când Olivia a făcut o biluţă din ziar şi a încercat să o vâre în băutura blondei, care a protestat energic.

— Eu şi Marina ziceam că..., a început Olivia să spună. Se pare că bărbatul ăsta ţi-a atras atenţia.

Blanca a sorbit din sangria ei şi ne-a privit complice.

— Insinuaţi că Gala cea integră urmează să cadă în plasă?

Vikinga încerca să prindă, fără succes, o felie de măr dintre bucăţile de gheaţă din paharul ei.

— Păi... La urma urmei, mie îmi place sexul. Doar mă cunoaşteţi, s-a apărat pe un ton glumeţ, ceea ce a făcut-o pe patroana galeriei să clipească uimită. Nu vreau drame. Nici gelozii. Nu vreau să fiu salvată de mine însămi. Nici angajamente. Astea-s pentru altele. Vreau doar un bărbat care să fie liber şi căruia să-i placă sexul la fel ca mie. Nu cred că sunt prea pretenţioasă.

— Cu ce-ai zis că se ocupă? am întrebat.

Și da, era o întrebare-capcană.

Ea a zâmbit din nou, înclinând capul într-o parte.

— Este frizer! s-a impacientat, dar apoi glasul i s-a îmblânzit din nou. Și spune că, atunci când este cu mine, e un descoperitor de izvoare. Un căutător de apă. Și de aceea a ştiut imediat că trupul meu este un izvor de plăcere. Zice că-i provoc „sete". Dacă l-aţi fi văzut! Apoi l-am citit goi pe Apollinaire. *Cele unsprezece mii de vergi.* Avea volumul în bibliotecă! Și când te gândeşti că se vorbeşte despre nu ştiu ce roman erotic nou apărut. Prin comparaţie, astea-s poveşti pentru copii! În timp ce citeam, mi-a spus că avea să caute apă în gura mea, între picioarele mele.

Și a sorbit zgomotos cu un pai ce-i mai rămăsese din băutură.

Olivia a ridicat dintr-o sprânceană. „Un descoperitor de izvoare...", a repetat. „Da, un descoperitor de izvoare", a răspuns Blanca, ridicând şi ea dintr-o sprânceană, iar eu mă uitam întruna la Gala. La noua lumină pe care o emana. La felul cum obţinea plăcere din amintirea plăcerii, surprinsă şi în acelaşi timp emoţionată.

— Păi, cred că va trebui să-ţi cer cu împrumut câteva opere ale lui Apollinaire, am zis în cele din urmă.

Asta a stârnit râsete ce s-au aliat cu mirosul de iasomie şi au atras atenţia câtorva clienţi.

În momentul acela am văzut-o pe Victoria alergând pe stradă în nişte blugi foarte scurţi, care-i lăsau la vedere picioarele atletice, cu o coadă de cal, pantofi sport şi un tricou pe care scria „Trouble Maker". O adevărată declaraţie de intenţii, a fost de părere Gala când a văzut-o. Dar nici nu se compara cu declaraţia pe care avea s-o facă după ce a intrat.

Victoria şi-a recăpătat răsuflarea, iar chipul ei afişa o mulţumire absolută.

— Fetelor, am descoperit supunerea, a spus oprindu-se în faţa noastră cu mâinile în şolduri.

Ne-am uitat la ea cu ochii cât cepele. Şi-a dat la o parte bretonul suflând în sus.

— Am descoperit că nu-mi place să poruncesc în pat, a continuat convinsă. E adevărat! Toată ziua dau ordine. E genial că în dreptunghiul cu cearşafuri nu e aşa. Unde e Casandra? Trebuie să-i povestesc.

— Dar ce se întâmplă azi? a exclamat Gala, oferindu-i un pahar.

— Aţi ajuns la vârsta de patruzeci de ani, a tras concluzia Olivia, ridicându-şi paharul.

Şi, când a strigat „Viaţa este o sarcină urgentă!", toate am toastat cu acea sangria cu vin alb, despre care tocmai aflasem că putea ameţi şi mai tare decât cea cu vin roşu.

În ultimele două săptămâni urmăriserăm cu interes cum lua naştere idila dintre Francisco şi Victoria. De când au început să se întâlnească, Olivia le lăsa cheile de la seră o dată pe săptămână şi petreceau câteva ore împreună, dezlănţuindu-se în încăperea din spate pe salteaua japoneză pe care ne făceam siesta, pentru a respira împreună polenizările florilor şi a aburi şi mai mult geamurile.

Desigur, locul acela era mult mai sigur decât să fie văzuţi intrând împreună într-un hotel.

Şi, poate tocmai pentru că ştiam ce se întâmpla acolo, marţi dimineaţa mi se părea că simţeam un miros dulceag, precum al unei flori ce tocmai se deschide, dar care nu corespundea niciuneia din seră. Pentru mine, era mirosul acelei pasiuni noi.

— Ce-ţi mai prieşte arheologul, dragă! Îţi străluceşte pielea... a observat Olivia.

Victoria a izbucnit în râs.

— Sunt mai puţin stresată, a răspuns răvăşindu-şi părul.

— Ce-i drept, el pare mai obosit, a râs Gala.

— Şi cu capul în nori, am adăugat.

Şi atunci m-am apucat să povestesc printre râsete cum vineri, când Francisco venise să lase mesajul sub formă de floare pentru amanta lui, a uitat pe tejghea şi nişte dosare cu documente. Şi, cum nu ştiam ale cui erau, le deschisesem. Păreau desene de copaci, cu indicaţii numerice la rezoluţie pe scară. De asemenea, unele documente vechi scanate. Asta a părut să o intereseze foarte mult pe Olivia.

— De ce nu mi-ai spus până acum? Nu cred că le-a uitat. Poate că sunt pentru mine, m-a avertizat cu voce joasă şi m-a rugat să nu i le înapoiez până nu verifica dacă era ceva ce „i se cuvenea".

Îmi amintesc că mi s-a părut ciudat acel comentariu şi am văzut cum îi apărea din nou pe frunte singurul rid ce i se desena când era preocupată.

Cu atâta sex în atmosferă, conversaţia din acea după-amiază a cotit-o în direcţia amanţilor. Pentru Gala, condiţia ideală era clandestinitate. O garanţie, potrivit blondei, că nu avea să o bată nimeni la cap.

— Prefer să-mi înfierbânte patul, a adăugat hotărâtă.

— Dar chiar şi-aşa se ajunge mereu la încercarea lor de a-ţi pune pe deget un inel, i-am zis.

— Închipuie-ţi ce-ar fi dacă i-aş lăsa! S-ar instala la mine acasă, aşa cum păţeşte sărmana Aurora!

În momentul acela a intrat în galerie un cuplu. Nu se distingea bine care era tipul şi care tipa, fiindcă amândoi aveau părul scurt şi bretonul pieptănat identic şi dat în aceeaşi parte. În plus, fiecare ducea la subraţ un buldog pitic.

— Dar descoperitorul tău de izvoare nu e însurat, nu-i aşa?

Gala a strâmbat din nas. Acum chiar am văzut clar asta.

— Ca să încetez să mai vânez, tipul trebuie să...

— Să te cucerească, a trântit Olivia. Trebuie să te facă să te îndrăgosteşti de el.

Gala a izbucnit într-un râs exagerat. Unul dintre asexuaţii cu breton şi-a iţit capul şi a vrut să ştie ce flori erau acelea care miroseau atât de bine. Olivia s-a ridicat şi s-a oferit să le pregătească un buchețel.

La rândul ei, Victoria, care trimitea întruna mesaje pe telefonul mobil, era de părere că, dacă exista dragoste adevărată, simţeai nevoia să-ţi imparţi viaţa cu persoana iubită. Având în vedere circumstanţele, comentariul ei nu a trecut neobservat pe lângă noi.

— Un partener, a spus cu toată convingerea. Care să împartă cu pasiune viaţa alături de tine.

Pe Olivia, care contrar tuturor aşteptărilor ne asculta dinăuntru, a părut să o scandalizeze conversaţia noastră. A scos capul.

— Dar chiar sunteţi rigide, a fost de părere în timp ce aranja buchetul. Amanţii n-au nicio treabă cu clandestinitatea. Aici e vorba despre atitudine.

De ce ne încăpăţânam să ne separăm atât de mult sentimentele? a mai spus. Un amant putea fi clandestin, dar de unde și până unde amantul nu putea să fie și partenerul tău de viaţă? bombănea în timp ce, în spatele ei, cele două clone încuviinţau de parcă ar fi urmat o coregrafie. Între timp, eu decupam părerile criticilor despre expoziţie, pe care i le dădeam Blancăi și pe care ea le punea într-un dosar.

Acel comentariu a părut să o amuze pe Gala.

— Sunt de acord, dar, la urma urmei, cel mai important pentru o pereche este să se placă foarte mult, a decretat ea. Simplu ca bună ziua. Cred că este o reacţie animalică. Natura comandă. Ne detectăm perechea. O adulmecăm. Știţi că sărutul este o modalitate de a-l analiza pe celălalt?

— Ca o analiză de sânge? a întrebat Victoria, scârbită.

Cam așa, a continuat blonda în timp ce mângâia unul din buldogi, care hotărâse să-i exemplifice povestea lingându-i picioarele albe și renascentiste. Era un mod de a mirosi și de a savura compatibilitatea celuilalt cu tine. Posibilele tale patologii. De aceea pe unele persoane ne vine să le sărutăm întruna. Și apoi, după analiza asta, fiindcă suntem fiinţe umane, căutăm o compatibilitate emoţională, intelectuală...

— Bunicii mei încă făceau sex la optzeci de ani, a zis și a zâmbit cu tandreţe. Era emoţionant. Mai mult, într-o zi, eu și mama am găsit prezervative pe noptiera lor.

Până și câinele a părut surprins și a privit-o îndrăzneţ. Și eu mi-am ridicat privirea din ziar.

— Asta înseamnă să ai un spirit liber, restul sunt prostii..., am dat verdictul.

— După părerea mea, sexul este ca un sistem de operare, a fost de părere Victoria. Dacă n-ai același sistem, nu ești compatibil.

— Foarte romantic, miss Gates, a ironizat-o Gala.

Atunci Olivia a ieşit din galerie, escortată de cele două clone, fiecare cu câte un buchețel de iasomie.

— Asta-mi aminteşte de o teorie foarte simpatică a unui psihiatru pe care l-am cunoscut.

A făcut o pauză pentru a crea suspans şi clonele şi-au luat rămas-bun oarecum intrigate.

— Şi ce spune? am întrebat în timp ce urmăream pe perete traseul unei salamandre.

Deşi i-am pus acea întrebare, cert este că nu ne era niciodată clar dacă acele teorii erau ale gânditorilor şi oamenilor de ştiință pe care-i cita sau le inventa ea. Însă ne amuzau atât de mult, încât nici nu mai conta. Dar mărturisesc că acum, îmbarcată deja în călătoria mea, mi-ar plăcea să ştiu cu certitudine dacă măcar una dintre poveştile ei era adevărată. Acum că-i cunosc secretul.

Restul după-amiezii s-a transformat într-una dintre acele seri vindecătoare în care aerul părea să aibă mai mult oxigen. Olivia ne-a expus atunci teoria ei despre dragoste şi m-a făcut să mă întreb ce fuseserăm noi doi, Óscar. Ce fuseserăm noi doi?

Presupunând că avea să ne prindă noaptea, am făcut o bisericuță în interiorul galeriei, cu luminile estompate şi uşile din fier deschise, ca să intre răcoarea de afară.

Îmi amintesc că m-am simțit fericită. Dintr-odată, totul mirosea a culori şi a natură.

Teoria persoanelor sută la sută compatibile

Cred că la scurt timp după ziua petrecută la galerie am citit un articol de Luis Rojas Marcos în care se afirmă că spanioloaicele sunt pe locul trei în topul celor mai longevive femei din lume. Iar cel mai distractiv şi mai şocant este că, potrivit raţionamentului autorului, lucrul acesta se datorează faptului că vorbim mult. Dacă teoria ar fi adevărată şi am ţine cont de cât am vorbit doar în acele zile, acum toate cinci ar trebui să fim practic nemuritoare. Psihiatrul argumenta că, atunci când ne exprimăm, ne exteriorizăm sentimentele cu ajutorul cuvintelor. Altfel spus, viaţa noastră lungă se datorează extrovertirii noastre: o terapie pentru a ne activa sistemele de apărare şi pentru a îndura adversităţile. Când am citit acel articol mi-am amintit imediat de ziua şi de noaptea de la galerie, dar şi de multe altele care au urmat. Fiindcă au fost, literalmente, o infuzie de viaţă. Înainte eu nu fusesem aşa, dar, după cum spune Rojas Marcos, „a te lăsa dus de val, a exprima ceea ce simţi şi a găsi pe cineva care să recepteze şi să-ţi răspundă" a fost modul meu de a renaşte.

De a renaşte asumându-mi viaţa, trebuie să adaug. Căci, dacă-mi era ceva clar după ce am auzit teoria Oliviei, acel lucru era ceea ce fuseserăm noi doi, încă de la început.

— Este un alt mod de a explica ceea ce unele culturi numesc „suflet-pereche", a zis Olivia în timp ce ne îndreptam spre interiorul galeriei.

— Să nu-mi spui că măreața Olivia crede că fiecare are „jumătatea“ lui, a râs Victoria.

— Nu e o teorie nouă, a întrerupt-o Blanca. În Orient se spune că există un fir roșu care, potrivit tradiției chineze, este legat de degetele mici de la mâinile a două persoane care umblă prin lume. Cum era, Li? a întrebat-o pe asistenta sa, care a încuviințat cu chipul luminat de ecranul laptopului său.

Fata s-a întors pe banchetă.

— Da. De când se nasc, cele două persoane merg pe urmele acelui fir, încercând să se întâlnească, a explicat cu o voce de copil și un accent atât de cizelat, încât era greu să o înțelegi. Nu reușesc întotdeauna, dar tind să se întâlnească, precum cei doi poli ai unui magnet.

Și-a alăturat degetele mici.

— Există o persoană care, conform budismului, încearcă să te întâlnească în viața asta și în viețile următoare și lângă care sufletul tău se va desăvârși, pentru a atinge următoarea reincarnare: aurul alchimiștilor, yin și yang.

— Ce frumos... a șoptit Gala.

— Ai grijă, că deja te apropii de limitele ridicolului, am râs de ea.

Li a zâmbit și s-a întors din nou cu spatele, cu privirea fixată asupra ecranului.

Dar persoanele sută la sută compatibile nu erau în esență suflete-pereche, a continuat Olivia în timp ce strângea tablourile Aurorei și le aranja cu grijă în interiorul galeriei, ci se asemănau în foarte multe aspecte, majoritatea trăsături de caracter: optimism, vitalitate, felul de a iubi, iar diferențele dintre ele erau complementare.

Gala, care strângea hainele nevândute, se întreba acum cu îngrijorare dacă nu cumva întâlnise deja pe cineva sută la sută compatibil cu ea, dar nici măcar nu vorbiseră, din cauza mulțimii de amanți pe care îi avusese. Asta ar fi fost o porcărie!

Chiar în momentul acela, un bărbat atrăgător cu barbă grizonantă, care împingea o bicicletă a Primăriei, a dat să intre în galerie, dar Blanca i-a spus politicos că era închisă.

Apoi s-a întors spre noi şi a zis în zeflemea: „Ia stai aşa... dacă e El?"

A stârnit câteva râsete comentariul patroanei galeriei, care a glumit spunând că ar fi trebuit să alerge după el pe stradă şi să-l roage să se întoarcă, în caz că avea legat de degetul mic un capăt al firului roşu destinat vreuneia dintre cele care eram prezente.

Olivia a desprins o ramură de iasomie şi a început să o răsucească, făcând din ea un fel de coroană. Poate că era posibil... şi-a continuat raţionamentul, să-ţi găseşti jumătatea şi să nu o recunoşti la prima vedere, dar era de acord cu Gala că, în acele cazuri, natura prevăzuse unele mecanisme de detectare. Desigur, dacă două persoane sută la sută compatibile nu se detectau clar, asta se întâmpla fiindcă era ceva care le strica radarul. Victoria a adăugat oftând:

— Precum stresul, alţi parteneri, presiunea socială, copiii şi soacrele, ca să dăm un exemplu?...

— Te înfurii... a spus Olivia şi a rămas pe gânduri în timp ce termina coroana. Când îţi dai seama că ceea ce te îndepărtează de acea posibilitate este doar teama... şi nu o poţi învinge.

Gala şi-a dezlipit cămaşa de pe piele. Şi-a răsucit coada de parcă ar fi vrut să o stoarcă.

— E adevărat că uneori întâlneşti un bărbat şi vrei să-l ţii aproape cu orice preţ, deşi la început nu ştii de ce.

Olivia s-a apropiat de Victoria şi i-a pus coroana de flori pe cap. Ea a oftat uitându-se la telefonul mobil şi n-am ştiut dacă verifica ora pentru a se întoarce „la realitatea" de acasă sau căuta un mesaj care nu sosea de la amantul ei. Apoi a ridicat privirea.

— Aşa că aceasta este formula: Nu este 1 + 1 = 2, ci 1 x 1 = 1 la pătrat.

— Acum chiar m-ai atins la inimă... a râs Gala de lângă ușă, din spatele unui munte de haine.

Totuși, m-am gândit că nu ar fi putut să explice într-un mod mai clar: temperamentele nu se adunau, ci își înmulțeau puterile, făcând să descrească slăbiciunile lor, ajutându-se să se redescopere și dezvoltându-și rezistențele... era o teorie simpatică, m-am gândit în timp ce clăteam paharele și i le dădeam Blancăi ca să le pună la locul lor.

Am rămas toate o vreme în tăcere, cu siguranță trecând mental în revistă amanți și soți, prieteni, aventuri furtive de o zi, cunoscuți, colegi de bancă, profesori, vecini, medicul care se ocupase de noi când avuseserăm vreo urgență, farmacistul, taximetristul cu care ne-am întâlnit în mod ciudat de mai multe ori, până și călătorul cu care ne întâlneam de obicei în metrou și cu care n-am schimbat niciodată un cuvânt, și totuși zeci de priviri furișe... Și probabil toate ne-am întrebat în acele minute în ce măsură putea să fie oricare dintre acei bărbați un posibil sută la sută compatibil în viețile noastre.

Poate de aceea, puțin mai târziu, am îndrăznit să o întreb pe Victoria cum este să ai amant. Era frumoasă și diferită, cu picioarele ei atletice la vedere, pantalonii scurți tăiați cu foarfeca, tricoul care avertiza că era dispusă să stârnească probleme și coroana aceea cu mireasmă erotică. Pe când celelalte erau înăuntru și făceau inventarul la ceea ce vânduseră, am găsit-o pe Victoria cufundată în gânduri la intrarea în galerie, stând pe unul dintre cele două scaune pliante pe care trebuia să le ducem înapoi în grădină. Când i-am pus întrebarea, și-a mângâiat brațul gol ca și cum ar fi simțit un fior. M-am așezat lângă ea.

— Păi... este ca și cum ai avea o oază de carne, de sărutări, de piele... unde tot ce contează este să obții și să oferi plăcere.

Buzele i-au rămas întredeschise și a căutat semiluna portocalie care plutea deasupra acoperișurilor.

— Iar lumea din afară se opreşte. Fiindcă toate cele cinci simţuri ale tale sunt ocupate cu trupul celuilalt. Mirosul lui. Felul în care te priveşte. Înseamnă să-ţi dai frâu liber fanteziilor şi să îndrăzneşti să-ţi imaginezi altele noi.

Am ascultat-o aproape fără să respir. Ea mi-a atins amuzată genunchiul.

— Dar tu n-ai avut niciodată un amant în toţi acei ani?

Ideea ei m-a făcut să râd.

— Nu. Eu nu, am recunoscut.

Fidelitatea mea mă făcea să mă simt mândră. Existaseră ocazii, i-am mărturisit privind găurile din asfalt, dar... era ca şi cum relaţia mea cu Óscar m-ar fi adormit în privinţa asta. Trupurile noastre nu comunicau. Asta-i tot. N-am ştiut prea bine cum să-i explic şi totuşi am simţit că m-a înţeles.

— De la un anumit punct nici măcar nu-mi dădeam seama când un bărbat mă privea în felul acela, am rezumat.

Victoria a încuviinţat. La vârsta ei, se redescoperea ca femeie cu Francisco. Erau atâtea lucruri pe care nu le cunoştea în ceea ce o privea... a recunoscut şi şi-a frecat din nou braţele, de parcă tocmai i-ar fi simţit atingerea.

— Problema este că... a spus şi a rămas pe gânduri în timp ce se apropia puţin de mine, căutând intimitatea. Problema este că, atunci când suntem îmbrăţişaţi şi goi, mă întreb de ce ne este din ce în ce mai greu să ne dezlipim, să părăsim acea oază şi să revenim în lumea reală.

— Şi de unde ştii că aceea nu este „lumea reală“ şi că nu cumva cealaltă este cea falsă? a întrerupt-o Olivia.

S-a aşternut o tăcere lungă. Salamandra hoinărea acum în interior printre florile căţărătoare şi tablouri, în timp ce Olivia şi Blanca încercau să o prindă, fiecare înarmată cu un pahar.

— Şi crezi că Francisco este persoana sută la sută compatibilă cu tine? am întrebat-o pe Victoria.

M-a privit în ochi. Un cuplu de oameni îmbrăţişaţi a trecut pe stradă. O bătrână în halat, plictisită, ieşise pe balcon să se răcorească, la etajul unu, cu o potaie la picioarele sale. În spatele ei se zărea cineva stând într-un fotoliu luminat de lumina unui televizor.

— Încă nu ştiu, dar mi-e clar că Pablo nu este.

Cred că acel comentariu m-a surprins, nu fiindcă nu credeam că s-ar fi gândit la aşa ceva, ci pentru că nu credeam că era în stare să-l exprime în cuvinte.

Am privit-o cu afecţiune. Atât de multă fericire contopită cu atât de multă nedumerire.

— Presupun că e trist să-ţi dai seama de asta, am spus. Ai doi copii cu el.

— Crezi? a intervenit Olivia, care ne auzise, urcată pe un taburet şi stând la pândă în caz că se mişca reptila ascunsă printre frunze. Trist ar fi să nu-şi fi dat seama. O relaţie care a apărut în viaţa ei n-are de ce să fie un eşec. Copiii aceia sunt un eşec?

Victoria s-a întors spre mine, oarecum contrariată de intervenţia Oliviei.

— Tu crezi că Óscar era sufletul tău pereche? m-a întrebat, punând degetul pe rană.

N-am ştiut ce să-i răspund. Sau n-am vrut să aud în momentul acela. Cert este că nu mi-a plăcut că mi-a pus întrebarea aceea afurisită.

Am auzit-o amândouă pe Olivia exclamând ceva ininteligibil şi salamandra s-a strecurat în paharul din sticlă. A ieşit din galerie şi ne-a privit foarte mândră. Venise momentul să o ducă înapoi în natură.

N-am putut să mă abţin. În seara aceea m-am gândit mult la tine. La noi. Deoarece, conform acelei teorii pe cât de ştiinţifice, pe atât de emoţionante, noi doi n-am fi avut o compatibilitate mai mare de treizeci la sută. Asta era partea urâtă a poveştii. Nu, eu nu simţisem cum trupul meu atrăgea alt trup într-un mod atât de instinctiv şi cum totul se precipita armonios, urmând coduri neînvăţate. Nu, eu nu simţisem dorinţa ta de a mă atinge, de a mă simţi, nici că întâlnirea cu mine ţi-ar fi provocat acea fericire instinctivă. Pură. Plăcerea.

Fericirea, la urma urmei.

Şi ce era fericirea?

Te făceam fericit?

Cred că ultima întrebare am rostit-o cu voce tare, fiindcă Olivia m-a privit uimită.

— Şi tu crezi că fericirea trebuia să ţi-o dea el sau invers? Nu ştiu... nu mi-e foarte clar dacă fericirea ţi-o poate da altcineva în afară de propria persoană.

— Cu asta sunt de acord. Nici măcar copiii. Ei mă fac doar să învăţ multe lucruri, a mărturisit Victoria. Pentru ei, totul este mult mai simplu. În loc să-şi pună întrebări cu privire la concepte atât de mari precum fericirea, „ce mă face mai fericit", „cine mă face mai fericit", se întreabă „ce-mi place să mă joc cel mai mult", „cu cine-mi place cel mai mult să mă joc" şi gata!

Lumea raţională a adulţilor este foarte complicată, m-am gândit în timp ce strângeam scaunele, la fel şi modul ei de a ne îndepărta de emoţiile pure. Dintr-un motiv foarte simplu: emoţiile nu sunt trecute prin filtrul raţiunii; îi spusesem deja asta Victoriei în ziua aceea când încerca să-şi dea seama ce simţea pentru Francisco.

Am rămas pe gânduri. Poate că în felul acesta, redevenind copii, aveam să găsim un răspuns rapid la aproape toate întrebările.

Cu cine îmi plăcea cel mai mult să mă joc? Am încercat să-mi pun acea întrebare reformulată. Şi, brusc, mi-am dat seama de ceva îngrozitor: nici aşa nu puteam să-mi răspund.

Fiindcă nu mai aveam pe nimeni cu care să mă joc. Fiindcă uitasem să mă joc.

Am simţit un nod în piept, care s-a dizolvat puţin când Gala a început să vorbească despre teoria amuzantă a unui fizician cu care avusese o scurtă aventură vara trecută.

Se aflau acasă la Gala, era iarnă, ea pusese peste tot lumânările cu aromă de ceai şi căldura era dată la maximum. Era un bărbat cu mâini curate, mişcări studiate şi aparent autocontrol, pe care nu-şi permitea să-l piardă decât între cearşafurile doamnei potrivite. Când s-a prăbuşit peste ea, transpirat, cu părul răvăşit şi după o partidă de sex memorabilă, a asigurat-o că, dacă s-ar putea capta energia eliberată când doi îndrăgostiţi făceau sex, ar echivala cu o bombă în stare să dărâme din temelii o clădire cu două etaje.

— Şi vă mai spun ceva, a încheiat vikinga. Nici măcar nu eram îndrăgostiţi, dar în acea zi am fi putut să luminăm tot cartierul.

Aşa de intens fusese orgasmul pe care-l avusese.

Le-am observat cu admiraţie. Ceva am înţeles clar din acele serate de complicitate cromozomială, şi anume că noi, femeile, puteam iubi în multe feluri: unele sufereau ca Aurora, altele fugeau de iubire precum Casandra, iar altele pariau pe regăsirea pasiunii, precum Victoria, sau luptau pentru a nu o pierde, precum Gala. Dar merita să o trăieşti, după cum spunea Olivia. Persoana care întâlnise dragostea avea totul, ne-a asigurat ea. Şi apropo: cine ştia cum iubea Olivia?

Am privit-o în timp ce împacheta cu delicateţe tablourile Aurorei: la cei şaizeci şi ceva de ani luminoşi, în cămaşa ei albă cu broderie, cu trupul subţire, cu puţinele riduri încadrându-i ochii de un turcoaz strălucitor, cu părul portocaliu din filmele color din anii patruzeci, cu gesturile cumpătate ale mâinilor obişnuite să aibă de-a face cu fragilitatea florilor şi a persoanelor care veneau să le cumpere.

Pe cine iubise oare Olivia?

Fiindcă sigur fusese iubită. Nici nu se putea altfel. Cineva care nu iubise nu putea să spună fraze precum „dragostea este o boală atunci când o pierzi și un remediu atunci când o ai".

Când mai aveam puțin și terminam de strâns lucrurile, iar câinii din cartier urlau în cor, Victoria s-a apropiat de mine și m-a luat de braț. Voia să-mi ceară iertare că mă întrebase despre sentimentele mele pentru soțul meu. Nu avea niciun drept, mi-a zis, să mă împingă să-mi pun întrebări acum, când el nu mai era. I-am repetat că nu era nicio problemă, n-am recunoscut cât de mult mă usturase acea întrebare.

— Știi? a spus. Uneori mă întreb de când mă tot iluzionez în privința lui Pablo. Iar asta mă sperie.

— Poate că deja nu mai contează.

M-am apărat și, dintr-odată, m-am simțit cam agresivă.

Dar nu, pentru ea nu era totuna, iar eu o înțelegeam foarte bine, fiindcă o îngrozea posibilitatea de a fi clădit pe scheletul soțului ei un bărbat inventat, care, oricât de bun partener și tată ar fi fost, după părerea ei nu era decât douăzeci la sută compatibil cu ea. Și acum, când îl cunoscuse pe Francisco, în sfârșit putea să vadă asta.

— Pot să te întreb de ce el?

Buzele i-au rămas întredeschise câteva secunde. Apoi a zâmbit nostalgică.

— Fiindcă este singurul bărbat care a îndrăznit să-mi spună că mă iubește. Și care m-a făcut să simt asta.

Nimic nu se compară cu o relație în care totul este imposibil, pentru a constata puterea inevitabilului, a mai spus. Și trebuie avut în vedere că, de când îl cunoscuse, nu făcuse altceva decât să-l pună la încercare, să se convingă singură că nu avea voie, că nu era posibil. Și, cu toate acestea, erau în continuare împreună și din ce în ce mai uniți, dărâmând ziduri.

— Vicky. Am privit-o în ochi. Pot să-ţi spun Vicky?

Ea a încuviinţat.

— Nu mă pricep să dau sfaturi, dar... ai încredere în tine. Căci altfel, în cine să ai încredere?

Am tăcut amândouă. Fiindcă în momentul acela îmi era clar că mi se întâmplase exact invers. Cred că tu, Óscar, ai clădit peste mine însuşiri care nu existau sau care poate n-au existat niciodată şi te-ai încăpăţânat să mă schimb ori să te schimbi tu, doar ca să nu înfrunţi vina de a mă părăsi. Şi m-am întrebat pentru prima oară, aşa cum mă întreb acum în largul mării şi cum voi întreba fantoma ta când o voi vedea: ce s-ar fi întâmplat dacă n-ai fi murit? Dacă am fi continuat împreună doar pentru a ne demonstra că relaţia noastră „dura". În concluzie, aş fi preferat ca tu să mă fi trădat decât să te fi înşelat singur.

Am ridicat paharul fără să spun vreun cuvânt şi Victoria a ciocnit cu mine. Cred că am toastat pentru două pierderi: pentru soţul ei viu şi pentru al meu mort.

Blanca a încuiat ceremonios poarta din fier a galeriei şi, după ce a fluturat din mână cu aceeaşi graţie cu care cineva îşi ia rămas-bun de la o ambarcaţiune, a coborât pe strada Almadén plutind pe tocurile ei şi întrebându-se, râzând fără încetare, unde naiba îşi lăsase maşina.

Nimeni nu ne ajuta să facem distincţia între următoarele concepte: dragoste, obişnuinţă, nevoie, dependenţă şi obsesie... Asta îi spunea Gala Oliviei în timp ce urcam pe aceeaşi stradă, cu balcoanele ei decorate cu mici mori de vânt nemişcate în jardiniere şi butelii de gaz care aproape că ar fi putut fi vândute în magazinele de antichităţi aflate la parterul clădirilor. Obişnuinţa dintre Quintanar şi Regenta nu era iubire, spunea blonda căutând mental în lecturile sale; nevoia *versus* obsesia lui Humbert Humbert pentru Lolita nu era iubire; dependenţa din *Amantul* de Marguerite Duras nu era iubire. Dar Natura, cu majuscule, nu se înşela cu una, cu două.

Trecând pe strada San Pedro, Gala a ridicat pe furiş privirea spre etajul doi al unei clădiri unde, cu o zi în urmă, petrecuse două dintre cele mai emoţionante ore din viaţa ei. Dar a făcut pe dura şi nu a apăsat pe sonerie. Ne-am continuat drumul în tăcere, însoţite de cârâitul unor păsări nocturne, până când, ajungând pe strada Huertas, Olivia s-a oprit brusc în mijlocul străzii ţinându-se de stativul cu haine, iar umeraşele goale au improvizat o melodie izbindu-se unele de altele. Și-a desprins pentru prima dată părul lung şi portocaliu, care i-a căzut pe umeri, de parcă avea să fie protagonista unui flashback.

— Ştiţi, dragelor, mi-e dor… a spus dând încetişor din cap. De-aia trebuie să o trăieşti dacă se întâmplă minunea. Se simte aici. Și-a dus mâna la piept. Este foarte uşor să-ţi dai seama. Acea presiune intermitentă în acelaşi loc în care budiştii situează chakra emoţiilor. Acea usturime pe care o simţi când nu poţi să fii cu persoana iubită sau când există riscul de a o pierde şi care nu se vindecă decât atunci când ai aproape fiinţa dragă sau când ştii că nu se va îndepărta prea mult.

Cred că toate am gândit la fel când am auzit-o vorbind aşa. Și cred că toate am vrut să ştim de cine-şi amintea. Dar numai una, după cum am constatat ulterior, cunoştea povestea pe care Olivia o lăsase nespusă atât de mult timp.

Gala şi-a întins braţele, cu privirea visătoare, şi a spus cu un oftat: „Asta numeau romanticii durerea inimii“, apoi a repetat: durerea inimii… Victoria mergea la mică distanţă în spatele ei, căscând din când în când şi lipită de telefon: „Doamne, în ce mă bag“, am auzit-o spunând. „Oare acest proces o fi reversibil?“, la care Olivia, apropiindu-se de ea, a răspuns:

— Spune-mi tu, draga mea. Te-ai putea bucura de un spectacol prost după ce ai văzut unul foarte bun?

— Nu, a răspuns Gala în locul ei, din colţul străzii. Ai putea doar să te conformezi.

— Te urăsc, ştiai? a spus informaticiana suflându-şi bretonul de pe frunte.

Şi am continuat să mergem pe stradă în sus.

În timpul acelei plimbări în grup pe strada Huertas spre Grădina Îngerului, pe când localurile închideau la trecerea noastră, am auzit-o şi pe Victoria revenind la „sindromul omnipotentei" printr-unul dintre monologurile sale particulare, trecând de la o extremă la alta: trebuia să fie în stare să controleze acea situaţie, să vegheze asupra fericirii familiei sale, dar în acelaşi timp... cum să ajungă acasă, să lase jaluzelele şi să uite de lumina pe care o văzuse în exterior? Cum avea să-l părăsească pe Francisco? Mirosul lui... Să nu-l mai sărute, să nu mai simtă ce simţea când era cu el. Să nu mai stea în braţele lui.

Iar eu, în timp ce o auzeam, fiind la doi paşi de ea, simţeam că era o aberaţie ceea ce spunea. Fiindcă în cazul Victoriei avusese loc miracolul. Era foarte probabil ca persoanele sută la sută compatibile să se fi întâlnit. Să se fi simţit. Avuseseră chiar noroc şi puteau să constate ceea ce erau în stare să-şi provoace unul altuia. Recunoscuse că inventase un Pablo fictiv pornind de la cel real. În noaptea aceea avea să se ducă să se întindă lângă el, cu laptopul deschis pe genunchi, şi să lucreze până adormea. A doua zi avea să-i ducă pe copii acasă la Andrea, soacra ei, iar aceasta avea să o întâmpine în halat, amintindu-i că arăta rău, că muncea prea mult şi că nu în felul acela – fără să precizeze care – se educau copiii. Apropo... Dar Pablo când avea de gând să vină s-o vadă? Sărmanul ei fiu... cât muncea... Apoi Victoria avea să urce din nou în maşină, muşcându-şi încă limba, avea să dea muzica foarte tare şi să înceapă să cânte, sfârşind prin a ţipa tare, iar când, în sfârşit, avea să se liniştească, urma să-şi deschidă agenda, din care avea să-i cadă pe genunchi o floare de gutui presată.

După ce ne-am luat la revedere la poarta grădinii noastre, ne-am dus toate la culcare, păstrând în minte conversaţia din acea seară. Apoi am aflat că niciuna nu a reuşit să doarmă, iar, dacă a reuşit, asta nu s-a întâmplat în dormitorul ei. Gala şi-a petrecut noaptea stând de veghe în balansoarul din terasa ei, înconjurată de irişii pe care hotărâse să-i ia acasă şi de fantomele amanţilor ei, din ce în ce mai enervante; Olivia a adormit pe salteaua din încăperea din spatele serei în timp ce revizuia tone de hârtii; Casandra, după ce i-a dat nişte vitamine orhideei sale ca să-şi păstreze culoarea albastră, a stat trează ca să se uite pentru a mia oară la *Podurile din Madison County* şi tot pentru a mia oară a ajuns să plângă şi să o facă proastă şi laşă pe sărmana Meryl Streep; Victoria s-a prăbuşit pe masa din bucătărie, unde se aşezase un moment ca să pregătească micul dejun pentru a doua zi, şi s-a trezit în zori; ceva o împiedicase pe Aurora să se vâre în pat cu Maxi, aşa că se ghemuise în fotoliu în timp ce contempla silueta femeii care se conturase printre petele de pe pânza ei. Iar eu... fiindcă despachetasem, în sfârşit, urna ta şi nu ştiam ce să fac cu ea, după ce i-am căutat un loc pe masa din sufragerie, după ce am încercat să o pun într-un dulap din bucătărie şi în spatele perdelei de la cada din baie, am decis să o aşez pe noptiera din dormitor. Aşa că, în mod sigur, n-aveam să dorm acolo. Am zâmbit iritată faţă de mine însămi: aveai din nou propria cameră, iar eu nu. Aşa stăteau lucrurile. Cel puţin, deocamdată.

Mi-am udat bine violetele, am pornit ventilatorul din sufragerie, m-am întins pe canapea şi, ca în fiecare noapte, mi-am pus una dintre acele perne indiene incomode sub cap. Lumina portocalie a lunii iulie intra prin balcon. Am închis ochii.

Să înfrunţi teama şi incertitudinea şi, mai ales, să înfrunţi schimbarea şi acel zid foarte gros şi înalt numit „vină". Compatibilitate trupească, psihică sau în ceea ce priveşte atitudinea faţă de viaţă; vieţi trecute, reincarnări, fire roşii... orice explicaţie era valabilă, dacă aveam nevoie de vreuna, sau poate că erau valabile toate, dacă aveam nevoie de multe, pentru a constata un singur fapt: că în noaptea aceea descoperisem că niciodată nu fusesem îndrăgostită până peste cap. Nici de tine. Şi probabil că nici tu de mine.

Ţineam la tine?

Mult. Foarte mult. Şi poate că era de-ajuns. Pentru tine era, se pare. Dar pentru mine?

Un vechi proverb pe care Olivia îl rosteşte des spune că „atunci când simţi nu gândeşti, iar când gândeşti nu simţi". Mi se pare ironic că, în societatea noastră raţionalistă pe care tu o apărai cu orice preţ şi care preţuieşte mai mult gândirea decât sentimentele, am fost obligaţi să uităm că, în momentele cele mai critice, supravieţuirea depinde întotdeauna de instinct şi de emoţii.

Fără să-mi dau seama şi, de asemenea, de ce să nu recunosc, mulţumită ţie... călătoria mea pe *Peter Pan* avea să-mi trezească atât instinctul, cât şi emoţiile.

Ziua 5

Orizontul tău și povârnișul meu

Nu voi uita niciodată privirea plină de mândrie a Oliviei când i-a spus Victoriei că era una dintre cele mai curajoase persoane pe care le cunoscuse.

Recunoscuse că iubea.

Și, în sfârșit, se lăsase pradă iubirii.

În momentul acela, mi-am dorit să merit să mă privească și pe mine așa vreodată.

„Nu e ușor să te îndepărtezi de fericirea măruntă pentru a căuta fericirea deplină", i-a spus. Și, ce-i drept, e un salt foarte mare. Unul pe care n-am vrut niciodată să-l fac. Niciodată n-am putut să mă desprind de un trapez, de teamă că nu mă voi putea agăța de următorul și că voi cădea în gol. Așa că, pentru orice eventualitate, am ales întotdeauna să nu sar.

Astăzi nu-mi arde de metafore. În după-amiaza asta mi-ar plăcea să mă agăț de un clișeu și să spun că marea este albastră și că valurile ei, când se agită, par niște norișori albi. Dar, trecând pe lângă Salobreña, marea a devenit o supă clocotind. Vârtejurile se izbesc între ele, venind din toate punctele cardinale, iar *Peter Pan* se leagănă la dreapta și la stânga, la proră și la pupă, ca un vas pentru preparat cocktailuri. Vântul a șuierat toată noaptea, ca niște strigăte polifonice de femeie. M-am bucurat foarte mult că nu sunt bărbat. Dacă aş fi fost, acele sunete m-ar fi târât până în adâncul mării, fără îndoială.

Conform calculelor programului pe care l-a făcut Victoria, aceea trebuie să fie coasta Granadei. Salobreña continuă să se înalţe. Există un loc bun de ancoraj între Punta Velilla şi Almuñécar. Portul Marina del Este e mic şi e greu să intri în el, dar este foarte protejat în caz de furtună. E o opţiune. Însă prefer să nu ancorez în port. Dacă aş face asta, aş sări din barcă pe pământ şi nu m-aş mai urca în ea. Sunt conştientă de asta.

Ştii? Continuă să mă surprindă faptul că lumea pare aceeaşi chiar şi fără tine. Casele sunt în continuare albe, iar ierburile verzi şi înalte de pe coastă se află tot la locul lor. Însă nu se zăresc persoane, nici maşini pe autostradă, nici vilegiaturişti, nici pescăruşi.

Adevărul e că azi am înaintat: de la Capul Sacratif am lăsat la tribord Castell de Ferro şi Calahonda. Toată ziua am fost îngrijorată la gândul că trebuie să trec prin Portul Motril. Amintirea cargoboturilor imense mă îngrozeşte. Acolo chiar se simte criza. În alte vremuri, comercianţii s-ar fi apropiat de coastă pentru a intra în port, piloţii ar fi ieşit din strâmtoare pentru a le înlesni manevra, velierele ar fi alunecat de-a lungul geamandurilor, la nivelul apei, ca nişte păsări preistorice uriaşe.

— Azi vântul bate dinspre vest, Mari. Uită-te la măsurător, indică aproape douăzeci de noduri. Vântul dinspre răsărit încetează când se lasă seara, dar nu uita că cel dinspre vest nu se opreşte niciodată, continuă să se intensifice, ar fi bine să...

— Măi, să fie! te întrerup eu. Aşadar, te-ai întors.

Mă priveşti de parcă ar fi ceva evident. Ai aceleaşi haine. Cele cu care am îmbrăcat fantoma ta, de parcă ar fi păpuşa mea. Poate că aşa te văd mai frumos. Mă întreb cât de mult seamănă cu tine fantasma şi, mai ales, cât timp a existat acea fantasmă cu mine când erai în viaţă.

— Sunt tot acolo. Cargoboturile. Ai grijă cu ele, să nu cumva să se mişte, mă avertizezi cu un zâmbet liniştit.

Bine. Mă întorc şi da, iată-le acolo. Marile cargoboturi dormind în port. Cu siguranţă, lipsite de combustibil. Plutesc pe suprafaţa apei ca nişte cutii goale. Mareea puternică din timpul nopţii se pare că a îngrămădit navele de pescuit în partea de est a portului şi una dintre ele zace lipită de dig. Puţin mai încolo se văd nişte ace albe înfipte în munte, morile nemişcate îi dau înfăţişarea unei perniţe de ace uriaşe.

Mai departe se poate vedea clar Sierra Nevada. Recunosc masivul după singurii doi gheţari care încă există pe vârfurile cele mai înalte, luptând să nu se topească. Totuşi, acum coasta este cea care pare ninsă, fiindcă strălucesc de-a lungul ei serele placate cu alb, ca nişte uniforme.

Te privesc cum te sprijini în spatele cârmei, în lumina chihlimbarie a serii, în timp ce verifici nivelul motorinei, direcţia și viteza vântului. Apoi privirea ţi se pierde în zare, ca de obicei.

Orizontul tău. Calculezi până unde trebuie să ajungem azi.

Orizontul acela unde ai decis să ajungem amândoi.

Adevărul este că voiam să te mai văd o dată după ce mi-am amintit de seara de la galerie, cu mărturisirile și teoriile despre dragoste. Sau, mai bine zis, să te simt. Să verific că simt.

Îmi întorc faţa ca să caut vântul. Și-mi îndrept nasul spre el, de parcă aş fi o busolă.

— În dimineaţa asta bate dinspre est. Este vântul de la răsărit.

— Foarte bine, răspunzi în spatele meu, iar când mă întorc, te văd zâmbind cu o ceaşcă goală în mână. Iar asta înseamnă că...

— Că va sufla, te întrerup, și va creşte până când soarele va fi sus pe cer, dar și că va începe să scadă odată cu lăsarea nopţii.

— Excelent! exclami, cred că mai bucuros decât dacă ai fi fost real.

Este o zi mai mult sau mai puţin previzibilă. Vântul cald dinspre sud-est îmi mângâie obrajii. Marea ţese valuri mici cu creste albe, pe care reuşesc să le urmăresc cu privirea în cursa lor nebunească până pe coastă.

— Vrei? te întreb ridicând ceainicul.

Răspunzi cu o mişcare înceată a capului.

— Nu. Nu mai beau ceai, răspunzi.

Şi-ţi duci la buze ceaşca goală, de parcă ai simţi o plăcere nouă şi imensă în a sorbi vântul.

Îmi aduc aminte când m-ai învăţat să navighez.

Ştiam că pentru tine era important să împărtăşim pasiunea asta. Îţi plăcea să mă vezi înfăşurând parâmele cu mâinile mele mici şi harnice de felină, te fascina sprinteneala cu care păşeam pe covertă şi ai descoperit că aveam o privire foarte ageră, ceea ce era foarte util pentru echipajul unei nave. „Ce e aia, Mari? O barcă, sau o geamandură?" Atunci îmi făceam apariţia la tambuchiul de la proră ca un popândău, mijeam ochii până aproape mi se lipeau genele şi te asiguram: „O barcă, Óscar, este o barcă, şi are plasă de pescuit în spate".

Iar tu mă observai cu admiraţie, ce-i drept, precum cel care descoperă o fiinţă magică, şi mă întrebai, de data asta în glumă: „Şi ce fumează marinarul?" Iar eu îţi făceam mereu jocul: „Nu fumează, mestecă tutun şi are un neg enorm între ochi".

Astfel de vorbe dulci mă făceau să râd. Erau cele mai tandre momente ale noastre. Te vedeam fericit, iar asta mă făcea şi pe mine fericită. Potrivit Oliviei, asta făcea parte din modul meu pervers de a iubi. Să aştept fericirea de la alţii, în loc să mi-o caut singură.

Eram fericită pentru că, dintr-odată, mă simţeam utilă pe vasul *Peter Pan* şi pentru tine. Aveam sarcina importantă de a te anunţa când „drumul era liber" sau când „urma o coliziune", chiar şi cu o plasă de pescuit, nu neapărat cu un iceberg. Totuşi, tu ai fost cel care a prevăzut ciocnirea frontală dintre noi şi chiar ai exprimat asta în termeni maritimi într-o seară de vară: „Vreau să navighez cu tine tot restul vieţii", mi-ai spus. Până atunci fuseseşi prietenul meu din verile copilăriei. Hotărârea ta mi-a conferit siguranţă. M-am simţit protejată. Te iubeam mult. De ce să mai caut?

Din cine ştie ce motiv, în timp ce mă gândeam la toate astea, ai dispărut.

Oare amintirea ta o fi având acces la amintirile mele?

Poate că te-au deranjat gândurile mele. Brusc, o rafală de vânt îmi aduce din nou mirosul de iasomie. Şi mă întreb de ce am stat atât de mult timp împreună dacă era clar că nu ne vedeam ca un cuplu. Îmi mai dau seama că nu ţi-am pus întrebarea pe care voiam să ţi-o adresez.

Te-ai gândit vreodată să mă părăseşti?

Şi, atât în cazul în care răspunsul este da, cât şi dacă este nu: de ce n-ai făcut-o?

Mă lungesc pe covertă şi apoi mă ghemuiesc în poziţie fetală. E ciudat, fiindcă din această poziţie orizontul încetează să pară că se află la capătul privirii.

Cred că-l voi numi „povârniş".

Brusc, lumea se împarte în stânga şi în dreapta, în loc de în sus şi în jos. Un perete de apă la stânga şi cerul la dreapta, fără puncte de sprijin, nici de sosire, un infinit fără scăpare, dar şi un unic şi mare punct de evadare. Vreau ca ochii să mi se strecoare prin acea crăpătură, dar, dintr-odată, simt o ameţeală şi privirea mi se înceţoşează. Pun palmele pe punte şi mă străduiesc să-mi recapăt echilibrul. Mi-e greu să respir.

Îmi duc o mână între picioare. Mă mângâi. Încerc să mă calmez şi, de asemenea, să te introduc în fantezia mea, ca şi cum ar fi ultima oară, dar nu-mi reușește. Apoi mi-l imaginez pe polițistul care face rondul în Grădina Îngerului, chiar și pe Francisco! Îl șterg imediat din mintea mea, care încă nu găsește acel bărbat la care visează corpul meu. În cele din urmă, îl introduc în scenă pe Brais, saxofonistul pe care mi l-a prezentat Gala în seara de la Café Central. Și da, funcționează. Mă ridic de parcă m-ar ridica amantul meu și mă așez pe covertă cu picioarele desfăcute, lăsându-mă violată de atacurile vântului. Îmi linge gâtul și spune: „Aici ești suficient de sărată". Pe buzele lui sună mult mai verosimil. Vântul îmi face pielea să freamăte, transformat în mii de mâini, devenite acum mâinile lui. „Vino, urcă-te aici", îmi zice. Și mă așez călare pe coverta navei, pe care acum am transformat-o în corpul lui tolănit, lăptos și subțire. Buzele lui groase, având aceeași culoare ca restul pielii, ochii lui cenușii, părul strălucitor, lins, lung și desfăcut, ca de indian apaș. Mă țin strâns de cele două parâme ale balustradei, ca și cum aș trage de frâiele unui armăsar în galop. Simt stropii valurilor pe picioarele mele, salivându-mi-le. Vântul îmi flutură părul. „Acum, frumoaso, dă-ți frâu liber. Destinde-ți șoldurile și urmează mișcările valurilor. Relaxează-ți brațele și spatele. Galopează." Și îmi caut plăcerea, ca în noaptea aceea al cărei secret îl păstrez de prea mult timp.

Ziua dinainte de ziua de după

Când auzi „ziua de după“, presupui întotdeauna că este vorba despre un „după“ ceva important: ziua de după un examen, ziua de după o catastrofă, ziua de după ce te-ai culcat cu cineva pentru prima oară, dar în cazul acesta a fost „ziua de după“ un „accident amoros“ cu amantul căsătorit. Aceea a fost „ziua de după“ a Casandrei, cea definitivă pentru relaţia sa şi prima din noua ei viaţă. Cu timpul, aproape că avea să ajungă la concluzia că pilula aceea „de a doua zi“ pe care a cerut-o la spital, la urgenţe, a avut de fapt efecte asupra creierului ei, fiindcă, dintr-odată, ceva a făcut clic în interiorul ei şi i-a permis să vadă ceea ce înainte nu putea. Cert este că îi simţisem lipsa la galerie, căci nu ne răspundea la mesaje, aşa că eu şi Victoria am presupus nu numai că nu terminase relaţia cu bărbatul de cauciuc, ci şi că în momentele acelea se dezlănţuia cu el în apartamentul său ce dădea spre grădina botanică.

Când a sunat era ora 12 şi stabiliserăm să ne vedem la Grădina Îngerului, ca să ne continuăm cursul de căpitan de vas pe care se încăpăţâna să-l învăţ pe de rost. I-am simţit vocea plânsă. Era o dovadă de slăbiciune ciudată la ea. O cunoşteam de aproape două luni, dar deja puteam să spun clar când superwoman a noastră încerca să-şi ascundă durerea.

Am rămas şocată când am văzut-o. Olivia încă nu sosise. Plecase, la fel ca alte dăţi, cu coşul mare plin cu mâncare şi cu o pungă de la farmacie, şi mi-a spus că se ducea să rezolve o treabă. Încercam să cercetez schimbările suferite de micul nostru intrus ce stătea în continuare agăţat de orhideea în care hotărâse să-şi realizeze metamorfoza. Aspectul său era mai cafeniu şi mai dur, ca şi cum coaja s-ar fi uscat. O adevărată manevră de distragere a atenţiei pentru a disimula agitaţia internă a acelei fiinţe mici şi ocupate cu miracolul ei.

Casandra a intrat ca o fantomă. Nu ştiu de cât timp stătea acolo, ştiu doar că era palidă şi că avea părul murdar. Purta un costum cu sacou negru, ce se asorta cu cearcănele ei, şi atât de mototolit, încât s-ar fi zis că dormise îmbrăcată cu el. Geanta Chanel îi atârna într-o mână. În cealaltă ţinea telefonul mobil.

Am tresărit. Mi-am dus mâna la piept.

— De când eşti acolo?

Ea m-a privit epuizată şi a zis doar atât: „Nu ştiu".

Acum, când ne amintim acea dimineaţă, amândouă suntem sigure că a fost clipa în care Casandra a avut parte de propriul proces de transformare în crisalidă.

E ciudat cum un eveniment întâmplător îţi poate trezi uneori un instinct animalic. O reacţie în lanţ.

I-am sugerat să închidem puţin florăria şi să mergem să bem o cafea. Am coborât pe strada Huertas până am ajuns pe strada del León şi am intrat la Brown Bear Bakery. Am sugerat să o sunăm pe Gala, să vedem dacă voia să coboare, dar Casandrei nu i s-a părut o idee bună. Am căutat o măsuţă retrasă în salonul decorat ca în anii şaptezeci ce părea casa unei bunici şi, înconjurate de palmieri de ciocolată, brioşe uriaşe şi fursecuri, m-am gândit că, orice i s-ar fi întâmplat prietenei mele, dacă vorbea despre asta avea să se mai liniştească puţin.

— Ce-ai păţit? am întrebat-o luând-o de mână, care era rece, în ciuda căldurii sufocante din dimineaţa aceea.

— Mai bine zis ce n-am pățit, Marina, și ce nu mi se va întâmpla niciodată.

Și, aparent, doar aparent, ceea ce i se întâmplase Casandrei era ceva foarte obișnuit, chiar dacă ea, având în vedere obsesia sa pentru control, a catalogat episodul ca fiind ceva adolescentin și inadmisibil.

Seara de dinainte și-o petrecuse cu amantul ei, cam lipsită de chef, după spusele ei. Bărbatul de cauciuc se comportase din nou ca de obicei, „acum înaintez, acum dau înapoi", până când a reușit să-și recupereze prada: aproape purtându-se tandru, aproape spunându-i că o iubea, aproape sugerând că era îndrăgostit de ea. Aproape.

Casandrei, care era mai tradiționalistă decât Gala și Victoria în ceea ce privește sexul, îi era greu să fie dezinhibată, dar cu bărbatul acela se străduise mai mult decât oricând. Deși, sinceră să fiu, îmi scăpa ceva când încercam să înțeleg motivele reale ale acelei obsesii. Mi-a mărturisit că totul se schimbase din ziua în care l-a văzut cu familia lui. Îi era greu să se excite când era cu el. Chestia este că, lipsit de sex ceva mai mult timp, Íñigo era înfierbântat, iar în noaptea în care Casandra a cedat, din cauza frecării excesive, prezervativul dispăruse brusc în interiorul ei în cel mai nepotrivit moment. La început, amândoi au luat-o ca pe o glumă, iar Casandra, încercând să ascundă faptul că un astfel de accident era o tragedie pentru o femeie ca ea, care voia să controleze totul, a vrut să-l liniștească spunându-i că se va duce la urgențe ca să i-l scoată și că avea să ia pilula de a doua zi.

Totul părea o anecdotă, îmi povestea Casandra cu un glas ceva mai vioi, în timp ce învârtea lingurița în ceașcă, fără să guste din cafea. El i-a spus că avea să o sune ca să se intereseze cum decursese totul și a întrebat-o dacă voia să o însoțească la spital. Doar până la intrare, i-a zis, pentru că i-ar fi putut vedea cineva și n-avea cum să explice...

Casandra a băut apă. Mâinile i-au tremurat puţin. Și-a strâns părul la spate.

— Ce-i drept, m-a întrebat de douăzeci de ori dacă sunt bine și dacă voi fi bine. Ca să-i răspund la a doua întrebare a trebuit să-mi folosesc puterile de ghicitoare, a zis dându-și ochii peste cap, îndurerată. A zis că o să mă sune. A vrut să știe care sunt efectele pilulei ca să nu se simtă vinovat și, mai ales, a vrut să știe că nu voi întârzia să o iau... ca să scape de griji.

A făcut o pauză.

— Și ce crezi c-am făcut? L-am scăpat de griji. I-am spus că pot să iau un taxi, că nu era ceva grav și că pilula respectivă o luau chiar și adolescentele...

Și chiar așa era, a adăugat epuizată, pentru că, atunci când a ajuns la spital, s-a simţit o adolescentă absurdă de patruzeci de ani, făcând ceea ce nu făcuse niciodată la vârsta adultă. S-a dus aproape pe ascuns la urgenţe, de teamă să nu rămână însărcinată, să nu o vadă cineva, să nu afle părinţii ei...

— „Motivul urgenţei?", a zis Casandra imitând-o pe recepţionera de la spital. Bună ziua, mi-a rămas un prezervativ înăuntru.

Și-a acoperit faţa cu mâinile.

— Mă simt atât de ridicolă, Marina! Atât de absurdă și de ridicolă!

Când a ajuns în sala de operaţii, a tras perdeaua albă o tânără infirmieră cu accent andaluz, ce părea că exersase cel mai gingaș zâmbet din lume. A rugat-o să se dezbrace de la brâu în jos și să se întindă pe masa de operaţie cu picioarele desfăcute și a luat o pensă. În timp ce Casandra, îmbrăcată de la brâu în sus cu haine de serviciu, învăţa pe de rost petele de pe tavan, a simţit cum cineva zgândărea conștiincios în interiorul ei în aceeaşi zi. În acea parte din trupul ei care încă era inflamată şi în care n-ar mai fi avut chef să pătrundă nimic timp de câteva luni. „Încă ceva care trece azi pe aici“, s-a gândit. Şi apoi şi-a pus mâna pe pântec, de parcă ar fi vrut să asculte posibila viaţă care zvâcnea în interiorul ei. A ajuns să-şi imagineze ce s-ar fi întâmplat dacă ar fi rămas însărcinată. Şi l-a imaginat pe bărbatul ei de cauciuc – acum înaintez, acum mă retrag – vizitând-o pe ascuns, în mod ridicol, pe fetiţa pe care n-avea s-o aibă niciodată...

Chelnerul se apropiase de masa noastră ca să ne ofere spre degustare prăjitură cu mere. Ea a refuzat clătinând din cap, dar eu am luat câteva bucăţele şi le-am lăsat pe farfurie. La o masă înaltă, o pereche de tineri americani încercau să-i comunice chelnerului că voiau nişte prăjituri, dar cu sirop de arţar. Casandra le-a explicat de la masa noastră că în Spania nu exista acel sirop scârbos. Adjectivul mi l-a spus mie, în şoaptă. Am mai comandat două cafele. Tari. Foarte tari.

— Dar tu voiai să ai un copil? am întrebat mirată. Cu el?

— Nu! În ruptul capului, Marina, asta-i cel mai absurd! N-am vrut niciodată să am copii! Nici cu el, nici cu altcineva! m-a asigurat, vizibil tulburată, în timp ce-şi strângea părul într-un coc. Şi tot nu vreau să am. Dar şi din cauza asta mă simt rău! Pentru o clipă, m-am gândit că am patruzeci de ani şi mă comport de parcă aş mai avea multe şanse să fiu mamă, luând o pilulă pentru a întrerupe o posibilă inseminare pentru care multe persoane plătesc sau economisesc, ca Aurora, de exemplu, iar eu pierd îmi pierd timpul cu un bărbat care chiar are totul sau, cel puţin, şi-a atins obiectivele „sociale“: un serviciu, o familie, un cămin, o soţie şi, acum, o amantă care-i redă entuziasmul şi care nu-i face probleme, nici nu-i cere ceva. Şi, în plus, este o femeie independentă, care-l ajută să aibă conştiinţa împăcată!

A lovit surd în masă, ceea ce i-a făcut pe turiști să tresară. Apoi a căutat ceva în geantă. A scos niște cercei și un inel din portofel. Și-a pus agitată bijuteriile în urechi și pe deget.

— Ar trebui să fac precum Clara, una dintre acele prietene ale mele care se retrag să aibă un copil ca și cum ar realiza o operă de artă, a râs ea sec. Să caut un candidat sau să mă insеminez. Să cer un concediu. Să rămân însărcinată. Să fac un *baby shower*. Să le invit pe cunoștințele mele mai bogate, care să aducă unul dintre torturile alea dezgustătoare în formă de scutece sau, și mai bine, să-mi dăruiască ședințe de câteva ore cu acele infirmiere specializate care au devenit la modă și care, pentru o mie de dolari pe săptămână, îi dau copilului biberonul sau chiar îi fac o traheotomie dacă se îneacă. Apoi m-aș duce să fac un atelier de „gaze" la Londra, iar vara unul de yoga pentru bebeluși în Formentera. Și l-aș înscrie pe micuț dinainte să se nască la o școală englezească, unde să poată intra la vârsta de patru ani, după ce a așteptat pe o listă interminabilă...

Două femei mai în vârstă au intrat să-și ia cafeaua cu plăcintă, așa cum făceau în fiecare dimineață când coborau să cumpere pâine. Am recunoscut-o pe Celia, pe care eu și Olivia o porecliserăm „bunica sclavă", cu kitul ei de croșetat într-un coș, machiată la ochi și încălțată cu papucii de casă. În capăt, un cuplu de turiști englezi îndepărtau firimiturile de croasant de pe o hartă a cartierului, în timp ce chelnerul le arăta cu pixul casele lui Lope de Vega și Cervantes.

Iar Casandra vorbea întruna, mișcând în continuare lingurița, ritmic, fără să mă privească, de parcă i-ar fi fost rușine să admită că plânsese. Fiindcă asta făcuse. S-a întâmplat când tânăra infirmieră andaluză cu voce suavă a văzut tremurul picioarelor Casandrei, i-a zis să se așeze în șezut și a rugat-o pe o altă infirmieră să le lase câteva minute singure.

— Mi-a spus doar o frază, mi-a relatat trăgând aer în piept. Mi-a zis pur și simplu: „Și eu m-am simțit așa. Stai liniștită".

Și asta a fost suficient să o facă pe Casandra să izbucnească în plâns.

A plâns și în fața mea, în acea cafenea, dar într-un mod mai potolit. Fiindcă atunci mi-a povestit de ce în ziua în care ne-am cunoscut a plecat schimbată la față din Grădina Îngerului.

Ceva o enerva foarte mult la Íñigo, mi-a mărturisit în timp ce scotea o trusă plină cu pastile, și anume acel obicei urât al bărbatului căsătorit care se apără vorbindu-i amantei despre soție. Făcea asta atât ca să se plângă de ea, cât și pentru a-i ridica în slăvi calitățile – ce gătea, succesele profesionale, ce mamă bună era, chiar și cât o iubea –, încât ridica un zid invizibil, dar de nedoborât, cu un afiș luminos demn de un spectacol de pe Broadway, ce putea avea drept titlu „N-O VOI PĂRĂSI". Chestia este că Íñigo vorbea des despre frumusețea Laurei, despre cât de minunat era totul la Laura, despre cât de hotărâtă și de genială era Laura, iar Casandra nu reușea să înțeleagă de ce naiba bărbatul acela avea o amantă când putea să fie cu Laura! Ceea ce încă nu știa era cât de neînsemnat îl făcea Laura să se simtă.

O ascultam îngrozită, întrebându-mă care era momentul potrivit, dacă era vreunul, pentru a-i spune prietenei mele că minunata Laura fusese la florărie și întrebase de ea. Aceasta era dilema mea când am auzit-o pe Casandra că, întâlnindu-se cu ea, a constatat că era adevărat. S-a așternut tăcerea și apoi s-au auzit niște farfurii izbindu-se și câteva claxoane nerăbdătoare de pe stradă. Cum adică era adevărat? am întrebat-o nedumerită, cu gura plină de prăjitură cu mere. Că Laura era o femeie extraordinară, m-a lămurit Casandra, iar pupilele i s-au dilatat brusc. Extraordinara femeie care o urmărea pe fetița ei prin Grădina Îngerului, sub privirea plictisită a soțului ei.

— Bun, am zis suflând în cafeaua mea fierbinte, e frumoasă, da, dar nu știi dacă e chiar extraordinară.

— Nu înțelegi, a insistat, mângâindu-și alunița de la gură. În ziua aceea am știut că soția lui Íñigo era minunată pentru că fusese și amanta mea.

M-am înecat sorbind din cafea și era cât pe ce să înghit lingurița.

— Poftim?

— Da, știu...

— Vrei să spui că ești în același timp amanta lui Íñigo și a soției lui?

— Într-adevăr. Mă rog, nu în același timp.

— Dar nu știam că te atrag femeile.

— Nici eu. Doar cu ea mi s-a întâmplat.

A mai cerut o cafea, iar eu un ceai de tei. Și mi-am amintit de Laura cea diafană mergând printre arborii din grădină cu câteva zile în urmă, după ce ne-a lăsat mesajul pentru Casandra.

Casandra o cunoscuse în timpul unei călătorii la Bruxelles. Ea era medic și conducea ONG-ul „Zâmbete pentru toată lumea", ce sprijinea circuite medicale pentru operarea copiilor din diferite locuri ale lumii. Era acolo pentru a ține câteva conferințe. Un parlamentar spaniol, prieten comun cu ele, le-a făcut cunoștință și au ajuns să caute singure un loc unde să se adăpostească de frig și să bea ceva. Cum n-au găsit niciunul, au ajuns în camera diplomatei și au stat de vorbă întinse pe pat.

— Nu-mi puteam lua ochii de la ea, Marina. Era extraordinară pasiunea cu care vorbea. Era incredibil ce spunea. Îmi amintesc că, la un moment dat, și-a descoperit ceafa și m-a rugat să o ajut să-și dea jos un pandantiv care o deranja.

Casandra s-a îmbujorat și și-a împreunat mâinile, de parcă avea de gând să se roage.

— Și nu știu de ce am făcut asta, dar am sărutat-o. Pe gât. Iar când mă pregăteam să-i cer iertare, ea m-a privit, mi-a cuprins fața cu ambele mâini și m-a sărutat pe buze cu atâta naturalețe, încât am continuat să ne mângâiem și să ne sărutăm.

Cred că, deși eram foarte uimită, am schițat un zâmbet prostesc.

Chestia este că, a doua zi, așa cum se întâmplă de obicei în astfel de cazúri, trezindu-se și amintindu-și cele petrecute, Casandra, foarte rușinată, i-a scris un mesaj ca să minimalizeze povestea din noaptea care trecuse: „A fost foarte distractiv să trec pe partea cealaltă a drumului. Din partea mea, nu-i nicio problemă. Mulțumesc pentru conversație. Te îmbrățișez". La care cealaltă a răspuns propunând o întâlnire. Și au ieșit de mai multe ori să ia cina, au petrecut nopți fierbinți împreună și și-au povestit multe lucruri.

Casandra i-a mărturisit că avea un amant. La rândul ei, Laura i-a dezvăluit că nu-și iubea soțul și că, de fapt, bănuia că avea pe alta.

— Te asigur că portretul-robot pe care l-a făcut fiecare din noi două n-a fost al aceluiași bărbat, a comentat cu ironie.

— Dar era același bărbat, am zis.

Casandra a încuviințat.

— Totuși, portretul minunatei soții conform descrierii lui Íñigo chiar era cât se poate de realist.

A constatat asta în ziua în care s-au revăzut în Grădina Îngerului: înaltă, cu gâtul lung și o eleganță înnăscută. Părul blond și scurt, fusta lungă cu aspect boem. Era foarte puțin machiată, doar o tușă de rimel și un luciu de buze. Și, lucrul cel mai atrăgător, era una dintre acele femei luminoase în stare să te facă să te simți important. Pe oricine, cu excepția soțului ei.

Iar asta era marea ei frustrare. Superwoman a noastră chiar se simţea importantă alături de Laura şi de aceea nu-şi putuse lua gândul de la ea. Oare acum, pe lângă faptul că trebuia să îndure presiunea socială de a nu avea un partener stabil, trebuia să accepte şi că-i plăceau femeile?

Cert e că nu ştia dacă-i plăceau în general, dar se îndrăgostise de acea femeie în particular.

De aceea se întorsese la florărie. În principiu, de ce să nege, voia să o răzbune pe Laura şi să-l demaşte pe soţul ei. Dar şi ca să facă rost de adresa şi de numărul ei de telefon.

— Şi n-ai mai văzut-o?

— Când am sunat-o primele dăţi m-a tot amânat. Şi de-aia am continuat să mă văd cu el.

Şi-a încrucişat braţele, lăsându-se pe spate în scaun. A zâmbit cu tristeţe.

— Nu e pervers? Mă culc cu soţul ei doar ca să aflu veşti despre ea. Să o am aproape, a oftat ea. Dar ieri am stabilit, în sfârşit, să luăm prânzul împreună.

— Şi i-ai povestit tot?

— Nu. În principiu, voiam să ştiu dacă aveam să ne mai vedem. Nici ea n-a putut să uite cele petrecute între noi.

Am privit-o emoţionată. Frumuseţea şi forţa ei, chiar aşa cum era cu părul murdar, cu costumul mototolit, cu servieta de serviciu. De ce viaţa era aşa de complicată? Eram educate să ne reprimăm sentimentele pentru a ne proteja de ceilalţi oameni, dar asta nu ne proteja de propria persoană. Iar Casandrei, dominată de sindromul femeii-trofeu, îi era teamă că, dacă nu se mai arăta inaccesibilă şi puternică, dacă-şi deschidea inima, avea să dispară vraja ei asupra celeilalte persoane. Pentru mine, Casandra nu mai fusese niciodată aşa de frumoasă ca în acea dimineaţă în care-şi dezvăluia întreaga fragilitate umană.

— Nu crezi c-ar trebui să-i spui? Cu cât mai repede, cu atât mai bine, eu aşa cred.

A încuviinţat şi ochii ei au început să se umple de lacrimi. Fiindcă ştia că, probabil, avea să fie sfârşitul acelui sentiment atât de frumos pe care în cele din urmă reuşise să-l întâlnească.

— Bun, am încurajat-o, ştergându-i cu un şerveţel o lacrimă rebelă. Sper că ştii că va trebui să ne povesteşti ceva când ne vom întâlni cu fetele. Nu vei scăpa uşor de ele.

Ea a părut alarmată.

— Doar nu crezi că le voi povesti asta tuturor?

Am zâmbit.

— Mă refeream la momentul în care ai ajuns demnă la recepţia de la secţia de urgenţe a spitalului spunând că ţi-a rămas un prezervativ înăuntru.

Casandra m-a privit fix şi am crezut că mă va plesni. Dar, încet-încet şi cu mult efort, a schiţat un zâmbet. Iar de la acel zâmbet am trecut la râs şi de la râs la hohote, până când am făcut o criză necontrolată, care le-a molipsit pe bunicuţe şi pe cuplul de la mesele vecine.

Când am părăsit cafeneaua, Casandra vorbea despre instinctul nostru matern amorţit.

— Îţi dai seama? mi-a zis luându-mă de braţ. Mamele din generaţia noastră ne-au extirpat instinctul matern din diverse motive.

— Da, în cazul meu, de teamă să nu devin ca ea, am afirmat nevenindu-mi să cred ceea ce tocmai rostisem.

— Iar în cazul meu pentru că mi-a fost întipărită ideea că trebuia să am succes în cariera mea. Dar, desigur, argumenta încercând să-şi ţină echilibrul pe tocuri, realitatea este că, la un moment dat, începi să te simţi incompletă. Îţi dai seama? Suntem nişte nefericite! Sângerăm în fiecare lună ca să existe omenirea! E ca o aducere-aminte că vei suferi toată viaţa degeaba.

— Uterul nostru este căminul divinității! am exclamat râzând.

Dar mi-a pierit râsul când ne-a ieșit în cale ursitoarea de la scientologie, care ne văzuse coborând pe stradă. Apoi i-a îndrugat Casandrei un îndemn: „Intră și încetează să fii tu însăți". Spus astfel și în momentul acela, nu ni s-a părut un plan rău.

— Nu! Refuz să-mi sune afurisitul de ceas biologic! m-a asigurat cu un zâmbet îndurerat. Dar, la naiba, trebuia să se întâmple exact în momentul în care recunosc că nu-l iubesc pe bărbatul pe care credeam că-l iubesc, ci pe soția lui?

I-am ocolit, cerându-le scuze, pe o fată care încerca să ne facă să testăm gratis niște creme de la un magazin și apoi pe un chelner îmbrăcat în uniformă cu numele unui local, care pretindea să acceptăm tot gratis un bol mic de supă rece. Dintr-odată, totul era gratis, chiar și să-i spun Casandrei să facă din asta o dramă ar fi fost gratuit în momentul acela. Dar nu i-am spus, deoarece chiar era într-o încurcătură monumentală. Dezamăgirea doare; iar incertitudinea provoacă groază. Dar singurul mod de a scăpa de durere este să treci peste ea, iar în ceea ce privește incertitudinea, să înaintezi.

Pe atunci nu știam asta.

Fugeam de durere precum Casandra.

Și de dezamăgire.

De aceea cred că am învățat multe lucruri din faptul că i-am ascultat povestea în acea dimineață, în timp ce eu eram adâncită, fără să știu, în propria crisalidă.

Am mers pe strada del León până când n-a mai mirosit a prăjituri, apoi am simțit mirosul de la spălătorie, iar la colț cu ateneul m-am oprit și, deși știam că avea să rămână rigidă ca o statuie, am îmbrățișat-o. Apoi i-am cuprins cu mâinile fața obosită, cu trăsături frumoase și delicate.

— Uite ce e, Casandra. Ești o femeie minunată. Ai aproape totul. Meriţi pe cineva căruia să nu-i fie teamă de asta. El nu este la înălţimea ta şi o ştie. Ea poate că este. Eu mi-aş oferi o şansă de a mă descoperi, am zis şi am făcut o pauză. Și la naiba cu ce crede lumea!

Ea a încuviinţat dând încet din cap şi s-a desprins uşor din braţele mele.

I-a sunat telefonul mobil. Nu s-a uitat la el. N-a fost nevoie. Știa deja că era unul dintre cei doi soţi.

— Apropo, i-am zis când ne-am luat rămas-bun. Ea... Laura a venit la florărie să întrebe de tine acum două zile. Nu ştiam cum să-ţi spunem.

I-am făcut cu ochiul. Iar pupilele ei s-au dilatat din nou, de parcă s-ar fi pregătit să privească în întuneric.

— Știi ce este foarte ciudat, Marina? a zis şi m-a studiat legănându-se de pe un picior pe altul cu o atitudine cochetă. Cu cât îmi place mai mult femeia aia, cu atât mă simt mai femeie.

Și după ce şi-a scuturat părul, cel mai ferm gest pe care-l făcuse în acea dimineaţă, s-a îndreptat pe strada del Prado spre intrarea în parcarea de la tribunal.

Avea să-mi povestească ulterior că, înainte de a coborî în subsol, telefonul i-a vibrat în geantă. Sirene ale maşinilor-escortă care se îndreptau spre congres urlau în spatele ei. Un grup de manifestanţi strigau în faţa clădirii: „Mai puţină poliţie şi mai multă poezie", stând aproape nas în nas cu agenţii în uniformă care formau un singur rând. Superwoman şi-a îndreptat privirea în depărtare. Era, fără îndoială, una dintre cele mai frumoase privelişti ale oraşului ei: statuia lui Cervantes veghind asupra tribunalului, piaţa lui Neptun în capăt şi, măreaţă în zare, Biserica Los Jerónimos, înconjurată de lumina ca de rug pe care o emana Parcul Retiro.

A scotocit prin geantă până și-a găsit telefonul. A privit apelul pierdut și a zâmbit. A încadrat priveliștea ca de carte poștală, a făcut o fotografie și a trimis-o cu un mesaj: „Mi-e dor de tine".

Dimineața aceea avea să fie plină de dezvăluiri mici și mari, fiindcă, urcând pe strada Huertas, am văzut-o pe Olivia îngenuncheată lângă o intrare. M-am îndreptat spre ea, cu intenția de a-i spune ceva, dar m-am oprit când am observat ce făcea. Lăsa pe salteaua familiei evacuate mai multe pungi cu alimente și una de la farmacie. A făcut asta discret și apoi le-a acoperit cu pătura. După aceea și-a luat coșul mare și a urcat cu pas lejer pe strada Huertas, în direcția florăriei. Se pare că toți avem micile noastre secrete, iar pe ale Oliviei de-abia începeam să le descopăr.

Am intrat aproape după ea. Ușa era deschisă și i-am auzit vocea vorbind la telefon în cămăruța din spate. Își lăsase coșul din răchită pe scaunul din grădină, ca de obicei, și l-am pus în spatele tejghelei, tot ca de obicei. Potrivit ei, hoții din cartier nu furau niciodată de la vecini. Exista un fel de lege nescrisă.

M-am așezat în leagănul pentru cugetat în timp ce încercam să diger tot ce aflasem în acea dimineață. Unul dintre papagalii care invadaseră cartierul mă privea din măslin. Era verde și exotic și semăna cu o bătrână clevetitoare.

M-am gândit la Casandra. Ce-i drept, relația cu o super-woman era complicată. Armura ei era atât de eficientă, încât avea ca efect o diferență enormă între ceea ce era Casandra și cum o percepeau ceilalți oameni. De aceea unii, de teamă că nu erau la înălțime sau pentru a nu dezamăgi o astfel de femeie, când aveau posibilitatea de a fi cu ea, dispăreau.

Dar cum avea să fie relația ei cu o femeie cu care chiar era la același nivel? Avea să se schimbe situația? Sau avea să stârnească în continuare aceeași teamă?

Brusc, mi-am amintit cât de stânjenită se simţise când băusem pentru prima oară vin cu fetele şi Gala exclamase: „De ce nu eşti bărbat? Ai fi o super-partidă!" Oare pentru o altă femeie mai era tot o super-partidă? Sau machismul era o maree care ne atingea şi pe noi, femeile?

După părerea Galei, problema Casandrei era că autoexigenţa ei nu-i permitea să se simtă aşa cum o vedeau ceilalţi. Prin urmare, nici nu se comporta conform imaginii pe care o proiecta.

„Eşti o femeie frumoasă care se comportă ca şi cum ar fi urâtă", îi spusese într-o zi Gala, oferindu-ne unul dintre acele titluri de ziar de ţinut minte. Şi, deşi la momentul respectiv mi s-a părut un comentariu frivol, avea oarecum dreptate.

O superwoman precum Casandra putea să se străduiască să-şi convingă amantul că era îndrăgostită, să-i spună că era un zeu în pat, să-i laude inteligenţa, să-i flateze egoul, dar n-ar fi folosit la nimic. El niciodată n-ar fi crezut-o pe deplin. De aceea, de teamă să nu aibă prea multă concurenţă şi din îndoiala că i-ar putea satisface aşteptările, bărbaţii preferau să se retragă şi iasă din scenă sau, pur şi simplu, să nu-şi ia un angajament serios cu o astfel de femeie.

Dacă la asta adăugăm că o „superwoman" era o femeie care punea totul sub semnul întrebării, perfecţionistă şi obişnuită să ceară de la sine ceea ce le cerea şi celorlalţi... era mai bine ca ei să nu se prezinte la examen, ca să nu-l pice. Nu e mai bine să fii cu o femeie care te priveşte ca pe un zeu, şi nu ca pe un egal?

Poate că unirea a două superfemei cu aceeaşi problemă, Laura şi Casandra, ar face să explodeze cosmosul.

Când Olivia a ieşit în grădină, era însoţită de o femeie ce ţinea în braţe un minunat buchet de camelii albe. Nu purta alte podoabe. Doar micile camelii delicate şi suficient de înflorite, de a căror strălucire se molipsise stăpâna lor. Sau poate că florile se adaptau la spiritul ei. „Ştii deja... dacă te hotărăşti, contează pe mine pentru orice", îi spunea florăresei pe un ton energic şi hotărât. „Nu vom permite să se întâmple aşa ceva. Nu-ţi face griji." Părea la fel de lipsită de vârstă ca Olivia: mai mărunţică, jovială şi zâmbind cu dinţii strânşi, de parcă tocmai ar fi făcut o poznă. Avea părul scurt, ceea ce o avantaja, purta o cămaşă din mătase roşie, largă şi cu stil, iar pe deasupra ei avea un colier lung din mărgele gri, despre care ulterior mi-am dat seama că înfăţişau mici cranii. „Mulţumesc, dragă Rosa. Dacă am nevoie, o să te anunţ." Mi-au mai trebuit câteva secunde să-mi dau seama cine era. Dar mai uluitor era că ea ştia deja cine eram eu. S-a apropiat de mine privindu-mă curioasă, ca şi cum ar fi descoperit în grădină o floare de care nu-şi amintea.

— Tu trebuie să fii Marina..., a presupus femeia cu o strâmbătură simpatică din nas.

Olivia se pregătea să facă prezentările când m-am ridicat din leagăn şi m-am apropiat.

— Iar tu eşti..., am răspuns, iar inima a început să-mi bată tare. Una dintre scriitoarele mele preferate?

Ea a acceptat complimentul cu naturaleţe, aproape cu tandreţe. Olivia ne privea din spate, cu o cafea în mână.

O citisem pe Rosa Montero din adolescenţă. De fapt, citisem fiecare roman al ei la momentul potrivit al vieţii mele. Făcusem rost de ele, ca de un jurnal paralel, şi-mi oferiseră sub formă de literatură exact ceea ce aveam nevoie să citesc. Aşa că, fără prea mult ceremonial, am îmbrăţişat-o cu atâta efuziune, încât era să-i strivesc preţioasele camelii. Şi atunci am înţeles ce simţea Gala când îmbrăţişa măslinul nostru, căci imediat am simţit descărcarea de energie vitală pe care o emana Rosa.

M-a îmbrăţişat la rândul ei, uimită şi generoasă, şi a râs.

— Bine... Olivia mi-a vorbit mult despre tine şi despre aventura ta, a spus uitându-se complice la prietena ei. Îţi doresc din tot sufletul mult succes.

Atunci a scos o camelie din buchetul ei şi m-a lovit încetişor cu ea de câteva ori pe cap, ca şi cum ar fi fost o baghetă magică.

— Dar va trebui să te dezgheţi şi mai mult, draga mea! a zis şi mi-a oferit camelia. Dacă faci călătoria urmând toate indicaţiile lui, vei rămâne copilot până la final.

Confuză, am luat floarea, având senzaţia că m-a admonestat cineva care mă cunoştea foarte bine. Apoi a sărutat-o pe obraz pe Olivia, strângându-i în acelaşi timp cu putere mâna, şi a păşit pe aleea din dale, până când a ajuns afară, unde Piaţa del Ángel a început să capete viaţă la trecerea ei, molipsindu-se de energia pură şi luminoasă a scriitoarei.

Da, m-am gândit în timp ce o priveam cum dispărea printre oameni. Începeam să-mi răspund la întrebarea pe care mi-o pusese Olivia în ziua în care am cunoscut-o. Începeam să bănuiesc cine erau acele femei care cumpărau flori.

Ea, Olivia, stătea în continuare sprijinită de tocul uşii serei, ţinându-şi în mână cafeaua. Atunci am recunoscut dosarul pe care-l avea sub braţ. Îi împărtăşise Rosei conţinutul acestuia? Cu ce se oferise scriitoarea să o ajute? Era acelaşi dosar, eram sigură, despre care crezusem că-l uitase Francisco în urmă cu câteva zile. Se pare că stabilise să se vadă cu el. Îşi dăduse pe buze cu un ruj corai, care se asorta cu părul ei. Purta nişte pantaloni largi de culoarea nisipului, o cămaşă albă şi o şapcă safari ce o făcea să semene cu un personaj din *Mogambo*. Părea obosită şi vorbea mai repede decât de obicei.

Nu m-am putut abţine şi i-am povestit conversaţia cu Casandra, cu toate că am omis unele detalii, însă verdictul Oliviei a fost dur şi clar. Casandra trebuia să înceteze să mai caute bărbaţi care nu-i puteau face faţă şi să-şi găsească pe cineva care să-i fie egal. După părerea ei, chestia asta, care părea o banalitate, nu era.

— Adică ar trebui să caute pe cineva care, dacă nu se poate simţi superior ei, măcar să nu se simtă inferior. Nu ştiu dacă m-am făcut înţeleasă.

Îmi amintesc că mi s-a părut că era prea categorică în modul cum punea problema şi n-am putut să tac:

— În orice caz, Casandra ştie ce vrea.

— Casandra? a exclamat şi a lovit aerul cu mâna, ceea ce m-a făcut să tresar. Casandra vrea exact ce-şi doreşte toată lumea: să fie iubită.

Perspicacitatea victimelor

Există momente în care știi sigur că o discuție cu o persoană îți va schimba relația cu ea pentru totdeauna. Chiar și relația cu propria persoană. Și încerci să te stăpânești, să nu începi să vorbești, însă o forță puternică trage de tine, te face să deschizi gura și să vomiți practic cuvintele. Îmi aduc aminte că mi se păruse ciudat de nepăsător felul în care Olivia tranșase chestiunea Casandrei, care pe mine mă emoționase profund. Ce-i drept, cunoșteam mai multe detalii și, în plus, aveam tendința de a absorbi ca un aspirator dramele celorlalți oameni și de a le resimți ca fiind proprii, pierzându-mi pe deplin obiectivitatea. Poate că suferința altcuiva era ca o anestezie pentru durerea mea, așa cum i se întâmpla Aurorei. Iar picătura care a umplut paharul a fost când Olivia a intrat în urma mea în seră, cu aspectul ei extravagant de exploratoare din anii patruzeci, să-mi reproșeze că am ținut închisă florăria timp de douăzeci de minute.

— Ar fi putut să vină cineva, mi-a reproșat cu o expresie gravă în timp ce pornea ventilatoarele. Chiar așteptam niște documente importante.

A ridicat deasupra capului dosarul negru al lui Francisco.

Ce bine că m-am întors la timp!

N-am înțeles prea bine cărui fapt se datora acel reproș, fiindcă pe atunci nici măcar nu bănuiam ce punea la cale. „Era vorba despre Casandra", i-am zis. Era disperată și mă gândisem că i-ar prinde bine să ia micul dejun undeva. Pe de altă parte, era deja luna august, clientela scăzuse și...

— Dar ați fi putut să plângeți împreună în grădină bând o cafea, fără să-mi neglijezi afacerea, nu-i așa? m-a întrerupt.

Apoi s-a așezat țeapănă pe banca ei obișnuită, în tăcere, privindu-mă foarte liniștită.

Am lăsat privirea în jos. N-am știut niciodată ce să fac când dezamăgeam pe cineva. Nu voiam să plâng. Dar asta făceam mereu când mă simțeam încolțită.

Olivia s-a întors cu spatele, ca să încheie discuția. Și-a întins unul dintre degetele osoase și a căutat o listă de cântece pe calculator. Jazzul a început să răsune în geamuri aproape în același ritm cu elicele ventilatoarelor și cu frunzele plantelor fluturate de aer. Am vrut să-i amintesc că pentru mine totul fusese prea rapid, prea greu și năucitor, că nici măcar nu știam cum de ajunsesem să lucrez într-o seră, că-mi schimbasem locuința pentru prima dată în ultimii cincisprezece ani, că mă simțeam singură la cei patruzeci de ani ai mei, fiindcă de la douăzeci de ani avusesem mereu companie, că acum mă întrebam de ce nu avusesem copii și că bănuiam că nu-i voi avea niciodată, că mă dedicasem relației mele și vieților celorlalți, iar acum... acum nu aveam economii, ci adevărate probleme cu banii de la o lună la alta, și că de aceea nu aveam nici putere, nici curaj să pornesc pe ambarcațiune, pentru că...

— Mi-am pierdut viața, la naiba! am strigat rezumând acea stare de neliniște, după care am izbucnit în plâns. E normal să fiu distrusă și să fac greșeli și să n-am putere pentru nimic acum!

Și am plâns. Cam dezlănțuit, ce-i drept. Pradă dramatismului, chiar m-am ghemuit într-un colțișor și, când ridicam privirea, constatam că Olivia se afla în același loc, încruntată.

Nu ştiu dacă aştepta să se domolească furtuna sau n-a ştiut cum să reacţioneze. În cele din urmă, s-a ridicat şi s-a îndreptat spre locul unde stăteam pe vine, chiar lângă viermele care se metamorfoza.

— Vrei să încetezi cu victimizarea?

Am privit-o uimită, de pe podea, fără să-mi vină să cred că-mi spusese aşa ceva.

— Ai avut totul pentru a fi liberă, Marina, şi totuşi ţi-ai construit o închisoare din carne şi oase: tu însăţi. Trezeşte-te odată, pentru numele lui Dumnezeu!

Am simţit acele cuvinte ca pe o palmă. Soarele care se filtra prin geamuri îi dădea părului ei lumina unei torţe aprinse.

A plescăit din limbă, plictisită, şi a continuat:

— Da, Marina, ca un bun copilot, continui să te conduci după celebra frază „I-am dedicat întreaga viaţă", a zis şi a ridicat mâinile, ca şi cum ar fi ţinut o predică. Ce concept învechit, pentru numele lui Dumnezeu! Dragă, asta ar fi putut să fie un argument la începutul secolului XX. În prezent, oricine ar zice „Cui i-ar trece prin minte să facă aşa ceva?" sau „Nu trebuia să faci asta". E ca şi cum ţi-ai investi toate economiile la bursă sau într-un capital riscant. Riscul era aşa de mare şi, cu toate acestea, ai hotărât să te bagi? Atunci bine... în vremurile noastre aveai alte opţiuni, Marina. Cu toate astea, faptul e consumat. Ai riscat totul şi ai pierdut totul. Acum nu foloseşte la nimic să te lamentezi, ci să rezolvi situaţia.

Şi-a pus o mână lungă şi caldă pe umărul meu.

— E foarte trist ce ţi s-a întâmplat, draga mea, dar realitatea e că eşti o persoană dependentă emoţional şi ai face bine să accepţi asta şi să te desprinzi de amintirea soţului tău mort, ca să nu dai fuga să cauţi alt tip de care să te agăţi la fel şi să uiţi din nou de tine însăţi.

A arătat spre orhideea de care atârna crisalida noastră. Mi-a spus că acela era un exemplu de libertate. Ochii ei albaștri străluceau ca un cristal şlefuit. Pentru o clipă, am simţit că era emoţionată. A îngenuncheat lângă mine.

— Marina, te rog, fii liberă. Libertatea e tot ce avem mai frumos. Fluturii trec printr-o adevărată metamorfoză şi printr-un proces epuizant doar ca să zboare o singură zi. Ştii de ce? Fiindcă merită osteneala, a zis şi mi-a atins bărbia. Să nu-ţi fie teamă să fii liberă. Întinde-ţi aripile, draga mea. Le ai. Toţi le avem, chiar dacă sunt strânse şi uităm de ele. Nu mai căuta scuze. Fii liberă.

Am privit-o cu ochii plini de lacrimi. Mi-am şters nasul. Mi-am aranjat părul trecându-mi degetele prin el. Am luat cărţile pentru cursul de căpitan de vas şi i le-am înmânat.

— Nu pot, Olivia… Serios, nu pot. Călătoria aceasta a fost de la bun început o nerozie şi, în plus, nu cred că acum Casandra mă poate ajuta cu asta.

A luat cărţile. S-a ridicat. Și-a scuturat pantalonii. A salutat dând din cap pe cineva care trecea pe stradă, dar n-am văzut cine era. A lăsat cărţile pe tejghea. Și-a scos șapca și și-a făcut vânt cu ea.

— Dragă, mi-e milă de tine. Nu pentru doliul tău, ci pentru tine, a zis punându-și mâinile în șolduri. Te-ai gândit dacă meriţi ceea ce doreşti? Compasiunea. Ce-ai făcut ca s-o meriţi? Ca să cazi lată şi toţi să te ridice de pe jos? Multe persoane îţi oferă ajutorul lor dezinteresat, dar tu ceri şi mai mult. Crezi că e în avantajul tău să stârneşti milă? Aşa vrei să obţii ceva?

Poate că exact asta îmi doream, a continuat să spună cu vocea ei perfectă, liniştită în timp ce reaşeza florile în vazele înalte din cristal. Mila era foarte avantajoasă pentru a supravieţui zi de zi, dar foarte dezavantajoasă pe termen lung. Dacă o ţineam aşa, aveam să devin o persoană foarte absurdă, pe care nimeni, nici măcar eu, nu avea să o admire. Eram sigură că voiam să urmez calea soţiei lui Francisco? Sau pe cea a lui Maxi? Sau pe cea a Aurorei dacă se neglija?

A îndepărtat câteva petale ofilite de la trandafiri. A curăţat irişii, separându-i. A scuturat o pânză de păianjen de pe un palmier.

— Acum ai posibilitatea de a te preţui pentru ceea ce eşti: poţi să scoţi barca din port şi să ajungi cu bine la destinaţie cu propriile puteri, prin propriul efort, nu prin mila pe care o stârneşti. Marea nu va avea milă de tine. Şi ar fi interesant să faci asta pentru a îndeplini o promisiune faţă de tine însăţi, nu faţă de altcineva.

Şi-a scuturat mâinile şi şi-a privit palmele, de parcă ar fi citit trecutul într-una dintre liniile lor.

— Ce bine ar fi dacă ţi-ai da seama că te expui la ceva trist dacă nu faci asta.

Reuşisem să nu mai plâng şi m-am ridicat, încercând să-mi dreg vocea şi să-mi recapăt cumpătul. Mă simţeam supărată şi, în acelaşi timp, ridicolă.

Ea s-a îndreptat spre cămăruţa din spatele tejghelei, a dat drumul fântânii arteziene şi leul din piatră a început să scuipe apă. A adus şorţurile noastre de lucru şi mi-a oferit unul.

L-am luat, mi l-am legat la gât şi apoi la mijloc. Mi-am strâns părul la spate. Am tras adânc aer în piept.

— Îţi mulţumesc pentru tot ce ai făcut pentru mine în aceste două luni, am şoptit în timp ce înghiţeam în sec, dar nu toţi suntem ca tine, nici nu avem un catalog de aforisme care să ne ajute să trăim. Viaţa mea a fost distrusă.

— Marina, mi-a spus în timp ce-şi punea şorţul, eu am făcut multe greşeli. Iar pentru unele dintre ele am plătit foarte scump. Şi mie mi-a fost teamă. Şi eu am pierdut oameni dragi, la fel ca tine.

Privirea i-a rămas pierdută în zare, uitându-se spre stradă, prin geamurile care ne despărţeau de lume.

— Dar mai ştiu şi că nu poţi să ţii doliu după un zeu. Ci doar după o ființă umană. Şi până nu accepţi că Óscar nu era chiar atât de perfect, că probabil ţi-a greşit în multe privinţe, aşa cum facem toţi, şi chiar ţi-a făcut rău, şi până nu-l ierţi... nu-l vei putea lăsa să plece. Nici nu te vei elibera. Uneori, trebuie să încetăm a ne biciui. Să acceptăm ceva mult mai dureros decât faptul că i-am dezamăgit pe ceilalţi. Căci exact ceilalţi sunt cei care ne-au dezamăgit pe noi.

Am păstrat tăcerea şi mi-am dorit să o urăsc. Sau poate că în momentul acela am urât-o. Cum îndrăznea să vorbească aşa despre el? Cum îndrăznea să vorbească aşa despre tine?

— Asta e treaba mea, am răspuns în cele din urmă, ridicând vocea. Tu nu l-ai cunoscut. E clar?

A strâns din buze, de parcă ar fi vrut să reprime fraza pe care urma să mi-o adreseze. A luat furtunul roşu foarte lung şi a început să le dea de băut plantelor. Eu m-am îndreptat spre exterior ca să-mi încep rutina.

— Foarte bine. Dar o să-ţi pară foarte rău dacă nu profiţi de acest moment vital ca să reacţionezi, am auzit-o spunând.

M-am întors spre ea şi am strâns pumnii atât de tare, încât mi-am înfipt unghiile în palme.

— Nu te-ai săturat să le ştii pe toate?

A zâmbit obosită. S-a aşternut tăcerea, întreruptă de sunetul unor paşi din afară. Era bărbatul misterios cu barbişon blond. S-a aşezat, ca de obicei, la masa din grădină. Olivia l-a salutat dinăuntru, făcându-i cu mâna, iar el i-a răspuns cu un zâmbet. S-a sprijinit de speteaza scaunului, şi-a deschis cartea şi s-a adâncit în oaza lui pentru câteva minute. Uitându-se la el, Olivia a continuat cu vocea puţin frântă:

— Ceri cam mult, Marina. Vrei să te ajut, fata mea? Trebuie să meriţi, a zis şi şi-a luat mănuşile de grădinărit. E cazul să încetezi cu plânsul. Să te adaptezi. Şi să mergi mai departe.

A rătăcit prin seră cu paşi mici în timp ce îi supraveghea pe clienţii din grădină, care umblau printre arbuşti.

Îmi ştersese lacrimile timp de o lună întreagă, mi-a spus în continuare, dar nu avea de gând să o mai facă. Și-a străpuns cocul cu o crenguţă pe care a găsit-o pe undeva. Și-a pus ochelarii. Bineînţeles, nu avea să accepte să cedeze şantajului meu emoţional, m-a asigurat. Şantaj emoţional? m-am indignat în timp ce o urmam prin seră ca o raţă. Nu, refuzam să mă acuze că o şantajam emoţional. Ştiam prea bine ce înseamnă asta.

Ea s-a oprit brusc în mijlocul serei.

— Vreau să spun că, dacă nu-ţi faci bine treaba, te concediez, m-a asigurat cu indiferenţă, lăsând furtunul jos. Iar dacă mai încerci să mă faci să-mi fie milă de tine, n-o să te mai ascult, dragă. Ştii de ce? Pentru că nu-ţi fac niciun bine.

S-a dus până la tejghea, a scotocit prin coşul ei de răchită, și-a scos rujul corai și și-a dat cu el pe buze, fără să-și ia ochii de la mine.

— Aşa că te rog să cauţi altă strategie. Sau, şi mai bine, să nu ai strategii cu mine, a mai zis şi a luat dosarul cu documente. Și concentrează-te asupra a ceea ce ai, nu asupra a ceea ce ai pierdut. Dacă vrei să uiţi toată acea înşiruire de „aforisme“ plictisitoare pe care ţi le-am spus până acum, n-ai decât, dar ţine minte această ultimă frază. Este cel mai bun sfat din câte ţi-aş fi putut da.

Zicând asta, mi-a zâmbit şi, după ce şi-a lăsat setul de chei pe tejghea, m-a anunţat că avea să lipsească toată după-amiaza. Înainte să dispară, a vorbit puţin cu bărbatul care citea, iar faţa i s-a luminat din nou, ca un bec cuplat la un cablu electric. Am privit-o prin geam și mi-a venit să plâng. Unde era femeia care tocmai vorbise cu mine?

I-a adus o limonadă pe care o pregătise cu o zi în urmă și pentru care el i-a mulţumit sărutându-i mâna. După ce i-a lăsat carafa și i-a adresat un zâmbet diferit, am auzit-o îndepărtându-se cu pași repezi pe aleea pietruită a grădinii.

Neputința de a spune „Te iubesc"

„Că viaţa-i doar o umbră călătoare / Un biet actor, ce-n ora lui pe scenă / Se zbuciumă, şi-apoi nu-l mai auzi. / E-un basm de furii şi de nerozie / Băsnit de-un prost şi făr' de nicio noimă..." Acestea erau cuvintele disperate ale unui Macbeth transformat în MacBig graţie lui José Martret. Stând pe băncile dispuse de-a lungul unui salon căptuşit cu oglinzi, la o distanţă atât de mică de actor, încât aproape că-i vedeam plombele, eu şi Gala îl ascultam cu inima strânsă.

După părerea ei, nu era în regulă ca eu să lucrez în fostul cimitir al actorilor, în cartierul cu cele mai multe teatre din Madrid, şi totuşi să nu fi călcat într-unul în acea vară. Deşi lângă florărie se afla marele Teatru Spaniol, iar puţin mai încolo, Teatrul de Comedie, unul dintre locurile preferate ale Galei era Pensiunea Puricilor: fosta casă a frumoasei Chelito, cupletistă şi important impresar teatral, transformată de regizor într-un spaţiu scenic unic, unde un public de cel mult douăzeci de persoane se bucura de un spectacol, urmându-i la o distanţă mică pe actori dintr-o cameră în alta, precum albinele la miere.

Niciodată nu văzusem un asemenea loc: am aşteptat la o uşă veche şi impunătoare până când o casieriţă aflată sus pe scări ne-a rupt biletele. Gala mi-a povestit cu admiraţie că, pe vremuri, celebra Chelito avea foarte mulţi amanţi, ceea ce o determinase să-şi găsească o casă cu intrare separată - intrarea aceea de pe strada Huertas -, în timp ce restul vecinilor intrau de pe strada din spate.

În vestibulul casei ne-a întâmpinat un portret al artistei, care ne zâmbea cochetă, cu pieptul dezgolit în stilul Isadorei Duncan: prin asta se remarca atunci când juca, a continuat Gala în timp ce urmam restul grupului, ceea ce, potrivit ei, a dat naştere celebrei zicale „Eşti mai privit decât Chelito". O fată cu părul creţ ne-a însoţit pe un coridor strâmt şi tapiţat până într-un salon *vintage*, unde actorii aşteptau deja, pregătiţi să ne ofere un Macbeth aterizat în anii şaizeci ai Americii.

Regizorul, Martret, prieten cu Gala şi cu Olivia - care, spre marele lui regret, pare-se că în cele din urmă a optat pentru achiziţionarea unui bonsai artificial -, comandase de la vikinga noastră o parte din recuzita pentru reprezentaţie. Când spectacolul s-a încheiat, zguduite în continuare de tot felul de emoţii şi de un incident ciudat - domnul de lângă mine leşinase în timpul celui de-al doilea act -, l-am aşteptat pe regizor pentru a-i oferi un buchet de lalele albe. Floarea celebrităţii.

— Doamna mea! a salutat el când a ajuns lângă Gala. Ai făcut o treabă minunată! În sfârşit, sângele pare sânge!

— Fireşte, am avut chiar şi dovada, s-a grăbit Gala să spună, amintind leşinul spectatorului respectiv în timpul monologului cu pumnalul.

Martret a izbucnit într-un hohot de râs sonor, pe care apoi şi l-a înăbuşit cu un gest oarecum vinovat.

— Mulţumeşte-i Oliviei mele. Nu uită niciodată de florile mele.

S-au îmbrăţişat, apoi m-a sărutat pe ambii obraji şi ne-am îndreptat spre strada Medinaceli. L-am observat amuzată: José era mărunţel şi avea un aer copilăresc foarte fermecător. Barbă neagră, ochi închişi la culoare şi tot timpul larg deschişi, prin care absorbea lumea, vocea electrică și deosebită, dintr-acelea care-ţi injectează energie. Purta o cămașă ca din anii șaizeci, niște blugi și niște pantofi sport moderni, de un verde foarte aprins.

Ne-a însoţit până la localul La Dolores, unde, înainte chiar de a comanda, au apărut deja pe masă trei pahare de vin și niște gustări cu șuncă de raţă, așa că ne-am continuat discuţia despre opera care ne impresionase.

— Dacă e să vorbim despre șoc, ce s-a speriat sărmanul om!

Și mi l-am amintit pe vecinul meu de scaun, pe care-l văzusem făcându-și vânt la începutul scenei și apoi căzând cu faţa-n jos, sfârșind în patul în care actorii interpretau o scenă de sex cât se poate de explicită.

Regizorul și-a făcut vânt, la rândul lui, cu meniul.

— *Mamma mia*, ce belea când leșină cineva. Și mereu la actul al doilea, ca un ceas.

— Mereu? am întrebat mirată.

— Da, a afirmat. La acest spectacol am avut deja optsprezece leșinuri, întotdeauna la un moment dat în actul al doilea și mereu sărmanul leșinat sfârșește în pat, iar actorii îi fac vânt. Și cel mai greu este că pe urmă ei trebuie să continue partida de sex de unde au întrerupt-o!

— Și, firește, cum o mai pui după aceea? a exclamat Gala în timp ce gusta din vin și, văzându-ne feţele amuzate, a nuanţat: Scena! Doar nu vă gândiţi la altceva! Scena voiam să spun...

Am izbucnit în râs.

Desigur, dacă ne bazam pe impactul emoţional asupra publicului, se putea spune că recuzita Galei era un succes. Regizorul a felicitat-o înconjurându-i talia și sărutând-o pe obraz, iar blonda i-a mulţumit pupându-l, la rândul ei, într-un mod foarte simpatic pe nas.

— Apropo, până la urmă cum ai reușit să-l faci? s-a interesat Martret în timp ce-i saluta pe niște oameni făcându-le cu mâna.

— Sângele? a întrebat ea. Am încercat diverse, dar până la urmă am găsit sirop de porumb și un colorant pentru prăjituri „roșu de Crăciun".

El a deschis și mai larg ochii. Gala era un geniu! Nu-i așa? m-a întrebat. Pe mine m-a apucat o criză de râs: colorant „roșu de Crăciun"?

— Râzi, râzi... a zis amuzat regizorul. Câți bani am cheltuit pentru spectacolul ăsta numai ca să fac rost de sânge și de bonsai...

Spectacolul avea deja peste trei sute de reprezentații, avusese parte de critici foarte bune și reușise să organizeze un turneu. Adevărul este că erau vremuri grele pentru teatru, dar nu se putea plânge. Gala l-a felicitat din nou, iar eu eram în continuare absorbită de gândul la tulburata Lady Macbeth, care-și curăța meticulos pomișorul acum artificial.

— Dar ție, Marina, ți-a plăcut până la urmă? a vrut să știe în timp ce saluta acum pe aproape oricine intra în bar.

Am rămas pe gânduri câteva clipe și am îndrăznit să spun:

— Mă întrebam dacă Macbeth și Lady Macbeth sunt sută la sută compatibili...

Martret m-a privit fără să înțeleagă, iar blonda era să scuipe vinul pe noi.

Apoi am fost mai clară și am adăugat că firește că mă impresionase să fiu martoră la toată acea pasiune la o distanță de doi metri de corpul meu. Era surprinzător.

— Aș fi rămas să trăiesc acolo dacă n-ar fi fost vorba despre o tragedie, l-am asigurat.

— *Mamma mia*..., s-a bucurat el, adresându-mi un zâmbet ștrengar. Cred că este cel mai măgulitor lucru pe care mi l-ai fi putut spune.

Când Martret s-a dus să-și închidă sala de teatru, noi am decis să bem în continuare vin prin cârciumile din zonă. La

Dolores era preferata noastră, pentru că păstra acel aer pur de plăci de faianţă pe faţadă şi tejgheaua din lemn, în spatele căreia chelnerii strigau comenzile, care uneori păreau că ajungeau la ei prin telepatie.

Şi astfel i-am povestit Galei noutăţile: colapsul „de a doua zi“ al Casandrei – fără să intru în detalii despre trioul ei involuntar –, cearta cu Olivia şi senzaţia mea că nu voi fi niciodată în stare să navighez pe *Peter Pan*.

— Nu te supăra pe ea, mi-a sugerat Gala cu gingăşie. Ştiu că uneori pare că vorbeşte ca de la catedră, că atitudinea ei de guru poate fi exasperantă şi poate deveni chiar foarte strictă. Dar te asigur că, de când o cunosc, niciodată nu s-a înşelat în privinţa vreunei persoane. Dacă ea crede că poţi să faci acea călătorie, înseamnă că eşti cu adevărat în stare.

— Eu cred că se înşală, am protestat.

Gala a clătinat din cap.

Am muşcat dintr-un *canapé* cu şuncă, sprijinindu-mă de tejgheaua care dădea spre fereastră. Era o seară plăcută şi răcoroasă şi parcă plutea în aer o furtună de vară. Şi, de fapt, se apropia ceva asemănător cu o furtună.

— Ieri, la un moment dat, mi-a spus că a făcut multe greşeli în viaţă, mi-am amintit, fără să-mi iau ochii de la fereastră. Adevărul e că nu mi-a vorbit niciodată despre ea. Se străduieşte prea mult ca oricine intră în Grădina Îngerului să o vadă în ea doar pe femeia care îi vinde o floare.

— Păi, asta şi este, s-a grăbit să spună, ca şi cum ar fi apărat-o de ceva.

Am rămas pe gânduri. Am clătinat vinul în pahar şi l-am mirosit, imitând-o pe prietena mea.

— Nu cred. Probabil că a avut o viaţă foarte interesantă, am zis.

Nu, nu era normal. De când lucram la florărie, văzusem trecând pe acolo politicieni, oameni de afaceri, artişti din toate punctele cardinale. Chiar în după-amiaza aceea o văzusem pe Rosa Montero, cu care Olivia părea să aibă o relaţie de prietenie. Însuşi Citny i-a amintit că nu se mai văzuseră de la New York. Ceva mi-a trecut brusc prin minte.

— De exemplu, bărbatul acela care vine să citească în grădină. De unde-l cunoaşte? Tu eşti prietena ei de mult timp.

— Dar ce clevetitoare eşti!

— Mi-ar plăcea să ştiu mai multe despre ea, asta-i tot.

Gala a părut surprinsă.

Dar ştiam deja ce era mai important, a zis blonda clipind de mai multe ori, îi cunoşteam „superputerea", căci mi-o dezvăluia. Mi se părea puţin? Superputerea ei? Gala a pus în coşul de gunoi un sâmbure de măslină. Superputerea Oliviei era că ştia să vadă în interiorul oamenilor şi îi ajuta să se transforme. Şi, spunând asta, Gala şi-a vârât în gură un *canapé* şi a continuat să mestece cu gura deschisă, dar cu mult farmec. De afară se auzea un saxofon ce repeta întruna refrenul de la „Strangers in the Night" şi o gaşcă fuma la intrare vorbind foarte tare. Şi nu ştia nimic despre familia ei? am insistat. Cu ce se ocupase înainte? Era clar că blonda, care se privea din când în când distrată în oglindă, voia să se eschiveze. Potrivit ei, Olivia considera că povestea sa nu avea importanţă şi cu asta, basta. Şi-a netezit bretonul. Olivia alesese să fie un martor mut al vieţii celorlalţi, la fel ca florile ei. Şi, la fel ca ele, acţiona asupra emoţiilor oamenilor.

— Pe mine m-a ajutat mult, şi-a întărit Gala discursul, şi sunt o persoană mai bună de când o cunosc.

Am observat-o în tăcere. În momentul acela deja mi-a fost clar că deţinea mai multe informaţii decât îmi oferea, deşi, ce-i drept, nu mi-am imaginat nici pe departe povestea pe care o ţinea secretă Olivia. Despre ea şi despre grădina ei.

— E ciudat, am mărturisit, de-abia o cunosc şi nu ştiu de ce, dar mi-e teamă să nu o dezamăgesc…

Gala m-a mângâiat pe umăr.

— Să nu-ţi fie. De mult timp nu mai are aşteptări de la nimeni, draga mea.

Şi-a dat cu ruj pe buze privindu-se în oglindă, a luat un şerveţel şi s-a tamponat uşor cu el, pentru a-şi fixa culoarea. I-am observat gura roşie tatuată pe acel şerveţel, lăsat ca o relicvă pe tejghea. Atunci a făcut o pauză şi m-a privit fix.

— Simte că are de achitat o datorie şi o face ajutându-i pe ceilalţi, a zâmbit ea. De aceea are accese de justiţiară...

— Cum ar fi să zgârie maşinile de la consulat, am zis cu o expresie zeflemitoare.

— ...să spunem că ea denunţă nedreptatea fără să ţină cont dacă victima este un bărbat, o femeie, un copil, un câine sau o floare tăiată la momentul nepotrivit.

Şi-a pus coatele pe tejghea şi şi-a arcuit spatele.

— Ai noroc că eşti atât de aproape de ea în lunile astea. N-a mai făcut niciodată aşa ceva.

M-am mirat.

— Ce anume? Să aibă o asistentă?

— Nu, a răspuns. Să lase Grădina Îngerului în grija altcuiva.

Dintr-odată, am trecut de la supărare la măgulire.

Olivia mă alesese?

Gala a părut că-şi aminteşte ceva, a deschis geanta albă şi uriaşă din piele lăcuită, în care ducea hainele la teatru, şi a scos un pachet înfăşurat în hârtie din mătase: „Asta-i pentru tine", mi-a zis. L-am desfăcut încetişor: o şapcă albă de marinar, o pelerină de ploaie turcoaz, o pereche de pantaloni albi şi un tricou în mijlocul căruia era desenată o viorea.

— Pentru călătoria ta. Desenul este făcut de Aurora. Cred că mai are şi altă surpriză pentru tine... Ups, eu n-am zis nimic!

Mi-a făcut cu ochiul.

Am observat-o cum stătea sprijinită de tejghea, acceptând complimentele chelnerilor cu seriozitatea unei persoane conştiente de unicitatea ei. Era îmbrăcată toată în alb, cu o rochie cu spatele gol, lejeră şi scurtă, aproape ca o tunică. Am înţeles atunci de ce partenerii ei înnebuneau de gelozie.

Am acceptat cadoul şi am îmbrăţişat-o strâns, atât cât mi-au permis sânii ei mari.

În seara aceea am descoperit o Gala diferită. O Gala care avea încăperi ascunse şi misterioase, precum aceea din spatele cabinei de probă. La începutul serii a jucat rolul Galateei: s-a plâns că îi ieşiseră trei pete din cauza vârstei – mi le-a arătat pe frunte şi de-abia am putut să le disting – şi un fir pubian alb! Îmi venea să cred una ca asta? Chiar era un semn rău. Şi când am întrebat-o despre stilistul ei columbian, mi-a răspuns că totul mergea foarte bine, fiindcă pentru ea era indispensabil ca un bărbat să ştie să facă un cunnilingus ca la carte. Aşa începuse conversaţia. Şi de aceea, spunea ea, dar şi datorită altor talente, aproape toate legate de sex, era fermecată de el.

— Şi de unde ştii că nu e şi altceva? am întrebat-o în timp ce-mi umplea, fără permisiunea mea, al treilea pahar cu vin.

Ea şi-a lăsat părul blond şi lung să-i cadă pe un umăr, cu aer nevinovat.

— La ce te referi? a zis făcând feţe-feţe. Niciodată nu mai e şi altceva.

Am privit-o cu scepticism.

— De ce te aperi atât de mult?

— Fiindcă e adevărat, Marina. Noi inventăm dragostea. Mai bine zis, au inventat-o trubadurii în Evul Mediu. Au început să recite dintr-odată un poem lung, în care două fiinţe umane se puteau contopi ca un întreg, cu trup şi suflet. Şi, fiindcă este un poem care sună bine, l-am învăţat toţi pe de rost.

A făcut o pauză. Şi-a înfăşurat pe deget o şuviţă din părul meu.

— Dar nu există. Văd că te-a afectat teoria persoanelor compatibile pe care ne-a spus-o Olivia...

S-a auzit unul dintre râsetele ei sonore. Apoi și-a dus la gură un castravete murat și a mușcat din el cu o atitudine ce până și mie mi s-a părut sexy. Am vrut să-i vorbesc despre Casandra. Și despre conversația mea cu Victoria.

— Și dacă acea teorie ar fi adevărată, iar jumătatea ta ar fi persoana care ține de celălalt capăt al firului tău roșu?

S-a uitat concentrată în oglindă, cu ochii ei de păpușă.

— Bine-ar fi, dar mi se pare improbabil, i-a spus reflexiei sale.

Iar acela a fost preambulul pentru ca Gala să-mi spună o poveste. Cauza pentru care suferea de sindromul Galateea, cauza pe care aparent doar Olivia o cunoștea.

În urmă cu cinci ani începuse o idilă cu un cunoscut scriitor cu douăzeci de ani mai mare decât ea. Îl numea „inomabilul", ca un omagiu adus unei opere a lui Samuel Beckett. Ea, ca o devoratoare de cărți ce era, îi căzuse în mreje după o elaborată curtare intelectuală.

— Îmi aduc aminte că în seara în care am fost la galerie, vorbind despre Aurora, Olivia a comentat că există persoane înzestrate cu un talent cu care nu știu ce să facă, iar tu ai zis: „Ce greu trebuie să fie asta". Îți amintești?

Am încuviințat.

— Există ceva și mai rău, Marina: să ai capacitatea de a iubi și să-ți fie teamă să o folosești.

Gala și-a amintit de acel bărbat care se zbătea între orgoliu și neîncrederea pe care i-o provoca singurătatea celebrității sale. Un bărbat, a continuat, care putea obține aproape tot ce-și propunea, mai puțin ceea ce, potrivit ei, îi face pe oameni să-și păstreze sănătatea mintală: să se deschidă emoțional în fața puținelor persoane care-l iubiseră vreodată.

Nu putea nega că pe ea, venită în Capitală dintr-un sat modest, o atrăgeau seratele lui literare, cinele la restaurante deosebite, călătoriile dus-întors la Paris pentru a-l însoţi la o conferinţă, şi că-i plăcea să citească împreună manuscrisele cărţilor lui care urmau să fie publicate în întreaga lume. Cui nu i-ar fi plăcut? Dar nu era doar asta, a spus jucându-se cu un fir din rochia ei, fiindcă în vremea aceea simţea un fel de necesitate vitală „de a se dărui dragostei", dacă apărea într-un mod natural, aşa cum văzuse la părinţii ei. Pe scurt, nu faima o atrăgea la acel bărbat, ci ceea ce el i-a mărturisit într-o seară de iarnă în faţa unui şemineu în care de-abia mai ardea puţin jăratic, ca o adevărată metaforă a bărbatului pe care-l avea în faţă: „Nu m-a învăţat nimeni niciodată să mă dăruiesc", a recunoscut pentru prima oară cu umilinţă în glas, „dar puţine persoane se apropie de mine fără să aibă un interes, Gala". Şi atunci a ridicat-o din fotoliul unde stătea şi a sărutat-o. Iar prin acel sărut îi cerea ajutorul şi în acelaşi timp era o primă analiză de compatibilitate, ale cărei rezultate Gala nu şi le aminteşte, pentru că memoria ei nu păstrase acel prim sărut ca fiind ceva emoţionant. Doar cinematografic. Ca parte dintr-o secvenţă care ar fi fost repetată de multe ori. Şi, ce-i drept, speranţa de a-l repeta la următoarea întâlnire nu a făcut să-i bată inima mai tare.

— Pe atunci aveam o „superputere" foarte importantă, m-a asigurat foarte serioasă în timp ce îi cerea sticla chelnerului. Pe care, cum facem cu toate „superputerile", nu o dezvăluiam niciodată: aveam capacitatea de a iubi cu tărie, Marina. Fără limite. Fără condiţii. Fără teamă. Într-un fel instinctiv. Mama mi-a spus asta mereu. Că această capacitate a mea de a iubi avea să mă facă foarte fericită, dar nu numai pe mine, ci şi pe cei din jurul meu.

Am ascultat-o cu atenţie în timp ce ştergeam cu un şerveţel condensul de pe pahare şi chiar am simţit o oarecare stânjeneală. Mă şoca să o aud vorbind despre dragoste, pentru că o auzisem de multe ori spunând că lumea supraestima iubirea. Că nu se putea muri din dragoste. Că era o afacere proastă.

— Și chiar așa este, a tras concluzia.

— Dar atunci... ce n-a mers?

Ea a oftat și s-a sprijinit de perete, legănându-se pe tocuri.

— O voi imita puțin pe Olivia, doar un moment. Am învățat ceva, Marina, în caz că-ți va fi de folos în viitor, acum, că ești din nou liberă: stai departe de persoanele frustrate din punct de vedere emoțional. Cu cât se iubesc mai puțin, cu atât nu vor putea să-i iubească nici pe ceilalți. Cu cât le va fi mai teamă, cu atât te vor ataca mai dur.

Vocea ei a devenit brusc dură ca o piatră ponce și a continuat:

— Oamenii ăștia sunt infirmi. Și se apropie de persoanele care au „superputerea", pentru a se hrăni cu ea, fără să dea ceva la schimb sau oferind foarte puțin.

Eu am clătinat din cap, neînțelegând ce voia să spună.

— Dar... de ce?

Fiindcă se tem să iubească, a continuat cu vocea și mai aspră, fiindcă ei cred că în felul acesta se protejează. Și era exact invers. Ajunsese la concluzia că-și deghizau în orgoliu și fanfaronadă teama de a fi refuzați. Iar când credeau că s-ar putea atașa de cineva, le era așa de teamă să nu piardă persoana aceea, încât sfârșeau prin a-i face rău, încercând să pară invulnerabili. Dar nu erau. Așa cum, de altfel, nu era nimeni. Gala a tras aer în piept și a rupt firul rochiei cu dinții ei mici. Teamă, a continuat. De teamă nu renunțau niciodată la armura lor și își minimalizau sentimentele pentru tine, spunându-ți clar că nu însemni nimic pentru ei.

A luat o înghițitură zdravănă de vin. M-am uitat la ea și nu mi-a venit să cred: era femeia alfa cu față de păpușă, care emana atât sexualitate, cât și inteligență. Cum de putuse tipul acela să se poarte așa cu ea?

— Şi ţi-a făcut rău...

Am tras de firul acela, uimită de sinceritatea ei.

— Mi-a făcut mai mult decât rău. Mi-a furat ceva foarte preţios.

A făcut o pauză, pentru a crea suspans. Chelnerii au decis să ne facă cinste cu următoarea sticlă de vin. Da, a repetat ea, îi furase ceva foarte important, dar nu fusese dintr-odată, ci încetul cu încetul, astfel încât ea de-abia şi-a dat seama.

— Ai ajuns să locuiţi împreună, să fiţi un cuplu... cum să spun...?

Ea a zâmbit cu tristeţe.

— Un cuplu normal? Nu ştiu prea bine ce-am fost. Mai întâi de toate, el nu m-a prezentat niciodată ca partenera lui. Nu îndrăznea.

— De ce?

A clătinat din cap.

— Nu ştiu, Marina. Din orgoliu sau pentru că voia să se asigure mai întâi că nu aveam să-l părăsesc şi, cum nu era niciodată sigur de asta, prefera să nu spună că eram împreună, ca să nu fie nevoit apoi să retracteze. Nu ştiu... Poate că pur şi simplu voia să aibă totul: pe mine alături de el, în acea ambiguitate, şi să fie în continuare un „burlac râvnit“, pentru ca alte femei să-l vadă în continuare ca pe un bărbat liber... Mă rog, aş fi putut să fiu orice pentru el: de la amantă până la asistenta lui sau o prietenă cu beneficii. Toţi prietenii lui mă cunoşteau şi unii erau convinşi că eram împreună, dar în public îşi înfrâna orice dovadă de afecţiune care m-ar fi distins în ochii celorlalţi ca o fiinţă specială în viaţa lui. Iar situaţia asta, când o permiţi şi când ştii că în privat eşti altceva, ajunge să te distrugă.

— Dar tu eşti femeia la care visează toţi bărbaţii care te cunosc! am zis indignată, cât pe ce să mă înec cu sâmburele unei măsline.

— Mulţumesc, dragă... dar deja mă lasă rece acest lucru. E clar că n-am ştiut să mă protejez... şi am decis să nu mă mai dăruiesc niciodată aşa. Mi-aş mai asuma acel risc doar în cazul în care m-aş îndrăgosti atât de intens, încât n-aş avea de ales.

Și-a pironit privirea asupra mea.

— Îţi poţi imagina cât e de frustrant? Îţi poţi închipui nedumerirea şi umilinţa de a te simţi atât de subestimată? În privat, eram refugiul lui. Sprijinul lui. Tovarăşa lui. Visul lui. Și încerc să mă întreb dacă teama sau pur şi simplu egoismul l-a împiedicat să se gândească la felul cum mă simţeam ori de câte ori mă nega în public.

— Ori de câte ori te nega în public se nega pe sine, am adăugat.

Iar ea şi-a continuat monologul, de parcă nu m-ar fi auzit:

— Era mai important orgoliul lui. Era mai puternică nesiguranţa lui. Teama lui. Într-atât încât nu-i permiteau să vadă nici măcar că mă pierdea...

Și-a întors spatele gol spre un grup de bărbaţi care o priveau de la bar.

— Începusem să cred că, din cine ştie ce motiv, îi era ruşine de relaţia noastră. Iar asta chiar a început să mă doară. Totuşi, am descoperit de curând că era vorba despre ceva mult mai complex: îi era teamă să se implice într-o relaţie cu o femeie de care-i păsa cu adevărat şi care-l iubea pentru calităţile lui, nu pentru statutul său. Nu pentru meritele sale. Nu pentru ceea ce obţinuse în viaţă. Era înspăimântat de ideea de a avea, pentru prima oară, o astfel de persoană şi de a o pierde. Era mai bine să nu o aibă pe deplin. În mod ciudat, poate că era înspăimântat de ideea de a mă dezamăgi. Nu ştiu dacă ceea ce spun are sens...

— Ai descoperit? Cum? am întrebat-o.

Cred că nici de data asta nu m-a auzit, pentru că a continuat să vorbească privindu-se în oglinda care reflecta, de asemenea, chipurile unor bărbaţi, rotirea ventilatoarelor, luminile slabe de culoarea chihlimbarului din local.

— Îi era teamă să nu se termine prost... Fiindcă nimic nu există până nu-l verbalizezi, Marina, a continuat şi şi-a frecat obosită genele blonde. Aşa că, atâta vreme cât relaţia noastră nu exista pentru restul lumii, presupun că nu simţea acea presiune. Dar eu, pentru a merge mai departe, aveam nevoie să-mi spună ceea ce simţea. Fără durere. Fără teamă. Şi să dea frâu liber sentimentelor sale, cu naturaleţe. Iar el tocmai asta nu putea să facă. Înţelegi?

Doar într-o singură noapte au fost fericiţi.

Privirea ei plină de durere a plutit ca un balon cu gaz până la tavanul înalt al localului, înnegrit de trecerea timpului.

Într-o singură zi armura lui a căzut.

Gala a scotocit prin amintirile ei până când a dat de o imagine: un restaurant în văzul lumii, pentru prima oară fără separeuri, fără paravane, fără cortine sau uşi care să-i ascundă de privirile oamenilor. Stăteau faţă în faţă. El se îmbrăcase mai informal decât de obicei şi părea relaxat, bucuros. A privit-o cum nu o mai făcuse niciodată şi i-a spus următoarele cuvinte: „Mi-e greu să recunosc, dar m-am îndrăgostit de tine". Iar acele vorbe ieşite din gura lui i s-au părut Galei cât se poate de ciudate. Apoi a întrebat-o ce simţea pentru el.

Îmbrăcată într-o rochie roşie cochetă şi strânsă pe talie şi şocată de acele cuvinte pe care el le rostise atât de greu, s-a concentrat asupra vinului din paharul ei în timp ce cântărea efortul pe care bărbatul spunea că-l face, vrând să-l creadă. Ba chiar a vrut să simtă ceva asemănător. Mare greşeală. I-a făcut un cadou pe care el nu-l merita. A apelat la superputerea ei. În noaptea aceea ei doi ar fi putut să lumineze întregul oraş. În noaptea aceea el a simţit – pentru prima şi ultima oară, deşi nici nu putea bănui partida de cărţi pe care o juca – ce înseamnă să fii iubit de cineva care ştie să iubească.

Gala s-a înconjurat cu braţele ei albe şi lipsite de aluniţe şi şi-a amintit cum, a doua zi, în timp ce se întindea în pat în cearşafurile lui, bucuroasă şi tandră, încă sub impactul nopţii de dinainte, l-a văzut umblând agitat prin cameră, fără să o privească, şi a simţit mirosul. Ce miros? Al fricii. A simţit cum teama îl făcea să dea înapoi. Fiindcă nici măcar nu i-a propus să ia micul dejun împreună. Mai mult, i-a spus că avea ceva de scris şi că prefera să rămână singur dacă nu o deranja. În timp ce Gala se îmbrăca, s-a uitat la el cum îşi făcea toate ritualurile matinale, ca şi cum ea deja n-ar mai fi fost prezentă. Şi-a pus stilourile metodic pe masă, a dat drumul la muzică, o operă gregoriană plictisitoare care, spunea el, îl făcea să intre în transă, iar când ea a făcut o încercare de a menţiona noaptea anterioară, el s-a scuzat zicând că nu-şi amintea aproape nimic. Poate că băuse prea mult? În momentul acela a început să se nască Galateea, din nedumerire, din dezamăgire şi durere. Pygmalion al ei se afla acolo, terminându-şi de sculptat statuia descumpănită şi rece, care s-a dus în baie pentru a se îmbrăca şi care, fără să mai rostească vreun cuvânt, a plecat.

— În momentul acela am luat cea mai inteligentă decizie din viaţa mea, m-a asigurat Gala încrucişându-şi braţele. Aceea de a-l părăsi.

— Aşa, dintr-odată? am întrebat mirată.

Ea a încuviinţat.

— Am plecat repede, ca să nu-mi mai dea şi alte asemenea lovituri.

Şi-a mângâiat părul.

— Presupun că nu s-a gândit niciodată că-l voi părăsi şi, în niciun caz, atât de repede. Dar s-a înşelat. Mă lovisem cu capul de pragul de sus şi ştiam asta. Nu aveam nevoie să aflu mai multe. M-a dezamăgit. Foarte mult.

— Şi el ce-a făcut?

Gala a râs obosită.

— Nimic.

Sau prea puţin. La început, făcea în aşa fel încât să se vadă ca din întâmplare, a continuat ea să povestească. Probabil că bărbatul acela credea că avea s-o determine să se întoarcă la el folosind aceleaşi metode prin care o sedusese. Dar de data asta exista o nouă variabilă de învins: dezamăgirea. Ar fi fost nevoie de o recucerire mult mai laborioasă şi, mai ales, făcută la timp. Au tot ţinut-o aşa, ba la deal, ba la vale, până când, într-o seară, el a părut că înţelesese în sfârşit pe ce drum voia să meargă şi i-a scris un mesaj pe telefon. Scria că nu putea să doarmă gândindu-se la ea, şi-a continuat povestea blonda în timp ce-şi rupea un alt fir de la rochie. Ea nu mai voia să se întoarcă la el, dar în fond s-a bucurat. Pentru el. În sfârşit, îşi permitea să-şi arate vulnerabilitatea. În felul acesta avea să-şi recapete pacea pierdută. Însă destinul a vrut ca Gala să rămână fără baterie la telefon şi a întârziat câteva ore până i-a răspuns, ceea ce el, în nesiguranţa lui, n-a putut să suporte.

— Când am ajuns în cele din urmă acasă şi am pus telefonul la încărcat, am primit un alt mesaj. Adăugase doar atât: „Alarmă falsă: presupun că penisului meu îi era dor de tine".

Gala a schiţat din nou zâmbetul ei rece şi distant şi a cerut nota de plată. Am primit încă două pahare de vin din partea casei, pe care le-am acceptat cu plăcere.

— Ce absurd, am zis, neputându-mă abţine.

Însă ei îi stârnea doar milă. Dar, în realitate, cel mai mult o îngrijora certitudinea că, din acel moment, se instalase în ea un lung proces de insensibilizare.

— Nu mi-am dat seama până nu s-a întâmplat. Cât timp am fost împreună, încetul cu încetul, cu fiecare vorbă, cu fiecare semn de dispreţ, atitudinea lui distantă distrusese sentimentele care înfloreau în inima mea. A fost o operaţie chirurgicală neprogramată, al cărei scop era să-mi provoace obsesia de a-i alimenta simţurile.

Am ascultat-o cu duioşie şi am încercat să o îmbrăţişez, dar nu m-a lăsat.

— Mi-ar fi plăcut să i-o spun, dar n-am îndrăznit niciodată, a zis muşcându-şi buzele. Să permită să trăim într-un mod sănătos ceea ce era între noi, să lase acel sentiment să crească, pur şi simplu să ne dăm o şansă, fără minciuni, fără ambiguităţi, fără să ne ascundem, chiar cu riscul ca relaţia să se încheie. Orice ar fi fost mai bine decât acel „avort sentimental" al unei relaţii pe care nu o îngăduiserăm. Dar n-am făcut-o la momentul potrivit. Iar acela era momentul potrivit. Şi mi-e teamă că, de atunci, am devenit sterilă din punct de vedere emoţional.

Am tras aer în piept. Mi-a părut rău pentru ea. Şi-a scos portofelul, dar n-am lăsat-o să plătească. I-am întins o bancnotă chelnerului, acoperind în acelaşi timp cu mâna paharele noastre, ca să nu se mai apropie din nou cu sticla.

— Gala, i-am zis în timp ce chelnerul îmi aducea restul, poate că nu-ţi dai seama, dar zâmbeşti altfel de când l-ai cunoscut pe Andrés. Nu poţi să renunţi la ceva atât de frumos doar pentru că...

— Nu e vorba că nu mai cred că există modul acela de a iubi, m-a întrerupt. Nu e vorba dacă vreau sau nu să mă îndrăgostesc. Nu înţelegi? Dar cred că nu mai sunt în stare, a mărturisit, cu privirea imperturbabilă, ca de cristal. De atunci am mai avut relaţii. Unele cu bărbaţi minunaţi. Dar „superputerea" mea nu mai există. Capacitatea mea de a iubi nu mai există de mult timp.

Am rămas pe gânduri. Aşa te transformai dintr-o romantică într-o Galatee? Era rezultatul unui accident? Da, un bărbat putea fi un accident, m-am gândit. În acest caz, chiar era.

— Cu toate astea, pentru că aşa am fost învăţată, continui să cred că nimic nu e mai frumos pe lume decât să trăieşti îndrăgostit, a recunoscut Gala, încercând să-şi recapete lumina din ochi. Aşa că, dacă mă întrebi despre descoperitorul meu de izvoare, îţi spun: „Ce bine-ar fi". Ce bine-ar fi să mă sărute cineva pe buze şi să rupă vraja.

— Şi l-ai mai văzut?

— Pe inomabilul meu?

Spre surprinderea mea, a încuviinţat.

— Da, contrar tuturor aşteptărilor, m-a sunat acum o săptămână şi m-am văzut cu el ieri.

— Poftim? am zis şi mai mirată. După toţi aceşti ani l-ai văzut ieri şi abia acum îmi spui?

— Da, a răspuns cu indiferenţă.

— Şi eşti bine?

— Foarte bine, a zis şi a făcut o pauză. M-a chemat la el acasă, în biblioteca în care am petrecut atâtea ore împreună.

— Şi ce s-a întâmplat?

— Am vorbit timp de o oră despre alte persoane într-un mod relaxat, ne-am amintit momente lipsite de importanţă şi am băut împreună whisky, deşi ştie că nu-mi place. M-am uitat la şemineul în care, cu ani înainte, chiar ardea focul şi în care acum scânteiau nişte trunchiuri artificiale absurde. Şi, pentru un moment, m-am aşezat în acelaşi fotoliu din piele grena în care stătusem în urmă cu şase ani, pe când vorbeam despre romanele lui, când pentru mine el continua să fie o enigmă pe care voiam să o descifrez.

Gala muşca dintr-o măslină câte puţin, la fel cum îi ascultam şi eu povestea: la un moment dat, el, îmbrăcat cu o cămaşă în carouri ce-l făcea să pară mai în vârstă şi cu nişte blugi, îi spusese că avea ceva pentru ea şi a dat să se ridice. Gala a descoperit cu privirea o cutie mică din fetru, aşezată strategic pe măsuţă, şi nu l-a lăsat să se ridice. Din generozitate, a vrut să-l scutească de o scenă care, după atât de mult timp, ar fi fost aproape ridicolă. Aşa că el a luat-o în altă direcţie şi a recurs la alte ofrande. Îşi pregătise un arsenal bogat, ca un strateg într-o bătălie. Prevăzuse totul... mai puţin retragerea ei.

Chelnerii începuseră să întoarcă scaunele pe tejghea şi strângeau resturile de pe mese. Unul dintre ei ne-a făcut cu ochiul şi ne-a încurajat să ne terminăm liniştite vinul. Ei aveau să-şi vadă în continuare de treabă. Gala i-a adresat un zâmbet de mulţumire şi, dintr-odată, a izbucnit în râs. Cu o tristeţe absolută.

— Ah... ce ciudată e viaţa uneori, Marina. E ciudat cum aceeaşi scenă e cu totul diferită când nu se întâmplă la momentul potrivit. Ai idee tot ce-a trebuit să aud aseară? m-a întrebat, clipind perplexă. Că încercase să-şi nege sentimentele faţă de mine... Şi că, prin urmare, le negase şi pe ale mele... Că eu îl învăţasem să iubească.

Şi-a astupat gura cu degetele, ca şi cum şi-ar fi poruncit să tacă.

— Dar ştii ce este cel mai incredibil, Marina? Că vorbele astea ale lui, pe care altădată mi-aş fi dorit atât să le aud, au căzut peste mine ca o lespede de tristeţe. Era ca şi cum aş fi ascultat un cadavru spunându-mi că era în viaţă. Cred că a văzut asta în privirea mea, fiindcă a început să plângă.

Mi-am imaginat acea scenă: ea stând în picioare, nestingherită, devenită deja Galateea. Pygmalion al ei agăţându-se de mijlocul ei, plângând, mai întâi cu melancolie, apoi cu disperare, regretând că o sculptase aşa sau, mai bine zis, că o scuipase aşa, cu dispreţ. Iar ea lăsându-l să vorbească, ştiind că inima nu putea fi dată înapoi, cum ai da înapoi un ceas, fără să se strice. A simţit pe fusta lungă din voal lacrimile lui atât de amare, care emanau atât de multă singurătate, în timp ce, nedumerită, încerca să scape de toată revărsarea aceea de pasiune, de dragoste, de sentimente care durase prea mult... și, brusc, s-a trezit amintindu-și că nu-și luase cuvertura de la spălătorie.

— Am căutat în interiorul meu și n-am găsit nimic, ăsta-i adevărul, a zis categorică. Dacă a plâns atât de mult, a fost pentru că și-a dat seama că nu mai era vorba despre a căuta ceva ce am uitat pe o stradă din trecut. Cred că a plâns așa fiindcă și-a dat seama că, de fapt, ar fi fost atât de simplu... și că negarea relației noastre nu a fost o pedeapsă pentru mine, ci de fapt pentru el, din cauza urii pe care, în fond, o simțea pentru propria persoană. Nici măcar nu era atât de rău pe cât se credea sau pretindea că este.

Și așa era, m-am gândit. Ce greu era să te potrivești cu cineva într-un moment magic! Chiar așa de greu era să-l trăiești pur și simplu? La naiba cu orgoliile prostești, la naiba cu temerile, la naiba cu „și dacă...", îmi spuneam în șoaptă, fiindcă, în fond, vorbeam cu mine însămi. „Teama duce la pasivitate", îmi spusese Olivia când lăsam să treacă zilele fără să repar electrocasnicele și fără să-mi desfac valizele. Frica ne face să ratăm cele mai importante și mai frumoase ocazii ale vieții.

Însă exact în seara aceea urma să-mi demonstrez că până și eu eram în stare să încep să trăiesc fără să stau prea mult pe gânduri. Când am ieșit din cârciuma La Dolores, deja ni se lipise limba de cerul gurii, iar Galei, care avea în continuare chef de vorbă, i-a venit ideea să bem un ultim pahar la Café Central. Acolo, Cool Street Band își terminase concertul, iar muzicienii comandau primele băuturi și-și strângeau instrumentele. Ne-am așezat la bar și am cerut două pahare de gin tonic. Băutura obligatorie a acelei veri.

— Infidelitate? a continuat ea. Că l-aș fi putut părăsi? Obsesia lui că toată lumea mă privea într-un fel sau altul, ceea ce m-a urmărit ca un blestem cu fiecare dintre partenerii mei.

Şi-a ridicat cascada de păr în timp ce-şi făcea vânt cu meniul de la bar.

— Mie nu mi-ar fi fost greu să fiu doar cu el, dar, desigur, asta dacă nu m-ar fi ţinut într-o clandestinitate atât de dăunătoare, atât de nedreaptă.

Fiindcă era uşor să iubeşti, a continuat aproape în şoaptă, în timp ce eu nu-mi puteam lua ochii de la saxofonistul cu păr lins şi strălucitor, care în momentul acela exersa câteva acorduri lângă un coleg. Când două persoane aveau toate ingredientele la îndemână, le era uşor să iubească.

Şi am văzut-o. Clar. Pe faţa ei a apărut o scânteie a acelei lumini pe care încă încerca să şi-o aprindă pe dinăuntru.

— Ah, Marina... dacă bărbaţii ar şti că nu-şi pierd masculinitatea dacă-şi recunosc sentimentele în public sau în privat, ci dimpotrivă, şi-o capătă... a spus uitându-se aproape cu tandreţe la un grup mic de tineri, care şuşoteau privindu-ne ca nişte adolescenţi. Că asta le oferă măreţie, nu-i minimalizează. Că-i face puternici, nu vulnerabili. Oricine a trăit cu naturaleţe un astfel de sentiment ştie că te face să scrii mai bine decât oricând, să fii mai luminos decât oricând, mai fericit, mai puternic, indestructibil... Cel care a ştiut să iubească aşa ştie că nu devine sclav, ci mai liber, că asta nu-l face slab, ci puternic. Adaugă, nu scade. Cel care nu ştie să iubească aşa ar trebui să numească altfel acest sentiment.

Am împins cu degetul bucăţile de gheaţă în paharul meu, ca şi cum aş fi vrut să le înec. Saxofonistul încetase să mai cânte şi şi-a dat părul pe spate, de parcă s-ar fi scăldat în lumina scenei. A privit în direcţia mea. De mai multe ori. Iar eu m-am întors şi n-am mai văzut pe nimeni în jurul meu. Gala părea amuzată de acel flirt. Apoi a respins o încercare de apropiere a grupului de „ţânci", cum i-a numit, cu o frază care m-a surprins foarte mult venind de la ea: „Copii", le-a zis,

„aveţi puţin respect pentru părul nostru alb“. Şi chiar şi chelnerul a izbucnit în râs.

Ce greu era să exprimăm ce simţeam... De aceea Aurora, în timp ce lucra la noua ei serie de picturi având ca temă femeia, iar Maxi moţăia din nou pe fotoliul ei, se întreba de ce nu auzise de la tatăl ei un „Te iubesc“. De aceea Casandra conjuga fără teamă verbul „a iubi“, pentru prima oară în viaţa ei şi cu vedere spre grădina botanică. De ce întârziase atât de mult timp? De aceea Victoria scria „Te iubesc“ într-un mesaj la ora aceea, fără să ştie dacă avea să i se răspundă la fel sau dacă avea să-i provoace panică destinatarului, dar a făcut-o în timp ce-şi mângâia copiii, care dormeau, fără să se simtă vinovată, pentru prima dată în ultima vreme.

Ochii mi s-au umplut de lacrimi la fel cum ni se umpleau paharele în cârciuma La Dolores: pe neanunţate şi fără să ni se ceară permisiunea. Altă dată aş fi pus asta pe seama tristeţii de a constata că nimeni nu mă făcuse încă să mă simt aşa. Nici măcar tu. Totuşi, în momentul acela am simţit o iluzie nouă, aceeaşi electricitate ca atunci când ţi se dezvăluie că există viaţă după moarte şi pe alte planete, şi zânele, şi magia, şi Moş Crăciun. Exista dragostea şi mi-o dezvăluise o agnostică. Exista acel mod de a iubi. Asta era de-ajuns.

Ziua 6

Scris în ceață

În noaptea asta lumea a dispărut. Am navigat fără vânt și fără vele, cu o viteză de două noduri, până când apa a dispărut sub un strat dens de nori: mai întâi a înghițit coca ambarcațiunii, apoi am văzut cum intra apa prin tambuchi, iar acum, dacă întind brațele, chiar îmi dispar mâinile.

— Asta trebuie să fie moartea.

Am zis-o cu voce tare, iar ceața a avut grijă să risipească silabele, de parcă ar fi fost făcute din vată de zahăr.

Teoretic, ar trebui să mă aflu în fața ansei din Málaga. Am navigat orbește, având încredere în notițele tale și în programul Victoriei. Iar acum mă rog doar ca niciunul din voi să nu fi făcut nici cea mai mică greșeală: „Întotdeauna la tribord și navigând spre nord-vest până la plaja La Herradura" – pe care am zărit-o cât de cât –, dar apoi... nimic. Se presupune că am trecut de Nerja până la Punta de Torrox, dar sunt conștientă că e doar o dorință.

N-am mai văzut nimic.

Nu știu ce m-a făcut să-mi amintesc tocmai acum acea conversație strașnică pe care am avut-o cu Gala, mai bine zis, monologul ei. Mi-am amintit, de asemenea, cum în seara aceea m-a tot încurajat până când a ajuns să mi-l prezinte pe Brais, saxofonistul galician cu care mi-am petrecut noaptea. Înainte să-i facă semn să se apropie m-a întrebat dacă eram epilată, m-a asigurat că bărbatul acela era o minune, mi-a făcut o listă cu avantajele buzelor lucrate ale unui saxofonist şi, mai ales, ale acelui saxofonist, care fusese deja „degustat" de o prietenă de-ale ei. Merita osteneala, a continuat, părând că o amuza îmbujorarea mea: era un bărbat îngrijit, afectuos şi lipsit de pretenţii.

Mă aud râzând. Gala asta... are haz. Îmi vine în minte exact acum acea noapte, prima pe care am petrecut-o cu un alt bărbat în afară de tine. Ce senzaţie prostească de ştrengărie, şi totuşi revigorantă! În mod curios, a fost şi prima noapte în care n-am dormit pe canapea, ci în noul meu pat. A fost nevoie să mă îmbrăţişeze un necunoscut, să-i simt răsuflarea în ceafa mea ca să-mi facă plăcere să dorm în propriul pat. Ca să nu mai vorbesc de momentul în care am aruncat un prosop peste urna ta ca să o scot pe ascuns din cameră şi s-o las apoi pe balcon, închizând uşa. Iar amintirea aceasta îmi vine în minte exact acum, în noaptea în care probabil că mă voi pierde în mare pentru totdeauna sau mă voi izbi de ceva ce nu văd. Conversaţia aceea cu Gala, recunosc, mi-a rămas întipărită în memorie. Pentru că m-a făcut să rătăcesc, la fel ca *Peter Pan* acum.

Prin ceaţă.

De atunci n-am mai putut să identific clar ce am simţit pentru tine.

Nici pentru altcineva.

Pot să ţin mult la cineva, ştiu asta, şi să mă dăruiesc, dar acea capacitate puternică despre care vorbea Gala, pe care nici măcar nu reuşise să o trăiască pe deplin: acel cocktail Molotov de pasiune animalică amestecată cu admiraţie, cu romantism, complicitate, prietenie, generozitate... acea reacţie în lanţ ce-ţi îndepărtează teama, ce te face să te simţi mai viu decât oricând, ce provoacă o explozie atomică de fericire, de bucurie, atât de puternică încât te transformă într-un avion cu reacţie, care te luminează şi te face să fii în stare de orice dacă ai alături persoana iubită, teoria aceea a persoanelor sută la sută compatibile despre care vorbeşte Olivia şi de care Victoria a avut parte, „acel ceva“ pe care Gala l-ar fi putut trăi, dar i-a lipsit un ingredient, „acel ceva“ care n-a reuşit să existe pentru că l-a pierdut...

Eu n-am trăit niciodată aşa ceva.

Dar există.

Ce veste proastă şi, în acelaşi timp, ce veste bună, nu crezi?

Mă rog, ţie îţi este totuna, fiindcă eşti mort. În fond, mă simt vinovată că ţi-am refuzat acea şansă. Şansa de a trăi aşa ceva. Cu altă femeie.

De ce nu eşti aici acum, când mi-e teamă?

Trebuie să te întreb: asta e moartea?

Nimic.

Nu-mi răspunzi.

Nici amintirea ta nu-mi răspunde. Înţeleg. Tot ce ţi-a rămas este dreptul de a păstra tăcerea morţilor.

Au trecut cinci ore şi navighez înfofolită cu pelerina de ploaie albastră pe care mi-a dăruit-o Gala. Am fost nevoită să îmbrac două pulovere, unul al meu şi altul de-ale tale. Am găsit şi o şapcă din lână, pe care încă sunt câteva fire din părul tău.

Se presupune că trebuie să virez pentru a mă apropia de uscat, în dreptul oraşelor Benalmádena şi Fuengirola. Dacă s-ar vedea ceva, aş putea încerca să ancorez în micul port Cabopino, dar mereu spuneai că ambarcaţiunea nu avea suficient calaj ca să intru uşor.

Recunosc. Mi-e groază să rămân împotmolită.

De fiecare dată când navighez am această viziune catastrofală. Chiar şi când erai tu la cârmă.

Îmi simt genunchii lipiţi din cauza frigului şi a umidităţii. Apa tace sub picioarele mele. Nasul îmi curge ca un robinet care nu a fost bine închis. Probabil că arăt oribil. În plus, mai devreme am căzut pe punte. Puntea era alunecoasă. N-am păţit nimic, cred, dar mâine voi avea o vânătaie zdravănă la un picior. Măcar nu mi-am spart capul.

„Închide tambuchiul, Mari, altfel te vei lovi zdravăn", mi-am zis ridicându-mă. Şi aveai dreptate. De vină a fost tambuchiul nenorocit de la cabina de la proră. Mi-am amintit ce urât reacţionai când alunecai pe punte. Acum, brusc, asta îmi stârneşte râsul. Te înfuriai. Mai ales când te loveai la cap de grinzile de deasupra uşilor de la cabine, făcute pentru pitici, după părerea ta. „Un exemplu clar de discriminare!"

Fiindcă nu eşti aici, m-am aşezat la cârmă pentru prima dată de când am scos vasul din port. Până acum am făcut toate manevrele stând în picioare. Ca să nu-ţi iau locul. Cârma îndreaptă constant direcţia drumului în mâinile mele. Căpitanul-fantomă, aşa obişnuiai să numeşti pilotul automat: nu reuşeai să te obişnuieşti cu ideea că, din când în când, pilotul automat avea controlul asupra cârmei, nu tu. Totuşi, cu puţin timp înainte să mori, după ce-mi mărturisiseşi deja că ştiai ce-avea să se întâmple şi că voiai să-ţi duc cenuşa în Tanger, când te-am rugat să nu-mi ceri aşa ceva, că nu aveam să fiu în stare... mi-ai spus asfixiat de durere: „Lasă-l pe *Peter Pan* să te ducă. Eşti mai în siguranţă decât cu orice căpitan de vas. Chiar mai în siguranţă decât cu mine".

Decât cu orice „căpitan de vas"? Dintr-odată, mi-e greu să-mi amintesc unele cuvinte. Care chiar mă indignează.

Şi apoi ai făcut efortul de a-ţi recăpăta tonul glumeţ: „Uite ce e, Marina, un pilot automat are multe avantaje faţă de un marinar: nu se răzvrăteşte, nu mănâncă, nu-şi face nevoile şi nu se uită la fundul femeii căpitanului". Apoi ai vomat și o fiere ce provenea deja de pe lumea cealaltă ți-a ieșit pe gură. Ți-ai ascuns fața ca să nu văd. Ți-ai șters buzele cum ai putut cu cearșaful și ai întipărit câteva cuvinte în memoria mea: „Marina, uneori durerea nu ne permite să vedem că lumea noastră este în continuare minunată. Vei avea la dispoziție cel puțin opt zile ca să vezi asta. Voi călători cu tine. Îți promit. Aruncă-mi cenușa în Tanger. Apoi poți să faci ce vrei".

Poți să faci ce vrei... Aha, sigur...

Și unde ești acum, când mi-e frică?

La naiba!

Nu trebuia să-ți promit niciodată că-ți voi arunca cenușa în Tanger. Dar asta e, întotdeauna am fost slabă. Niciodată n-am știut să spun „Nu".

Și uite ce ușor e!

Nu!

NU!

Nu trebuia să promit niciodată ceva ce implica un risc atât de mare.

Sunt așa de epuizată... Nu mai pot continua dacă nu dorm măcar câteva ore. Sunt atât de epuizată, Óscar, încât nu mai știu cine am fost și nici cine sunt. Ar trebui să dau foc bărcii chiar în clipa asta și să împlinesc ritualul vikingilor.

Să iau în brațe urna cu cenușa ta și să mă pierd cu tine în ceață. Ca un bun copilot cu al său căpitan, până la capăt.

Oricum, viața este o ceață.

Asta vom fi toți.

Încăpățânatule, manipulator afurisit ce ești!

Da!

Țip!

Te urăsc! Mă auzi? TE URĂSC!

Am coborât în chicinetă. Ceața s-a scurs în cabine și nu-mi permite să văd sertarele de la bucătărie. Dar am reușit să găsesc niște chibrituri și hârtie de ziar. Am încercat să le aprind, unul câte unul, dar s-au rupt, fiindcă fosforul e umed și moale și nu se aprinde. Acum totul este umed și se dezintegrează în această singurătate.

Nu știu de ce am intrat în cabina ta.

Nu știu ce căutam. Răspunsuri. Cele pe care nu mi le dai pentru că nu apari.

Ideea este că am început să mă uit printre cărțile tale, am deschis sertarele și, în cele din urmă, am ridicat salteaua ca să deschid compartimentul de dedesubt.

Cutii cu pantofi vechi, prosoape uzate, parâme rupte și, într-o cutie, o carte. Una pe care nu o răsfoisem: *Povestea unui naufragiat*. O ediție frumoasă. Cartonată. Nu dintr-acelea pe care le iei de obicei pe un vas.

Când am deschis-o am descoperit o dedicație lungă: versurile unui cântec al Inmei Serrano, care nu-mi vine să cred că-ți plăcea și care pe mine mă duce mereu cu gândul la o noapte mediteraneană pe o plajă răcoroasă. Nopți pe care nu le-am împărtășit cu tine.

Adorm legănată de cântece de sirenă dacă știu că mă trezesc cu dragostea ta.
Adorm legănată de cântece de sirenă dacă știu că mă trezește căldura ta.

Atât înăuntru, cât și afară este foarte multă ceață, dar reușesc să citesc în continuare. Este scrisă de mână.

Mă bucur de fiecare secundă și nu o dau în schimbul anilor, fiindcă tu ești bucuria care mi-a încolțit în inimă.

Scrisul este frumos, lunguieţ, ferm.

Dacă, mergând pe străzi, nu există nimic care să facă umbră, dacă zâmbetul meu luminează noaptea mai mult decât un felinar.
Şi ştiu că, atunci când vei pleca, mă voi simţi fericită ştiind că m-ai iubit la fel cum te iubesc eu.

Semnează Amalia, în Málaga, acum cinci ani. Ultimii cinci ani din viaţa ta, în care ai lucrat două zile pe săptămână în oraşul unde uneori te duceai cu *Peter Pan* dacă trebuia să fii acolo lunea.

Închid cartea şi-mi poruncesc să nu mă gândesc la asta până nu se luminează de ziuă.

Când mi-am recăpătat răsuflarea şi cumpătul, am urcat din nou pe covertă şi m-am aşezat înconjurată de ceaţă.

Şi iată-mă aici.

Învăluită într-o pătură, ca şi cum aş fi o crisalidă uriaşă şi băloasă, cu nasul curgându-mi sub gluga pelerinei de ploaie.

Cine ştie ce va ieşi din toată povestea asta? În ce stare şi cu ce metamorfoză. N-ar fi trebuit să scotocesc printre lucrurile tale. Întotdeauna în situaţiile astea ajungi la concluzii care ulterior se dovedesc a nu fi adevărate. Iar tu nu eşti aici ca să te întreb. Dar am zis că n-o să mă gândesc la asta şi chiar n-o voi face.

Mi-aş face o poză şi i-aş trimite-o Oliviei dacă mi-ar funcţiona nenorocitul de telefon şi, mai ales, dacă ea ar avea telefon mobil. I-aş scrie simplu: „Uite-ţi crisalida, nebună afurisită ce eşti! O să te vizitez de pe lumea cealaltă. Marina".

De fiecare dată când îmi amintesc seara aceea, îmi dau seama că atunci m-am simţit încurajată să fac această călătorie nebunească: „Fii curajoasă, Marina", „Nu te compătimi, Marina", „Nu deveni o victimă, Marina", „Fii liberă, desfă-ţi aripile..."

Însă deocamdată am desfăcut doar conserve de ton în ulei de măsline şi sardine. Şi o carte blestemată, ale cărei semnătură, scris şi dată nu-mi ies din minte.

De ce ceaţa nu şterge şi asta? De ce nu şterge acea dedicaţie pe care n-ar fi trebuit să o citesc?

Nu-mi arde de prostii acum. Îmi risc viaţa. Concentrează-te asupra direcţiei, Marina.

Ce bine mă cunoşteai, Óscar! Te-ai asigurat că-mi voi ţine promisiunea. Fiindcă îţi era clar. Ştiai foarte bine că, dacă-ţi promiteam ceva pe patul de moarte, acel lucru avea să mă menţină pe linia de plutire.

Aveam să trăiesc în continuare încă puţin pentru tine. Nu pentru mine. Pentru tine. Și aveam să fac această călătorie pentru că era o misiune din partea ta.

Singura mea faptă vitejească este să o fac singură, în cazul în care reuşesc să ajung la destinaţie.

De ce a trebuit să deschid cartea aia acum, şi nu la finalul călătoriei?

Acum am nevoie de toată forţa mea.

N-are de ce să însemne ceva. Ai rămas cu mine.

De ce ai rămas cu mine?

De ce n-ai ascuns cartea mai bine? Sau n-ai distrus-o? Voiai oare să o găsesc după moartea ta? Aşa de laş erai?

Iar acum, când GPS-ul a luat-o razna, sunt sigură că, la un moment dat, mă voi izbi de nişte stânci.

Bun, încă trei zile şi mă voi odihni pentru totdeauna.

Trebuie să mă liniştesc. E vital să fac asta. Mă aflu la cârmă. Strâng roata cu mâinile, deşi ea se învârteşte singură, conducându-se singură.

Atunci privesc indicatorul de adâncime şi nu-mi vine să cred ce văd. În urmă cu doar câteva minute indica patruzeci de metri.

Acum, dintr-odată, indică doar trei.

Cum e posibil?

Îl resetez. Dar indică din nou cinci, patru, trei metri…

Dumnezeule, o fi vreo stâncă? Sau mă aflu oare atât de aproape de plajă, încât este nisipul?

Sfinte Isuse, o să mă împotmolesc. Știu că mă voi împotmoli.

Dar ce-i asta? E ceva ce se ivește chiar la prora vasului.

O umbră care începe să se ivească repede, enormă și întunecată.

Pare atârnată în ceață.

Trebuie să reacționez rapid, ca să nu mă îndrept direct spre ea.

Oare visez?

Nu, nu este un vis. Totul face parte din realitate.

NU ÎNCETA SĂ VISEZI, îmi vine în minte afișul care-i întâmpina pe clienți la Grădina Îngerului. Nu înceta să visezi, Marina, nu înceta să visezi…

Motan cu tablou pe fundal

Cu cât mă gândesc mai mult la acest an de doliu, cu atât îmi dau seama cât de prost gestionăm durerea noi, oamenii. Încercăm să o îndulcim. Căutăm cel mai bun mod de a da o veste proastă, puţin câte puţin, în cel mai potrivit moment, pregătindu-ne, numai ca să o atenuăm, să o întârziem sau să-i minimalizăm impactul. În faţa durerii, încercăm să fim puternici, iar asta echivalează cu a întoarce spatele sentimentelor noastre. Cu a nu le verbaliza.

Şi nu ne dăm seama că singurul mod de a scăpa de durere este să o depăşim.

Dintr-odată.

Înfruntând-o cât mai repede cu putinţă, ca să înceteze să doară cât mai curând. La fel e şi cu dezamăgirea. Încercăm să o întârziem, să nu o exprimăm, să-i întoarcem spatele, să o îndulcim… fiindcă doare prea mult.

Am început să înfrunt durerea de-abia când Olivia m-a zgâlţâit în ziua aceea, când nu m-a lăsat să mă victimizez, când m-a obligat să reacţionez. Acela a fost începutul schimbării mele.

Una dintre primele măsuri pe care le-am luat în acea săptămână a fost să închiriez fosta mea locuinţă. Chiriaşii erau doi tineri care tocmai se mutaseră la Madrid. Era o casă perfectă pentru a avea un copil, a spus femeia: blondă, drăguţă, de înălţime medie, ordonată, genul care ar fi luat o notă bună la concursul pentru un job, cu scrisul ei rotund şi notiţele subliniate cu diferite culori. Casandra ar fi zis că este „o dulce", categorie ce avea succes la bărbaţii din generaţia noastră, fiind catalogată drept „aptă" pentru viaţa de cuplu şi pentru a forma o familie stabilă.

Am privit-o mergând prin casă cu pantofiorii ei de firmă, blugii călcaţi şi nişte cercei simpli din perlă în urechi. El o urma la o distanţă mică, în timp ce o asculta vorbind despre locul unde avea să pună o anumită mobilă sau despre faptul că avea să dărâme un anumit perete şi, din când în când, o săruta pe obraz.

Mă amuza îndeosebi categoria în care Olivia le încadra pe aceste femei. Spunea că aveau „sindromul femeii măritate". De fapt, la florărie veneau câteva astfel de femei, care întotdeauna cumpărau flori pentru diverse evenimente.

Erau acelea care hotărâseră să devină întruchiparea „femeilor de pe vremuri", cum se spune. Prioritatea lor rămânea aceea de a se căsători şi de a avea copii. Ce-i drept, îşi alegeau studiile în mod pragmatic, ca să aibă un salariu bun şi o profesie lipsită de vocaţie, pe care să o poată pune pe plan secund, dacă era nevoie, pentru a se dedica familiei. Conştiente de faptul că bărbatul din zilele noastre care ajungea la o anumită vârstă, după multe aventuri, ar fi dat orice pentru a găsi o femeie ca mama lui ca să se aşeze la casa lui, aceste femei îl alegeau pe cel pe care-l considerau bun pentru a fi tatăl copiilor lor, iar în schimb viaţa lui avea să cunoască liniştea şi rânduiala.

În timp ce umbla prin fosta mea casă, femeia organizase o călătorie şi îmi mărturisise că se mutau pentru ca bărbatul ei să fie aproape de serviciu şi că ea urma să aducă în casă un salariu până când aveau să apară copiii, apoi avea să-i pună pe copii pe primul plan, fireşte! Era fericită să trăiască în umbra lor.

Am observat cum l-a luat de mână pe soțul ei, cu un gest infantil. Ce bărbat zdravăn la cap ar vrea să aibă acasă o asemenea femeie? m-am gândit în timp ce îmi scuturam praful de pe fusta galbenă, în stilul anilor cincizeci, pe care îndrăznisem să o îmbrac. Destinul acelei femei era să se căsătorească tânără, să aibă doi copii, o viață liniștită și o casă într-o zonă de coastă, cu vedere spre golf. Dar reversul acelei situații, potrivit Oliviei și experienței sale, era că „dulcica“ aceea ținea foarte bine frâiele. Urma să aibă o viață foarte bine organizată și avea să fie rezonabil de fericită. Cu toate că ar fi fost în stare și să-i lase valizele în fața ușii, fără să șovăie, cu o cerere de divorț și cartea de vizită a unui avocat, dacă o călca prea mult pe coadă.

Eram adâncită în gândurile mele și-l observam cu afecțiune pe bărbatul care părea atât de plictisit, dar care se simțea în siguranță făcând „ce trebuia“ cu „femeia potrivită“, când deodată ea a decis care era camera viitorului, mai bine zis a viitorilor, a subliniat, copii. Apoi s-a uitat complice la soțul ei, iar el i-a răspuns cu același gest, ca un automatism, și eu de-abia mi-am putut ascunde tristețea. Fiindcă avusesem totul împotrivă și nu mă bucurasem de niciunul dintre avantajele unei „femei dulci“: fusesem doar copilot, fără acte, fără drepturi, fără copii, fără carieră, fără tine, fără nimic.

Era cât pe ce să mă victimizez din nou, dar mi-am amintit de Olivia, am tras adânc aer în piept, am pus cheile în mânuța cu verighetă a femeii și m-am îndreptat cu pas ferm spre ușa de la intrare. L-am vârât pe Căpitan în cușca lui de transportat pisici și am închis foarte ceremonios ușa aceea, cu dorința de a nu o mai deschide niciodată.

Deja făcea parte din trecut, m-am gândit. Iar noi, oamenii, nu însemnam doar trecut. Nu puteam să fim doar consecința educației părinților noștri, nici a relației cu partenerii noștri, nici a pierderilor noastre. Refuzam asta. Trebuia să existe ceva din Marina pe care o clădisem, de care doar eu eram responsabilă.

Iar dacă nu, trebuia să o clădesc.

Era urgent.

Și iată-mă în acea dimineață, cărând cele șapte kilograme ale motanului, care mieuna în cușca lui, temându-se cu siguranță că aveam să-l duc la veterinar, deși de fapt mă duceam la bancă să plătesc chiria apartamentului în care locuiam. Asta însemna că deja eram în luna august. Și mai însemna că rămăsese mai puțin de o lună până la călătoria mea ipotetică.

Deja simțeam cum se accelerau pregătirile: Casandra își petrecea două ore pe zi cu mine după ce ieșea de la serviciu, ca să studiem cursul de căpitan de vas, iar Victoria perfecționa, simultan, programul de calculator în care trecuse toată informația cu care, potrivit calculelor ei și ale tale, puteam să ajung ușor în Tanger.

Dar, desigur, nu ți-ai închipuit niciodată că aveam să mă duc singură.

Ai făcut acele hărți gândindu-te că avea să se ghideze după ele un navigator experimentat, nu un matelot. Un mic detaliu lipsit de importanță...

În acele zile au existat și câteva noutăți: o recrutaserăm pe „bunica sclavă" să țină un atelier de croșetat pentru oamenii stresați din cartier. Ceea ce la început fusese una dintre ideile ciudate ale Oliviei pentru a-i oferi Celiei o scuză de a pleca de acasă devenise pentru Gala o oportunitate de afacere: a făcut niște pliante, a creat o pagină de Facebook, iar acum aveam în grădină un grup de zece persoane care croșetau fulare, căciuli și genți. Victoria s-a alăturat aproape imediat ca elevă și era singurul moment în care reușea să lase telefonul mobil pe silențios. De fapt, se relaxa atât de mult încât, într-o după-amiază, a recunoscut în faţa noastră, murind de râs, că uitase să-şi ia copiii de la şcoală şi, pentru prima oară, am auzit-o spunând: „Să se ducă tatăl lor, că nu-i nicio problemă“. Ultimul care s-a alăturat a fost cititorul nostru misterios, care făcea acum primii paşi în lumea încâlcită a croşetatului.

O altă iniţiativă luată la Grădina Îngerului pentru a trece prin acea vară sufocantă fusese un chioşc unde serveam apă, suc proaspăt şi fructe celor care doreau. Nu a durat mult până şi-a făcut apariţia agenta imobiliară – pe care o botezaserăm Vrăjitoarea din Vest –, aducând şi poliţia cu ea. Ne-a spus că vecinii din faţă ne denunţaseră pentru că deschiseserăm „o cantină a săracilor“, după cum o numeau ei.

Deşi bănuiam că acel denunţ nu era adevărat, fiindcă Olivia împrăştiase, ca o măsură de precauţie, prin cutiile poştale ale caselor din apropiere pliante cu numele Elenei Ferre, în caz că vecinii voiau să o denunţe.

Chestia e că se crease un mare tămbălău.

„Încercam să facem cumva ca vecinii din cartier şi turiştii să nu se deshidrateze“, a argumentat Olivia când şi-au făcut apariţia obişnuitul poliţist rottweiler şi presa. „În fond, datorită mie, siguranţa socială economiseşte o grămadă de bani“, au scris unele titluri de ziare.

Cert este că o mare parte dintre persoanele care treceau pe la grădină erau familia evacuată de la Euforia – o femeie brunetă cu soţul ei, care purta ochelari strâmbi, şi cei doi copii adolescenţi ai lor, care cred că bănuiau deja cine era binefăcătoarea lor –, cerşetorul bărbos care cânta mereu la flautul său aceeaşi melodie sub statuia lui Cervantes şi un mim care se transforma în statuia unui faun argintiu şi pe jumătate dezbrăcat, mereu ţeapăn şi cu privire de nebun, la intrarea în Muzeul Prado.

Eu tocmai treceam pe lângă statuia celebrului scriitor, pe al cărui cap se aşezase un porumbel, ca un acoperământ ciudat ce-i oferea un oarecare aer de vedetă. Motanul Căpitan a devenit agitat când l-a văzut și și-a scos una dintre labe printre zăbrele. Gândindu-mă la Cervantes și făcând o pură asociere de idei, m-am întrebat dacă Francisco dăduse de urmele rămășițelor scriitorului și cum decurgea oare idila lui cu Victoria. Nu-i mai văzusem de o săptămână și era ciudat. În plus, ultima oară aș putea spune că îi văzusem „prea mult".

De unde era să știu că aveau să sosească atât de repede?! Rămăsesem singură în seră și strada era pustie, așa că am închis grilajul și am stins luminile. Stăteam pe jos printre ficuși, uitându-mă la crisalidă și încercând să-mi imaginez în ce stadiu de transformare se afla. Potrivit Oliviei, mai avea doar trei săptămâni, cam la fel ca mine, pentru a ieși în lume.

Atunci am auzit cheia răsucindu-se în lacătul de la grilaj și niște râsete. Apoi poarta s-a deschis. N-au aprins luminile și, ca să nu-i sperii, n-am spus nimic. Planul meu era să ies discret când aveau să intre în încăperea din spatele serei. Dar n-au făcut asta, cel puțin, nu imediat: de îndată ce au intrat, el a luat-o în brațe de parcă ar fi fost un fulg. Ea nu era îmbrăcată cu hainele ei neutre obișnuite, ci cu o rochie foarte asemănătoare cu prima pe care am probat-o în showroomul Galei: verde și strânsă pe talie, cu fustă cloș, de care el a profitat pentru a i-o ridica după ce a așezat-o pe tejghea.

Ea i-a desfăcut nasturii de la cămașă cu nerăbdare. Era ciudat cum se transforma o persoană când făcea sex. Victoria, care nu mi s-a părut niciodată sexy, ale cărei trăsături aspre nu erau deosebit de feminine, părea acum o zeiță. A scos din vaza de alături o margaretă cu tulpină lungă și și-a dus-o între picioare. Petalele îi mângâiau pielea ca un preambul al degetelor amantului ei. Arheologul cel stângaci părea un amorez dintr-un roman erotic. Aproape gol, i-a îndepărtat cu o smucitură lenjeria intimă şi a dispărut sub fusta ei până a făcut-o să-şi piardă minţile.

Ce-i drept, sexul real, fără lumini, fără actori cu mişcări coregrafice, fără o cameră de filmat care să încadreze doar latura estetică, este destul de stânjenitor de privit, dar încărcătura emoţională pe care mi-a stârnit-o acea poveste pe care o cunoşteam şi lumina pe care le-a oferit-o luna pătrunzând prin geamuri transformau actul într-o secvenţă emoţionantă. În momentul acela, insaţiabilul Francisco a luat-o din nou în braţe şi a împins-o lângă perete, iar acolo a regulat-o şi a sărurat-o peste tot, lăsând pe geam amprenta întregului corp al prietenei mele. Au petrecut aşa două ore, până când au căzut epuizaţi pe margaretele pe care ea le întinsese pe salteaua din încăperea din spate, într-un moment de cochetărie nelimitată.

Şi i-am lăsat acolo, dormind liniştiţi pe floarea inocenţei.

Trebuie să recunosc că amintirea experienţei mele de voyeur m-a făcut să mă sufoc la ora aceea. Şi nu din cauza căldurii. Fiindcă era prima zi cu nori din acea vară.

Ce cuplu! De mult nu mai contemplasem ceva atât de pur, atât de natural, atât de perfect ca ei doi. Cum de era posibil să şovăie încă în legătură cu relaţia lor?

Am lăsat jos cuşca de transportat pisici şi m-am uitat la mutrişoara alb cu negru a lui Căpitan din spatele gratiilor închisorii lui portabile. Şi-a vârât boticul printre gratii şi i-am mângâiat năsucul umed. Era mai bine să mă concentrez asupra propriilor probleme, care în momentul acela erau multe.

De exemplu: ce aveam să fac dacă proprietarul apartamentului pe care-l închiriasem avea să descopere motanul? Îmi spusese clar că nu acceptă animale. Cum aveam să-i explic că motanul Căpitan se încadra mai degrabă în categoria de mascotă din pluş? Era curat, discret şi se juca doar cu rolele de hârtie igienică și cutiile din carton, pe care le făcea confetti în câteva minute. Cred că mi-a înțeles telepatic îngrijorarea, pentru că a făcut ochii mari și o mutră de nevinovat. Ceea ce chiar era, căci nici măcar nu știa să vâneze un șoarece.

Fiindcă trebuia să plec la muncă, am decis să-l iau cu mine și să-l închid în încăperea din spatele serei până avea să se încheie ziua de lucru. Aveam să acopăr cușca cu o pungă cu puțin pământ de grădină și aveam să-l introduc în apartament pe furiș, profitând de întunericul nopții.

Când am sosit, Olivia era îmbrăcată cu un combinezon alb și cască de protecție de aceeași culoare, de parcă urma să participe la scena morții lui E.T. Aurora era cu ea, strângându-și repede tablourile.

— Ce se întâmplă? am întrebat.

Olivia a răsuflat și și-a desfăcut evantaiul.

— Ce nu se întâmplă, vrei să zici, a protestat.

— Gângănii, a precizat Aurora trecând pe lângă noi.

În grădină era un grup de persoane îmbrăcate în aceleași costume și care inspectau plantele, întorcând fiecare frunză, luând mostre, răscolind pământul din ghivece.

— Avem păduchi-de-plantă roșii, a zis Olivia oftând.

— E ceva foarte grav? m-am alarmat, lăsând cușca pe jos.

— Nu dacă facem dezinsecție acum. Aurora ar fi vrut să răspândim buburuze, fiindcă este mai ecologic, dar n-am lăsat-o. Trebuie să acționăm repede.

— Să răspândim buburuze? am întrebat mirată.

— Da, buburuzele mănâncă păduchii-de-plantă, a explicat Frumoasa Suferindă, trecând din nou pe lângă noi ca o adiere. Dar pe urmă dai de ele peste tot. Pleacă doar când au ele chef.

A pus un vraf de tablouri la picioarele mele și apoi a strigat:

— Le duc în camera din spate și le acopăr, da, Olivia?

M-a sărutat pe ambii obraji, părea bucuroasă, şi a observat că eram însoţită:

— Ce-i cu animăluţul ăsta?

Am pus cuşca pe tejghea şi am deschis uşiţa. Căpitan şi-a ivit capul ridicând boticul şi a adulmecat timid.

— Îl cheamă Căpitan. Era motanul lui… mă rog, este motanul meu. Aveam de gând să profit de întunericul nopţii pentru a-l duce în apartament, fiindcă n-am voie acolo cu animale, dar, dacă se face dezinsecţie, nu-l pot lăsa aici.

Olivia s-a apropiat de el şi şi-a lipit nasul de al lui. S-au mirosit reciproc timp de câteva secunde. Apoi l-a scos din cuşcă şi l-a luat în braţe.

— Vino-ncoace, frumuseţe, a zis strângându-l la piept, gest pentru care Căpitan i-a mulţumit începând să toarcă.

Apoi a apropiat animalul de unul dintre tablourile Aurorei şi i l-a arătat. Căpitan l-a privit cu acelaşi interes cu care se uita la televizor. Olivia s-a uitat în ochii lui. Tabloul avea un motiv floral şi se reflecta în pupilele lui absorbite.

A lăsat tabloul pe jos, apoi şi motanul, care a hoinărit prin încăpere, oprindu-se în faţa unor pânze şi a unor flori, în timp ce părea că-şi trasa mental harta acelui spaţiu nou. Apoi s-a aşezat să contemple una dintre picturi, de parcă ar fi fost hipnotizat. Privea când spre tablou, când spre noi, vrând parcă să ne ceară acordul. În cele din urmă, s-a ridicat şi şi-a frecat botul de tablou. Era gestul prin care hotăra că-i aparţinea ceva.

Olivia a zâmbit şi a lăsat casca de protecţie pe o banchetă.

— Am o idee, ne-a anunţat hotărâtă. Fiindcă astăzi nu vom putea munci aici şi animăluţul s-ar otrăvi, ce-ar fi să mergem la Muzeul Prado? E o expoziţie nouă.

— Şi ce facem cu Căpitan? am întrebat.

— Îl luăm cu noi, fireşte! a exclamat. Mergem mai ales ca să o vadă el.

M-am apropiat de Aurora. Am luat-o de braţ.

— Eşti sigură că n-a inhalat substanţă din astea?

Frumoasa Suferindă a izbucnit în râs, ceea ce era neobişnuit la ea. Olivia l-a luat pe Căpitan, care a îmboldit-o afectuos cu capul, înainte ca ea să-l aşeze în coşul ei din răchită. Apoi şi-a scos combinezonul şi a apărut cu o pereche de pantaloni strâmţi negri şi un tricou roşu. Îmbrăcată aşa, părea o Audrey Hepburn care crescuse brusc. Aurora şi-a luat geanta, eu rucsacul şi am urmat-o pe Olivia în direcţia muzeului. Căpitan îşi iţea capul din coş, uitându-se la împrejurimile care îi erau necunoscute.

Când am ajuns la poarta muzeului, Olivia a acoperit motanul cu şalul ei şi a chemat-o pe şefa de la secţia de protocol. Ne-a spus că erau foarte bune prietene. „Trebuie să evităm să i se facă o radiografie sărmanului Căpitan la controlul de siguranţă", a spus foarte serioasă.

Şefa secţiei de protocol era o femeie frumoasă, grasă şi blândă, îmbrăcată cu un costum de culoarea şampaniei. Avea părul negru şi strălucitor, cu un breton de păpuşă. Olivia i-a explicat că voiam să facem un experiment cu motanul. Urma să-l plimbăm pe la expoziţia permanentă pentru a observa ce efecte provocau tablourile asupra lui. Printre multele superputeri ale pisicilor – pisica era unul dintre animalele cu cel mai dezvoltat simţ al mirosului, avea nişte mustăţi şi o coadă care-i foloseau ca antene pentru echilibru şi pentru a localiza distanţele – se număra şi faptul că puteau să vadă razele ultraviolete.

— Sunt mici miracole vii, s-a minunat Olivia şi Căpitan a părut s-o înţeleagă, fiindcă a clipit încet şi cu mândrie. Felinele sunt în stare să vadă modele ciudate pe plante, care pentru noi nu există, energia pe care o emană corpurile sub formă de raze care ies din capetele noastre şi, probabil, trăsăturile de penel ascunse în tablourile marilor maeştri...

Eu şi Aurora o ascultam absorbite. Conform teoriei Oliviei, la fel cum restauratorii foloseau razele ultraviolete pentru a descoperi dacă existau picturi în spatele picturilor sau care era aspectul lor original, Căpitan avea privilegiul de a vedea tabloul *Domnişoarele de onoare* aşa cum l-a pictat Velázquez, fără restaurările sale succesive.

Şi iată-ne în faţa tabloului *Fabula lui Arachne*. Stăteam pe o bancă toate trei, ţinând într-un coş un motan ce părea concentrat asupra mişcării acelor trupuri şi a furcii de tors.

Îmi aduc aminte că l-am privit cu respect, cu mândrie şi chiar cu admiraţie. Se pare că în casa noastră nu fusesem doar eu subestimată.

Acolo, în templul acela al artei, în timp ce păşeam pe marmura lucioasă, înconjurate de frumuseţe, şi Olivia încerca să-l facă pe Căpitan să-i dezvăluie secretele marilor maeştri, Aurora mi le revela mie: cum Velázquez a început să picteze spaţiul dintre personaje, cum Goya a inventat, fără să vrea, impresionismul cu câteva secole mai înainte. Mi-a spus şi de ce era atât de bucuroasă. Blanca Soto o sunase pentru a-i spune că vânduse şase dintre lucrările ei. Nu-i venea să creadă, mi-a spus prinzându-şi agitată părul la spate. De fapt, era posibil să se ducă, împreună cu alţi artişti spanioli, la un târg de artă în Frankfurt.

N-o mai văzusem niciodată atât de frumoasă: îşi lăsase părul să crească puţin şi acum şi-l putea strânge cu nişte agrafe sau într-o coadă. Purta nişte blugi rupţi şi o cămaşă veche cu buline negre, dar părea mai tânără şi mai plină de viaţă. Când râdea, faţa ei nemachiată lăsa la vedere nişte riduri foarte fine, care chiar o avantajau. M-a îmbrăţişat.

— Mi-a spus Olivia că a fost ideea ta.

Ochii ei mari ca de personaj din desenele animate s-au umplut de lacrimi. Mirosea a apă de colonie şi a tutun.

— A mea? Nu..., am zis şi m-am desprins din îmbrăţişare. Blancăi i-au plăcut. Eu nu i-am zis...

— Sincer, îţi mulţumesc mult că ai dus tablourile mele la galerie fără să mă întrebi, m-a întrerupt. Eu n-aş fi făcut-o. Mai mult, nu te-aş fi lăsat să faci asta.

Atunci şi-a deschis geanta şi a scos un dosar în care era o serie de schiţe. Una dintre ele reprezenta o ambarcaţiune cu două catarge, foarte asemănătoare cu *Peter Pan*. De catargul cel mare era agăţat un steag alb cu o viorea în mijloc. Şi-a vârât din nou mâna în geantă şi a scos o pânză albă împăturită.

— Poftim, a zis întinzându-mi-o solemn. E pentru tine. În felul acesta toţi vor şti de la depărtare cine soseşte. Şi ar face bine să se dea la o parte!

Am acceptat emoţionată steagul împăturit şi ne-am îmbrăţişat din nou. Şi am continuat să păşim ţinându-ne de braţ în urma Oliviei, care deja se afla în capătul sălii, cu toate că se oprea în faţa tablourilor care-i atrăgeau mai mult atenţia motanului Căpitan, sub privirile stupefiate ale paznicilor şi turiştilor.

Când am părăsit sălile răcoroase ale muzeului, am simţit un val de căldură atât de puternic, încât ne-am cumpărat câte o îngheţată şi ne-am aşezat lângă fântâna de la intrarea în grădina botanică.

— Şi când pleci la Frankfurt? m-am interesat.

Aurora îi oferea lui Căpitan îngheţata ei cu lapte, pe care motanul o lingea foarte repede cu limbuţa, şi atunci a spus fără să ne privească:

— Nu cred că o să mă duc...

S-a aşternut o tăcere eternă.

Mie şi Oliviei ne-a pierit cheful de îngheţată.

— Poftim? s-a indignat Olivia.

Aurora a continuat să vorbească în timp ce-l mângâia pe Căpitan:

— Acum trebuie să mă concentrez asupra relației mele, fetelor. De când s-a întors Maxi, situația este foarte delicată, a zis și și-a tras puțin nasul. Mă mulțumesc să știu că am fost selectată, serios. Vor fi și alte oportunități.

Olivia s-a ridicat brusc.

— Marina, uite aici o lecție. Să nu ajuți niciodată pe cineva care nu ți-a cerut s-o faci.

Mi l-a pus pe Căpitan în brațe și și-a aruncat înghețata în coșul de gunoi.

Aurora a răbufnit:

— Nu mă judeca! Tu ai decis să n-ai partener, nici copii, nici câine sau pisică. Dar eu nu vreau asta! Eu nu sunt așa de puternică precum ești tu, Olivia.

Cealaltă s-a întors cu pupilele dilatate și apoi a închis ochii, de parcă ar fi primit o palmă. Nici eu, nici Aurora n-am putut să estimăm în clipa aceea durerea acelei lovituri. Nu a spus nimic. Ne-a întors spatele și am văzut-o traversând pe la trecerea de pietoni în direcția cartierului Literelor.

Aurora a urmărit-o cu o privire sticloasă, care de data asta nu se datora alergiei sale.

— Vezi cum e? Știa ce-o să se întâmple, s-a plâns. Ea nu înțelege. Nici măcar nu m-a lăsat să-i explic că am vorbit despre asta cu el.

— E nervoasă, am scuzat-o. Zilele astea au venit să vadă florăria câțiva posibili cumpărători. Dacă lucrurile continuă așa, e foarte posibil să fie nevoită să-și închidă afacerea la sfârșitul verii.

Aurora a strâmbat din buzele ei de personaj de desene animate.

— De fapt, am schimbat subiectul, de ce nu te duci la târg?

Ea a tras aer în piept, de parcă ar fi urmat o explicație lungă.

— Când Maxi s-a întors la mine, am acceptat să nu-l controlez atât de mult, dar i-am spus că și el trebuie să facă un efort și că nu putem continua așa.

Aurora s-a ridicat și a strâns pumnii, apoi a continuat:

— Și a înțeles. Ba chiar i-am sugerat că, dacă rămâne, trebuie să plătească jumătate din cheltuielile casei. Dar realitatea e că el nu poate să contribuie cu nimic acum. Ce să fac? Să-l arunc în stradă? Depindem doar de ceea ce câștig eu cu taxiul! Nu-mi pot permite să pierd câteva zile.

Un grup de turiști ne-au rugat să le facem o poză, pe care probabil că n-am încadrat-o bine, fiindcă au privit-o dezamăgiți și nu mi-au mai cerut alta.

— Ești sigură că nu este o scuză? am întrebat-o în timp ce mă așezam iar.

— Nu! Chiar e adevărat că n-are bani.

— Ziceam că este o scuză pe care singură ți-o găsești ca să nu te duci. Iar el să-și rezolve viața! am insistat, înfuriată.

— Dacă insinuezi că nu mă duc de frică, să știi că nu e adevărat.

S-a prăbușit pe banca de piatră. Mâna ei tremurândă îl mângâia pe Căpitan.

— Petrece mult timp departe de casă. Și se întoarce băut. Drogat... Știu că e ceva trecător și că e foarte greu să găsești de lucru, a continuat. Dar mai știu că, după ce-și va găsi echilibrul, s-ar putea ca relația să funcționeze. Acum mi-e teamă să nu mă părăsească iar.

L-am luat pe Căpitan, ai cărui mușchi se pregăteau pentru o săritură după un porumbel.

— Să nu te părăsească? am țipat. Nu s-a întors? Cum să vrea să te părăsească, Aurora, unde mai găsește el așa un chilipir?!

După ce am rostit acele cuvinte am început să regret.

Ea m-a privit, cu o expresie între surpriză și supărare.

— Nu știu ce-ai vrut să zici, dar el chiar îmi spune că mă iubește. În felul lui.

— Atunci s-o dovedească, să nu-ți mai pună condiții.

— Acum nu mă poate sprijini mai mult, asta-i tot.

Am ridicat privirea. Lumina plumburie a zilei se infiltra prin coroanele copacilor de pe bulevardul Prado.

— Şi se simte prost, am auzit-o spunând. Îmi închipui că pentru el este foarte greu ceea ce mi se întâmplă, iar el...

— Îţi închipui sau ţi-a zis?

— Mi-a sugerat.

Nu m-am mai putut abţine. Tot ce am spus începând din acel moment a umbrit din ce în ce mai mult chipul prietenei mele, de parcă vorbele mele i-ar fi dat nişte lovituri invizibile. Dezamăgirea s-a revărsat asupra ei ca o găleată cu apă rece. Dar am simţit că trebuia să fac asta.

Poate pentru că aveam certitudinea că acele umbre se puteau curăţa.

Pentru că acea apă se putea şterge.

Fiindcă eu însămi făceam asta.

Nu reuşesc să-mi amintesc exact tot ce i-am zis atunci. M-am limitat să-i fac portretul lui Maxi, ca să-l vadă din afară, sau, mai bine zis, un colaj pornind de la toate informaţiile pe care ni le dăduse despre el: un bărbat de aproape patruzeci de ani care nu-şi plătea telefonul, care nu se culca cu ea, dar îi cerea să accepte ca foarte firesc că avea relaţii cu altele, care-şi aducea în casa ei gaşca de prieteni drogaţi, un bărbat care, atunci când ea părea interesată de altul, făcea pe neajutoratul ca să nu fie dat afară din casă. Cum să o părăsească un astfel de bărbat?

— Trebuie să-l faci să plece din apartamentul tău.

Încă nu reuşesc să-mi dau seama cum de am fost în stare să spun toate astea.

Ea m-a ascultat. Nici măcar n-a avut putere să mă contrazică. Şi, respirând greu, a răspuns doar atât:

— Nu pot...

Am luat-o de mână. Am asigurat-o că mi se părea fenomenal ceea ce picta în ultima vreme, indiferent ce zicea Maxi. Şi că merita acea şansă. Şi, deşi am simţit tensiunea în toţi muşchii ei, Aurora nu se pregătea pentru un salt precum Căpitan. Nu putea. Era doar tensiunea durerii. Frumoasa Suferindă n-a putut să plângă aşa cum făcea de obicei. Poate de aceea Căpitan, strivit între noi două, a început să toarcă din nou, conştient de acea superputere anestezică a felinelor, cu care erau în stare să aline cele mai mari dureri.

Ne-am plimbat timp de o oră pe bulevardul Prado, printre chitarişti, pictori şi vânzători de evantaie decorate cu picturile din muzeu şi Aurora mi s-a destăinuit.

Nu era atât de sărac precum credeam noi, m-a lămurit în timp ce mergea încetişor. Era conştientă că el profita de ea, dar intrase atât de adânc în viaţa ei, încât acum îi era imposibil să-l alunge.

— Îmi spune mereu că sunt o femeie complicată. Şi că din acest motiv e greu să găsesc pe cineva care să mă iubească la fel ca el.

Şi, tot auzind refrenul ăsta de la el, ea îl crezuse. Sau dorise să-l creadă.

Dar atât timp cât Frumoasa noastră Suferindă rămânea în acea relaţie zbuciumată, pierdea alte şanse: de curând Casandra îi prezentase un prieten de-ai ei din diplomaţie, sub pretextul de a-i vinde un tablou. Era un bărbat atrăgător, sensibil, amabil cu ea, îi plăcea arta şi ar fi putut să o plimbe prin jumătate de lume în timp ce ea ar fi continuat să picteze. Dar la a treia întâlnire Aurora i-a zis că locuia cu iubitul ei. Iar el, nedumerit, s-a retras. Iubitul ei?

După cum îi spusese Olivia, un bărbat care voia să o iubească nu putea să prezinte un interes pentru ea. Nu era un violent sau un egoist căruia trebuia să-i găsească scuze în faţa prietenilor. Nu era un bărbat care o dispreţuia. În concluzie, nu putea să îndrepte un bărbat căruia îi era bine cu felul lui de-a fi. Dacă trebuia să iubească fără să sufere, nu știa cum să o facă. Un bărbat care deja o credea minunată nu era un bărbat pe care trebuia să-l convingă de acest lucru. Nu era ca tatăl ei.

— Cum a rămas cu lista noastră cu plăceri capitale de zilele trecute? Dorința, ambiția, mândria..., am zis și i-am făcut cu ochiul.

— Deocamdată pot să tai de pe listă desfrânarea, a spus ea zâmbind cu jumătate de gură și mi s-a părut mai liniștită. Încetul cu încetul.

În timp ce ne plimbam, Căpitan își scotea din când în când boticul moale și ne lingea cu limba lui ascuțită. Până când m-am oprit în dreptul fântânii lui Neptun și, avându-l drept martor - acum cred că n-a fost o coincidență -, mi-a trecut prin minte să-i propun o provocare:

— N-o să mă îmbarc, Aurora, dacă nu iei avionul spre Frankfurt. Și dacă, înainte să pleci, nu-i spui lui Maxi să nu mai fie acasă când te întorci.

I-am întins mâna ca să ne pecetluim pactul. Ea m-a privit chinuită de o vină a priori.

— N-o să pot.

— Ba da, o să poți, am asigurat-o. Nu ești singură.

Tremura de frig, deși termometrul indica 33 de grade într-o zi înnorată.

Toată încrederea pe care nu o aveam în noi însene ne-o încredințaserăm una alteia. Iar noi, femeile, acționăm prin molipsire, după cum spunea Olivia. Ne găsim puterea în forța celorlalți. Ca un lanț.

Când am ajuns la florărie, Olivia era la intrare și observa cu interes fațada de vizavi.

Întregul zid era vopsit în albastru, cu mișcări de penel vii. În mijlocul acelui vârtej de culoare, o siluetă, o femeie cu un braț ridicat, agăţată de ceva alb, care putea fi atât spuma unui val, cât şi vântul.

Îngenuncheat pe caldarâm şi cu mâinile pline de vopsea, stătea Kiddy Citny, îmbrăcat cu o cămaşă pătată de culori şi nişte blugi. Aurora şi Căpitan aveau aceeaşi privire, de parcă amândoi ar fi fost în stare să vadă razele ultraviolete. Pictorul s-a ridicat când ne-a văzut venind. Mi-a adresat o privire zâmbitoare, fermă şi a zis: „Tu eşti, Marina, zburând deasupra mării. Zburând".

Teoria parazitului

În după-amiaza aceea nici măcar un înger căzut din cer în grădina noastră n-ar fi fost mai oportun decât vizita improvizată a unui pictor german de renume, cunoscut pentru înclinaţia lui spre cauze nobile: două ingrediente ideale pentru a-i capta atenţia Frumoasei noastre Suferinde.

De aceea, înainte ca Aurora s-o ia la fugă, i l-am prezentat şi apoi am sugerat să ne aştepte în timp ce luau o gustare pe undeva prin cartier. El îi putea vorbi ca un cunoscător despre târgul de artă de la Frankfurt la care fusese invitată şi, între timp, eu şi Olivia aveam să curăţăm florăria după dezinsecţie. N-am ştiut niciodată cât la sută din lucrurile incredibile care se întâmplau în jurul acestei femei erau puse la cale de ea sau, pur şi simplu, aveau loc pentru că erau în apropierea câmpului ei energetic. Chestia e că, oricum ar fi fost, ele se întâmplau.

Exact asta mă întrebam când am intrat împreună în seră. Am privit scârbită în jur: un covor de păduchi-de-plantă mici şi foşnitori acoperea solul, de parcă ar fi fost caviar roşu. Ne-am pus mănuşi, l-am lăsat pe Căpitan închis în cuşca lui în grădină şi ne-am pregătit să curăţăm.

Nu era nevoie să fii un foarte fin observator ca să vezi îngrijorarea care se citea în ochii obosiţi ai Oliviei, pe buzele strânse, în mişcările ei, mai puţin hotărâte decât de obicei. Îşi luase rămas-bun de la Frumoasa noastră Suferindă cu un „ne vedem mai târziu" şi practic fără s-o privească. Aproape în acelaşi timp l-am văzut pe Francisco ieşind pe uşa din spatele grădinii. De ce era aşa de îngrijorată? Din cauza Aurorei? Sau avea legătură cu posibila închidere a florăriei? Ce puneau ei doi la cale?

Nici el nu mi s-a părut că arăta prea bine. Era nebărbierit şi nişte cearcăne mari sub ochii lui arătau că nu dormise de câteva zile. Dar, mai ales, a ieşit pe uşă ca atunci când l-am cunoscut, cu ochii în pământ, şi nu cum îl văzusem în ultima vreme: cu bărbia sus şi cu lumină în ochi.

Când am intrat, alt detaliu mai clar mi-a anticipat drama: pe tejghea era un set de chei. Cu un breloc ce imita o margaretă. Setul de chei pe care li-l dăduserăm Victoriei şi lui Francisco pentru întâlnirile lor amoroase.

Olivia l-a luat în mână şi mi l-a arătat.

— Tu înţelegi ceva?

Am negat clătinând încet din cap. Ea a plesnit din limbă.

— De ce bărbaţii numesc „vină" ceea ce în realitate este „frică"?

Mi-a părut rău pentru Victoria. Fiindcă am intuit că ea nu ştia că, sosind la seră, nu avea să o aştepte o nouă întâlnire cu amantul ei, bărbatul de care era îndrăgostită, ci doar o garoafă roşie: floarea despărţirii.

— A părăsit-o? am întrebat-o, nevenindu-mi să cred, în timp ce o urmam pe Olivia în seră.

Ea s-a apropiat de iasomia căţărătoare care urca pe zidul bisericii şi a început să scuture păduchii-de-plantă care, deşi morţi, stăteau în continuare lipiţi de frunze. A rupt o frunză şi mi-a arătat-o.

— O vezi? Vezi cum se înfig pe unde circulă seva? La fel i se întâmplă şi lui Francisco cu soţia lui.

Trebuie să recunosc că, deşi eram obişnuită cu atacurile dure ale Oliviei şi uneori mă epuizau alegoriile ei, comentariul acela mi s-a părut extrem de crud.

— Dar ce s-a întâmplat? m-am impacientat.

— S-a îndrăgostit de Victoria, asta s-a întâmplat, a zis în timp ce mătura.

— Şi de-asta o va părăsi?

Acum chiar nu mai înţelegeam nimic. Se pare că Francisco îi povestise Oliviei că, în urmă cu două zile, îl sunase la serviciu o vecină ca să-i spună că soţia lui se afla la urgenţe, fiindcă făcuse un fel de criză nervoasă. Când a ajuns la spital, a găsit-o pe Aida cu perfuzii; ea a întins mâna tremurândă în aer şi a izbucnit în plâns de îndată ce l-a văzut. După multe analize, un medic care, potrivit lui, l-a privit cu reproş – aceasta era, mai mult ca sigur, partea în care Francisco sau vinovăţia lui nuanţau povestea – îi explicase că soţia lui suferea de depresie. Avea nevoie doar de odihnă, medicaţie, terapie, răbdare şi să evite orice fel de supărări. A considerat de cuviinţă să-l avertizeze şi asupra faptului că Aida îi dăduse de înţeles unei asistente că, în timpul acelor crize de nelinişte de care suferea, se gândise să facă „o nebunie". Astfel, mesajul a ajuns la Francisco: i-a înconjurat umerii cu braţul şi a însoţit-o acasă, în timp ce ea îi cerea iertare cu voce slăbită pentru că l-a speriat şi îl privea cu ochi de căţeluş recunoscător. În noaptea aceea a dormit ţinându-l de mână, ca o soţie adevărată. A doua zi s-a dus la psihiatrul ei. Practic, de când se căsătoriseră, mergea la el regulat, din cauza tendinţei sale spre depresie.

— ...vizite care coincid cu momentele în care el a încercat să o părăsească, a precizat Olivia. Şi acum vine şi cireaşa de pe tort: l-a informat că psihiatrul ei recomandă ca, în timpul tratamentului, să i se acorde multă atenţie, fiindcă nu e sigur că poate lua pastilele corect... În fine...

Şi-a acoperit părul cu o basma.

— Hai, mai dă-mi o cârpă.

I-am aruncat-o şi a prins-o din zbor. Am început să curăţăm masa de fier de păduchii-de-plantă.

— Dar relaţia ei nu se va îmbunătăţi, am zis iritată.

— Fireşte că nu! a exclamat Olivia. Dar preferă să aibă o relaţie zombi. Moartă. E mai bine decât să caute alt organism cu care să se hrănească.

— Mă rog, e opţiunea ei. Dar el? Ştiu că nu mai merge căsnicia lui. De ce renunţă la relaţia cu Victoria? am întrebat mirată.

Olivia a scuturat cârpa lovind-o de balustradă.

— Aşa sunt unii, a zis biciuind scaunele cu înverşunare. Le este foarte frică. Teamă de schimbare. Teamă să înfrunte realitatea, teamă chiar şi de fericire. Amână inevitabilul şi sfârşesc prin a provoca o mare suferinţă. Atât lor, cât şi celorlalţi.

Era supărată, a spus în timp ce mătura cu violenţă dalele din grădină; nu, de fapt era furioasă. Şi ce părere aveam despre cazul Aurorei? Oamenii ca iubitul ei erau făcuţi după acelaşi tipar ca Aida: adulţi care nu acceptau deciziile celorlalţi şi care se purtau ca nişte copii contrariaţi.

— Este o lege, a afirmat urcându-se pe un scaun pentru a şterge partea de sus a pergolei. A trecut deja o săptămână de când Francisco i-a spus că ar trebui să ia o pauză. Şi să ştii că mă temeam că se va întâmpla asta: chiar astăzi, cu un simţ al oportunităţii demn de admiraţie, psihiatrul sărmanei femei este de părere că aceasta nu-şi va depăşi depresia fără sprijinul soţului ei. Îţi dai seama?

S-a clătinat puţin şi am alergat să o ţin de picioare.

— Nu vrei să mă laşi pe mine să şterg? i-am sugerat, dar s-a făcut că nu mă aude.

Am ridicat vocea:

— Şi presupun că psihiatrul nu i-a spus asta lui Francisco direct.

— Evident, a continuat plictisită, de pe scaun. Dar nici nu era nevoie... O poate ajuta și din afară. În concluzie, șantajul este: dacă mă părăsești, vei avea pe conștiință sănătatea mea. Și apoi, în treacăt, i-a spus că l-a visat cu „alta“.

— Și, firește, el a negat.

— Sigur că a negat! Dă-mi mâna, dragă.

Am ajutat-o să coboare de pe scaun. Mi-a zâmbit fără chef.

— Dar nu mai contează. Suntem femei, Marina. Când o femeie își întreabă partenerul dacă are pe alta, o face pentru că știe deja că există alta. Și, din două una, dacă femeia aia este un parazit, tot ce-și dorește este ca el să se simtă vinovat și să-i strice încercarea de a fi fericit. Iar dacă nu este, îi dă șansa de a o părăsi. Și, în loc de asta, el ce face? Neagă situația, de parcă de asta ar depinde viața lui, și o părăsește pe Victoria. Totul e foarte coerent.

Îmi amintesc că situația aceea, nu știu de ce, m-a făcut să mă gândesc la tine. Ce s-ar fi întâmplat în cazul meu? Dacă aș fi știut că exista alta în viața ta, Óscar, n-aș fi putut să continui alături de tine. Nu mă imaginez reținându-te împotriva voinței tale, cu victimizări și șantaje. Sau poate că aș fi făcut-o? Atât de dependentă eram?

Cazul lui Maxi sau al soției lui Francisco l-am denumit în acea după-amiază „sindromul parazitului“: adică un copilot ridicat la puterea n. O persoană care se hrănea din viața altuia, din energia lui vitală și emoțională și transforma slăbiciunea acestuia în propria-i putere pentru a-l păstra alături. În cazul Aurorei, Maxi se hrănea din mijloacele ei de trai, din contactele ei și chiar pentru a-și face loc în profesia lui prin talentul ei; în cazul lui Francisco, soția lui beneficia de viața plină de călătorii și de evenimente interesante a soțului ei. Pentru Aida, el era „hrana“ ei. Îi erau de ajuns firimiturile de fericire și nu avea de gând să renunţe la ele. Era mai comod decât să-şi clădească o viaţă proprie. Şi, ajunsă în acel punct, era de părere că nu-şi putea permite să-şi piardă investiţia, asigurarea de viaţă.

— Francisco mi-a povestit că, în toţi aceşti ani, au existat de toate: de la sarcini nedorite, până la încercări de sinucidere, boli false...

Olivia a început să umple cu furtunul stropitoarea roşie.

— Se foloseşte de orice pentru a-l face să se simtă vinovat şi să renunţe la ideea de a pleca de lângă ea.

— Iar el, deşi îi este victimă, vorbeşte despre ea ca şi cum i-ar fi călău.

În timp ce scuturam învelitorile din plastic ce acopereau scaunele din grădină, mi-am amintit neliniştea Aurorei la simplul gând de a-i cere lui Maxi să plece din casa ei. Se gândea la durerea lui. Nu era în stare să-i provoace o asemenea durere. Nu era în stare să se gândească la propria durere.

Am ajutat-o pe Olivia să tragă un ghiveci foarte greu.

— I-am spus lui Francisco: ori acţionează acum, ori s-ar putea să rămână prizonier pentru tot restul vieţii, a zis şi s-a îndreptat de spate, epuizată. Hai să lăsăm aici arbustul ăsta. Are umbră.

— Şi ce crezi că va face?

— Francisco? a întrebat, iar eu am încuviinţat. Din păcate, nu cred că va face nimic. Cel mult, se va lamenta.

Am şters leagănul pentru cugetat şi m-am aşezat în el. Mi-am adus aminte de bolnăvicioasa Aida. Nu o văzusem niciodată, dar mi-o imaginam ştearsă, o variantă feminină a lui Maxi, dându-i soţului ei tot felul de sarcini domestice absurde pentru a-l menţine ocupat, victimizându-se când el sosea acasă învăluit de lumina şi aroma Victoriei. Am vizualizat închisoarea în care se simţea prizonier. Citind în sufragerie până când ea adormea. Masturbându-se în baie. Vârându-se în pat şi dormind toată noaptea într-un colţişor. Mi-am imaginat că asta ţi s-ar fi întâmplat ţie cu mine. Că, la un moment dat, poate că am fost închisoarea ta fără să-mi fi dat seama. Şi că m-ai folosit, poate, ca pe o scuză ca să faci „ce se cuvine", în loc să înfruntăm realitatea. Că m-ai simţit atât de dependentă, încât asta te unea cu mine. „Parazitul rămâne sau cere protecţie argumentându-şi insignifianţa, asta este forţa sa", o auzisem spunând în cele din urmă pe acea guru deghizată în florăreasă.

Dintr-odată, ochii mi s-au umplut de lacrimi, la fel de repede cum se revărsa apa din stropitoare. Şi n-am îndrăznit să mă întreb, nici să o întreb pe Olivia ce anume mă făcea să am senzaţia unui nod în gât. Ea a părut surprinsă şi, de parcă mi-ar fi înţeles îndoielile faţă de propria persoană, s-a apropiat de mine şi şi-a pus mâna alinătoare pe spatele meu. Am privit-o cu ochi imploratori. Aşa cum era, cu părul portocaliu ieşindu-i din basma, părea o vrăjitoare bună. Atunci, spre surprinderea mea, a izbucnit în râs.

— Dragă, a spus sprijinindu-se în mătura ei magică, ştiu la ce te gândeşti. Dar tu nu eşti aşa. Spune-mi, de ce te încrezi mereu mai mult în ceea ce-ar putea să creadă ceilalţi, şi nu începi să ai încredere în tine însăţi? Crezi că eşti un parazit? Eu ştiu despre tine doar că eşti o persoană generoasă şi… îţi cam place să te autocompătimeşti, ce-i drept, ceea ce mă scoate puţin din minţi, a adăugat zâmbind ironic. Nu v-am cunoscut împreună pe tine şi pe Óscar, dar ştiu că nu eşti o persoană egoistă, Marina. Văd asta din felul cum te comporţi aici cu ceilalţi oameni.

S-a uitat la grămada aceea de mici cadavre pe făraş.

— Cazul lui Maxi sau al Aidei este diferit. Amândoi refuză să dispară din prim-plan pentru că, în fond, se iubesc mai ales pe ei înşişi.

— Dar Maxi trebuie să afle că ea nu este fericită.

— Dragă Marina... a zis în timp ce-şi aranja basmaua. Crezi că pe aceşti păduchi-de-plantă îi preocupă câtuşi de puţin sănătatea plantei de care s-au agăţat?

— Şi atunci... ce vrea?

— Vrea doar ca ea să fie acolo. Punct.

A ieşit cu mătura în mână şi eram convinsă că avea să urce pe ea şi să zboare, dar a dispărut pe uşa serei.

M-am balansat în leagănul meu. Crengile puternice şi bătrâne ale măslinului s-au tânguit puţin. Şi, deşi am încercat să nu mă gândesc la asta, mi-au venit în minte mama şi întreaga listă de şantaje emoţionale când am plecat de acasă. Toate mecanismele de victimizare pe care le folosea cu fiecare membru al familiei. Era şi un mod de a se asigura că nu aveam să plecăm niciodată de lângă ea?

Ne-am terminat treaba când deja se întunecase afară şi am profitat pentru a stropi şi a elimina prin canalul de scurgere resturile de păduchi şi de otravă. Curăţenia aceea mi s-a părut purificatoare. N-am făcut niciun efort pentru a afla unde era Aurora şi ne-am dorit din tot sufletul ca artistul să fi trezit în ea virusul visurilor sau, cel puţin, să-i fi dat imboldul necesar pentru a elimina din viaţa ei o relaţie extrem de toxică.

Dar seara s-a încheiat cu o vizită de ultimă oră.

Beam împreună cu Olivia un vin alb sub pergolă şi ne felicitam reciproc pentru felul cum făcuserăm curăţenie, când s-au auzit nişte paşi în seră. M-a mirat privirea atentă de felină a Oliviei, aşa că m-am întors şi eu.

Şi atunci am văzut-o.

De-abia puteam să o ghicesc în spatele geamurilor, nu reuşeam din cauza fluturilor din celofan care le decorau şi a vazelor cu flori pe care se oprea să le privească. Era înaltă şi roşcată, cam de vârsta mea, şi era îmbrăcată toată în negru, cu un fel de salopetă cu pantalon strâmt şi umerii goi.

Olivia nu s-a mişcat din scaunul ei. Doar a observat-o cu atenţie din locul unde ne aflam, stând parcă la pândă, cu un amestec de fascinaţie şi de prudenţă. În urma ei a intrat un tip blond, cu zâmbet larg şi luminos, îmbrăcat cu blugi şi o cămaşă în dungi.

— O cunoşti? am întrebat-o pe Olivia.

Ea şi-a dus încetişor paharul la buze.

— Da şi nu, a răspuns misterioasă. Ştiu cine este, dar încă nu ne-am cunoscut personal.

Femeia a păşit prin seră, nehotărâtă ce floare să cumpere, dar a făcut câteva poze cu telefonul mobil. Bărbatul blond făcea comentarii despre flori în timp ce inspecta locul împreună cu ea.

Ea era, scriitoarea, m-a asigurat Olivia în şoaptă.

De câteva luni, Vanessa Montfort, cum a spus că o chema, se mutase în cartier, iar vecinii şuşoteau că acţiunea noului ei roman avea să se petreacă pe acele străzi. Nerăbdătoare, am întrebat atunci de ce nu se ducea să o servească.

— Încă nu vreau să intervin. Sunt curioasă ce flori alege.

Şi-a urcat picioarele pe scaun şi apoi a dat ochii peste cap.

— Din câte ştiu despre ea, dacă a venit la ora asta şi sunt îmbrăcaţi aşa, presupun că se duc la vreo premieră aici, alături. Florile sunt pentru actorul sau actriţa din rolurile principale. A venit şi când era Aurora aici, dar numai dimineaţa şi în weekend, atunci cumpără flori pentru acasă. Cel care a intrat cu ea trebuie să fie editorul ei, Alberto Marcos, deoarece comentează împreună fotografiile pe care le face ea, probabil ca să se documenteze.

I-am ascultat fascinată fabulaţiile despre cele două personaje. Grădina Îngerului avea să apară într-un roman?

A sunat un telefon mobil şi am văzut-o pe scriitoare răspunzând. A oferit câteva indicaţii rapide şi apoi a scos un hohot de râs, amuzată. Atunci privirea ei le-a surprins pe ale noastre şi, descoperindu-ne, a păşit hotărâtă spre grădină. Ne-a adresat un zâmbet curios și blând. Pielea ei foarte albă contrasta cu îmbrăcămintea neagră. Florăreasa s-a ridicat.

— Bună seara, te pot ajuta? a zis Olivia, puțin mai protocolară decât de obicei.

Scriitoarea a înclinat capul într-o parte și a făcut o pauză, privindu-ne. Ne analiza cu ochii ei căprui, de parcă ne-ar fi desenat.

— Ești Olivia, nu-i așa?

Florăreasa a încuviințat.

— Atunci... cred că deja m-ai ajutat.

Eu și Olivia ne-am privit cu coada ochiului, fără să pricepem. În momentul acela ni s-a alăturat editorul ei, care-i spunea că trebuiau să ajungă la teatru. Când ne-a descoperit prezența, a părut surprins și, în același timp, bucuros; cel puțin, asta indica privirea lui perspicace.

— Uite, Alberto, ele sunt Olivia și Marina.

Și ne-a prezentat ca și cum ne-ar fi cunoscut de mult timp, de parcă și el ar fi trebuit să știe cine eram.

— Ia te uită! a exclamat el cu un entuziasm aproape infantil și apoi a izbucnit într-un hohot de râs vesel și contagios. Serios? Încântat... literalmente.

Atunci scriitoarea, fără să ne piardă din vedere vreo clipă, a pășit prin grădină, privind peste tot: a înconjurat măslinul, a împins încet leagănul pentru meditat, și-a vârât degetele sub șuvoiul de apă al unei fântâni arteziene, la fel cum făcea Căpitan când inspecta un teritoriu nou, pe care hotărâse să-l cucerească. Olivia a urmărit-o cu privirea, până când Alberto a salutat cu mâna pe cineva care venea din depărtare. „Ia uite cine apare de acolo...", a exclamat. „Ce bine... Dacă ne mai abatem mult din drum, nu mai ajungem." Scriitoarea a zâmbit, iar eu am privit în aceeași direcție ca ea. Bărbatul acela a traversat piața cu mers energic și privire trufașă. Era îmbrăcat cu blugi şi o cămaşă albă. Când a ajuns la intrarea în grădină, s-a oprit brusc, de parcă văzuse ceva ce-i atrăsese dintr-odată atenţia. Cu toate că scriitoarea şi editorul se uitau amuzaţi la el, acesta încă nu le răspunsese la salut. Ochii verzi şi limpezi din spatele unor ochelari mici se mişcau încet, ca o cameră de filmat. Era îmbujorat, cu nuanţe cenuşii în păr şi cu oarecare aer britanic.

— Ştiam că o să-ţi placă, s-a bucurat ea când bărbatul s-a apropiat să o sărute. Ai filma aici fără nicio problemă, nu-i aşa?

— Da, da, da... a răspuns el, căzut pe gânduri. Ba chiar mi-ar face plăcere...

Apoi i-a strâns mâna editorului şi ne-a adresat o privire complice.

— Asta păţiţi dacă nu închideţi uşa. Se poate strecura înăuntru fauna periculoasă a acestui cartier: scriitori, editori, regizori... astfel de personaje.

Ceilalţi doi au apreciat comentariul, în timp ce eu şi Olivia îi priveam în continuare stupefiate. Deşi spuseseră că erau în întârziere la teatru, cel care (am aflat asta ulterior) era regizorul Miguel Ángel Lamata – şi el de curând mutat în cartier – a străbătut grădina la fel cum făcuse scriitoarea, dar într-un ritm mai lent, căutând punctele de lumină şi de fugă, ba chiar a ieşit un moment, pentru a observa grădina de dincolo de grilaj, apoi a intrat din nou.

Atunci a întrebat-o pe scriitoare ceea ce Olivia îşi dorea atât de mult să afle: ce flori avea să cumpere.

— Adevărul este că şi eu sunt curioasă să ştiu ce flori îţi plac, a mărturisit Olivia, neputându-se abţine.

Scriitoarea şi-a dat după o ureche bretonul roşcat şi şi-a legănat întregul corp pe un picior. A dat ochii peste cap.

— Ai trandafiri albaştri? a zis în cele din urmă, ca şi cum ar fi fost întrebarea pentru un examen.

Olivia a zâmbit mulţumită. Alberto s-a întrebat amuzat de ce scriitoarei nu-i putea trece prin minte ceva mai simplu. Regizorul a făcut un gest care însemna că pentru el răspunsul era evident.

— Azi nu-i pot comanda, a răspuns Olivia.

— Dar există? a întrebat ea.

— Dacă nu există, ar trebui, a afirmat regizorul, cu o privire complice.

Nici eu nu văzusem vreodată trandafiri albaştri, dar ştiam că existau pentru că citisem semnificaţia lor pe tăblia de la intrare. Simbol al eternităţii, erau rezultatul altoirii şi al încrucişării minuţioase a unui număr mare de trandafiri de diferite mărimi şi culori. Un monument în cinstea frumuseţii.

— Dar nu sunt naturali, am avertizat-o. Adică au acea culoare pentru că au fost creaţi de om.

Ea a făcut ochii mari.

— În cazul acesta, sunt exact ce-mi trebuie, ne-a asigurat entuziasmată. Flori inventate... Trandafiri de ficţiune.

Apoi şi-a lăsat cartea de vizită pe masă, ne-a mulţumit şi s-a interesat când aveau să-i sosească florile. Trebuia să comande multe. Ne-a spus că avea nevoie de ele pentru o scenă importantă.

Cei doi bărbaţi şi-au luat rămas-bun, editorul cu o înclinare galantă a capului, iar regizorul sărutându-i mâna Oliviei, şi au ieşit din grădină spre Teatrul Spaniol din piaţa de alături. Ea s-a oprit la uşă câteva clipe, respirând mirosul de pământ reavăn al oazei noastre, sub felinarele colorate.

— Marina... Olivia... a rostit de parcă ne-ar fi botezat. A fost minunat că v-am cunoscut.

Am văzut-o ieşind din Grădina Îngerului pe femeia aceea şi, din cine ştie ce motiv încă nedesluşit, mi-am închipuit că, dincolo de grilajul nostru din fier, ea avea să rămână departe de orizontul meu, într-o altă lume, din care nu era prea ușor să te întorci. Eu și Olivia ne-am turnat un ultim pahar de vin și am ciocnit în cinstea acelei întâlniri ciudate cu care se încheia seara. N-am mai vorbit despre asta niciodată, dar cred că amândouă am simțit ceva asemănător: nostalgia ciudată pe care ți-o trezește cineva cu care știi că nu ai împărțit un moment în trecut, cu care știi că nici nu te vei reîntâlni în viitor, dar de care te-ai simțit unit într-un mod magic timp de o clipă în prezent.

Mi-am luat rămas-bun de la Olivia și am coborât pe stradă cu motanul care dormea liniștit, după o zi plină de emoții pentru un animal domestic. Aproape de capătul străzii Huertas, mi-am dat seama că-mi uitasem cheile de la apartament, așa că m-am întors. Grădina era în continuare deschisă, dar învăluită în întuneric. Atunci am văzut-o în picioare, lângă măslin, cu un pahar de vin în mână. Părea că vorbea cu el. Apoi a pus un obiect închis la culoare și dreptunghiular în scorbura trunchiului, care de obicei era astupată cu plasă metalică, pentru a evita să intre acolo animalele mici.

Mi-am luat cheile în tăcere, vrând să o las singură cu ritualul ei, indiferent ce-ar fi însemnat acesta.

Când am traversat strada Medinaceli mi-a atras atenția coada imensă de credincioși din fața bisericii, care așteptau minunea. Din când în când, veneau oameni din toate colțurile țării pentru a-i cere îndurare lui Isus Hristos sau pentru a face penitență. M-a amuzat că exact vizavi era o altă coadă de oameni care așteptau să intre în cârciuma La Dolores ca să-și înece necazurile sau conștiințele în alte ape sfinte. Fiecare își alina povara sufletească așa cum putea mai bine.

Nu știu ce m-a determinat să intru în biserică și să mă așez pe o bancă. În capăt, frumosul Hristos cu păr natural își primea răbdător fiii. Am fost recunoscătoare pentru răcoarea din interior, pentru mirosul de tămâie, pentru tăcerea întreruptă de ecoul paşilor pe marmură şi pentru sforăitul lui Căpitan.

Telefonul meu s-a luminat şi a apărut cuvântul „Mama". Era acolo, pe ecran, ca o victimă a unei invocări. Încerca mereu să umple cu vieţile noastre o nemulţumire vitală a cărei origine era alta. Fiindcă nu era adevărat că dragostea unei mame este întotdeauna necondiţionată sau dezinteresată. Era doar un clişeu.

Felul ei de a iubi era sufocant.

Iar ca să o iubesc în continuare trebuia să o accept.

Să o înţeleg.

Şi, mai ales, să nu-i mai permit să-mi influenţeze viaţa sau deciziile de viaţă, ceea ce practic însemna cam acelaşi lucru. Nimeni nu ne învaţă cum să iubim frumos, spunea Fromm. Şi e foarte greu să reuşim. Este o provocare imposibilă atunci când nu te iubeşti pe tine însuţi. Nu este asta contrariul a ceea ce proclamă cultura noastră iudeo-creştină?

L-am privit pe Isus, care-şi ţinea mâinile încrucişate la piept, primindu-i pe credincioşii săi aflaţi în necaz, oferind iubire fără să ceară nimic în schimb.

Mama nu făcea asta.

Ea cerea neîncetat.

După cum spunea Olivia, totul se rezumă la a şti să iubeşti. Din nou Fromm: „O persoană care nu ştie să se iubească pe sine nu ştie să iubească deloc". Se putea iubi frumos sau urât. Într-un mod constructiv, care să te facă să creşti, ca Victoria şi Francisco, sau într-un mod egoist şi toxic, ce putea fi distructiv.

Am deschis cuşca lui Căpitan şi i-am simţit respiraţia liniştită şi caldă. I-am mângâiat căpşorul. Mi-a provocat o tandreţe imensă, pe care n-o mai simţisem pentru el până atunci.

Cred că relaţia mea cu tine fusese mai asemănătoare acestui sentiment.

Iar eu te lăsasem să crezi asta. Îmi mângâiai părul. Mă sărutai pe frunte. Și acesta este un mod de a iubi. Poate incomplet pentru un cuplu. Dar, la urma urmei, tot un mod de a iubi.

Am zâmbit. Acum știu că gândul acela m-a alinat.

Cred că m-am solidarizat cu Hristosul nemișcat și calm. Ce responsabilitate nedreaptă pe umerii bietei statui!

Persoana iubită n-ar trebui să fie niciodată un colac de salvare.

Dacă iubeai frumos, nu puteai să împovărezi pe nimeni cu o asemenea responsabilitate.

Era nedrept.

M-am gândit la prietenele mele.

Aurora avea să-și petreacă noaptea pe fotoliu privindu-și tablourile, în timp ce Maxi se uita la televizor, fiindcă, dintr-odată, nu putuse să treacă peste una dintre frazele pe care i le adresase el. O văzuse trecând prin sufragerie, încălțată cu sandalele ei din piele și îmbrăcată cu o cămașă albă lungă, pe care o purta ca rochie, și-i spusese: „Ai putea să fii mai feminină; de ce nu-ți cumperi niște sandale cu toc, ca prietena ta Gala?" Ea a fost pe punctul de a plânge în hohote, dar, în loc să facă asta, s-a întors spre el, l-a privit în tricoul lui plin de pete și i-a răspuns fără să stea pe gânduri: „Eu, în schimb, m-aș mulțumi să fii curat". Și l-a lăsat acolo, lipit de televizor, încercând să digere acea frază, sub influența marijuanei.

Nici Casandra nu știa că avea să-și închidă biroul la ora 19, pentru prima oară în ultimii ani, că la plecare avea să-i spună Paulei că se simțea rău, punându-i în brațe o tonă de dosare ca să avanseze cu treaba în absența ei, fiindcă intuia că avea să se simtă rău și a doua zi. Când a intrat în lift, chipul i-a fost luminat de un zâmbet și a citit din nou un mesaj pe telefonul mobil prin care i se propunea un plan extrem de sugestiv la țară.

Ultimul meu gând din acea seară s-a îndreptat spre prietena mea Victoria și trista garoafă care o aștepta la seră. Ea, ignorându-şi drama, era la ora aceea în mijlocul unei mari revelaţii, stând în faţa soţului ei, care mânca macaroane cu sos de roşii: căsnicia ei funcţiona doar pentru că ea se adapta la el, la traiul într-un loc pe care nu şi-l dorea şi la modul lui de a-şi dovedi afecţiunea. Şi atunci i-a scăpat:

— Pablo, nu sunt fericită.

El a ridicat privirea, de parcă, brusc, n-ar fi înţeles limba aceea. Fericirea era ceea ce avea în faţa ochilor: soţia lui, copiii lui uitându-se la televizor şi macaroanele cu sos de roşii.

Gala stătea pe podeaua apartamentului ei, în mijlocul unui maldăr de haine, pantofi şi cutii goale. Se simţea ca atunci când schimba hainele în dulap, doar că încă nu sosise toamna. Dar, fără să bănuiască încă, se confrunta cu o schimbare de anotimp. Dintr-odată, simţise nevoia să găsească toate hainele pe care le îmbrăcase în perioada petrecută cu „inomabilul". Şi-a prins părul lung la spate, s-a aşezat în genunchi, a tras adânc aer în piept şi a vârât în pungi mari de gunoi toate rochiile, sutienele, sandalele şi bentiţele care-i aminteau de serile cu el. Căci fiecare dintre acele piese vestimentare - fotografiate în detaliu de memoria ei - era o amintire şi mai vie decât o scrisoare. A strâns patru pungi şi tot atâtea valize şi le-a lăsat la uşă, ca să se ducă să le doneze în dimineaţa următoare.

Ea însăşi îmi spusese în seara aceea la cârciuma La Dolores: „Şi ce greu este să te potriveşti cu cineva într-un moment magic!" M-am gândit din nou la Francisco şi la Victoria. Şi am continuat: ce trist că nu se iubeau pe sine măcar aşa cum îi iubeau pe ceilalţi.

În momentul acela, ceva sau cineva care a trecut pe lângă mine ca un fulger m-a scos din gândurile mele. Era un bătrân cocoşat, care totuşi mergea repede pe culoarul central al bisericii, sprijinindu-se într-o umbrelă. Când deja urca treptele spre

Hristos cel miraculos, un preot a alergat spre el cu intenţia de a-l opri şi, aşezându-se între bătrân şi statuie, a primit lovitura care, fără îndoială, îi era destinată lui Isus. Cât ai clipi, l-au scos aproape pe sus pe bătrân, care-şi dăduse drumul la gură pe acelaşi culoar, sub privirea mea stupefiată.

Pe el, în mod clar, Isus cel miraculos nu-l ascultase.

„Din vina mea, din vina mea, din marea mea vină...", am şoptit privindu-l, în timp ce-mi loveam uşor pieptul în dreptul inimii. Gestul acela învăţat şi nedrept pe care suntem obligaţi să-l facem când încă nici nu ne-au ieşit bine dinţii. Mesajul acela pe care-l aveam întipărit în creier toţi cei din Occident.

Ne năşteam cu bunătatea amanetată.

Purtam povara unei vinovăţii enorme şi milenare, dobândită prin simpla naştere, şi o duceam de prea mult timp pe umerii noştri fragili.

Dintr-odată, am izbucnit într-un hohot de râs cu ecou, amintindu-mi ceva ce obişnuia să-mi spună Casandra: „Marina, noi două suntem departe de a fi persoane normale. Am fost atât de responsabile, încât am putea face un miliard de răutăţi şi tot n-am plăti pentru ele".

Teama de a fi rău. Teama de a păcătui. Teama. Întotdeauna teama.

M-am ridicat de pe bancă. Am luat cuşca în care dormea Căpitan şi m-am îndreptat hotărâtă spre ieşirea din biserică.

La uşă am întâlnit o femeie încărcată cu sacoşe de cumpărături, cărora le-a dat drumul brusc la baza cristelniţei, începând apoi să-şi facă obosită semnul crucii cu apă sfinţită.

Dar de ce naiba nu ne învăţase nimeni că era păcat să fii nedrept cu propria persoană?

Tirania oamenilor slabi

Nu ştiu ce m-a făcut să mă îndrept în acea seară spre Mănăstirea Trinitarienelor. Poate că m-a cuprins o exaltare mistică în biserica de pe strada Medinaceli. Cert este că am coborât pe strada Huertas cu motanul meu şi, fără să stau prea mult pe gânduri, am trecut peste împrejmuirea care proteja situl arheologic şi l-am întrebat pe paznic de profesorul Ibáñez, fiind sigură că trebuia să fie acolo.

Intuiţia m-a făcut să cred că avea să-şi prelungească ziua de lucru pentru a ajunge acasă cât mai târziu cu putinţă.

— Ce să facem? m-a salutat cu un zâmbet, deloc surprins să mă vadă. Trebuie să ne obişnuim cu gândul, Marina. Ne confruntăm cu o chestiune evolutivă.

M-am uitat la el fără să înţeleg. Şi-a scos masca. L-am sărutat pe amândoi obraji. Mi-a făcut semn să intru. Purta o bonetă ca de chirurg şi una dintre acele salopete albe din celuloză pe deasupra hainelor sale.

— Evolutivă? Te referi la zăcământ? am întrebat în timp ce-mi dădea un ecuson.

— Nu, mă refer la femei, a zis şi a împins poarta grea a mănăstirii. Asta e adevărata descoperire pe care am făcut-o luna asta. La fel cum nu ne putem încăpăţâna să cunoaştem un tiranozaur fiindcă ne-a fost dat să trăim, probabil, între două ere glaciare, vouă v-a fost dat să trăiţi într-o epocă în care femeile sunt mai evoluate decât bărbaţii.

Comentariul lui m-a amuzat oarecum. Se pare că victimizarea era un virus contagios.

— Haide, Francisco, ştii foarte bine că nu e aşa.

— Ba e adevărat ce spun! a protestat. Predau la universitate. Sunteţi mai deştepte, CV-urile voastre sunt mai bune, sunteţi mai pregătite din punct de vedere emoţional... cât despre supravieţuire, nici n-am ce să discut.

L-am lăsat să continue în timp ce-l urmam cu o lanternă prin biserică, emoţionată de ceea ce avea să-mi arate. Atunci a observat cuşca de transportat pisici. Nu voia să ştie ce era înăuntru, dar fiindcă nu-i puteam pune o mască, era mai bine să rămână în biroul lui. Ceea ce am şi făcut. L-am lăsat pe Căpitan dormind în cuşca lui pe nişte hărţi ale cartierului din secolul al XVI-lea.

— Nu vei avea probleme pentru că mă laşi să intru?

Mi-a făcut cu ochiul şi m-a luminat cu lanterna.

— Am deja cea mai mare problemă, Marina. Sunt într-o mare încurcătură.

— Ştii de ce am venit?

— Orice ai zice, presupun că o femeie arheolog rămâne tot arheolog şi că ai venit să scormoneşti prin acest mormânt. Apoi a arătat spre scări şi mi-a zâmbit trist. Da, îmi închipui de ce ai venit. Dar ştii şi tu cum e situaţia, Marina. Ţi-am zis deja că e vorba despre o chestiune evolutivă. Nu-i cere unui bărbat să fie în stare să facă cine ştie ce lucruri, fiindcă noi, bărbaţii din era asta, nu suntem aşa. Nu, nu suntem aşa...

Mirosea a ipsos. A piatră. A pământ răscolit şi a conducte. I-am tăiat calea pe treptele care coborau spre criptă.

— Mă uimeşti, l-am asigurat de pe o treaptă mai de jos. Ceva nu se potriveşte. E un discurs prea simplu pentru un bărbat pe care-l consider genial.

El n-a zis nimic. I-am auzit doar respiraţia puternică în întuneric. Apoi m-a ocolit şi a continuat să coboare treptele.

Am ajuns în criptă. Pe sol erau mai multe morminte deschise și câte o firidă. Numărul 1 era marcat cu etichete. Alături, o targă cu rămășițe aranjate ca un trup, aproape niște așchii. Pentru a-i reconstrui silueta, era nevoie de o linie punctată. Apoi altă targă cu bucăți de lemn și de metal. Francisco a îndreptat lanterna spre una dintre acele bucăți. Inima a început să-mi galopeze în piept. Se puteau citi foarte clar două inițiale gravate:

M.C.

M-am întors spre el și l-am țintit cu lumina lanternei mele.

— El este?

Ochii lui străluceau de emoție, dar motivul nu era ciungul din Lepanto.

— Da, el este. Și, cu siguranță, alte paisprezece persoane, inclusiv soția lui.

Și-a lăsat lanterna pe targă, iar acum vedeam doar părți din chipul lui. Și-a încrucișat brațele.

— Încă nu a fost anunțată presa. Mai întâi vom încerca să-l izolăm.

Și iată-ne, de-o parte și de alta a tărgii, veghind rămășițele autorului care a creat cel mai îndrăgostit personaj din istorie.

— A fost înmormântat pe 23 aprilie 1616 și, patru secole mai târziu, îl avem în fața ochilor, m-am auzit spunând solemn, articulând cu greu acele cuvinte.

Cu o mișcare rapidă, și-a pus mănușile și a arătat spre trup, de parcă l-ar fi văzut: „Aici există indicii cu privire la atrofierea oaselor metacarpului la mâna sa stângă"... am observat că mâinile lui Francisco se mișcau obosite, avea părul mai lung decât de obicei, pomeții lăsați... „S-au găsit resturi de metal", a continuat dregându-și puțin vocea, „probabil de la impactul archebuzelor, când a participat în bătălia de la Lepanto, doar șase piese dentare, am detectat artroza care i-a deformat coloana vertebrală și căutăm încă resturi din giulgiul franciscan cu care a fost înmormântat. Avea șaizeci și nouă de ani când a murit".

— Și se păstrează ceva din inima lui? am întrebat dintr-odată.

A făcut o pauză.

— Inima nu lasă resturi, a șoptit. Dispare.

Și-a luat lanterna. Și-a ridicat privirea. Îi crescuse o barbă de mai multe zile. Strângea din buze din când în când, ca un tic sau de parcă vreun cuvânt se zbătea să-i iasă din gură ori s-ar fi abținut să nu plângă. A tras adânc aer în piept.

— Nu o merit pe Victoria, înțelegi? Ea este mai puternică decât mine. Asta-mi provoacă o durere insuportabilă.

L-am privit fără să clipesc.

— Încerci să-mi spui că te doare mai rău decât pe ea?

Privirea i-a rătăcit pe tavan, ca și cum ar fi vrut să treacă prin el, căutând și mai mult aer.

— Nu. Nu știu. Știu doar că ea este mai pregătită decât mine pentru a face pasul acesta.

M-am înfuriat.

— Și de-aia o părăsești? Pentru că tu crezi că o să poată suporta?

Ia te uită, m-am gândit. Chiar și Francisco o făcea pe Victoria să plătească pentru sindromul ei de femeie omnipotentă. Și atunci m-am gândit la Gala și la consecințele pe care le avusese pentru ea acel „avort emoțional". M-am gândit la Aurora și la parazitul ei. La Casandra și la bărbatul ei de cauciuc. La Casandra și la iubirea ei imposibilă. La mine și la faptul că tu ești mort. Și, de asemenea, la faptul că nu era corect ca situația celor doi amanți să se termine prost, când încă exista un remediu. Dintr-odată, începeau să mi se îmbine posibilele piese ale puzzle-ului acelei povești. Pentru a încerca să înțeleg de ce ajunseseră în acel punct mort, am făcut un exercițiu mental în cel mai pur stil al Oliviei: s-ar putea ca lui să-i fie teamă să devină „bărbatul ei pârghie", acea schimbare de care bărbaţii se temeau atât de mult: „Îmi schimb viaţa pentru tine, te foloseşti de relaţia cu mine şi apoi... nici nu-ţi aminteşti să mă fi văzut vreodată". Ea s-ar putea să se teamă ca nu cumva să fie pentru el o „femeie-trofeu": adică „Nu mă las până nu te cuceresc, pentru că, în aparenţă, eşti imposibil de cucerit, dar după ce te am... provocarea dispare".

Dar, cel puţin, niciunul din ei nu era mort. Gata cu prostiile, m-am gândit.

— Mi se pare un lucru trist, mi-a scăpat cu voce tare.

— Da, este foarte trist şi sunt distrus, dar, în realitate, nu sunt în stare să fac altceva.

— Nu, acum mă refeream la asta, am zis arătând spre targă. E trist că unul dintre marile genii ale literaturii e făcut aşchii în faţa ochilor mei şi că n-a mai rămas nimic din pasiunile sale, din secretele sale, din temerile sale şi nici din imaginaţia sa.

El a părut surprins şi a clătinat din cap.

— Asta crezi? a întrebat schiţând un zâmbet. Dar cărţile lui ce sunt?

Recunosc că m-a surprins ideea aceea şi m-am gândit că toţi ar trebui să căutăm un suport pe care să ne lăsăm întipărite emoţiile. Oricare ar fi fost acela. Poate că toată acea memorie emoţională ne-ar ajuta să nu ne mai împiedicăm, secol după secol, de aceleaşi pietre. Şi, cu atât mai puţin, să ne ataşăm de acele pietre, ca în cazul Aurorei. Sunt sigură că de aceea mi s-a părut o idee bună când Olivia mi-a dăruit acest jurnal de bord. Poate că nu-l va citi nimeni niciodată sau va sfârşi dezintegrându-se în mare sau... cine ştie, s-ar putea să-l găsească totuşi cineva şi să afle care au fost temerile mele, aventurile prin care am trecut şi situaţiile pe care le-am depăşit.

Chestia e că arheologul se pregătea să mă conducă spre ieşirea din criptă, când l-am oprit brusc.

— Uite ce-i, Francisco, i-am zis scrutându-l în semiîntuneric. Cu siguranță, îmi bag nasul unde nu-mi fierbe oala, dar vreau să știi un singur lucru: e mai ușor să-ți refaci inima când cei doi parteneri sunt în viață, am adăugat și am înghițit în sec. În cazul meu e mai greu. Nu pot să mă despart de un mort. Ar fi fost minunat să știu, când încă era în viață, tot ce știu astăzi despre relația mea. Poate că am fi avut timp să ne redescoperim alături de alte persoane, nu știu, să rămânem prieteni, și n-aș mai avea acum senzația asta de eșec.

Mi-am luat privirea de la el. O lacrimă uriașă a început să-mi curgă pe obraz și m-am bucurat că în momentul acela eram doar niște voci în întuneric.

— Sunt îngrozit, Marina, l-am auzit spunând.

Nu-și imaginase niciodată că se putea simți astfel. Cu nimeni. Și, de aceea, se simțea cel mai fericit bărbat din univers, dar și cel mai neliniștit, fiindcă ceea ce descoperea despre el însuși alături de Victoria era exact opusul unei vieți neînsuflețite de emoții.

— Moartea este întotdeauna urâtă, Francisco. La fel cum este și o despărțire, care nu e altceva decât un fel de moarte. Ai ucis iubirea. Sau, mai bine zis, a murit singură.

A pășit printre morminte și l-am urmărit cu lanterna. Unele erau încă deschise după ce se căutaseră în ele resturile scriitorului. M-a avertizat să nu mă mișc, ca nu cumva să cad în vreunul. El deja cunoștea pe dinafară traseul.

— Dar, dacă ne-am hotărî să fim împreună, asta ar provoca atât de multă durere..., a spus el.

— Firește, l-am întrerupt. Dar pe tine nu te-ar durea? Mereu se vorbește doar despre cât de dureros este să fii părăsit...

Era adevărat, a răspuns el. Nimeni nu vorbea despre cât de greu e să-ți dai seama când moare o relație și să fii nevoit să iei decizia eutanasiei. Am îndreptat lumina lanternei spre el, avea ochii închişi. L-am auzit zicând din nou: da, despre asta nu vorbea nimeni.

— Îţi imaginezi, Marina, ce înseamnă să stabileşti data, ziua şi ora acelui final?

Nu, era sigur că nu ştiam cum era să comunici unui partener că relaţia era pe moarte sau deja era condamnată la moarte şi că avea să moară oricum, că deja era moartă. Să simţi nedumerirea cuiva care nu înţelege cuvintele pe care le rosteşti, a zis el. Acel „s-a terminat". Să simţi cum se prăbuşeşte castelul, proiectul de viaţă, adăpostul vostru...

— Devii pentru totdeauna altă persoană, m-a asigurat.

A deschis ochii şi s-a apărat de lumină.

— Şi - cine ştie? - poate devii una mai bună, Francisco. Ca şi cum ai reînvia.

— De aceea trebuie să mă gândesc bine. Și să acţionez încet.

— Cum adică să acţionezi încet?

S-a aşternut tăcerea. Da, era îngrozit şi dispus, fără să ştie şi fără să vrea, să provoace mai multă durere decât era cazul. Acum îi intuiam doar halatul alb plutind prin întuneric, ca o fantomă.

— Ştii, Marina? a zis şi a făcut o pauză. Am senzaţia că mi-am pierdut inocenţa acum. La vârsta mea. O crestătură pe revolver.

— Întotdeauna mi-au plăcut persoanele cu cicatrice, mi-a scăpat.

Şi da, învăţasem multe în ultima vreme. Şi, de asemenea, constatasem însemnătatea unora dintre acele aforisme ale Oliviei. Chipul lui a apărut din nou în întuneric şi am văzut că era adevărat. Că viaţa putea să lase urme asupra cuiva, dar nu să-l urâţească.

De ce am îndrăznit să-i spun toate acele lucruri lui Francisco? Poate pentru că ceva din interiorul meu m-a făcut să empatizez cu situaţia lui. Acum înţeleg cât de mult avea să mă ajute să-i cunosc povestea. În momentul acela m-am gândit că doliul ne unea pe amândoi, că eram dovada vie că nu ne învață nimeni să acceptăm o pierdere, fie că este vorba despre moarte, fie despre dezamăgirea în dragoste. Știam că din cauza asta eram lipsiți de apărare în fața lumii. Și că lumea ar trebui să aibă mai mulți Don Quijote capabili să se îndrăgostească nebunește, chiar și de Dulcinee inaccesibile. Comentariul acesta l-a făcut să râdă și am păstrat o vreme tăcerea, veghindu-l încă puțin pe autorul lui Quijote.

„Concentrează-te asupra a ceea ce ai, nu asupra a ceea ce ai pierdut“, era cea mai importantă lecție pe care o învățasem, o lecție care i se aplica atât lui Francisco, cât și multor altora. Eu fusesem nevoită să încep să-l umanizez pe soțul meu, pe tine, fiindcă nu puteam să încetez să iubesc un zeu. Nici să-i plâng pierderea. Dintr-un motiv foarte simplu. Acum îl știam: pentru că zeii nu mor.

Brusc, Francisco a părut neliniștit. Îi vibrase telefonul. Probabil, un mesaj de acasă. Mi-am imaginat aceeași situație, dar cu Victoria. Lupta între sentimente și rațiune pe care i-o putea provoca un mesaj simplu și scurt primit de acasă. Precum cel pe care l-a primit Victoria, cu o fotografie în care apăreau copiii ei la plajă, în noaptea în care viitorul ei amant i-a declarat dragostea.

Arheologul a ridicat privirea încețoșată.

— A fost prima mea iubire, știi? a șoptit.

— Iar asta e minunat…, am încuviințat. Dar, Francisco, nu doar prima iubire e importantă. Ci marea iubire. Sau ultima.

El a rămas pironit în mijlocul criptei, ca o coloană.

Știam cum se numea ceea ce simțea, trecusem deja prin asta. Autoamăgire. Simțea nevoia să creadă că aceea era doar o criză prin care trecea căsnicia lui. Dar știam amândoi că, atunci când dispare nevoia de a-l atinge pe celălalt, de a-i simți mirosul, de a-l săruta, nu înseamnă că e un semn rău, ci că au eșuat deja toate celelalte lucruri. Diversele infarcturi s-au încheiat cu un eșec multiorganic, după cum spunea Casandra. Și, oricât de mult ar fi încercat cineva să intubeze relația, să o supună unor electroșocuri constante, aceasta era deja moartă și începea să se descompună mai mult sau mai puțin lent, cum se întâmplase cu rămășițele din fața noastră.

Cât timp fuseseră cei doi un cuplu de zombi?

De cât timp Victoria și Pablo convingeau pe toată lumea că erau un cuplu stabil și solid? Ceea ce nu era adevărat. Trăiau în paralel unul față de celălalt, la o distanță foarte mică, ce-i drept. Dar, la fel ca Francisco și soția lui, la fel ca mine și ca tine, miroseau a mort de la o poștă. Miroseam a mort.

Cu toate acestea, Francisco luase hotărârea: o garoafă cu un bilețel așteptau să-i sfâșie inima prietenei mele. Iar a lui urma să se facă țăndări. Mi-a trecut prin minte să-i spun că-i văzusem împreună. Că văzusem scânteia dintre ei. Că între ei era ceva inevitabil. Că erau sută la sută compatibili... Îmi venea să strig la el: Proștilor! Nerecunoscătorilor! Nu pierdeți șansa asta de a fi fericiți, căci este o insultă adusă vieții!

Atunci el, învăluit din nou în întuneric, a rostit cuvintele pe care, potrivit Galei, toate femeile le auziseră din gurile bărbaților speriați:

— Trebuie să fac ceea ce este corect.

— Drăcia dracului..., m-am surprins răspunzând și n-am înțeles de ce mă enerva așa de mult. Dar fă-mi o favoare, încearcă să nu ajungi în situația de a risipi, peste câțiva ani, cenușa celei care de mult timp nu mai era partenera ta. Asta chiar este ceva trist, te asigur.

Și am lăsat acolo rămășițele care, peste câteva zile, aveau să fie venerate la nivel mondial, în vreme ce autorul lor continua să se odihnească în mormântul cărților sale. Apoi am urcat scările, urmându-l pe bărbatul care ar fi vrut să fie mai mult Don Quijote și mai puțin uman.

Am ieșit din mănăstire. Noaptea era răcoroasă și păsările de noapte își făceau rondul spre Parcul El Retiro. Am observat crucea din piatră de pe poartă. Zidul imens din cărămidă veche care, la ora aceea, proteja somnul măicuțelor.

Francisco și-a luat rămas-bun sărutându-mă pe obraz, dar ceva m-a îndemnat să profit de ultima muniție. Una pe care, în fond, acum știu asta, o lansam împotriva propriei persoane.

— Știi ceva? am zis dându-i înapoi ecusonul. Toată viața mi-a fost teamă să fiu foarte fericită, ca nu cumva universul să compenseze apoi cu o doză zdravănă de nefericire. Așa că nu m-am bucurat prea mult niciodată: nici pentru o notă foarte bună la un examen, nici pentru o cucerire, nici la o aniversare. Nu mi-am permis niciodată să explodez de bucurie, am mai spus și am tras adânc aer în piept. Iar acum știu că fatalitatea vine oricum. Asta mi s-a întâmplat și mie, care mă mulțumeam de mult timp cu o fericire călduță: să fiu o soție bună, să ofer liniște familiei, să fac tot ce așteptau ceilalți de la mine, crezând că astfel aveam să fiu în siguranță. Să fac ceea ce tu numești „corect". Da... „să procedez corect". Dar universul, Francisco, nu te răsplătește. Iar acum mă întreb de ce n-am fost mai spontană și nebună de fericire ori de câte ori am avut șansa. Dacă aș fi în locul tău, m-aș bucura că am găsit dragostea. Fără limitări.

El mi l-a dat pe Căpitan, care visa în continuare la șoarecii pe care-i vâna doar în somn. L-am lăsat acolo pe bietul profesor Ibáñez, pironit în locul în care, câteva zile mai târziu, autoritățile aveau să pună un afiș cu marea descoperire. O descoperire mult mai modestă decât cea pe care, fără să știe, același arheolog o dezgropase în inima lui.

Da, m-am gândit, viața este o sarcină urgentă, sigur că da. Și, de asemenea, să trăiești căutând neîncetat ceea ce te face fericit, fie că este vorba despre un lucru, o situaţie sau o persoană. Acela trebuia să fie obiectivul meu începând din acel moment: să mă agăţ cu putere de fericire şi să o acumulez, pentru a mă ajuta să înfrunt fatalitatea dacă avea să apară.

Am mers cu greu pe străzile goale. Căpitan se trezise deja şi mieuna la lună. Şi cred că a fost prima oară când m-am simţit în stare să fac această călătorie, tocmai pentru că părea imposibilă. Şi începeam să urăsc teama. Frica şi consecinţele sale. „Totuşi, se pare că idealismul este contagios...", m-am gândit în timp ce urcam scările spre apartamentul meu. Poate că ar fi trebuit să-mi pun o mască înainte să intru în mormântul acela.

Ziua 7
Puterea imposibilului

Să mă agăţ de fericire, mi-am repetat întruna în mintea mea. „Să mă agăţ de fericire", m-am auzit spunând cu voce tare... să mă agăţ... să mă agăţ... şi atunci am deschis ochii.

Am dobândit o nouă capacitate: aceea de a dormi pe covertă ţinându-mă cu o mână de balustradă. Pe timpul nopţii am visat că se prăbuşeau peste mine valuri mari de apă. Acum cred că s-ar putea să nu fi fost un vis, fiindcă m-am trezit stând pe o parte pe covertă şi, când m-am ridicat în capul oaselor, mi-au scârţâit pielea şi hainele. Un strat fin de sare acoperea trupul meu şi coca navei, ca şi cum ne-ar fi privit în ochi însăşi gorgona Meduza.

Şi, vorbind despre Meduza, descopăr la bord că ea nu venise, dar îşi trimisese soldaţii. Sub suprafaţa lichidă de culoare turcoaz se mişcau sute de mici creaturi gelatinoase, ce plutesc ca nişte spermatozoizi în interiorul marelui ovul marin, fecundându-l cu veninul lor. A fost foarte cald. Iar când marea se încălzeşte atât de mult, curentul întotdeauna aduce bancuri de meduze şi uragane.

Uragane...

N-o să mă gândesc la asta. Privesc în sus. Cerul este senin.

Ce mai noapte...

Nu, nu urma să mă împotmolesc în noaptea trecută. Când simţeam că-mi pierd cumpătul, mi-am amintit că ni s-a întâmplat odată ceva asemănător și mi-ai spus: „Când batimetrul indică brusc o adâncime de un metru și apoi de treizeci, înseamnă că dedesubt e un pește foarte mare. Un ton sau un «dințat»". Adevărul e că gândul acela nu m-a făcut prea fericită în toiul nopții și în mijlocul ceții. Posibilitatea ca o balenă sau un delfin să înoate la umbra vasului *Peter Pan* îmi dădea fiori, dar era mai bine decât să mă împotmolesc într-o stâncă sau într-un banc de nisip.

Chestia cealaltă recunosc că a fost o sugestie.

Umbra pe care mi s-a părut că o văd în fața ambarcațiunii: luminile ei se loveau de perdeaua de ceață, solidificând-o din când în când și creând volume care apoi dispăreau, când erau atinse cu prora, ca și cum ar fi fost niște nave-fantomă.

Mă așez pe punte și-mi protejez picioarele de soare învelindu-le cu un pareo de culoarea nisipului. Cămașa mea albă se umflă ca o velă.

Mi-am poruncit azi-noapte să nu mă mai gândesc la nimic până nu va apărea prima rază de soare, în speranța că voi putea să uit. Și, poate, ca o înlocuire metaforică, l-am visat pe Francisco și conversația aceea. Asta nu-mi interzisesem. Căci nimic nu poate șterge unele amintiri.

La fel cum nu te poți opune unui sentiment care ia naștere cu puterea imposibilului. Iar iubirea, atracția dintre ei doi așa se înfiripase. Oare nu tot asta menține ambarcațiunea asta pe linia de plutire, iar pe mine în viață?

E amuzant, exact asta încercasem să-i explic lui Francisco, fără să știu că eu însămi, la mine acasă și fără să bănuiesc, avusesem atât de aproape un caz poate identic. Ce ironie!

Fără măcar să iau micul dejun, mi-am făcut curaj și am coborât din nou în cabina ta. Totul era umed din cauza ceții și am alunecat de două ori de era să-mi sparg capul.

Și tot acolo era.

Cartea deschisă.

Cu dedicația Amaliei. Amalia din Málaga.

Și mai era și scrisoarea: scrisă de tine, pe care, în mod evident, nu i-ai trimis-o niciodată destinatarei. Nu știu dacă mă crezi sau nu, dar conținutul acelei bucăți de hârtie lipsite de viață nu mi-a făcut rău. Nici nu mi-a frânt inima faptul că ai numit-o „dragostea mea". Nici măcar că ți-ai luat adio de la ea într-un mod atât de pasional.

Dar nu voi putea să te iert, Óscar, că ai rămas alături de mine.

Că m-ai folosit drept pretext.

Că ți-ai ascuns teama în spatele acelui pretext odios, dezgustător și absurd de „a face ceea ce e corect".

Că te-ai refugiat în ideea de „a nu-mi face rău" pentru a-ți ascunde neputința de a lua decizii.

Și, mai ales, că m-ai făcut responsabilă de nefericirea ta.

Îmi va fi greu să te iert că te-ai izolat cu mine în acea conviețuire călduță la care ne-ai condamnat pe amândoi. Prin faptul că nu m-ai părăsit mi-ai furat timp, mult timp, și posibilitatea de a găsi și de a simți și eu ceva asemănător cu ceea ce descrii în acea scrisoare.

Înainte poate că nu-mi păsa, pentru că timpul se întindea în fața mea.

Dar acum este limitat. Iar tu ai murit.

Am urcat din nou pe covertă, cu scrisoarea în mână și cu hărțile de navigație, pe care știu că nu le voi mai putea urma de la un anumit punct fiindcă tocmai am verificat rezervoarele și nu mai am niciun strop de combustibil.

E vina mea. Nu a ta. Nu-ți face griji.

Calculele tale erau corecte pentru un căpitan care era în stare să nu se folosească de motor. Vreau să spun că poți să te odihnești în continuare liniștit.

Problema e strict a mea, căci încă trăiesc şi acum ştiu că nu voi reuşi niciodată să traversez strâmtoarea. Peste puţin timp, când se va termina motorina, se va opri motorul.

Consult traseul care mi-a mai rămas. Mi se pare uluitor că am ajuns până aici. O singură zi mă mai desparte de destinaţia mea. Şi aş putea să-mi îndeplinesc misiunea dacă totul ar fi în favoarea mea şi dacă aş avea dibăcia de a evita curenţii, de a profita de vânt, navigând doar cu vela. Verific ruta pe ecranul laptopului, atingându-l cu degetul. Am unghiile murdare şi rupte de la cât am tras de parâme şi am spălat toată ziua. Îmi observ mâinile: mici, cu vene proeminente şi acum bronzate. Niciodată n-au fost prea frumoase. O briză călduţă îmi loveşte faţa.

La prima oră a dimineţii am navigat pe lângă ţărm spre sud, trecând de Sotogrande, şi deja se zăreşte stânca Gibraltarului.

Ca să vezi ce ironii are viaţa... În timp ce dormeam pe covertă am trecut prin faţa portului din Málaga, oraşul acela unde totul indică faptul că ai întâlnit iubirea.

De ce nu mi-ai spus, Óscar?

De ce nu m-ai eliberat?

Pe ea ai fi lăsat-o văduvă şi ea ar fi trebuit să îndeplinească această misiune stupidă din partea ta.

O să-ţi spun ceva, chiar dacă n-ai curajul să apari: a fi îndrăgostit nu înseamnă că eşti rău. A fi rău înseamnă să nu acţionezi în consecinţă. Şi hai să-ţi mai spun un secret: după lunile astea, cred că noi, femeile, suntem mult mai pregătite decât credeţi voi, bărbaţii, pentru a suporta sinceritatea. Şi preţuim onestitatea şi curajul mai presus de orice altceva. Ca să ştii.

Mă uit în zare, până unde reuşesc să ajung cu privirea. Valurile se sfărâmă şi mişcarea domoală a navei îmi provoacă din nou somn. Dar e momentul să înaintez. Până unde voi reuşi să ajung. Mă gândesc din nou la călătoriile tale din care te întorceai obosit, dar viu, proaspăt bărbierit, răspândind mirosul vreunui parfum nou, pe care-l cumpăraseşi pe traseu. Schimbări... Stăteam puţin de vorbă şi apoi petreceai ore întregi la calculator, răspunzând la e-mailuri în weekend. Uşa biroului tău era întotdeauna închisă. Îţi verificai telefonul mobil pe furiş şi permanent, uneori la ore târzii din noapte. Trupul tău distanţat de al meu în pat. Distanţa.

E adevărat ce spunea Olivia: o femeie ştie întotdeauna când partenerul ei nu-i mai este partener. Şi, de asemenea, când are pe alta. Dacă o femeie îşi întreabă partenerul ce se întâmplă, este pentru că-i oferă şansa de a o elibera. Iar când este foarte evident, dar ea nu vrea să ştie, este pentru că fie crede că nu poate trăi singură, fie o aranjează să prelungească acea minciună pentru a continua să primească daruri de Crăciun, la fel cum oamenii nu vor să ştie cine sunt cei trei magi de la Răsărit. Acesta este cazul soţiei lui Francisco. Aşa că atitudinea ta dovedeşte doar cât de mult mă subestimai şi cât de mult te preţuiai pe tine. Recunoaşte că, în fond, credeai că aveam să fiu pierdută fără tine. Că nu aveam să găsesc niciodată pe cineva care să mă iubească mai mult decât tine.

Şi ştii ce e mai rău, Óscar?

Că după aceste trei luni şi, mai ales, de când sunt la bordul ambarcaţiunii tale, mi-am dat seama că noi nu mai eram de mult un cuplu. Că te iubeam mult, foarte mult... dar nici eu nu eram îndrăgostită de tine.

Nu mai eram.

Îţi pot spune asta fără să-mi mai pese.

Fiindcă a înceta să mai fii îndrăgostit nu înseamnă că eşti crud.

Tu mă iubeai în felul tău, care nu era şi al meu. Asta-i tot. Pur şi simplu mă convinsesem că asta era fericirea. De ce? Poate pentru a nu provoca un conflict. Ca să nu mă deranjez să găsesc alt căpitan sau să conduc singură nava. Nu ştiu... Nu ştiu dacă eram fericiţi, Óscar. Când erai sănătos. La început. Dar acum ştiu că nu era o relaţie care să ne facă să ne simţim împliniţi. Pe niciunul din noi.

Singurul lucru bun din toate astea, Óscar, este că acum ştiu că mă voi putea elibera. Fiindcă, ce-i drept, e imposibil să depăşeşti pierderea unui zeu. Trebuia să te transform într-un om, cu defectele tale, altfel n-aveam să scap niciodată de umbra ta. Acum ştiu că erai uman. Foarte uman. Pentru că ai făcut greşeli. Multe. Faţă de mine.

Şi, după cum vezi, supravieţuiesc şi fără tine.

Cel puţin, deocamdată.

Supravieţuiesc fără tine. Ce amuzant, aşa-i? Cine-ar fi zis! Tu nu. Da, ce amuzant.

Hai să-ţi spun ce-am de gând: primul pas va fi să-ţi pot risipi cenuşa mâine şi să admit că nu moartea mi-a răpit sentimentele.

Iar acum o să las această scrisoare în voia valurilor. O arunc. Văd cum încearcă să-şi ia zborul timp de câteva secunde, dar se lipeşte desfăcută pe suprafaţa apei, ca un timbru. Mă îndepărtez de ea sau ea de mine. La fel cum te îndepărtezi şi tu, dintr-odată, sau, cel puţin, acel tu care ai fost cu Amalia şi pe care eu nu-l cunoşteam aproape deloc.

Mă aplec din nou peste bord. Apa este transparentă şi Meduza şi-a retras soldaţii. Şi, dintr-odată, simt un impuls care mă face să opresc motorul, să arunc colacul de salvare în apă şi să mă dezbrac repede, ca şi cum m-ar aştepta un amant. Desfac scăriţa. Răsuflarea caldă a Mediteranei îmi mângâie toată pielea. Îmi desprind părul, pe care-l simt căzând răcoros şi greu pe umeri.

Şi sar.

Pântecul mării mă primeşte de parcă ar fi vorba despre un botez sau o naştere inversă, o reînviere. Plutesc în acest univers plăcut şi lipsit de zgomote, goală şi în poziţie de fetus. Îmi dozez raţia de oxigen din plămâni până când Neptun mă obligă să ies la suprafaţă. Atunci mă scufund cu putere din nou. Curată. Euforică. Mă bălăcesc în apă ca un copil mic. Strig. *Peter Pan* se leagănă lângă mine. Mă agăţ de colacul de salvare şi contemplu apa la nivelul nasului. Şi, puţin mai încolo, văd ceva care greblează apa aurie de la ora aceea.

Acum da.

Spinările strălucitoare care se îndreaptă spre vas. În sfârşit, bucuria delfinilor.

Un greier mă anunţă că este ora prânzului. Ca un ceas deşteptător. S-a aşezat pe vela genoveză şi-şi face treaba, ca o mică figură de proră. Mă însoţeşte de ieri. Mă relaxează să împart din nou ziua cu ceva viu. Şi delfinii s-au jucat mult pe lângă *Peter Pan*. Când am urcat pe punte, m-am uscat la aer şi, încă dezbrăcată, mi-am băut cafeaua cu ei, în timp ce săreau la proră sau treceau în viteză pe sub cocă. Apa era atât de transparentă, încât îi vedeam înotând şi comunicând între ei. Priveau în sus cu zâmbetul acela aparent. Mulţi se împerecheau, fiindcă înotau în perechi, realizând coregrafii complicate.

Trebuie să mă îmbrac. În sfârşit, am ajuns la stânca Gibraltarului. Am să desfac vela cea mare pentru că vântul bate dinspre vest şi astfel am să navighez folosindu-mă de direcţia vântului.

La babord zăresc şase cargoboturi verzi. Sunt ancorate în apropiere de coastă. Unul dintre ele, *Rachel*, pare abandonat. *Peter Pan* se îndreaptă acum spre Gibraltar şi viteza creşte pe măsură ce mă apropii de stânca cea mare: opt, nouă, zece noduri...

Trec acum pe lângă coca navei *Rachel*. E impresionant să-i văd dimensiunile de aproape şi de jos. Are ancora aruncată şi acum pot să disting zona carenei vopsite în roşu. Pluteşte aproape în întregime la suprafaţa apei, ceea ce o face să pară de două ori mai înaltă. Asta înseamnă că nu este încărcată, aşa că azi nu se mişcă de aici. Aş putea să ancorez la umbra ei şi aş putea petrece noaptea în siguranţă. Dar vântul urcă la douăzeci de noduri la proră şi *Peter Pan* a început să se clatine pe mare cu încăpăţânare. Brusc, vela nu mai este împinsă de vânt. Dacă nu strâng vela, o să rămân fără ea, iar asta e tot ce-mi mai lipseşte. Am coborât să închid tambuchiul şi am urcat din nou cu paşi mari scara, aşezându-mă apoi la cârmă. Nişte balize înconjoară un vas de dragat în faţa Gibraltarului.

Bine că nu este noapte, ce bine!

Peter Pan pare acum un cal alb călărind pe valuri. La tribord sar stropi mari de apă, care mă plesnesc peste faţă, ca şi cum ar vrea să mă trezească. Ţi se pare, mare blestemată, că nu sunt îndeajuns de trează? La naiba! Vela se izbeşte cu putere de catarg. Trag de scotă.

Nu-mi place când faci asta, *Peter Pan*, nu-mi place deloc. Mai am câteva ore până la Tarifa. La radio aud deja marinari vorbind într-o engleză curată şi alţi marinari răspunzând cu un amestec de dialecte anglofone.

Într-acolo ne îndreptăm.

Stânca Gibraltarului începe să-şi facă de cap. Vântul a început să sufle şi stropii de apă cad zgomotos pe vas. Vela cea mare se zgâlţâie cu putere într-o parte şi-n alta.

Doamne, n-am să reuşesc să stăpânesc ambarcaţiunea. Doamne…

M-am trezit în urmă cu câteva minute. Pe jos. Cred că am fost inconştientă doar un moment. Din cauza vântului s-a desprins scota velei mari şi a căzut peste mine. Simt că-mi plesneşte capul. Am răscolit toate sertarele de la bucătărie. Unde oi fi pus ibuprofenul? Cel puţin, nu mi l-am spart. Îmi imaginez că am un cheag de sânge care va face ravagii în câteva zile și voi muri când voi ajunge pe uscat. Există multe astfel de legende urbane. În orice caz, acum important este tocmai asta, să ajung pe uscat.

De cealaltă parte.

În Africa.

Trec pe lângă Europa Point, cel mai sudic punct al continentului. Potrivit englezilor, desigur. Mi se pare că te aud: „Englezii au mania de a da nume tuturor lucrurilor înaintea oricui. Europa Point se află în Tarifa și cu asta, basta. Oare atâția ani ca pirați nu i-au învățat nici măcar să citească o hartă?"

Adevărul este că aveai farmecul tău.

Brusc, cred că mă bucur pentru tine. Mă bucură gândul că ai fost în stare să nutrești acele sentimente pentru cineva. Fiindcă ai murit și mă bucur că, înainte de asta, ai avut parte de iubire. În fond, asta-mi oferă speranță. Mă entuziasmează gândul că poate-mi voi găsi și eu marea iubire cât încă sunt în viață. Încă... Trebuie doar să încerc să te iert pentru că ne-ai făcut pe amândoi să pierdem atât de mult timp. Oare ea cum arăta? Cu siguranță, foarte diferită de mine. Sau poate că era o versiune a mea îmbunătățită: brunetă, mai înaltă, mai tânără, mai independentă... Nu, n-are rost să mă întorc la fosta Marina. La cea căreia îi plăcea într-o oarecare măsură să-și facă rău.

Mi-a luat ore întregi să ocolesc curenții întâlniți în Gibraltar.

Ore în care mi-am dorit să apari ca să-mi dai explicații, instrucțiuni sau, cel puțin, un sfat. Dar e clar că exact acum nu vei apărea. Ai stat în toți acești ani lângă mine, cu gândul la alta, iar acum, când am cu adevărat nevoie de tine, taci. Foarte frumos din partea ta, Óscar, foarte frumos. Vela flutură și curentul mării este contrar vântului, ceea ce nu ajută deloc. Lochul arată că *Peter Pan* își mărește viteza. „Fiecare salt este o frânare", mi se pare că aud. Navighez în volte ca să prind mai mult vânt. Nu vreau să opresc motorul, deşi ştiu că nu prea mai am combustibil, fiindcă acum sunt mai aproape de Africa decât de Europa, iar radioul a început să prindă anunţurile în engleză ale Marinei Regale marocane, ce avertizează că orice ambarcaţiune care trece de linia apelor sale ar trebui să iasă de acolo imediat.

Oare mă detectaseră deja radarele?

Ce vor face dacă nu mă legitimez?

N-am permis. O barcă cu motor vine din sens invers.

Nu trebuie să intru în panică. Trebuie doar să privesc fix în direcţia mea şi să merg mai departe. La Europa Point am virat spre sud-vest, trecând cu mare grijă prin Golful Algeciras, care este foarte tranzitat şi curând, foarte curând, voi ajunge la Punta Carnero, unde vor începe să se întâlnească apele Mediteranei şi ale Atlanticului. Vor fi mai greu de străbătut cele zece mile pe care le mai am până la Tarifa.

Câte amintiri frumoase am despre Tarifa!

Şi în toate apari tu, trebuie să recunosc.

La tribord se conturează deja degetul de stânci cu unghia lungă, unde pe timpul nopţii farul va străluci ca un inel de logodnă. În partea cealaltă, se decupează Africa, trandafirie şi întinsă peste mare ca o femeie bătrână şi goală.

Nu există alt loc pe lume unde cerul să aibă aceste culori.

Vântul s-a mai domolit, dar sub ambarcaţiune marea se învolburează de parcă apa ar fi început să fiarbă.

Cu alte cuvinte, curenţii marini ai Mediteranei şi ai Atlanticului s-au apropiat până au ajuns să se sărute pe gură. Îi simt fremătând sub picioarele mele. Limbile lor încolăcite sub cocă mă fac să mă înfior de o pudoare ciudată.

Dar bestiile n-au nicio jenă să se împerecheze în faţa unei creaturi neînsemnate ca mine. Fac asta aştrii, balenele, au făcut-o chiar şi zeii. Altădată aş fi fost grăbită să trec de port, fiindcă la fiecare jumătate de oră se aude urletul sălbatic al unui feribot care se pune în mişcare şi ştiu că, atunci când intră în strâmtoare, prinde viteză mare.

Când se întâmpla asta, îţi observam chipul, să văd dacă ţineai dinţii strânşi sau, dimpotrivă, buzele tale arătau o oarecare relaxare. Când mă vedeai scanându-te cu o expresie alarmată, obişnuiai să-mi spui: „Nu-ţi face griji, Mari; dacă avem o direcţie clară, o să vireze". Şi apoi, cu un zâmbet sarcastic: „Iar dacă nu... atunci o să ne răstoarne". Atunci deja mă puteam relaxa, fiindcă ştiam că vasul avea să treacă pe aproape, posibil pe la pupă, iar siajul său doar avea să ne împingă puţin.

Totuşi, acum, din cine ştie ce motiv, chiar în momentul acesta, nu mă îngrijorează atât de mult acei uriaşi rapizi. Sunt absorbită, pentru prima oară, de peisaj: privesc mişcarea morilor de pe uscat şi a miilor de zmeie care flutură pe plajă ca nişte fluturi preistorici coloraţi. Farul alb care se uită fix, cu singurul său ochi trist, la *Peter Pan*.

La mişcarea sa.

La călătoria sa.

Vechea fortăreaţă mi se pare, dintr-odată, un castel de nisip pe care l-a făcut un copil uriaş după o zi de stat la plajă. Acum nu mai apără pe nimeni şi nimic. Acum nu mai există nimic de apărat. Ce frumuseţe...

Vântul a început să bată din faţă şi Atlanticul îmi spune bun venit cu un căscat lung şi rece.

„Trebuie să întinzi vela mare, Mari", spun cu voce tare. „Trebuie să întinzi vela mare", te simt repetând la urechea mea, „în felul ăsta vei prinde vântul care vine din sud şi asta te va ajuta să înaintezi mai repede". Închid ochii şi te aud din nou, acum clar şi dintr-odată:

— Trebuie să treci de Tarifa înainte să se întunece, Mari, căci apele astea sunt foarte capricioase şi nu vei mai avea alte porturi unde să te adăposteşti până vei trece strâmtoarea. De cealaltă parte a stâncii Gibraltarului vei putea să petreci noaptea la o distanţă prudentă de coastă şi să dormi puţin aruncând ancora. Iar dacă marea nu e prea adâncă, poţi să mănânci ceva şi, înainte de răsăritul soarelui, să traversezi în Africa, la câţiva kilometri de Tanger. Poţi să reuşeşti, draga mea. Întotdeauna am ştiut că vei putea.

Şi, dintr-odată, simt că aşa este.

Că ne-am iubit mult, cu un sentiment asemănător cu tandreţea. Obişnuiam să spunem cu mândrie de câţi ani eram împreună, îţi aminteşti? Ca şi cum ar fi fost o performanţă la vreo olimpiadă. Fiindcă, de obicei, asta stârnea admiraţie.

Aceea era cartea noastră de vizită.

Marea noastră reuşită.

Şi chiar era: permanenţa.

Noi doi ne înţelegeam foarte bine. Eram tovarăşi buni şi complici, iar asta ne va lega întotdeauna. Nu voi mai considera că am eşuat doar pentru că nu îndrăzneam să ne despărţim. Să ne spunem adevărul. Să ne oferim libertatea. Îmi voi imagina că am ajuns să fim prieteni buni, familie, ceea ce de altfel eram, şi că am găsit dragostea în altă parte. Tu ai găsit-o în Amalia. Şi sunt sigură că până şi eu aş fi învăţat să ţin la ea. Voi găsi şi eu pe cineva pe care să-l iubesc. Şi ţi-l voi prezenta când îl voi întâlni.

Tarifa, da… ce amintiri plăcute…

Imponderabilitatea. Am crezut că-mi pierd minţile, dar o puteam simţi perfect. S-a întâmplat mai devreme, când eram lungită în cabina ta. Am ieşit pe covertă, convinsă că, în timpul unuia dintre salturile pe care le făcea *Peter Pan* când patina pe valurile mării, şi-a luat brusc zborul. N-am mai simţit cum coca se freca de apă şi mi-am imaginat elicea mişcându-se în aer ca un elicopter şi că *Peter Pan* începea să zboare, transformat într-un zepelin alb. Cam ca zborul acelui pescăruş pe apă.

O bătaie din aripi fermă, un prim impuls și vasul alb se desprinde de apă și străbate astfel, razant, primul metru, până când se ridică, cu velele albe întinse și încordate. De la un albastru la altul.

Totuși, când am ieșit pe punte, vasul brăzda în continuare apa, fără niciun efort. Se lăsase înserarea și valurile erau înguste și adânci și păreau să se miște cu încetinitorul.

Nu știu dacă acea senzație nouă sau constatarea faptului că rezerva de motorină era deja pe terminate m-a făcut să apuc cu hotărâre cârma, să localizez un punct imaginar la orizont care să mă conducă spre sud și să apăs cu putere pe butonul de auto, care, pentru prima oară, a scos ambarcațiunea de pe pilotul automat. Și iată-mă pe punctul de a face ceea ce n-am îndrăznit să fac de când m-am îmbarcat. Sau, de fapt, ceea ce n-am făcut în toată viața mea.

Apuc cu putere pârghia argintie a acceleratorului și trag de ea până când, cu un geamăt răgușit, motorul se îneacă.

Trec câteva secunde, care mi se par eterne, în care *Peter Pan* aproape se oprește brusc, sfidând mișcarea valurilor, cu toate pânzele sus.

O rafală de vânt le umflă și, în mijlocul lor, violeta cea mare pare că se deschide.

Țin pentru prima oară cârma în mâinile mele.

Și vasul începe să înainteze, mai întâi la pas, apoi din ce în ce mai repede, trei noduri, patru, șase, și da, pot să simt cum *Peter Pan* se lasă pentru prima oară în mâinile mici, dar ferme ale stăpânei sale.

— Este o senzație incredibilă de libertate, așa-i?

Acum ai apărut din nou.

Pentru prima dată, te văd în fața, nu în spatele cârmei.

Mă privești ca pe un apus diferit, ceva frumos și incontrolabil. Ai în continuare aceeași pelerină de ploaie, dar chipul ți s-a schimbat. Este mai uman. Acum chiar începe să-mi fie dor de tine. Mi se umezesc ochii, iar vântul face ambarcațiunea să vireze puțin, mișcare pe care o îndrept cu ambele mâini așezate ferm pe cârmă, zădărnicind încercările mareei de a mă devia din calea mea. Consult busola.

— Sud, întotdeauna spre sud, spun, pentru prima oară cu autoritate.

Îndrept prora în sensul acelor de ceasornic, cu vântul suflând dintr-o parte în vele, și-mi vine în minte o frază: „Zboară, Marina. Să nu-ți fie teamă să fii liberă. Întinde-ți aripile, draga mea. Le ai. Nu mai căuta scuze. Fii liberă. Chiar și numai pentru o zi. Merită osteneala".

Pentru prima oară în ultima vreme mă apucă râsul. Izbucnesc în râs și vocea mea se izbește de zidul de vânt și de apă.

Pentru că da, zbor.

Călăresc în galop întins pe câmpul meu albastru.

— Mulțumesc, spun atunci, recăpătându-mi răsuflarea și mișcând din șolduri în ritmul valurilor. Mulțumesc.

Și acum știu. Sunt perfect conștientă că eu culeg chiar acum ceea ce Olivia a semănat cu atâta generozitate în ziua aceea în fața micii crisalide care-și începea procesul de transformare.

— Ce fac dacă...? întreb, căutându-te cu privirea.

Dar atunci te văd întors cu spatele, cu fața spre orizont: o lună gigantică și roșie de august a apărut la pupă deasupra umbrei albe a orașului Tarifa, iar la proră se scufundă repede soarele, așa cum face doar în acest colț de lume, până când marele gălbenuș crapă deasupra apei, dându-i culoarea sângelui.

Natura imprevizibilă a ploii

De ce să mergi împinsă de un motor artificial într-o direcţie stabilită, în loc să te bucuri de o călătorie pe mare spre locul unde te împinge în mod natural vântul?

Acum, că-mi amintesc acele zile de dinaintea călătoriei mele, sunt şi mai conştientă că ani de-a rândul mi-am pierdut spontaneitatea. Nu ar fi trebuit să renunţ să merg într-o anumită direcţie, ci doar să aştept momentul potrivit, fără a-mi trasa o foaie de parcurs strictă şi lipsită de schimbări, atât de rigidă încât să nu-mi permită să mă bucur de traseu sau să găsesc alte direcţii. Pentru că mereu viaţa îţi oferă şi alte direcţii despre care nici măcar nu ştii că există.

Rigiditatea răpeşte sentimentele.

Teama duce la imobilitate.

Şi cred că în după-amiaza aceea am făcut prima încercare de spontaneitate. Hoinărind, am ajuns până în Parcul El Retiro, unde mă aflam în momentul acela, în faţa lacului de la colonadă, aruncând floricele de porumb raţelor, care le înghiţeau umezindu-şi ciocurile în apă. Şi poate că atmosfera din parc mă făcuse să cad pe gânduri.

Îmi amintesc că, de când o cunoscusem şi până în acea după-amiază, crezusem că Olivia era precum Mary Poppins. Un personaj pedant şi cam sălbatic, care apărea în viaţa oamenilor cu misiunea de a le-o îmbunătăţi. Acela era, fără îndoială, singurul sens al existenţei sale. Iar dacă ea exista doar în fragmentul de viaţă în care se intersecta cu noi, după ce-şi încheia misiunea avea să deschidă o umbrelă uriaşă şi avea să-şi ia zborul spre alt loc, unde un suflet dezorientat ca al meu ar fi avut nevoie de ajutor.

„Acum povestea mea nu are importanţă", obişnuia să spună. Şi poate că nu avea importanţă pentru că Olivia era lipsită de o poveste, de trecut, de familie... trăia doar în prezent, cum spunea Gala, un prezent în care alţi indivizi la fel de extraordinari ca ea spuneau că se bucurau să o revadă, fără să ofere prea multe informaţii despre ceea ce, în realitate, exista probabil doar în imaginaţia lor.

M-am gândit la toate astea în timp ce mă uitam îndrăzneaţă la un pictor – care ar fi putut foarte bine să fie alter egoul lui Dick Van Dyke – care făcea o copie după *Saturn devorându-şi fiii* pe pavajul de pe bulevardul Carruajes. Artistul respectiv avea trupul fibros al unui jocheu şi capul foarte mic şi făcuse rost de nişte genunchiere de patinator pentru a reduce riscurile articulare ale poziţiei sale. Trecând pe lângă el, un tată cu aspect de bărbat divorţat ce-şi plimba copiii plângăreţi într-o zi de duminică s-a apropiat pentru a-l privi, iar eu mi-am lăsat imaginaţia s-o ia razna, plăsmuind o fantasmă: că adevărata lui intenţie era să se strecoare în acel tablou pentru a-şi oferi odraslele drept sacrificiu zeului înfometat.

Era cald. Mai bine zis, zăpuşeală. Totuşi, parcul nu se uscase. Era ultima săptămână înainte de a-mi începe călătoria. Este ciudat, a trecut atât de puţin timp de atunci şi totuşi mi se pare că aceste episoade aparţin deja unei alte vieţi. Mă plimbam prin parc la ora zece dimineaţa, pe la mijlocul lui august. O zi plumburie fără nori, dar cu o căldură umedă atipică pentru un oraş a cărui singură mare era acel lac din secolul al XIX-lea, cu scările sale monumentale albe scufundându-se misterios în apă, păzite de lei din piatră fioroşi şi inerţi. Vreo două bărci se legănau, sfâşiind oglinda verde şi ducând în ele cupluri nedormite. O tânără citea desculţă pe iarbă. Iar eu am ocolit ciclişti, patinatori şi turişti care stăteau în picioare în vehicule absurde ce păreau scoase din *Al cincilea element*, până am ajuns la celălalt lac, păzit de un grup de gâşte sălbatice înalte şi agresive şi unde domnea, prin drept dinastic, un cuplu de lebede negre. Micul heleşteu se întindea la baza Palatului de Cristal, sera aceea uriaşă care părea un decor dintr-un basm şi care întotdeauna avea în interiorul său caleidoscopic vreo expoziţie extravagantă. În ziua aceea atârnau de tavan, prinse cu fire transparente, păpuşi sau bucăţi de păpuşi, ca şi cum ar fi surprins momentul exploziei unei bombe într-un magazin cu jucării.

Era duminică, după cum spuneam, asta chiar îmi amintesc. O duminică în care avea să se risipească teoria mea despre Olivia şi despre natura ei ficţională, sub o furtună subită de vară, care era doar o anticipare a furtunii interioare ce avea să o facă să iasă timp de câteva clipe din vizuina ei, din personajul ei, pentru a dezvălui că era o fiinţă umană pe care, bănuiam eu, foarte puţine persoane au cunoscut-o.

Am plecat de lângă lac, mi-am făcut semnul crucii invers când am trecut prin faţa monumentului ridicat în cinstea îngerului căzut – răzvrătirea acelui oraş nu avea limite –, am ieşit din parc supravegheată de un şir de statui mute, am traversat bulevardul del Prado şi am urcat, ca de obicei, pe strada Huertas, care încă mirosea a alcoolul pe care-l băuseră oamenii cu o seară în urmă şi a urină. Atunci am ştiut că, mai presus de toate, avea să-mi fie dor de cartier în zilele de duminică: bătrânii plimbându-se în papuci de casă, grupuleţele de turişti postaţi în faţa casei lui Lope de Vega, în timp ce un ghid îmbrăcat în haine de epocă le recita un monolog din *Câinele grădinarului*, ţipetele ascuţite ale lăstunilor, un pian la care se exersa undeva la primul etaj... Poate că m-a cuprins nostalgia pentru că, în fond, credeam că n-aveam să mă întorc după călătorie. Sau că n-aş putea să mă întorc fiindcă aveam să joc cărţi cu Neptun pe fundul mării. Şi mi-am dat seama că, pentru prima oară, nu-mi era dor de fosta mea casă.

În timp ce urcam pe stradă m-am întrebat dacă exista pe lume o stradă atât de scurtă cu atât de multe localuri şi prăvălii. Puteai să trăieşti pentru totdeauna acolo o viaţă împlinită. Am făcut un calcul pe măsură ce treceam pe lângă cele şaizeci de numere ale străzii Huertas până la Piaţa Îngerului. Să vedem... trei pieţe, cinci cârciumi, opt tonete, trei localuri unde se prepară cocktailuri, un local de karaoke, douăzeci de restaurante, trei localuri de muzică live, două saloane de ceai, patru cofetării, trei cafenele, un comisariat, un parc, un locaş sfânt, mormântul unui scriitor genial, trei magazine de modă, două supermarketuri, trei hoteluri, două librării, trei anticariate, o sală de teatru şi cimitirul unei biserici transformat într-o florărie.

Când aproape am ajuns la intrarea în florărie, mi-a trecut prin minte ultima imagine a Oliviei din urmă cu o noapte. În întunericul grădinii sale, cu un pahar de vin în mână, părea că stătea de vorbă cu măslinul.

M-a şocat.

Deoarece cred că am văzut în ea ceva ce nu observasem până atunci.

Singurătatea ei.

O manifestare de slăbiciune umană, care o deosebea de sfidătoarea şi infailibila Poppins. În noaptea aceea încercasem să-mi imaginez povestea ei: dacă Olivia ar fi decis să aibă un copil, l-ar fi avut. Nu făcuse niciodată referire la asta, dar vorbea despre maternitate de parcă ar fi trăit-o. De asemenea, vorbea despre libertate ca o persoană care se bucurase de ea. Potrivit ei, o femeie fericită era aceea care mănâncă cu poftă, face dragoste cu poftă, râde cu poftă, a avut mai multe iubiri, bărbați sau femei, nu contează. Mi-o imaginam sărind dintr-o viață în alta, azi într-o florărie pe care, poate, avea să o părăsească pentru a deschide o firmă exportatoare de cafea sau o ONG pentru salvarea balenelor din Oceanul Indian. Datorită libertății sale de gândire, căci părea să aibă toate răspunsurile, toate ne doream să fim ca Olivia.

Ceea ce încă nu știam era că n-a fost întotdeauna așa. La fel ca tuturor, îi fusese foarte greu să doboare, una câte una, toate acele condiționări, lanț după lanț, verigă cu verigă. Și urma să aflu care fusese prețul libertății sale.

Era singură? Nu, o femeie ca ea n-ar putea fi singură niciodată, m-am gândit când am ajuns în dreptul Mănăstirii Trinitarienelor, de unde se înlăturase gardul împrejmuitor al excavărilor. Chiar dacă în privirea ei se ghiceau un suflet bătrân și suferința oricărei ființe umane care trăise mult, nu mi-am imaginat niciodată că, la cei șaizeci de ani ai ei sau, poate, șaptezeci pe care nu și-i arăta – de fapt, n-am aflat niciodată exact –, Olivia hotărâse să deschidă acea florărie exact în locul acela dintr-un motiv foarte concret și calculat.

Dintr-odată, a bubuit un tunet deasupra capului meu și apoi a început să plouă.

Habar n-am de unde a venit norul acela care părea să mă urmărească, așa cum se întâmplă în desenele animate. Am alergat de era să-mi pierd papucii și am ajuns la intrarea în grădină cu rochia din denim udă leoarcă, de parcă cineva mi-ar fi turnat o găleată cu apă în cap.

M-a mirat să o găsesc închisă. Ploua cu găleata peste mine, așa că am scos cum am putut cheile din geantă și am intrat repede, lăsând urme de apă pe aleea de dale din piatră. Un pahar singuratic se umplea de apă de ploaie pe masa din fier.

Totuși, ușa de la seră era larg deschisă.

Din interior răzbătea un jazz aproape de neauzit din cauza ploii care lovea acoperişul din uralit şi geamurile. În exterior, trecătorii alergau dintr-o parte în alta, cuprinşi de agitaţia pe care o declanşează o furtună de vară. Mirosea a umezeală tropicală, a lemn umed.

Mi-am lăsat geanta pe tejghea. Mi-am scuturat părul. Şi, când mă pregăteam să intru în cămăruţa din spate să caut un prosop, am văzut-o. Udă leoarcă şi ea. Stând pe jos pe o pernă mare din grădină, lângă fântâna arteziană din piatră care era oprită. Purta hainele din urmă cu o zi. Avea părul desfăcut şi lipit de umeri. Privirea pierdută şi un zâmbet epuizat şi nemişcat. M-am apropiat de ea.

— Olivia! am strigat-o. Olivia... eşti bine?

Ea a încuviinţat fără să-şi schimbe expresia feţei şi fără să mă privească.

Atunci am descoperit de ce era aşa de îngândurată.

Din cauza colocatarului nostru.

Nu mai era.

Sau, mai bine zis, era acolo doar coaja lui, ca o păstaie de fasole verde deschisă şi goală.

Ea a întins o mână în spate, cerând-o pe a mea. I-am dat-o şi a tras de ea puţin, până când m-am aşezat lângă ea.

— E timpul să-ţi iei zborul, dragă, a şoptit. Vezi? Totul se termină. Şi fericirea şi suferinţa.

Avea ochii plini de lacrimi, dar zâmbea.

— O să lipsesc doar opt zile, am zis cu afecţiune. Dacă te porţi aşa, o să cred că bănuieşti că n-o să mă mai întorc vie din călătorie.

Am făcut o grimasă. Dar apoi mi-am dat seama că spusele ei nu aveau legătură cu mine. Că era vorba despre zborul altcuiva. Am început să pun lucrurile cap la cap când i-am urmărit privirea: lângă paharul din grădină se destrăma sub ploaie cartea împrumutată pe care o ţinuse în mâini cititorul nostru blond în ultima parte a acelei veri.

— Şi el a plecat? am întrebat.

Ea s-a întors spre mine.

— Da, ieri a venit să-şi ia rămas-bun. Mi-a spus că era trimis la Miami. Dar eu ştiam deja... Lucrează la televiziune, ştii? a zis cu o licărire de mândrie în ochii ei albaştri. Ultimii doi ani au fost foarte grei pentru el, fiindcă ştii mai bine decât oricine că aici nu există locuri de muncă. În urmă cu câteva săptămâni am reuşit să obţin să-l sune o prietenă de-ale Casandrei care ocupă o funcţie importantă la un canal de televiziune de acolo, a adăugat cu o inflexiune de durere în glas. Am mai rugat-o să nu spună că suna din partea mea.

Am citit în vocea ei fericire şi, în acelaşi timp, durere. Îmi aduc aminte că am încercat să ordonez informaţiile şi amintirile mele despre bărbatul acela ca şi cum ar fi fost un puzzle cu mii de piese foarte mici: Olivia lăsându-i cărţi alese cu grijă, uitate parcă pe măsuţa din fier în fiecare joi, cărţi pe care el apoi le cerea cu împrumut şi le citea în grădină. Olivia ieşind grăbită cu vreo scuză când îl vedea trecând. Olivia ducându-se din întâmplare sub pergolă şi, în timp ce curăţa plantele, stârnind o discuţie despre ceea ce citea el. Olivia pregătindu-i un ceai cu gheaţă şi cu o frunză de mentă. Felul delicat şi atent în care ea alegea frunza...

— Cine este? am îndrăznit să întreb.

Ea a ridicat privirea. Şi-a răsucit în formă de melc părul portocaliu cu fire cărunte şi a înfipt în el un băţ de santal.

— Bunica mea obişnuia să spună „să nu ne dea Dumnezeu tot ce putem să îndurăm". A clătinat din cap. Eu nu mai vorbesc despre Dumnezeu, Marina. Să nu ne dea nimeni tot ce putem să îndurăm.

După mulţi ani, a continuat cu vocea frântă, şi după ce cunoscuse persoane foarte diferite în diverse ţări, ajunsese la o concluzie: cei care eram puternici, a zis folosind pluralul, eram așa doar pentru că aveam ghinionul de a suporta mai multă durere fără să ne prăbușim. Pragul nostru de durere era mai înalt. Dar asta nu înseamnă că lucrurile ne dureau mai puțin.

Ploaia a început să zgâlțâie ușa. O vrabie s-a strecurat înăuntru făcând salturi și și-a scuturat penele de mai multe ori. Apoi, cu un zbor scurt, a traversat sera și s-a așezat pe fântâna arteziană. Ea i-a urmărit zborul și a zâmbit obosită.

— Știi care e adevărata noastră dramă, Marina? Că nu se vede că suferim. Sau, cel puțin, nu atât de mult ca în cazul celorlalți.

M-a rugat să-i dau brațul ca să se ridice. Părea abătută.

De exemplu, soția lui Francisco. Își jucase foarte bine cărțile, având drept unică armă slăbiciunea sa. Cel slab se sufocă de la o ciupitură, stârnind compasiune și obținând ajutor, iar cel puternic îl consolează în timp ce suportă o operație fără anestezie, mușcându-și buzele. Cel puternic, când suferă mult, se închide în cochilia lui pentru a depăși momentul, ca să nu îngrijoreze pe nimeni sau să-i copleșească pe ceilalți cu durerea lui.

A deschis larg ochii. Și-a frecat ceafa. Dincolo de geam apăreau primele umbrele, ciuperci multicolore cu picioare, care grăbeau pasul pe stradă. Apăruse la colț și un tânăr chinez care vindea umbrele.

Atunci Olivia, deja în picioare, mi-a amintit prima noapte pe care am petrecut-o toate împreună în grădină. Mi-o aminteam bine? Am încuviințat. În noaptea aceea Gala a întrebat cum fusese prima dată pentru noi...

— Eu n-am vrut să povestesc despre a mea, a spus clătinând din cap în timp ce încerca inutil să-și netezească hainele. V-aș fi stricat tot cheful. Știi cum a fost prima oară pentru mine?

Avea cincisprezece ani, a început ea să povestească în timp ce separa niște margarete enorme în vaze. Cincisprezece ani, era la o școală de maici, într-o țară care trăia sub dictatură.

Tocmai se întorcea de la nişte cumpărături la care o trimisese mama ei şi, când a intrat în clădire, a dat peste un bărbat.

A făcut o pauză. A scos una dintre flori. Şi-a apropiat-o de nas şi a închis ochii. Îşi amintea totul în ceaţă. Ceea ce-şi aducea bine aminte era dimensiunea lui, era mare şi mult mai puternic decât ea şi mirosea a anason. „N-am mai suportat niciodată mirosul de anason", a repetat de două ori. Şi s-a sprijinit de tejghea pentru a-şi continua povestea: când bărbatul şi-a potolit poftele, i-a dat drumul, iar ea a urcat scările cât de repede i-a permis tremurul picioarelor sale plăpânde şi a intrat în bucătărie cu sacoşa de cumpărături. Mama ei, fără să o privească, a certat-o pentru că se răcise cina.

— Iar eu ce-am făcut? a zis, şi ochii ei albaştri păreau pe punctul să izbucnească în lacrimi. Am tăcut, asta am făcut. Când i-am văzut pe toţi în jurul mesei, pe tata, pe cele trei surori ale mele şi pe mama stând în picioare şi urmând să mănânce o supă cu fidea, n-am vrut să distrug acea armonie. Acea stabilitate. Acea pace. N-am vrut să-i intoxic cu durerea mea. Atunci a început totul.

M-a privit cu o expresie agitată.

— Ascultă-mă, Marina. Învaţă să ţipi când te doare ceva, iar ţipătul să fie la fel de tare ca durerea ta. Altfel, vei suferi foarte mult. Extrem de mult.

Eu am privit-o înspăimântată, spijinindu-mă în uşa din geamuri, fără să mă apropii, fără să înţeleg.

— Dar eu nu sunt puternică...

A schiţat un zâmbet stins şi s-a ridicat.

— Tu eşti mai puternică decât crezi.

Ceea ce mi-a povestit Olivia în acea după-amiază în bula noastră transparentă care ne proteja de ploaie m-a făcut să înţeleg ce femeie era ea. Una care nu-şi cumpărase mereu flori, nici nu le vânduse, una care fusese nevoită să ia decizii foarte grele și să se schimbe încetul cu încetul, metamorfozându-se fără să facă zgomot, pentru ca nimeni să nu o frâneze.

— Trei ani mai târziu l-am cunoscut pe el. Eu eram foarte tânără, iar el..., a început în timp ce își trecea în revistă florile. El era profesorul meu. Toţi îl admiram.

Ea voia să meargă la universitate, voia să se facă medic și mai avea un an până să dea examenul. El se simţea vinovat că se îndrăgostise de ea. Se considera un monstru. Era căsătorit și soţia lui nu-i putea face copii.

— Soţia lui..., a repetat, fiindcă eu puteam.

Și-a dus mâinile la șale, a luat de pe tejghea un poncho croșetat, cu care probabil se învelise în timpul nopţii.

— În ziua în care l-am conceput mi-am dat seama, știi? a zis deschizând ochii plini de uimire. Eu am vrut să facem dragoste. Nu m-a obligat nimeni. Deși lumea așa a spus. Dar n-ar fi fost adevărat.

Simţea nevoia disperată să știe ce înseamnă să te dăruiești unui bărbat pe care-l iubești și care te iubește. Nu era ceva firesc? s-a întrebat în timp ce se așeza pe fântâna de piatră. Nu era ceva firesc să simtă nevoia de a închide acea rană? Și s-a dăruit cu atâta pasiune, încât a știut chiar în momentul acela că avea să crească ceva în ea, ca atunci când ploaia cade pe pământ pentru a-l trezi la viaţă.

— Adevărul e că n-am vrut niciodată să am copii, a recunoscut. Și a fost un șoc când am aflat vestea. Familia mea a înnebunit. Au încercat să afle de la mine numele bărbatului pentru a-l denunţa la poliţie, fiindcă eu eram minoră. Mai aveam un an până la majorat...

Și-a vârât o mână în apa stătută a fântânii. Chipul ei a reîntinerit brusc odată cu evocarea acelei amintiri, pielea i s-a întins până au dispărut puţinele riduri pe care vremea i le lăsase în jurul ochilor și al zâmbetului ei, părul i-a redevenit portocaliu, pantalonii albi și evazați îi acopereau picioarele și niște flori foarte mici de culoare roz erau risipite pe toată bluza ei. Iar eu, din prezent, am îndrăznit să întreb ce se întâmplase cu iubitul și cu copilul ei...

Ea, care se întorsese la vârsta de șaptesprezece ani, a continuat:

— El? a zis zâmbind. El era mort după mine. Când a aflat că aveam să mă mut cu familia în nord înainte să înceapă să mi se vadă burta și că aveam să dau copilul spre adopție, mi-a propus să fugim. Să plecăm în America Latină. Acolo nu avea să ne găsească nimeni.

— Și de ce n-ați fugit?

— Pentru că mi-a fost frică, Marina. Ca de obicei, am vrut din nou să fiu puternică, să-l protejez și să-mi protejez familia, când de fapt eu eram cea care avea nevoie de protecție! Îți dai seama?

Și-a pus mâinile în cap și și-a răvășit părul portocaliu de parcă ar fi căutat și alte amintiri. M-am așezat lângă ea. Privirea mi-a rătăcit la nuferii care pluteau în bazinul din piatră.

Ea a continuat, pe un ton dur, ca și cum încă și-ar fi reproșat ceva sau ar fi încercat să se scuze în fața propriei persoane: că el ar fi ajuns în închisoare acuzat că a abuzat de o minoră... că nu voia să facă și mai mult rău familiei ei – tatăl ei avea o funcție publică și asta ar fi pus capăt carierei sale. Iar ea, realitatea era că ea... încă visa să călătorească, să meargă la universitate. Nu era ceva normal? Încă era o copilă. Iar în momentul acela o femeie trebuia să ia o decizie, nu putea să fie mamă singură și să ducă o viață normală. Ochii ei s-au molipsit de data asta de ploaia care s-a întețit brusc, lovind acoperișul din uralit.

— Nu, n-am vrut niciodată să fiu mamă, dar când s-a născut...

Şi-a scos batista din mătase albastră, şi-a şters transpiraţia de pe gât, de pe frunte.

— Am cerut să stau cu el doar o săptămână. Asta a fost tot ce am cerut, a spus şi mi-a zâmbit pe neaşteptate. Iar în săptămâna aceea l-am înconjurat de ceea ce-mi plăcea cel mai mult pe lume: cărţile şi florile.

Şi-a contemplat o vreme batista pe care o ţinea în mâini. Stăteam lângă ea pe piatra rece a fântânii şi amândouă ne legănam picioarele. Picioarele ei erau goale şi subţiri, cu unghiile de culoarea mandarinei. Pantofii mi-au căzut din picioare şi i-am lăsat pe jos.

— Nu te-ai gândit niciodată să spui adevărul?

— Dar de ce să spunem mereu adevărul? s-a indignat dintr-odată şi mi-am dorit să nu fi pus acea întrebare. De ce să ne dezgolim în faţa unei societăţi atât de insensibile şi de nemiloase? Uite ce e, fata mea, a trebuit să spun multe minciuni şi jumătăţi de adevăruri de-a lungul vieţii mele pentru a putea duce o viaţă normală. Asta are un preţ, a spus şi m-a ţintuit cu privirea. Dar uneori, Marina, oamenii nu merită să li se spună adevărul. Dacă-l află, nu fac altceva decât să te judece.

În exterior, lumea se vedea distorsionată prin geamurile din ce în ce mai aburite. Dar încă am putut să disting locul unde se destrăma cartea, în acelaşi ritm ca ochii Oliviei şi amintirile sale.

De aceea, mi-a zis, era important să profit de lumea în care mă născusem. Mi-a strâns mâna pe piatră. Era foarte important, a repetat, să nu permit niciodată nimănui să-mi spună dacă trebuie să am un copil sau nu, nici când, nici cu cine. „Fă ceea ce simţi", am auzit-o spunând în timp ce privirea îi rătăcea spre un soare lichid care începea să se reverse în piaţă, „e minunat că acum asta ţine de voi".

— Să nu laşi pe nimeni să te judece pentru asta. Nu o face nici tu, m-a rugat, lăsându-şi chipul să fie luminat de soare. Vă bate la uşă o revoluţie nouă şi definitivă şi nici măcar nu vă daţi seama.

Aveam cheia vieţii şi libertatea de a decide fără să fim condiţionate de nimeni şi de nimic. Nu avea să fie un proces uşor, dar, fără îndoială, aceea era calea.

S-a lăsat să alunece de marginea fântânii, s-a apropiat de geamul care ne despărţea de grădină, acoperit de un strat fin de abur. Și-a sprijinit fruntea pe el, de parcă ar fi vrut să se răcorească. Reflexia ei apărea acum străbătută de plantele şi de florile sale, care se bucurau de ploaie.

— Și ce s-a întâmplat apoi? am întrebat.

— Păi, au trecut anii, a zis trăgând aer în piept. Și viaţa. M-am căsătorit cu un bărbat bun şi am divorţat. M-am căsătorit cu alt bărbat şi mai bun şi a murit… Dar mi-am jurat două lucruri: că nimeni nu-mi va mai spune niciodată ce să fac cu corpul meu şi cu inima mea. Am plătit un preţ prea mare…

Iar eu am ascultat-o, stând pe fântână, neştiind că ceea ce mă aştepta la finalul acelei poveşti, al acelei călătorii, era şi mai greu de imaginat. Fiindcă nu-l putuse păstra pe Marco, a hotărât să ia pilula pe ascuns și să-şi mintă soţii spunându-le că era sterilă. Călătorise prin întreaga lume, lucrase aproape în toate domeniile…

— Dar, mai ales, Marina, a subliniat ridicând vocea, am lucrat la propria fericire. Neîncetat. Am muncit pentru a-mi găsi locul şi rostul în lume.

Furtuna era pe sfârșite. Lumina se năpustea acum prin toate laturile cutiei noastre din geamuri.

— Și l-ai găsit? am vrut să ştiu.

Și am vrut, am simţit nevoia să-mi răspundă că-l găsise. Că totul avusese un rost. Că nu avea să-mi recite o versiune contemporană a acelui monolog din *Macbeth*.

Ea mi-a adresat o privire complice și a încuviințat.

— Să-i ajut pe cei care se simt la fel de rătăciți cum am fost eu. Acela este rostul meu în lume.

Și-a pus pe geam mâna cu palma deschisă.

— Ce-i drept, nu m-am amăgit: știu că celălalt capăt al firului meu roșu îl ține în continuare persoana sută la sută compatibilă cu mine, bărbatul pe care l-am întâlnit prea devreme și într-o lume foarte complicată.

A zâmbit obosită. Am rămas o vreme în tăcere. Urma mâinii sale a rămas tatuată pe geam, iar prin fereastra aceea am distins paharul și cartea, aflate acum sub razele soarelui.

— Și l-ai căutat? am întrebat ridicându-mă și îndreptându-mă spre ea.

— Pe el nu, nu mai avea rost, dar pe Marco... ani de-a rândul. Știi? E ciudat. La fel cum mereu am fost sigură că avea să se nască sănătos, am știut și că-l voi regăsi dacă vreodată ar fi avut nevoie de mine.

După cinci ani de căutare l-a găsit.

A aflat că era căsătorit, că pe soția lui o chema Lidia și era însărcinată și că locuiau în cartierul Literelor... A mai aflat și că aveau probleme. Trebuia să-i ajute.

— Atunci mi-a venit ideea. Mi-am verificat economiile și am găsit un loc foarte aproape, pe aceeași stradă unde locuia, care să-l atragă ca un far în întuneric, a spus și chipul i s-a luminat dintr-odată. Aveam să creez pentru el un alt uter matern, unul în care să-l protejez pentru a-și realiza crisalida o vreme, care să fie o oază unde să respire din nou, unde să se fortifice, un loc în care să-l pot înconjura de toate acele lucruri care ne plăceau...

M-am abținut să nu plâng în hohote. Am ascuns asta retrăgându-mă să privesc pe fereastră.

— Te rog să nu-ţi fie milă de mine. Asta e situaţia. Am fost victima unei epoci care a avut consecinţele sale, iar eu mi le-am asumat. Mă mulţumesc să ştiu că l-am îngrijit din nou înainte de a-l trimite iar în lume şi că rămân în amintirea lui ca o femeie zâmbitoare care obişnuia să-i împrumute cărţi şi să-i dăruiască flori.

I-am simţit mâna delicată şi aspră aterizând uşor pe umărul meu şi m-am înfiorat puţin. În spatele meu se afla Olivia, luptând să nu se prăbuşească, în timp ce ploaia umplea din nou paharele în grădina scăldată de un soare curajos, grădina în care cititorul nostru blond stătuse pentru ultima oară cu mama lui, fără să ştie.

Îmi aduc aminte că în momentul acela am simţit un acces de furie: aproape întotdeauna era nedrept să fii femeie. În fiecare moment luptai cu un uriaş diferit. Ce absurd şi câtă durere provocase lupta ei cu respingerea din partea unei societăţi a cărei singură preocupare era să iscodească dacă aveai sau nu un bărbat alături.

— Aşa este, am zis stând tot cu spatele şi căutând-o din nou în reflexia geamului. Să stigmatizezi o femeie că aduce pe lume un copil este caracteristic unei societăţi bolnave şi nemiloase.

M-am întors. Ea m-a mângâiat cu tandreţe pe obraz.

Apoi s-a îndreptat hotărâtă spre cămăruţa din spatele tejghelei. Am rămas pe gânduri. Incredibil! Era adevărat. Ceva ce înainte era o pată începea să fie privit ca un act de iubire. Cele care îndrăzneau să-şi dorească să fie mame chiar dacă erau singure erau femei precum Casandra sau Aurora, pentru că, în ciuda tuturor lucrurilor şi după cum spunea prima, părinţii lor tradiţionalişti erau entuziasmaţi de ideea de a avea un nepot când deja îşi pierduseră orice speranţă. În timp ce Olivia fusese nevoită fie să fugă pe alt continent, fie să-şi dea copilul spre adopţie.

În ziua de azi, noi, femeile, ne supunem procedurii de inseminare artificială pentru a deveni nu numai mame singure, ci uneori și mame virgine, precum Aurora...

Era asta, așa cum prezicea Olivia, adevărata revoluție?

Drumul către libertate?

Să te îndrăgostești de un bărbat gândindu-te la tine, nu la faptul că ar putea fi tatăl copiilor tăi. Să poți chiar să separi ambele chestiuni. Dacă se nimerea să coincidă, era minunat, dar nu trebuia neapărat să fie așa. Să nu mai aibă nimeni dreptul vreodată să decidă când, cum și cu cine trebuia să-și împartă viața o femeie. Sau dacă trebuia să se reproducă sau nu.

Am auzit-o pășind în interior, deschizând și închizând sertare, scotocind prin ele, am auzit ceva greu căzând pe podea. A bombănit puțin. Iar eu am rămas în continuare pe gânduri, scăldându-mă în lumina nouă care se infiltra cernută de abur, neliniștită din cauza viziunii pe care mi-o sugerase Olivia. Avea logică. Oare aveam încotro? Dacă societatea nu fusese în stare să ne ajute ca familiile și serviciile noastre să conviețuiască, aveam să o facem noi. Dar... ce avea să se întâmple apoi? Care aveau să fie consecințele acelei schimbări? Nu voiam să-i stric momentul de euforie lucidă, de aceea n-am vrut să-i dezvălui teama mea: că, la urma urmei, va trebui în continuare să facem alegeri, pentru că majoritatea nu ne vom putea permite din punct de vedere economic să fim mame singure. Iar dacă ar fi așa, peste douăzeci de ani, conform teoriei Oliviei, ar exista mii de copii crescuți de mame singure și un astfel de copil ar fi privit la fel de firesc ca unul cu părinți divorțați. Dar în ce situație îi punea asta pe partenerii noștri? Și pe noi? Faptul că preferam să avem un copil singure, în loc să-l creștem alături de cineva nepotrivit, nu însemna că nu visam să formăm o familie, să împărtășim acel proiect cu un partener... Pe de altă parte, ar fi corect să suportăm noi toată povara de a-i crește și a-i educa pe bărbații și pe femeile din viitor? Aceea era libertatea despre care vorbea Olivia?

Când s-a întors mi-a aruncat un prosop și ținea în brațe un dosar pe care-l știam. Acela pe care-l ducea mereu Francisco, cu copertele negre și tari și un autocolant roșu la exterior.

— Știi ce este asta?

Am clătinat din cap. N-am vrut să recunosc că în ziua aceea văzusem planurile grădinii pe care se pregătea să mi le arate și desenul la scală al măslinului.

— Sunt niște documente pe care vreau să le păstrezi. În caz că mie mi s-ar întâmpla vreodată ceva, a șoptit misterioasă. Sunt foarte importante. Dacă aceste rapoarte ar ieși la lumină, s-ar prezenta aici o armată de arheologi, iar Patrimoniul ar interzice vânzarea și închirierea terenului. Le-am trimis proprietarilor. Nu mă credeau în stare să le scot la lumină, dar după tot tărăboiul cu presa pe tema cantinei săracilor, cred că începe să le fie teamă că amenințarea mea este serioasă.

Și-a luat coșul și cheile, a scos umbrela și s-a îndreptat spre ușă.

— Dacă se va închide Grădina Îngerului, nu va fi pentru a se construi o clădire de apartamente turistice, te asigur. Una din două, ori continuă să existe această florărie, ori vor vedea acest loc transformat într-un locaș de cult și săpat peste tot ca și cum ar fi trecut pe aici o turmă de cârtițe uriașe. Treaba lor! Pentru rămășițele lui Cervantes au excavat timp de trei ani.

Și, acestea fiind spuse, a deschis ușa, pe unde s-a strecurat miros de câmp de lavandă și de pământ. A constatat că ploaia încetase. A lăsat umbrela sprijinită în ușă. Mary Poppins a pășit transformată deja într-o ființă umană, călcând în toate băltoacele care s-au nimerit în drumul ei.

Iar eu am rămas cu dosarul acela în braţe, ţinându-mă de el ca de un colac de salvare în mijlocul oceanului. Dar, ce-i drept, până nu m-am decis să-l deschid, câteva secunde mai târziu, nu aveam cum să bănuiesc că era vorba despre asigurarea de viaţă a Grădinii Îngerului şi că Olivia tocmai o lăsase în mâinile mele.

La fel cum făcuse şi cu sufletul ei.

Şi cu povestea ei.

Ziua 8
A te lăsa în voia furtunii

NU ÎNCETA SĂ VISEZI, spunea afişul din Grădina Îngerului. Acel motto, acea cerere sau implorare mi-a urat bun venit în oaza mea.

Iar acum am nevoie să visez mai mult decât oricând.

Strâmtoarea este în faţa mea.

Periculoasa frontieră de apă care mă desparte de finalul călătoriei mele. Breşa aceea îngustă, dar adâncă între două continente, unde se îneacă sute de imigranţi în fiecare an încercând să-i treacă apele reci şi neînduratoare, care-şi fac treaba ca nişte vameşi implacabili. O trecătoare între două mări, străbătută de cârduri de cetacee. Acum cargoboturile trec de-o parte şi de alta a lui *Peter Pan*.

Din Tarifa, îndreptându-mă spre sud, trebuie să traversez strâmtoarea perpendicular cu sensul traficului maritim, pentru a ajunge la Punta del Ksar, o mică plajă cu un loc de ancoraj puţin protejat, dar care-mi va folosi pentru a mă odihni, dacă vântul continuă să bată atât de tare. Mă rog zeilor arabi şi creştini să nu am parte de surprize. De acolo voi continua spre Punta Ferdiguá, către vest. Şi voi merge aşa până la Punta Malabata, pentru a începe să mă îndrept spre Tanger, pe care în momentul acela îl voi vedea clar la babord.

Simt că apa îmi vine în ochi. Sunt la fel de aproape să reușesc pe cât sunt să naufragiez.

Trebuie să visez în continuare! strig.

Azi-noapte chiar am visat.

Mult.

Pe Olivia în acea după-amiază cu furtuna. Ochii ei molipsiți de ploaie. Ploaia umplând paharele goale, care nu aveau să se mai umple și să mai fie băute împreună cu cineva. Durerea ei, dar și triumful. Suferința aceea pe care nu și-o exprimase niciodată și pe care a lăsat-o să înflorească pentru câteva ore, înainte de a se desfrunzi. Detașarea, dar și fixarea ei în trecut. Acceptarea, dar și lupta ei. Realismul, dar și idealismul ei.

Ce ghinion că nu pot lua legătura cu ele!

Că nu pot vorbi cu Olivia. Simțeam nevoia să-i aud vocea. Să-i spun cât de mult mă ajutase în aceste luni. Să-i povestesc că am ajuns până aici, în caz că nu reușesc să traversez strâmtoarea. Că făcusem pace cu Óscar. Că eram pregătită să-i risipesc cenușa. Dar, mai ales, nu pot să văd prognoza meteorologică. Și e o zăpușeală asemănătoare cu cea din după-amiaza aceea. Poate că sunt puțin influențată de visul meu, dar îmi miroase a ploaie. Și nu am prognoza. Dacă urmează o furtună, n-o să știu că vine.

Ambarcațiunea începe să se clatine. Vântul o zgâlțâie și face ca valurile să se ridice până aproape de bord, spărgându-se pe covertă.

— Trebuie să întinzi vela mare, Mari, te aud strigând sub stropii de apă, dar nu te văd.

Ai dreptate. Știu că ai dreptate. Așa că pregătesc manevra. Mă feresc cât pot de vânt în timp ce încerc să deschid ochii plini de sare. Mă arunc pe covertă. Desfac parâmele velei mari. Ridic *stopper*-ele care mușcă parâmele și, după ce potrivesc manivela în troliu, învârtesc cât pot, cu toată forța. Dar vela rămâne la jumătate și nu mai am putere s-o mai întind.

— Încearcă din nou, Mari, strigi la mine.

— Nu pot! răcnesc. Nu vezi că nu pot?

Păşeşti pe covertă spre mine, ţinându-te de parâme, cu pelerina ta de ploaie.

— Dar ce slabă ai devenit!

Faci un pas greşit şi eşti cât pe ce să cazi în apă.

– Nu poţi să te ţii de prostii acum. Continuă!

Şi mă duc la cârmă, furioasă, virez ambarcaţiunea până când simt vântul în faţă şi iau din nou manivela cu ambele mâini. Atunci continui să o învârt cu mai puţin efort, până când vela se umflă ca un balon, acum întinsă pe deplin.

A trecut aproape o oră. O oră în care am navigat manevrând neîncetat, ca să profit de vânt. Cu marea împotriva mea. Dar cu amintirea ta, pentru prima oară, în favoarea mea.

Dintr-odată, încep să simt că îmi este favorabil curentul şi văd coasta Africii mai aproape decât pe cea a Spaniei.

— Ai trecut strâmtoarea, Mari, şi nici măcar nu te-ai ciufulit.

Aproape că nu pot să reacţionez la acea afirmaţie. Când înţeleg ce mi-ai spus, cobor scările dintr-un salt şi consult harta.

Îţi văd încălţămintea albastră coborând o treaptă şi capul tău apare pe uşa de la chicinetă.

— Tarifa a rămas în urmă, Mari. Felicitări, draga mea!

Urc scările şi ai dispărut.

Revin pe punte şi mă agăţ de parâma cea mare.

— Uraaa! strig.

Soarele cade la babord peste valurile cicatrizate.

— Uraaa! Uraaa!

Dintr-un salt, ajung la cârmă şi o strâng cu putere, ţinând barca în direcţia Tanger.

— Uraaa! Uraaa!

Nu ştii niciodată cum se poate schimba Mediterana în câteva ore. Îmi spuneai mereu asta. Este cea mai trădătoare mare din câte există. Au trecut doar două afurisite de ore de când am simţit că am reuşit. Fără un strop de combustibil, pe punctul de a leşina, dar aveam să reuşesc. Iar acum încerc să spun rugăciuni pe care nu mi le amintesc, rugăciuni adresate unor zei în care nu cred. Ploaia cade pe punte, vântul urlă ca un roi de fantome şi văd cum fulgerele se înfig în mare ca nişte săgeţi cu laser. Au trecut doar două ore de când mi-ai spus să întind vela genoveză şi să-mi închei călătoria pe mare. „Vântul îţi suflă de la pupă", mi-ai zis. „Profită, te va împinge până pe coastă." Iar eu nu ţi-am dat dreptate. „Vântul suflă în rafale, iar dacă o întind, îşi va schimba direcţia şi n-am atâta putere ca să întind şi să strâng vela din zece în zece minute. În plus, dacă n-ai fi murit, ai fi întins-o tu trăgând de două ori de frânghie. Da, dacă n-ai fi murit. Dar cum ai murit... să taci."

Atunci m-ai privit din uşa chicinetei, cu braţele încrucişate şi bosumflat ca un copil. „La ordinele dumneavoastră, stăpână", ai zis cu o atitudine între supărare şi mândrie. Iar imaginea ta s-a topit cu ultima rază de soare.

De atunci n-ai mai apărut. Şi nu e momentul să te răzbuni cu una dintre crizele tale de mândrie. Acum chiar am nevoie de tine şi nu glumesc deloc!

Cred că o să naufragiez.

Oare o să mă vadă vreuna dintre patrulele din port? Puţin îmi pasă dacă o să mă aresteze. Nu-mi funcţionează radioul. Dacă am nevoie, nu pot să sun la paza de coastă. E întuneric şi, din cauza furtunii, de-abia văd luminile din port.

De ce?

De ce acum?

De ce vrei să mă distrugi, barcă blestemată şi lipsită de viaţă? Ar trebui să te fac bucăţi de îndată ce ajung în port. Pentru că mi l-ai luat pe soţul meu. Pentru că i-ai fost complice.

Rafalele de vânt sunt din ce în ce mai puternice.

Îmi trec în revistă în minte cunoştinţele despre vânt pe care mi le-am însuşit din manuale: de la douăzeci şi două de noduri e răcoare, la peste treizeci şi patru este furtună, urmează furtuna puternică, dură, foarte dură, înteţindu-se... patruzeci şi unu de noduri, patruzeci şi opt, cincizeci şi şase... Dar nu se va opri. Oricum, aş putea să mă înec la câţiva metri de coastă fără să se declanşeze neapărat un uragan.

Va fi un uragan?

E sfârşitul lui august şi a fost prea cald. Oare urmează să întâlnim un front de aer rece? Nu trebuie să intru în panică. Îmi aduc aminte de fete. Probabil că sunt îngrijorate din cauza lipsei veştilor. Oare de ce Olivia nu era cu ele?

Am auzit un foşnet puternic. Ceva asemănător cu bubuitul unui tunet. Am urcat pe covertă şi unul dintre sarturile de la proră, transformat într-un bici din sârmă şi oţel, a început să lovească puntea, lăsând zgârieturi enorme pe spinarea lui *Peter Pan*. Îl ocolesc de mai multe ori. O să se rupă catargul. Dacă aş avea putere, aş încerca să-l fac să cadă înainte ca vântul să rupă vasul în două.

Îmi şterg apa de pe faţă. Deschid cum pot tambuchiul, dar valurile mă fac să mă rostogolesc pe punte. Reuşesc să ajung din nou la el, scormonesc printre parâme, furtunuri şi mai multe obiecte nefolositoare, care deranjează mai mult ca niciodată, până când găsesc o foarfecă. Apoi, ţinându-mă cum pot, arunc o parâmă spre catarg, având grijă să nu fiu lovită de odgonul de oţel care se agită în aer înnebunit. Mă târăsc pe punte până la catarg. Odată ajunsă acolo, apuc cu putere foarfeca şi tai sartul de la tribord.

Dacă-l tai doar dintr-o parte, vasul va cădea pe partea cealaltă, îşi aminteşte creierul meu şi, înainte să pot încheia fraza, catargul trosneşte ca un copac rănit şi cade zgomotos spre babord. Retez cu putere cele două sarturi de care continuă să atârne catargul, deja ajuns în apă, şi văd cum e înghiţit definitiv de valuri. Îl observ înfigându-se vertical în mare, de parcă l-ar târî spre adâncuri un vârtej, apoi mă întorc târâş în chicinetă.

Unde este vesta de salvare?

Trebuie să găsesc vesta de salvare.

În sfârşit, o găsesc sub băncile din cabina cea mare. Mi-o potrivesc pe mine. Cărţi, perne, pantofi şi cratiţe se rostogolesc pe jos. Ploaia cade cu atât de multă putere, încât face ravagii. Mă agăţ cu putere de masă. Îmi sângerează un genunchi. Valurile biciuiesc puntea, simţind că vor ieşi victorioase. Stropi de valuri sfărâmate intră pe hubloul cabinei celei mari şi apa se năpusteşte cu putere asupra blatului de la bucătărie. Cad pe scări şi ajung pe podeaua cabinei, plină de apă. Închid tambuchiurile unul câte unul.

— Unde eşti? strig. Unde eşti acum?

Şi nu pot să mă opresc din strigat, ţinându-mă de masa din cabina cea mare, pregătită să mă predau furtunii. Asta îţi spun mereu marinarii. Că atunci când marea se dezlănţuie în felul acesta şi nu te poţi apăra, trebuie să faci la fel ca în cazul unui bărbat care vrea să te forţeze. Să nu opui rezistenţă. Pentru că fiecare mişcare va provoca o reacţie virulentă împotriva ta. Trebuie să te laşi dusă de val. De aceea, chiar dacă tremur de frică şi de frig, m-am aşezat din nou. Şi stau aici. Agăţată de tăblia mesei pe o navă dezarborată. În mijlocul mării şi al întunericului. Pentru prima oară în derivă.

Să dansezi deasupra unui cimitir

Este ciudat cum ne vin în minte amintirile. Uneori, în momente cruciale, apar ca niște cărți poștale luminoase, pe care ni le trimitem ca să ne ajute să continuăm lupta. Iar mintea mea a ales, în mijlocul furtunii care-mi va lua viața, amintirea ultimei nopți în Grădina Îngerului.

Am ajuns la florărie având într-o mână urna cu cenușa ta și în cealaltă cușca pentru transportat animale a lui Căpitan. Se auzea melodia „Feeling Good", a Ninei Simone. Olivia se urcase pe un taburet în grădină și aprindea luminile felinarelor colorate care păreau suspendate în noapte, ca fermecate.

Am salutat-o. Apoi am privit marele măslin iluminat. Nodurile și venele trunchiului său păreau să se răsucească între lumini și umbre. Am schimbat cu Olivia o privire complice. Mi-am lăsat geanta pe jos și m-am așezat în leagănul pentru cugetat. N-am putut să mă abțin, mi-a venit în minte momentul din seara anterioară, când am deschis acel dosar.

Primul document era aproape un desen.

O serie de informații numerice indicau un loc, baza pe care era plantat măslinul. Sub rădăcinile sale, mai exact. Am ieșit în grădină, am tras grilajul și am rămas în picioare în fața lui.

După ploaie, totul mirosea a nou.

A natură.

Trecătorii începeau să populeze din nou strada. O lumină aurie cădea pe frunze. Și atunci mi-am amintit-o pe Olivia cu o noapte în urmă, introducând ceva în scorbura măslinului. Scorbura pe care o astupaserăm ca să nu intre păsările şi insectele. M-am urcat pe unul dintre nodurile copacului. Am dat la o parte capacul din zale. Am vârât mâna şi am atins un obiect tare învelit în plastic. Era o cutie din lemn, de mărimea unei cărţi mari, pe care cineva o pusese într-o pungă de gunoi. Cutia era putrezită, un mic cufăr cu incrustaţii din metal. Am deschis-o cu grijă. Înăuntru, aşchii de lemn şi nişte oase. Deasupra lor, o insignă ruginită, pe care se putea distinge o cruce malteză. Cu mâinile tremurânde, am deschis din nou dosarul şi am citit verdictul din ultimul document:

> Prin prezenta, vă anunţ că există indicii clare pentru a crede că rămăşiţele lui Lope de Vega ar putea fi încă îngropate în vechiul cimitir al Bisericii San Sebastián, situat în Piaţa Îngerului, colţ cu strada Huertas din Madrid. Cer autorizaţia pentru a iniţia analizele necesare şi solicit permisiunile pentru a începe excavarea.
>
> FRANCISCO IBÁÑEZ
> Cercetător al CSIC

Lăstunii au început să ţipe în timp ce zburau în cercuri deasupra acoperişurilor. Câteva picături de apă aurie s-au revărsat din nou pe capul meu. Măslinul a foşnit puţin, ca şi cum scorbura lui ar fi revendicat comoara pe care încă o ţineam în mâinile mele. Am închis cu mare grijă cutia, am introdus-o în pungă şi am pus-o la loc în pântecul copacului. Apoi am închis dosarul şi l-am strâns la piept. Nu ştiu nici măcar astăzi dacă documentul era adevărat sau doar o favoare pe care i-o făcea Francisco Oliviei pentru ca ea să-şi păstreze oaza, dacă chiar găsiseră rămăşiţele lui Lope, dacă fuseseră întotdeauna în acel arbore centenar.

M-am întors la amintirile mele. Întreaga grădină era, brusc, iluminată de lumânări și de felinare. Și, în timp ce mă legănam în balansoar, au sosit ele.

Femeile care cumpărau flori.

Au trecut una câte una de grilajul fostului nostru cimitir, pe sub afișul cu aspect de pergament care m-a făcut să mă apropii pentru prima oară de oaza mea: NU ÎNCETA SĂ VISEZI.

Mai întâi a apărut Gala, într-o rochie de culoarea irișilor ei, care-i lăsa la vedere unul din umerii rotunzi. Își tunsese părul. Acum îi ajungea exact până sub bărbie și îi oferea un aer ca al femeilor din tablourile lui Klimt. Puțin mai târziu sosise Casandra, aducând mai multe sticle de băutură, în blugi și pantofi sport; mi s-a părut o copilă. La un moment dat, și-a făcut apariția Aurora, îmbrăcată cu un chimono roșu minunat, cu imprimeu cu flori de lotus, și cărând o pânză enormă înfășurată în hârtie de ambalaj, pe care a sprijinit-o de măslin, ca de un șevalet improvizat. Ultima care a venit a fost Victoria, îmbrăcată în niște blugi cu strasuri, cu pantofi cu tocuri, cu buzele roșii și un tricou pe care scria „Am patruzeci de ani: și ce dacă?"

În seara aceea, toate ne terminaserăm treburile. Amintindu-mi acum, am ajuns la concluzia că poate am privit acea seară nu ca pe o despărțire, ci ca pe sfârșitul unui proces de ucenicie care durase o vară.

Pentru prima oară în lunga ei istorie cu bărbații, Gala își făcuse apariția la apartamentul „căutătorului ei de izvoare" fără strategii, fără să-l anunțe, fără machiaj, adică fără armele ei de Galatee. Când acesta i-a deschis ușa, l-a privit în ochi și l-a îmbrățișat, așa cum îmbrățișase măslinul nostru. Totuși, a fost surprinsă când a simțit acea energie despre care îi vorbea tatăl ei. Apoi a intrat, și-a apucat coada împletită lungă și blondă și a spus doar atât:

— Taie-mi-o.

Când a scăpat de părul pe care-l fluturase ani întregi așa cum toreadorul scutură pânza roșie pentru a ațâța taurul, Gala s-a simțit imediat eliberată. Mai ales pentru că, după tăierea care punea capăt îngrijirilor infinite pe care Gala le dedicase părului ei, de parcă ar fi așteptat un prinț care să se cațăre pe el, poate că a ajuns la concluzia că prințul sosise deja, iar ea nu voia să se mai cațăre și altul în turnul ei, deocamdată. Apoi s-au zbenguit în pat ore întregi și s-au mângâiat până la epuizare, după cum începea să-i devină obiceiul.

Și superwoman a noastră avusese o zi agitată. A sosit la minister în blugi și pantofi sport, ducând un buchet de trandafiri violet, simbol al iubirii intense, și, când a ajuns la ușa biroului ei, Paula a tresărit, fiindcă nu-i auzise sunetul invariabil al tocurilor. Când a reușit să o recunoască în spatele acelei expresii noi de satisfacție profundă și al buchetului pe care, pentru prima oară, îl ducea ea singură, secretara a exclamat:

— Ce frumoase sunt! De data asta nu sunt roșii. De la vreun admirator?

Casandra a lăsat florile pe masa secretarei.

— De la o admiratoare, a zis radioasă. Pune-le în apă. Vreau să fie foarte proaspete. O să am nevoie de ele pentru ceva important.

Acele flori, pe care le-a pus în apă secretara ei și despre care s-a vorbit mult la birou, Casandra și Laura aveau să le folosească pentru a le trimite într-un loc special. Aveau să ajungă chiar în acea după-amiază acasă la Laura, cu un mesaj din partea amândurora pentru bărbatul care le unise, spre marele lui regret:

Dragă Íñigo,
Mulțumim pentru bunul tău gust.
Mult noroc.

Laura și Casandra

Înainte de a-și încheia ziua de lucru, Casandra a făcut ceva important: a cerut să fie transferată în străinătate. Dacă era posibil, într-o țară în curs de dezvoltare. Avea să se ducă împreună cu familia? Da, a răspuns. Cu iubita mea. Este doctoriță și va putea să desfășoare o activitate importantă în ONG-urile din zona aceea.

La aceeași oră, Frumoasa Suferindă, zâmbind cu gura până la urechi, intra pe poarta casei părinților ei. Mirosul calmarilor pe care-i pregătea mama ei la bucătărie ajungea până pe casa scării. Când a intrat, tatăl ei stătea, ca de obicei, în fotoliul său și se uita la știri.

— Bună, tată, a zis ea și s-a apropiat să-l sărute pe obraz.

— Spune-i mamei tale să scoată odată mâncarea, la naiba. Că mai e puțin până la ora prânzului, a bombănit în loc de salut.

Aurora s-a dus la bucătărie, iar mama ei a făcut un gest de oboseală și a avertizat-o că, dacă mai slăbea mult, nu avea să-și găsească niciun bărbat. Fiica ei s-a făcut că nu o aude – sau, poate, pentru prima oară, nici n-a auzit-o – și a rugat-o să vină în sufragerie pentru că trebuia să le spună ceva foarte important.

Mama ei s-a așezat pe brațul fotoliului pe care stătea tatăl, în timp ce el continua să se uite la știri. Aurora a tras aer în piept, ca și cum s-ar fi pregătit să facă scufundări.

— Voiam doar să vă anunț ceva, ca să nu mă mai întrebați: mulțumită vouă, sunt virgină la treizeci și cinci de ani. Așa că nu, n-am niciun partener, a zis și a clipit din genele lungi. Dar vestea cea bună este că o să devin mamă prin inseminare artificială. Mă finanțează un cuplu de prietene lesbiene, care vor fi nașele bebelușului. Bucurați-vă. O să fiu o versiune contemporană a veneratei voastre Fecioare Maria. M-am gândit că o să fiți încântați să aflați asta.

Mama ei n-a reuşit să pună farfuria cu calmar pe masă. Tatăl ei nu s-a mai uitat la telejurnal. Aurora s-a întors cu spatele şi a coborât treptele din trei în trei şi nu s-a oprit până când a ajuns la apartamentul ei, unde lucrurile lui Maxi lăsaseră goluri pline de oxigen pe rafturi, în baie şi mai ales în pat, pe care s-a întins, ocupând tot spaţiul, sub ventilatorul care era pornit de noaptea trecută.

La rândul ei, Victoria sosise acasă la soacra ei mai punctuală decât de obicei, ţinându-şi copiii de mână. Înainte de a intra, şi-a făcut buzele cu un ruj roşu electric de la Chanel şi şi-a răvăşit bretonul. Când femeia a deschis uşa, nora ei i-a oferit un buchet de floarea-soarelui.

— Sunt pentru tine, i-a zis. Azi nu va putea să vină Pablo. Este... mă rog, nu ştiu. Este ocupat, presupun.

Ea a părut nedumerită. A privit-o de sus până jos.

— Te-ai dus să-i iei pe copii îmbrăcată aşa? E ridicol la vârsta ta.

Victoria i-a zâmbit şi şi-a trimis copiii să se joace pe terasă.

— Ştii care-i problema, Andrea?

Cealaltă a ridicat bărbia, întrebătoare.

— Pentru a-ţi fi ţie pe plac, ar trebui să nu mă mai plac eu pe mine. Dar nu-ţi face griji. De acum încolo îi va aduce mereu Pablo pe copii. În felul acesta îl vei vedea mai des. Iar pe mine... mai puţin. Ne-am despărţit.

Da... îmi amintesc râsetele din acea seară. Le aud acum şi, în unele momente, reuşesc să acopere zgomotul furtunii. Încurajată de Aurora, am riscat să-i dau drumul lui Căpitan, care şi-a petrecut timpul căutând greierul ce începea să cânte punctual printre iederă. Olivia a adus un cocktail Molotov, care a început să curgă în pahare iar şi iar, în timp ce ne împărtăşeam tot ce se întâmplase în ziua respectivă.

— Ar fi trebuit să vedeți ce față a făcut șeful meu când i-am spus că solicit să fiu transferată ca să fiu împreună cu iubita mea, a zis Casandra și a strâmbat din nas. Am crezut că va exploda precum Big Bangul!

Toate am izbucnit în hohote de râs.

— A început să repete același lucru. Mă corecta întruna: „Vrei să spui cu iubitul tău“, iar eu îi spuneam că nu și el îi dădea mereu cu aceeași placă, din ce în ce mai crispat. Până când m-am săturat și, ca să nu zic că am dat degeaba banii la psihiatru în toți acești ani, l-am întrebat: „Ignacio, știi care e diferența dintre un nevrotic și un schizofrenic?“ El a rămas cu gura căscată. Și atunci i-am explicat că, în timp ce un schizo crede că doi ori doi fac douăzeci și cinci și trăiește în acea realitate, nevroticul știe că doi ori doi fac patru, dar îl enervează atât de mult... Așa că, Ignacio, înțelege ce-ți spun. Plec în străinătate. Cu soția mea. Și nu te mai lovi ca o muscă de geam, altfel va trebui să-ți pun diagnosticul. Nu voiau oamenii să am o viață? O relație stabilă? Acum o am!

Aproape că ne-am sufocat de râs imaginându-ne-o pe Casandra trecând pe coridoare sub privirile tuturor celor care deja o considerau un caz scandalos.

Olivia stătea în leagănul pentru meditat, balansându-se zâmbitoare, privindu-ne precum cineva care își contemplă marea realizare. Era îmbrăcată în haine de in alb, ca în prima mea zi de lucru, și pusese felinare cu lumânări pe alei, ceea ce dădea grădinii o atmosferă de vis.

Am ridicat din nou paharele și am ciocnit. De data asta pentru Victoria și decizia ei curajoasă. Și pentru Francisco și descoperirea lui, despre care deja se vorbea în toate ziarele. Recunosc că nu ne-am bucurat pe deplin, pentru că bănuiam că garoafa roșie trădătoare era în continuare în interiorul serei, așteptând-o pe nefericita noastră prietenă. Dar atunci

Olivia ne-a solicitat atenţia pentru o clipă. A luat-o pe Victoria de mână şi a târât-o până în seră. A rugat-o să închidă ochii. Am urmat-o toate, împiedicându-ne una de alta. Când am intrat, Olivia a zis:

— Mi-au fost lăsate pentru tine în seara asta.

Iar în locul unde se afla fântâna arteziană de piatră, în spatele uşii din geamuri, nu se mai vedea solul. Totul era invadat de sute de trandafiri albaştri magici. Tulpinile lor lungi ieşeau din vaze, din cele trei etaje ale fântânii arteziene, ţâşneau din gura leului de piatră. Era prima oară când vedeam trandafiri albaştri, dar ştiam care era mesajul lor: eternitatea, simbolul iubirii eterne sau aşteptarea veşnică a unei iubiri ce pare imposibilă. Dar aceea nu era imposibilă. Nu mai era. Victoria a păşit încet şi a pătruns în acea frumoasă hartă de la iubitul ei.

— Acum da, a zis Gala ridicându-şi paharul. Să ciocnim pentru Victoria şi Francisco.

Şi am ciocnit din nou paharele, în timp ce greierul nostru şi-a reluat concertul de jazz improvizat, iar Căpitan, care se făcuse ghem pe un scaun, l-a auzit şi a sărit pe podea cu o atitudine de detectiv.

Atunci a fost rândul Aurorei. Ne pregăteam să ciocnim pentru participarea ei la târgul de la Frankfurt, când ne-a întrerupt.

— Un moment, fetelor, a spus pe punctul de a izbucni în plâns. Vreau mai întâi să vedeţi o mostră din seria de tablouri pe care le voi lua cu mine. Ultimul dintre toate, care le rezumă pe toate, aş vrea să rămână aici, în Grădina Îngerului, unde ne-am cunoscut. Fiindcă n-aş fi putut face niciodată asta fără voi.

Atunci s-a dus până la măslin, unde stătea sprijinit misteriosul ei tablou, şi i-a cerut Oliviei ajutorul ca să-l ţină.

A îngenuncheat lângă el şi a rupt hârtia care-l acoperea.

Toate l-am contemplat uimite.

Eram noi, stând în jurul mesei din fier unde ne cunoscuserăm și unde ne aflam și în momentul acela, sub pergolă, ca și cum ne-am fi văzut într-o oglindă. Paharele de vin alb pe masă. Felinarele colorate atârnând deasupra capetelor noastre. Era acolo Casandra, zveltă ca orhideea albastră de pe masă. Lângă ea, Victoria, ţinând în braţe zeci de crengi înflorite de gutui, apoi eram eu, cu un coş de violete la picioarele mele. Gala, legănându-se pe scaunul ei, pregătindu-se să-și pună un iris în păr. Apoi însăși Aurora, ţinând în braţe un buchet de gălbenele portocalii. Și în spatele nostru, așezată în leagănul ei pentru meditat și sub marele copac al păcii, era Olivia, cu paharul ei de vin în mână, îmbrăcată în haine de in alb, ca în momentul acela.

— Tabloul se numește *Femei care cumpără flori*, a dezvăluit ea înghiţind în sec. Și sunt foarte mândră că sunt una dintre ele.

În momentul acela, Olivia s-a ridicat din leagăn și a îmbrăţișat-o. Gala a făcut același lucru, lăsându-și mai întâi paharul pe masă. Una câte una, am alcătuit un buchet în jurul Aurorei, pe care, pentru prima oară, o vedeam plângând de fericire și care ne-a făcut și pe noi să lăcrimăm, dar pe ascuns. Pe când stăteam cu capetele lipite unul de altul și ne simţeam trupurile înlănţuite, Casandra a strigat:

— Și acum... pentru că viaţa este o sarcină urgentă!

Toate am repetat cele spuse de ea.

— Pentru călătoria Marinei!

Și toate au repetat asta iar și iar, ţopăind în cerc. Aurora s-a dus repede să dea muzica mai tare și am început să dansăm. Îmi aduc aminte că am dansat nebunește, explodând de fericire, fără nicio reţinere, cu euforie, și, pe nesimţite, au trecut orele, s-au succedat melodiile, s-au golit sticlele.

La un moment dat, a început să se audă „It's My Life", un adevărat hit al generaţiei noastre, și, de parcă cineva ar fi apăsat pe un buton, am sărit de pe scaunele noastre, fredonând acele versuri ca pe un imn.

— Fetelor! a strigat Gala, râzând în hohote. Cred că tocmai ne-am pierdut actele de identitate...

Atunci m-am apropiat de tine, pe care te lăsasem în urna ta sub măslinul care în noaptea aceea părea un pom de Crăciun, iar tu, unul dintre cadourile sale. Și am vrut să ciocnesc și cu tine. „Mă duc acolo", ţi-am zis. „Într-acolo se duce copilotul tău. Mă duc să-mi ţin promisiunea, Óscar. O voi face."

M-am uitat la ele cum dansau.

Unele, precum Gala și Olivia, desculţe. Lăsând apa aspersoarelor să le ude gleznele. Victoria chiar se urcase pe un scaun. Aurora își aprindea ţigara de la o lumânare.

Și, dintr-odată, nu mi-a mai fost frică.

Conta doar că era vară și dansam deasupra unui cimitir.

Că ne ceream pentru prima oară dreptul de a nu lua viaţa atât de în serios. Fiindcă suntem din ce în ce mai aproape de moarte, indiferent unde ne așteaptă. Poate veni mâine sau peste zece ani...

...sau poate chiar acum, în mijlocul mării, pe vasul acesta dezarborat și pe punctul de a se scufunda. Ce mai contează? Acum știu. Trebuie să înveţi să dansezi deasupra unui cimitir. Să faci să răsară flori deasupra morţilor. Să accepţi eșecul, pentru că eșecul nu există. Există doar sfârșitul lucrurilor. Nu suntem învăţaţi să acceptăm că lucrurile cele mai importante se termină. Nu suntem învăţaţi că uneori singurul eșec este inerţia de a continua.

Căci totul se termină, după cum mi-a spus Olivia, și cele bune, și cele rele. Dragostea și suferinţa.

Iau urna ta și mă gândesc că o viaţă care se termină nu este un eșec. Totul depinde de cum ai trăit-o. Iar dacă a mea s-ar termina în seara asta, după călătoria asta, ar fi un succes. O relaţie care se termină nu este un eşec, depinde ce ne-a adus, cum ne-a îmbogăţit, ce ne-a lăsat după moartea ei.

Dacă ne-a învăţat ceva, este un succes.

A nu trăi sau doar a crede că trăieşti nu este un succes.

Trebuie să iubeşti. Şi să iubeşti frumos. Intens. Chiar dacă iubirea se termină.

Închid ochii. Simt cum gura furtunii se deschide şi-l înghite pe *Peter Pan*, iar în memoria mea, îmbrăţişările de rămas-bun, paşii prietenelor mele pierzându-se şovăitori şi fericiţi pe străzile cartierului Literelor, somnul liniştit al lui Căpitan pe leagănul pe care începând din momentul acela avea să-l transforme în jucăria lui... Şi Olivia, lăsându-şi paharul gol pe masă şi îmbrăţişându-mă strâns.

— O să mă întorc curând, i-am promis abţinându-mă să nu plâng, şi n-am să las să fie închisă Grădina Îngerului.

Ea m-a privit de parcă nu avea să mă revadă şi, cu mult efort, a şoptit:

— Nu uita, dragă prietenă, „poţi rupe toate florile, dar nu poţi opri primăvara".

Şi, după ce a rostit acea frază pe care a împrumutat-o de la Neruda pentru a-şi lua rămas-bun, a făcut stânga-mprejur, ca de obicei când voia să încheie o discuţie, şi a dispărut în întunericul răcoros al oazei noastre, molipsită de tăcerea locuitorilor săi.

Deschid ochii.

În jurul meu, un munte inundat de perne, cutii, cratiţe, cărţi... Continui să ţin în braţe urna cu cenuşa ta. Totul se leagănă uşor în ambele părţi. Urc desculţă scările ca să nu alunec, iar lumina ca de flash a răsăritului îmi orbeşte ochii, ca şi cum peisajul mi-ar fi făcut o poză. Cobor din nou, iau urna şi urc iar, lăsând-o cu grijă jos pe punte. Marea este de un albastru-deschis şi pe ea plutesc algele pe care le-a adus furtuna. Urc până în locul în care se afla catargul, din care n-au mai rămas decât baza ruptă şi o bucată de velă pe care încă se disting câteva petale de violetă. La tribord zăresc coasta şi un port înconjurat de case albe.

Tanger.

Am ajuns în Tanger...

Dintr-odată, aud un sunet din telefonul mobil. Şi încă unul. Şi altele. Neîncetat.

Nu se poate! Am din nou semnal şi baterie.

Cobor din nou cu paşi mari şi deschid telefonul. Am multe mesaje. Unele de la tata, care mă crede în Madrid, la lucru. Majoritatea sunt de la fete. Mă întreabă ce fac şi mă roagă să le dau un semn de viaţă. Îmi scriu că sunt îngrijorate. Că înţeleg că-mi doresc să fiu singură, dar să le trimit măcar un „OK".

Urc din nou cu telefonul în mână. Îl îndrept spre coastă şi fac o fotografie.

„Am reuşit", scriu.

Şi imediat încep să primesc răspunsuri de la Casandra, apoi o fotografie de la Aurora din Germania, un alt mesaj de la Gala cu un şir de inimi, unul de la Victoria cu „ura", urmat de multe semne de exclamare, dar niciunul de la Olivia. Atunci îi scriu Galei, întrebând-o despre ea. Şi-mi răspunde scurt: „Olivia a plecat. Dar mi-a lăsat ceva foarte drăguţ pentru tine".

Mă aşez pe covertă. Mai bine zis, mă prăbuşesc, privind fix spre coasta care se apropie încet de mine. Contemplu o vreme marea şi mişcarea ei constantă.

Brusc, simt o înţepătură în inimă. Durerea aceea de care noi, adulţii, nu ştim să scăpăm şi pe care o numim nostalgie. Dar este amestecată cu o euforie care-mi permite, într-o ultimă izbucnire, să-ţi iau cenuşa şi să caut un loc pe vas unde briza să nu-mi sufle din faţă. La prora unui *Peter Pan* rănit, dar care continuă să plutească, mă gândesc pentru prima dată la mine, independent de tine. La mine ca stăpână a acestei ambarcațiuni, care va oficia un ritual de desprindere necesar. Și mă gândesc că mă bucur că mi-am petrecut timpul cu tine. Mă împac cu relația noastră, pentru că ne-am iubit. Mult. Iar acum suntem pregătiți să-și urmeze fiecare propriul drum.

— Ți-am promis și am reușit. Dar am făcut-o în stilul meu, îți spun. Drum bun, dragul meu.

Deschid urna din metal, întind brațele și vărs cenușa, care se învârtește și plutește puțin în aer, până cade în mare. Dar atunci văd căzând ceva ciudat și greu în fața ochilor mei. Și, pentru o clipă, reușesc să recunosc o cruce malteză ruginită, care se scufundă în marea albastră, odată cu rămășițele stăpânului său.

Rămân în genunchi, nedumerită, și, dintr-odată, izbucnesc în râs. Și-mi vine în minte acea ultimă seară în care urna a stat la baza copacului. Și mă întreb când a putut să facă Olivia schimbarea și de ce. Mă mai întreb dacă o voi revedea pe acea nebună minunată care m-a determinat să fac această călătorie singură și pentru mine, fără să știu.

Stând la prora vasului lăsat în voia valurilor, scot picioarele peste bord și las valurile să-mi stropească gleznele. Îmi ating picioarele ca să le recunosc, îmi mângâi brațele, care acum au o strălucire de ocru, necunoscută mie, și știu că trupul meu va duce dorul umezelii, al sării și al acestei vieți pe care a dus-o timp de opt zile într-o mișcare constantă, sub pulsul aventurii.

Ce-o să fac acum?

Și atunci văd că se desprinde ceva de pe suprafața mării. Ca și cum ar fi o bucată din albastrul ei, ce-și ia zborul. Dar zboară spre mine. Un fluture dă din aripi până la barcă, o survolează câteva clipe, o urmărește și, luptând cu vântul, cu aripile sale puternice și translucide, reușește să se așeze pe vela care a supraviețuit furtunii.

Rămân hipnotizată timp de câteva secunde, până când aud vocea Oliviei din nou. „Zboară, Marina, zboară..." Și, brusc, mă gândesc că nu-l voi duce încă pe *Peter Pan* la țărm. Și nu-l voi face bucăți. În mintea mea, îmi trec în revistă proviziile. Încă am o velă. Pe coasta din ce în ce mai apropiată, niște pescari își fac apariția înconjurați de un nor de pescăruși.

— Concentrează-te asupra a ceea ce ai, nu asupra a ceea ce ai pierdut, îmi șoptesc.

O să întind vela genoveză, o să trasez o rută posibilă și o să înaintez, improvizând, în funcție de direcția în care suflă vântul. Asta o să fac.

Mă răsucesc în jurul propriei axe, ca o busolă, până când simt vântul în față.

Desfac parâmele, mă sprijin bine pe picioare și trag, trag, trag cu toată greutatea corpului meu, până când vela se desface complet și începe să fie umflată de vânt.

Mă așez în picioare la cârmă, cu mâinile pe ea, și mă orientez, căutând locul de unde a răsărit soarele.

Acolo este frontiera mea.

O pot vedea.

Imaginea ei mângâiată de soare.

Nu. Nu o să părăsesc acest vas.

Inima îmi tresare. Recunosc senzația de dependență, chiar dacă este foarte nouă: *Peter Pan* începe să se legene ferm și taie valurile din ce în ce mai repede, până ajunge să galopeze spre locul unde acea lumină aurie intensă, care se revarsă pe cer și pe mare, îmi vestește sosirea luminoasă a toamnei.

Femei care cumpără flori

Într-un cartier mic şi central din Madrid, locuit de actori, oameni moderni care făceau terapie prin croşetat pentru a se relaxa, deputaţi incapabili să facă vreun pact cu Guvernul, dar care beau împreună un vermut între şedinţe; în acea microlume cu propriul Hristos, cu secta comunală, cu muzele sale lipsite de somn, cu teatrele sale ascunse în apartamente şi în intrări de clădiri, cu manifestaţiile zilnice, cu fraze de scriitori călcate de bătrâni în papuci, de ciclişti militanţi, de mercenari şi de turişti care hoinăreau, îmbătaţi de fascinaţie şi de fetişism, până în locul unde se odihneau, o dată pentru totdeauna, oasele lui Cervantes... în acel cartier mai erau şi patru femei care cumpărau flori.

Toate le cumpărau pentru ele însele.

Şi se întâlneau în fiecare joi seara pentru a se bucura de un vin alb şi a se relaxa în florăria numită Grădina Îngerului.

Într-o seară a intrat în seră o tânără mutată de curând în cartier. S-a apropiat de tejgheaua pe care era un registru. L-a deschis pe furiş şi a citit, scris cu litere de mână: „Cicatrice".

În spatele ei s-a auzit o voce care a făcut-o să tresară:

— Întotdeauna mi-au plăcut persoanele cu cicatrice.

Vocea răsuna fermă, puternică.

— De fapt, n-am încredere în persoanele trecute de patruzeci de ani care n-au niciuna.

În uşa cămăruţei din spate a apărut o femeie cu zâmbet senin, într-o rochie luminoasă din mătase galbenă, în stilul anilor cincizeci, cu o pălărioară asortată şi părul închis la culoare ca marea pe timpul nopţii. Ţinea în braţe un motan alb cu negru, care o privea curios, din spatele măştii sale.

— Mă numesc Marina, s-a prezentat florăreasa în timp ce se uita atentă în ochii miraţi ai nou-venitei. De curiozitate, dacă ar trebui să alegi o floare, pe care ai alege-o dintre toate astea?

Încheiat la Madrid, cartierul Literelor.
29 mai 2016

Mulțumiri

Lui Diego Mollinedo şi lui Pride, fiindcă m-au învăţat să navighez.

Prietenelor mele, cele care au rămas să mă aştepte pe uscat când a trebuit să traversez marea.

Tuturor femeilor complice şi curajoase care s-au urcat pe această barcă pentru a vorbi despre cine suntem sau cine am vrea să fim: muzei lui Amancio, celei de-a şaptea muze, celei care a luminat o viaţă în întuneric, celei despre care nu bănuiam că purta o viaţă în pântec, celei care mi-a dezvăluit Coasta Piraţilor, celei care fuge mereu de soare, celei care ajută lumea să comunice, celei care caută artişti pe asfalt, omnipotentei băutoare de Coca-Cola, Sirenei care salvează marinari...

Mamei mele, vânt puternic ce a împins această ambarcaţiune în mijlocul nopţii.

Lui Miguel Ángel Lamata, pentru că a amarat-o în mijlocul furtunii cu notiţe potrivite pe marginea textului şi a personajelor.

Editorului meu, Alberto Marcos, pentru că m-a impulsionat, mi-a dat puterea şi timpul de a ridica toate velele, pentru ca această poveste să navigheze până în portul său.

Cuprins